अभिज्ञान

नरेन्द्र कोहली

राजपाल

गुरुवर

मेजर चन्द्रभूषण सिन्हा

के लिए

सादर

इस उपन्यास के कथानक की रचना 'गीता' में वर्णित कृष्ण के कर्म-सिद्धांत की के आधार-भूमि पर हुई है। किन्तु यह रचना 'कर्म-सिद्धांत' की पुष्टि के लिए नहीं, उसे समझने के लिए है। गीताकार के सामने साधारण मनुष्य के अनुभव-जगत के बाहर की भी सृष्टि है और उनके तर्क अनेक बार लौकिक धरातल का अतिक्रमण कर जाते हैं। किसी उपन्यास को समझने के लिए साधारण पाठक के उपकरण, उसकी ज्ञानेन्द्रियां और यह भौतिक संसार ही है। इस उपन्यास में लेखक ने भी अपना रचना-संसार उपन्यास के साधारण पाठक के अनुभव क्षेत्र को दृष्टि में रखकर ही किया है। इससे उपन्यास और भी अधिक रोचक हो गया है और घटनाएं जानी-पहचानी-सी लगती हैं। इस प्रयत्न के निष्कर्ष, कृष्ण और सुदामा की कथा के माध्यम से प्रस्तुत किए गए हैं।

इस प्राचीन और प्रख्यात कथानक के भीतर से प्रकट होते हुए ये निष्कर्ष आपके अपने समय की सच्चाई हैं। प्रकृति की जटिलता के भीतर छिपे ये तथ्य उद्घटित होकर हमें अपने ही जीवन को देखने की एक नई दृष्टि देते हैं।

₹ 325

ISBN : 9789350641170

ABHIGYAN (Novel) by Narendra Kohli

मुद्रक : जी.एस. ऑफसेट, दिल्ली

राजपाल एण्ड सन्ज़

1590, मदरसा रोड, कश्मीरी गेट, दिल्ली-110006

फोन : 011-23869812, 23865483, 23867791

website : www.rajpalpublishing.com

e-mail : sales@rajpalpublishing.com

www.facebook.com/rajpalandsons

एक

''इस बार बहुत दिनों पर चक्कर लगा बाबा!'' सुदामा ने बाबा का झोला एक खूंटी पर टांग दिया।

सुशीला ने तिनकों का बना आसन भूमि पर बिछा दिया, ''बैठिये बाबा!''

बाबा ने सुदामा को कोई उत्तर नहीं दिया। आसन पर बैठकर पहले तो सांस को नियन्त्रित-सा करते रहे और फिर सुशीला की ओर उन्मुख होकर बोले, ''कैसी हो बेटी?''

सुशीला मुस्कराई, ''हम कैसे होंगे बाबा! जैसे आप छोड़ गये थे, वैसे ही हैं। वहीं हैं। यहां कुछ भी घटित नहीं होता! न अच्छा, न बुरा। हमारा संसार तो अचल है न। आप सुनाइये, कैसे हैं?''

बाबा हंस पड़े, ''तेरा-मेरा सोचना विपरीत दिशा में चलता है बिटिया! तुम सोचती होगी कि जो कुछ घटित होता है, बाहर ही होता है। घर में कुछ भी नहीं घटता। घरों में व्यवस्थापूर्वक रहने वालों के जीवन में कोई विशेष आरोह-अवरोह नहीं है। उनका कुशल-मंगल एकरस ही रहता है...।''

''हां, बाबा!''

''और जो मुझ-जैसे घुमक्कड़ लोग हैं, बाहर-ही-बाहर रहते हैं। घटनाओं के साथ वे ही चलते हैं। उनके कुशल की सूचना मिलनी ही चाहिए। वे किसी दुर्घटना के साथ न हो जायें या उनके साथ कहीं कोई दुर्घटना न हो जाये...।'' बाबा हंस पड़े।

''अब बाबा का शब्दों के साथ खिलवाड़ और भी बढ़ गया है।'' सुदामा धीरे-से बोले।

''शब्दों का खिलवाड़ ही सही, पर बात तो ठीक कह रहे हैं बाबा!'' सुशीला ने सुदामा का प्रतिवाद किया।

''और मैं सोचता हूं बिटिया,'' बाबा उन दोनों के विवाद से निरपेक्ष अपनी बात कहते गये, ''जब तक ठीक हैं, चल रहे हैं, जब ढीले हुए, रुक गये। मेरे साथ गृहस्थी का दायित्व तो है नहीं। तुम लोग गृहस्थ हो। हज़ार प्रकार के दायित्व हैं। बच्चे हैं...अरे, तुम्हारे बच्चे कहां हैं?'' बाबा रुक गये।

''यहीं कहीं खेल रहे होंगे।'' सुशीला बोली, ''मैं अभी ढूंढ़कर लाती हूं।''

सुशीला कुटिया से बाहर चली गयी।

बाबा ने सुदामा की ओर देखा, ''तुम कैसे हो? पहले से भी दुबले हो गये हो। श्रम अधिक कर रहे हो या यह चिन्ताओं का सुफल है? तुम्हारा मित्र कृष्ण कहता है न कि

कर्म का फल अवश्य मिलता है।" बाबा के स्वर में हल्की-सी उत्तेजना थी, "चिन्ता भी तो एक कर्म ही है...।"

सुदामा हंस पड़े, "अपना क्या है बाबा! न सावन हरे न भादों सूखे। मोटा ही कब था कि दुबला होऊंगा? और कृष्ण...।"

"काम अधिक कर रहे हो?" बाबा ने बात काट दी।

"काम का क्या कहूं।" सुदामा का स्वर एकदम ठण्डा था, "काम तो करता ही रहता हूं। उसे कम और अधिक करके तो कभी नापा नहीं।"

"तुम्हारे श्रम का फल तुम्हें मिलना आरम्भ हो गया है।" बाबा स्निग्ध दृष्टि से सुदामा की ओर देखते हुए बोले। उनकी उत्तेजना जिस आकस्मिकता से आयी थी, उसी आकस्मिकता से विलीन भी हो गयी थी, "मैंने इधर-उधर घूमते-घामते, कुछ विद्वानों के बीच, तुम्हारे नाम की चर्चा सुनी है।"

"किन विद्वानों के बीच?" सुदामा उत्सुक हो उठे।

बाबा हंस पड़े, "किनके बीच होगी भाई! राजदरबारों में तुम्हारी चर्चा होगी या आचार्य-कुलों में!...कुछ नये वय के बुद्धिजीवियों, चिन्तकों-विचारकों में ही चर्चा सुनी है। वह भी उनमें, जो ईर्ष्या, घृणा और हताशा की आग में जल-जलकर हतबुद्धि नहीं हो गये हैं, जो ग्रन्थियों से मुक्त हैं, प्रत्येक बुद्धिजीवी को अपना प्रतिस्पर्धी नहीं मानते, प्रत्येक उदीयमान दार्शनिक से द्वेष नहीं करते...।"

सुदामा का उत्साह मन्द पड़ गया। व्यर्थ ही पूछने की उत्सुकता दिखायी। क्या वे नहीं जानते कि विद्वत् मण्डली का स्वभाव क्या है। और जब उन्होंने निर्णय कर ही लिया है कि अपने मार्ग पर वे अपनी योग्यता और श्रम के भरोसे ही अग्रसर होंगे; आगे बढ़ने के लिए वे किसी भी इतर क्षेत्र की बैसाखी लगाना नहीं चाहते हैं...तो फिर वे कैसे आशा करते हैं कि दो-चार छोटी-मोटी पुस्तकों, कुछ निबन्धों और कुछ व्याख्यानों के आधार पर, इतनी कम वय में ही उन्हें इतना योग्य मान लिया जायेगा कि विद्वान् लोग अपने वार्तालाप में उनकी चर्चा करने लगेंगे। और जो कुछ उन्होंने लिखा भी है, उसका प्रसार-प्रचार कहां हो पाया है। उनके पास इतने साधन ही कहां हैं कि वे अपने ग्रन्थों की प्रतिलिपियां तैयार करवा उन्हें विद्वानों के अवलोकनार्थ भिजवायें। न उनका कोई ऐसा समर्थ सहायक है, जो लेखनी-श्रमिकों को पारिश्रमिक देकर प्रतिलिपियां करवा दे। स्वयं सुदामा के पास नया लिखने और कहने को इतना अधिक है कि वे अपने पुराने लिखे को दोहराने तक का समय नहीं निकाल पाते...उनकी प्रतिलिपियां तैयार करने की कौन कहे ...उनका प्रसार तो पाठकों के प्रेम के आधार पर ही होगा...हां! यही कार्य किसी साधन-समर्थ व्यक्ति ने किया होता या साधन-सम्पन्नों की सहायता से किया गया होता तो अब तक उन कृतियों की डोंडी पिट चुकी होती...।

"इस बार आपका चक्कर बहुत दिनों में लगा बाबा!" सुदामा ने सहसा जैसे अपनी नींद से जागकर कहा।

पर बाबा भी शायद अपनी बात के बाद किसी नींद में खो गये थे। उन्होंने इस बार भी सुदामा की बात का उत्तर नहीं दिया। बोले, "तूने बड़ा कठिन मार्ग चुना है सुदामा! ज्ञान-क्षेत्र बड़ा कठिन क्षेत्र है भाई! जब बुढ़ापे के मारे सिर हिलने लगता है, आंखों से सूझता नहीं, कान ऊंचा सुनने लगते हैं; मुंह में जो दांत बच रहते हैं, वे सुविधा के लिए कम, पीड़ा के लिए अधिक होते हैं...ऐसी स्थिति में कहीं लोग, बड़े डरे-डरे कहते हैं कि हां! वह भी थोड़ा-थोड़ा कुछं सोचता है। उदीयमान विद्वान् है...हा-हा-हा।" बाबा एक हथेली पर दूसरी हथेली पटककर हंसे, "जब यम सिर पर नाच रहा हो, तब वह उदीयमान विद्वान् होता है। भाई! तुमने गुरु सांदीपनि से दर्शनशास्त्र ही क्यों पढ़ा? कृष्ण के समान शस्त्र-संचालन क्यों नहीं सीखा?"

सुदामा जैसे किसी स्वप्न में खो गये...अवन्ती में गुरु सांदीपनि का आश्रम ...कृष्ण, बलराम और उद्धव भी थे वहां। वे लोग शस्त्र भी सीखते थे और वेद भी पढ़ते थे; पर सुदामा ने कभी शस्त्रशाला की ओर पग ही नहीं बढ़ाये। विचित्र स्थिति थी...यद्यपि युद्ध क्षत्रियों का कार्य था, फिर भी शस्त्र-विज्ञान के सभी आचार्य ब्राह्मण थे...परशुराम, द्रोणाचार्य, सांदीपनि...

"क्यों नहीं सीखा?" बाबा ने फिर पूछा।

"क्या कहूं!" सुदामा स्वयं ही नहीं जानते थे, "मैं उन विद्यार्थियों में से नहीं था, जो यह सोचते हैं कि किस विषय का अध्ययन करने से वे लाभ में रहेंगे। मैंने तो वही सीखा, जो मुझे सीखना था...जिसमें मेरी गति थी, या जिसकी पृष्ठभूमि मेरे पास थी। सामगान में मैं अपनी टोली में सबसे आगे था।"

सुदामा की आंखों के सामने कुछ पुराने दृश्य घूम गये...अनेक विषयों और क्षेत्रों में कृष्ण, सुदामा से ही नहीं, सबसे आगे था। उसकी गति किसी एक विषय में नहीं, प्रायः प्रत्येक विषय में थी।... किन्तु वेदों के प्राचीन पाठ समझने में कृष्ण को कहीं-कहीं कठिनाई होती थी। कृष्ण निःसंकोच सुदामा के पास आ बैठता था और सुदामा उसे कुछ बातें बता दिया करते थे। सुदामा के परिवार में, कई पीढ़ियों से वेद पढ़े जा रहे थे, उन पर चिन्तन और मनन किया जा रहा था। सुदामा, वेदों के प्राचीन पाठों के अर्थों को समझते और याद रखते थे। यह विषय जैसे उनके रक्त में था। उसके लिए उन्हें अधिक प्रयास नहीं करना पड़ता था... पर कृष्ण की मानसिकता कुछ और ही थी। या तो वह उन पाठों और अर्थों को समझ नहीं पाता था और या फिर उनसे तादात्म्य स्थापित नहीं कर पाता था। वह उन प्राचीन पाठों में भी नये अर्थ खोजता था...और आज उसी कृष्ण की चर्चा ऐसे होती है, जैसे वह कोई महामानव हो...कुल चौंसठ दिन गुरु के पास रहा और गुरु का पट्ट शिष्य बन गया।...गुरु का अपहृत पुत्र जो लौट लाया...।

"अच्छा होता, तूने भी छात्र धर्म अपनाया होता।" बाबा कह रहे थे, "यादव सेनाओं के साथ युद्ध में गया होता। किसी युद्ध में शरीर पर एक-आध घाव खाया होता। कुछ थोड़े-से शत्रुओं का वध किया होता। तब तुझे भी वीर की पदवी भरी जवानी में मिली होती। कोई पद भी मिलता और धन भी। तब तू न इस प्रकार अख्यात रहता और

न धन के अभाव में पीड़ित होता।''

''धन का अभाव मुझे अवश्य है बाबा!'' सुदामा बोले, ''पर वह मेरा लक्ष्य ही नहीं है, तो उसके अभाव में मैं पीड़ित क्यों हूंगा?''

''ठीक कहता है तू,'' बाबा का स्वर उदास था, ''पर प्रत्येक गृहस्थ को धन की आवश्यकता तो होती ही है। तुझे धन नहीं चाहिए, क्योंकि तूने जीवन को देखने की एक ऐसी दृष्टि पायी है, जिसमें धन का...आवश्यकता भर धन का भी कोई महत्त्व नहीं है। पर तेरी पत्नी! तेरे बच्चे! उन्होंने क्या अपराध किया है कि उन्हें वे सुविधाएं भी न मिलें, जो प्रत्येक घर में पत्नी और बच्चों को मिलती हैं?''

''अपराध का प्रश्न कहां है बाबा!'' सुदामा का स्वर गम्भीर था, ''जब मेरे साथ सम्बन्ध है, तो मेरे अच्छे-बुरे को भी उन्हें भुगतना ही होगा। मेरे जीवन में यदि कोई उपलब्धि हुई...धन की बात नहीं कर रहा हूं; वैचारिक उपलब्धि, ख्याति या ऐसी ही कोई अभौतिक वस्तु...तो उसका लाभ वे पायेंगे या नहीं? ऐसे में मेरे जीवन के अभावों में भी तो उनकी सहभागिता होगी ही।...और फिर सुदामा तो जीवन के भौतिक धरातल पर जीता ही नहीं है। कीचड़ में बिलबिलाते एक कीड़े और स्वच्छ वायुमण्डल में जीने वाले एक जीव में कोई अन्तर तो होगा बाबा?''

''तुमसे असहमत नहीं हूं।'' बाबा बोले, ''विवेकपूर्ण स्वच्छ जीवन जीने का पक्षपाती मैं भी हूं। इसीलिए तो गृहस्थी के बन्धन मुझे बांध नहीं पाये। अपने परिवार के साथ रहना तो दूर, टिककर कहीं एक स्थान पर ही नहीं रह सका...पर जब तेरी पत्नी और बच्चों को जीवन की आवश्यकताओं के अभावों की असुविधा झेलते देखता हूं तो मुझे कष्ट होता है। तू कोई दूसरा काम क्यों नहीं करता, जिससे कुछ धन अर्जित कर सके?''

''वह मेरा स्वधर्म नहीं है बाबा!'' सुदामा का स्वर पूर्णतः आश्वस्त था, ''मेरा सखा कृष्ण कहा करता था कि स्वधर्म के अनुसार जीना ही श्रेष्ठ है। शायद इसीलिए मैंने शस्त्र-विद्या नहीं सीखी, केवल दर्शनशास्त्र पढ़ा।...कृष्ण की बात तो है ही; पर अब तो मैं स्वयं ही अनुभव करने लगा हूं कि स्वधर्म में जीना असुविधाजनक हो सकता है, पर यह कष्टदायक नहीं है। असुविधा कोई सत्य तो है नहीं, एक अनुभूति ही तो है। मेरी प्रकृति, मेरा स्वधर्म धनार्जन नहीं है। मैं अपनी अन्तःप्रेरणा से कार्य करता हूं। उस काम में रस पाता हूं। मुझे अपनी सार्थकता का बोध होता है। धनार्जन मेरा लक्ष्य हो जाये तो भौतिक असुविधाएं कदाचित् समाप्त हो जायें, पर इनसे मेरे कष्ट बढ़ जायेंगे।''

''समझता हूं।'' बाबा का स्वर स्नेह में छलछलाया हुआ था, ''मुझसे अधिक कौन समझेगा! मेरी अन्तःप्रेरणा मुझे धक्के मार-मारकर चलाती रही। एक स्थान पर टिककर रहना मेरी प्रकृति नहीं है। मेरा स्वधर्म, मेरी प्रकृति तो गति है, प्रवाह...चलते रहना। इससे मेरे परिवार को असुविधा नहीं होती क्या? बहुत होती है। वे चाहते हैं कि मैं टिककर उनके साथ रहूं। पर यदि मैं उनके साथ रहा, मेरी गति रुक गयी तो मेरा दम घुट जायेगा...।''

सुशीला ने बच्चों के साथ कुटिया में प्रवेश किया।

"बाबा को प्रणाम करो।"

बाबा ने बच्चों पर दृष्टि डाली। दो दुबले-पतले लड़के उनके सामने खड़े थे। बड़ा विवेक, कोई बारह-तेरह वर्ष का था। शरीर पर घुटनों से ऊपर तक की एक स्वच्छ धोती थी। उसे लंगोटी का विस्तृत रूप कहा जा सकता था। शेष शरीर नंगा था। उसकी पसलियां सुविधा से गिनी जा सकती थीं। घुटनों की गांठें टांगों में से अलग दिखाई पड़ रही थीं। ज्ञान, सात-आठ वर्ष का रहा होगा। शरीर का गठन उसका भी वैसा ही था। पर अभी उसके शरीर का मांस कुछ कोमल था। वय के साथ उसका शरीर बढ़ेगा और पौष्टिक आहार नहीं मिलेगा तो उसकी भी वही स्थिति होगी।

बाबा ने दोनों को अपनी बांहों में घेरकर अपने निकट खींच लिया। "मुझे पहचानते हो?"

"आप हमारे बाबा हैं।" विवेक ने भीरु स्वर में कहा।

"हां! तुम्हारे बाबा और मैं मित्र थे, इसलिए मैं तुम्हारा बाबा हूं।" बाबा हंसे, "अच्छा, यह बताओ, तुम दोनों अधिक खेलते हो या अधिक पढ़ते हो?"

"दोनों खिलंदड़े हैं।" सुदामा बोले, "अध्ययन में, दोनों में से किसी की भी रुचि नहीं है। मेरे पिता का ज्ञान आश्रम भर में फैला था, मेरा एक कुटिया तक सीमित रह गया है। इनके समय तक शायद वह एक झोले में समाने योग्य ही रह जाये।"

"कितना पढ़ेंगे अभी से?" सुशीला ने सुदामा की बात काटकर, बाबा की ओर देखा, "ये तो चाहते हैं कि बच्चे अभी से इन्हीं के समान, इन्हीं के बराबर अध्ययन करें।"

"मेरे बराबर न करें।" सुदामा बोले, "पर उनकी प्रवृत्ति तो दिखाई पड़े।"

"प्रवृत्ति और कैसे दिखाई पड़ेगी?" सुशीला के स्वर में रोष था, "उनका खेल भी ताल-पत्रों के ग्रन्थ बनाने तक सीमित है।"

"नहीं। यह उचित नहीं है।" बाबा स्नेह भरे स्वर में बोले, "बच्चों का स्वस्थ शारीरिक विकास बहुत आवश्यक है। उन्हें खेल का पूरा समय मिलना चाहिए और पौष्टिक भोजन भी...।"

"स्वस्थ तो हैं बाबा!" सुदामा टालते-से बोले, "दिन भर भागते-दौड़ते हैं। पतले हो सकते हैं, पर दुबले नहीं हैं। खड़े-खड़े चक्कर नहीं खा जाते और चलते-चलते गिर नहीं पड़ते।"

"आप उसी की प्रतीक्षा में हैं क्या?" सुशीला की आंखें गीली हो गयीं, "यदि आज तक ऐसा नहीं हुआ तो भगवान् की कृपा के कारण; अन्यथा कौन नहीं जानता कि इन बच्चों को पौष्टिक भोजन तो दूर, दोनों समय भरपेट भोजन भी नहीं मिल पाता।"

बाबा ने प्यार से दोनों बच्चों की पीठ पर हाथ फेरा, "तुम लोग जाओ पुत्र, अपने मित्रों के साथ खेलो।"

"खेलकर आयेंगे तो आप हमें कहानी सुनायेंगे ना बाबा?" ज्ञान पहली बार बोला।

''क्यों नहीं सुनाऊंगा। अवश्य सुनाऊंगा।''

''पिछली बार के समान पिताजी से ही बातें करने में लीन तो नहीं रहेंगे न?'' ज्ञान भोली धृष्टता के साथ बोला।

''चल भाग।'' सुदामा ने प्यार-भरे स्वर में डांटा।

बाबा ज़ोर से हंस पड़े, ''तुझे अब तक याद है रे! तू बड़ा दुष्ट है, फिर तो... मैं तो समझता था कि तू मुझे पहचानता भी नहीं होगा, और तू उन घटनाओं को भी याद रखे हुए है।'' बाबा हंसते चले गये, ''सुदामा! तेरा बड़ा बेटा तो कुछ बोलता ही नहीं। पता नहीं गम्भीर है या चुप्पा है। देख! छोटा मुझे भी बना गया। यह बड़ा होकर बड़े-बड़ों को शास्त्रार्थ में पराजित किया करेगा रे!''

बाबा ने फिर से बच्चों के सिर पर हाथ फेरा।

बच्चे बाहर चले गये तो कुटिया में चुप्पी छा गयी। शायद किसी की भी समझ में नहीं आ रहा था कि बात कहां से आरम्भ की जाये।

अन्ततः बाबा ही बोले, ''बहू! क्या सचमुच स्थिति इतनी खराब है?''

सुशीला ने प्रयत्नपूर्वक, मुस्कान से अपने चेहरे की उदासी धो डाली। ''कहां खराब है बाबा! आप तो सचमुच ही चिन्तित हो उठे। मैंने तो यूं ही कहा था...।''

''अब तुमने गृहिणी का रूप धारण कर लिया है बिटिया,'' बाबा हंस पड़े, ''और गृहिणी अन्नपूर्णा होती है। पर बहू! बच्चों को भरपूर भोजन का न मिलना...और मैं ठहरा तुम्हारा अतिथि। बोझ बढ़ाने वाला...''

''नहीं बाबा! नहीं।'' सुशीला बोली, ''आप ऐसा कुछ मत सोचिये। कभी-कभी वैसा संयोग भी हो जाता है; पर आज कोई कमी नहीं है। आप स्वयं देख लेंगे।''

''आप चिन्ता न करें बाबा!'' इस बार सुदामा उत्साह से बोले। उन्होंने सुशीला के चेहरे की मुस्कान से समझ लिया था कि आज घर में भोजन की कमी नहीं है।

''आपने बताया नहीं कि इस बार कहां-कहां से घूमकर आ रहे हैं?''

बाबा ने क्षण भर सोचा, शायद उन्हें भी यही ठीक जंचा कि वे विषय बदल दें। बोले, ''इस बार द्वारका चला गया था। वहीं टिक गया। काफी समय वहीं लग गया।''

''द्वारका!'' सुदामा के मुख से अनायास निकला, ''कृष्ण की नगरी!''

''हां! तुम्हारे कृष्ण की नगरी।'' बाबा मुस्कराए, ''धनाढ्य नगरी थी भई। बड़े-बड़े महालय, ऊंची-ऊंची अट्टालिकाएं, चौड़े-चौड़े राजपथ, उद्यान- उपवन, सजे-धजे मनुष्य, रथ, हाथी, घोड़े...लगता था, नगर नहीं है, कोई मेला है—जहां हास और विलास के सिवा और कुछ नहीं है।''

''बाबा! आप भूतकाल में बोल रहे हैं।'' सुदामा बोले, ''क्या अब द्वारका वैसी नहीं रही?''

''शाल्व के आक्रमण के बाद वैसी नहीं रही।'' बाबा धीरे-से बोले, ''वैसा नृशंस आक्रमणकारी और कोई क्या होगा। सागर तट के ग्राम के ग्राम उसने जला डाले। उद्यान

उजाड़ डाले। न बच्चों को क्षमा किया, न स्त्रियों को, न शस्त्रहीन नागरिकों को। पशुओं तक को उसने नहीं छोड़ा। यादवों का सारा जीवन अस्त-व्यस्त कर डाला। द्वारका के अनेक सुन्दर भवन जला डाले।'' बाबा क्षण भर रुके, ''यादवों की जो दुर्गति जरासंध नहीं कर पाया था, वह शाल्व ने कर डाली।''

''यह शाल्व कौन है बाबा?'' सुशीला ने पूछा।

''तो तुम लोगों तक द्वारका की दुखद कहानी नहीं पहुंची?'' बाबा ने आश्चर्य से पूछा।

''कुछ हल्का-सा समाचार मिला तो था,'' सुदामा धीरे-से बोले, ''पर विस्तार से मालूम नहीं हो सका।''

''ओह!'' बाबा शून्य में घूर रहे थे, जैसे उन दृश्यों और घटनाओं को प्रत्यक्ष देख रहे हों।

''कृष्ण ने उन्हें रोका नहीं?'' फिर सुशीला ने ही पूछा।

''कृष्ण वहां था कहां।'' बाबा बोले, ''वह द्वारका में रहता ही कितनी देर है। उसका सारा ध्यान तो आर्यावर्त्त की घटनाओं में ही लगा रहता है।''

''कृष्ण भी आप ही के समान घुमक्कड़ हैं क्या?''

बाबा हंस पड़े, ''नहीं बिटिया! वह घुमक्कड़ नहीं है, पर वह बहुत सारे स्थानों पर, बहुत सारी घटनाओं में उलझा रहता है। अब देखो,'' उन्होंने रुककर सुशीला को देखा, ''मथुरा से सारे यादवों को सुरक्षित निकाल वह द्वारका ले गया। जरासंध इधर टापता रह गया और कालयवन को उसने मार डाला। इससे हुआ यह कि जरासंध और उसके साथी कृष्ण से इतने रुष्ट हुए कि उन्होंने स्वयं को संघबद्ध करना आरम्भ कर दिया। फिर कृष्ण उन्हें अंगूठा दिखा, जरासंध, रुक्मी और शिशुपाल के बीच में से रुक्मिणी को हर लाया।'' बाबा तनिक-सा रुककर फिर बोले, ''कृष्ण को जब यह सूचना मिली कि पांचों पाण्ड वारणावत में जलकर मरे नहीं हैं, तो वह उनकी खोज में निकल गया। उद्धव ने उसे सूचना दी कि वे लोग वन में छिपे हुए हैं और भीम वृकोदर के रूप में हिडिम्बा का पति और राक्षसों का राजा बना बैठा है। कृष्ण ने उनसे सम्पर्क किया और उन्हें पांचाल की राजधानी कांपिल्य में, द्रौपदी के स्वयंवर के अवसर पर प्रकट किया। वहां भी जरासंध और उसके साथियों की हार हुई। इन्द्रप्रस्थ के निर्माण के पश्चात् पाण्डव और पांचाल कृष्ण के सशक्त सहयोगी हो गये थे...।'' बाबा कुछ रुके, ''मैं जब पहली बार द्वारका गया था, तब कृष्ण इन्द्रप्रस्थ का निर्माण करा, युधिष्ठिर का राज्याभिषेक कर द्वारका लौटा था। कृष्ण के काफी समय तक द्वारका से दूर रहने के कारण, द्वारका के यादव पर्याप्त शिथिल हो गये थे। उनमें भोग की प्रवृत्ति बढ़ गयी थी। कृष्ण के विरोधी सत्राजित और उसके साथियों ने अपनी शक्ति काफी बढ़ा ली थी। स्यमंतक मणि वाली घटना तभी घटी थी। कृष्ण ने अपने प्राणों पर खेलकर स्यमंतक मणि लौटाई थी और सत्यभामा तथा जाम्बवती से विवाह किया था। पर फिर भी कृष्ण द्वारका में कहां टिक पाया। उसे पाण्डवों के राजसूय-यज्ञ में इन्द्रप्रस्थ जाना पड़ा। उसी में उसने जरासंध का

भीम से वध करवाया और शिशुपाल को अपने हाथों मारा। वह इन्द्रप्रस्थ में था और इधर शिशुपाल के मित्र शाल्व ने द्वारका पर आक्रमण कर दिया।"

"यादव सेनाओं ने उसे रोका नहीं?" सुशीला के चेहरे पर भोली जिज्ञासा थी।

"क्या सुदामा ये सारी सूचनाएं तुम्हें नहीं देता?" बाबा ने आश्चर्य से पूछा।

"मुझे सब कुछ स्वयं ही ज्ञात नहीं होता।" सुदामा एक फीकी हंसी हंसे, "कुछ अपनी पुस्तकों में डूबा रहता हूं। कुछ इधर लोगों का आवागमन ही कम है; और फिर मेरे जैसा व्यावहारिक जीवन में असफल व्यक्ति, अपने सफल साथियों की कितनी खोज-खबर रख सकता है।"

बाबा सुदामा को देखते रहे। फिर बोले, "तुम्हारी यह ईर्ष्या तो अच्छी नहीं है सुदामा!"

"मैं कोई जान-बूझकर करता हूं।" सुदामा खिसियाए-से बोले, "जब कृष्ण की इन सारी सफलताओं के विषय में सुनता हूं तो कभी प्रसन्नता होती है और कभी अपने अभावों के घाव खुल जाते हैं।"

"यादव सेनाओं ने शाल्व को रोका नहीं बाबा?" सुशीला ने अपना प्रश्न दुहरा दिया।

"रोका बेटी, रोका। कृष्ण के बेटे और साथी भरसक लड़े। एक प्रकार से उन्होंने उसे पीछे हटने को बाध्य कर दिया था। तब तक कृष्ण भी लौट आया था। पर सौराष्ट्र की क्षति तो हो ही चुकी थी। मैंने दूसरी बार द्वारका तब ही देखी थी। तुम कभी द्वारका गये हो?"

"नहीं! अभी तक तो नहीं गया।" सुदामा धीरे-से बोले।

बाबा जैसे अपनी कल्पना में द्वारका में ही जा खड़े हुए थे, "प्रकृति ने बड़े सुन्दर सागर तट दिये हैं द्वारका को। पर यादवों ने उन तटों पर अपने भवनों और उद्यानों से उन्हें और भी सुन्दर बना दिया है। कुकुद्मीन के समय द्वारका एक साफ-सुथरा-सा कस्बा थी। पण्यजन राक्षसों के समय द्वारका एक उजड़ा हुआ सागरतट मात्र थी, जहां धन-लोलुप व्यापारी और उनके रक्षक बर्बर सैनिकों का जमघट था। और...और..." बाबा कुछ रुककर बोले, "शाल्व के आने से पहले, द्वारका एक नगरी थी, मनुष्य द्वारा निर्मित और संवरी हुई नगरी।...अब जनसंख्या भी कितनी बढ़ गयी है।" सहसा बाबा ने रुककर सुदामा की ओर देखा, "तुम्हारे ग्राम की जनसंख्या एकदम बढ़ी हुई नहीं लगती सुदामा! द्वारका में लोग हैं और भूमि नहीं है। यहां इतनी भूमि पड़ी हुई है और कोई उसे घेरता नहीं..."

"यहां जनसंख्या क्या बढ़ेगी बाबा!" सुदामा के स्वर में स्पष्ट उदासी थी, "यहां तो जो लोग थे, वे भी धीरे-धीरे द्वारका, प्रभास, भृगुतीर्थ या पास के छोटे-बड़े नगरों में बसते जा रहे हैं।"

"पर क्यों?"

"काम-धन्धा कहां है यहां?" सुदामा बोले, "यहां अर्थोपार्जन के साधन हों तो

यहां के लोग सम्पन्न होंगे और बाहर के लोग भी आकर बसेंगे। तब सुदामा की कुटिया के आस-पास मैदान और वन नहीं रहेंगे। यह सारी भूमि घिर जायेगी, बिक जायेगी...।''

''तुम यह सब कुछ समझते हो सुदामा! तो कुछ करते क्यों नहीं?''

''समझते तो बहुत लोग हैं, पर करना तो सबके बस का नहीं होता।'' सुदामा अनासक्त भाव से बोले, ''साधारण आदमी के सोचने-समझने से क्या होता है। जिनके हाथ में सत्ता होती है, वे समझने लगते हैं तो निर्माण होने लगता है। सुना है, द्वारका और उसके आस-पास मथुरा के यादव बस गये हैं। उन्होंने वन काटकर खेत बनाये हैं। गोवंश को बढ़ाया है। घोड़े पाले हैं। भवन बनाये हैं। जलपोत बनाये हैं। व्यापार बढ़ाया है। लोग वहां जाते हैं तो उन्हें काम मिलता है और काम के साथ धन मिलता है।'' सुदामा ने गहरी सांस ली, ''हम लोग यहां सोचते ही रह जाते हैं।... कुछ किसान हैं, कुछ छोटे-मोटे दुकानदार। आठ-दस घर हम उपाध्यायों के हैं, पर न तो कोई गुरुकुल है और न अन्तेवासी ब्रह्मचारी।... मेरा एक पड़ोसी है, भृगुदास। बेचारा द्वारका के चक्कर काट रहा है। मैंने उससे कभी पूछा नहीं। उसने भी कभी बताया नहीं। पर शायद वह वहां कोई सम्पर्क खोज रहा है। कुछ और लोग भी हैं, जो पास की नगरियों में छोटी-मोटी चाकरियां करते हैं। वहां रह नहीं सकते। आवास की सुविधा नहीं है, या फिर महंगी है। बाध्य होकर यहां रह रहे हैं।''

सुदामा चुप हो गये। बाबा भी चुप ही हो रहे। लगा, वातावरण में एक विषाद-सा घुल गया है।

''आप द्वारका में कहां टिके बाबा?'' सुशीला की सहज उत्सुकता ने मौन तोड़ा।

''द्वारका में कहां टिकता बेटी!'' बाबा ने हंसकर विषाद को काटने का प्रयत्न किया, ''धनाढ्यों की नगरी है, वहां मुझे कौन पहचानता है। यदि कोई पहचानता भी और मुझे अपने घर पर टिकाना चाहता भी, तो मैं ही टिक नहीं पाता।''

''क्यों?''

''प्रकृति के सिद्धान्त बड़े विचित्र हैं बेटी!'' बाबा कुछ सोचते हुए बोले, ''एक व्यक्ति यदि बहुत सारे वैभव के बीच जीने का अभ्यस्त हो जाये तो वह बिना वैभव के जी नहीं सकता। उसी प्रकार, जो व्यक्ति बिना सुविधाओं के जीने का अभ्यस्त हो, वह अधिक वैभव देखते ही घबरा उठता है। मैं धनाढ्य लोगों के नैकट्य में सहज नहीं रह पाता हूं। मेरा मन घबराने लगता है। मैं निर्धन लोगों के बीच अधिक सहज और सुखी रहता हूं। वैसे भी मैंने संकल्प कर रखा है कि मैं धनियों के घर नहीं टिकूंगा।''

''तो फिर आप कहां टिके?'' इस बार सुदामा ने पूछा।

''द्वारका में कृष्ण द्वारा स्थापित एक गुरुकुल में।''

''तो कृष्ण ने गुरुकुल की स्थापना कर ली?'' सुदामा के मुख से अनायास निकला।

''हां!'' बाबा बोले, ''गुरुकुल, नगर के ठीक बीच में तो नहीं है; नगर के ऐश्वर्य से हटकर कुछ दूर सागरतट पर है। उसी गुरुकुल में मेरा एक मित्र भी अध्यापक है। उसी

की कुटिया में मैं भी टिक गया था।''

''उस गुरुकुल में क्या आर्यपुत्र अध्यापक नहीं हो सकते?'' सुशीला के स्वर में व्यग्रता की ध्वनि अत्यन्त स्पष्ट थी।

''सुदामा?'' बाबा बोले, ''क्यों नहीं हो सकता। सुदामा कृष्ण का मित्र है। वासुदेव योगीश्वर कृष्ण को कहने की भी आवश्यकता नहीं पड़ेगी और सुदामा की नियुक्ति हो जायेगी।''

''राजकीय गुरुकुल।'' सुदामा कुछ उपेक्षा से बोले, ''वहां शासनतंत्र ज्ञान की बेल को बिना कतर-ब्यौंत के, स्वच्छन्द रूप से फैलने देगा क्या? एक तो राजकीय गुरुकुल में चाकरी करूं और उसके लिए भी कृष्ण के सामने याचक बनकर हाथ फैलाऊं!'' सुदामा रुके, ''बाबा! आप जानते हैं कि मेरी महत्त्वाकांक्षा यह नहीं है।''

''आपकी महत्त्वाकांक्षा तो यह नहीं है।'' सुशीला बोली, ''किन्तु महत्त्वाकांक्षा पूरी न हो तो मनुष्य सामान्य जीवन जीने का प्रयत्न तो करता ही है।''

सुदामा ने आहत दृष्टि से सुशीला को देखा और धीरे-से बोले, ''ऐसी कोई चाकरी कर ली तो मेरा दर्शन-ग्रन्थ धरा का धरा रह जायेगा। ज्ञानयोग की श्रेष्ठता का स्वप्न, स्वप्न ही रह जायेगा।''

''देखो! मैंने तो जीवन-भर कोई चाकरी की नहीं।'' बाबा बीच-बचाव-सा करते हुए बोले, ''मुझे चाकरी का कोई अनुभव नहीं है। सत्य तो यह है कि मुझे चाकरी के नाम से ही घबराहट होती है। पर, द्वारका के गुरुकुल में जो स्थिति मैंने देखी है, उससे ऐसा नहीं लगता कि वहां के आचार्यों, अध्यापकों और साधकों को ज्ञान-साधना में कोई विघ्न उपस्थित होता होगा। इस सन्दर्भ में मैंने कृष्ण में एक अद्भुत उदारता देखी है। गुरुकुल यद्यपि पूर्णतः राजकीय अनुदान से चलता है और वहां के आचार्य, अध्यापक, साधक तथा ब्रह्मचारी बड़े सुख और सुविधा से रहते और कार्य करते हैं; किन्तु गुरुकुल में तनिक भी राजकीय हस्तक्षेप नहीं है।''

''ऐसा सम्भव ही नहीं है बाबा!'' सुदामा बोले, ''ऐसा कौन-सा शासन होगा, जो अपने धन से ऐसे लोगों का पोषण करे, जो उसके अनुशासन से बंधना न चाहें। गुरुकुल के विद्वान् राजपुरुषों की उपेक्षा करेंगे तो क्या शासनतंत्र उसे सह लेगा? कभी नहीं! राजपरिवार की इसी उदारता का भरोसा कर द्रोणाचार्य अपना आश्रम त्यागकर हस्तिनापुर गये थे। पर क्या हुआ? राजपुत्रों का राजगुरु एक राजपुरुष से अधिक महत्त्वपूर्ण नहीं है। द्रोणाचार्य अपने शिष्यों के गुरु न रहकर उनके आदेशों का पालन करने वाले चाकर होकर रह गये हैं।''

''यह तुम्हारा भ्रम है सुदामा!'' बाबा का स्वर इस बार पर्याप्त दृढ़ था, उनका व्यवहार चाहे कितना ही कोमल और स्नेहयुक्त हो, पर सिद्धान्त की बात आते ही वे कठोर हो जाते थे।

''भ्रम की क्या बात है?'' सुदामा का स्वर भी कुछ आग्रहपूर्ण हो गया, ''आचार्य द्रोण आज किसी राजपुरुष से कुछ अधिक हैं क्या?''

"द्रोण अब आचार्य ही नहीं हैं," बाबा अपने शब्दों को चबा-चबाकर दृढ़ स्वर में बोले, "द्रोण राजपुरुष हैं। कुरु सेनाओं के सेनापति हैं। कुरुओं के मण्डलेश्वर हैं। अहिछत्रा के राजा हैं। द्रोण पूरे राजनीतिज्ञ हैं। वह न आचार्य हैं, न ऋषि। और फिर..." बाबा का स्वर कुछ ऊंचा हो गया, "तुम्हारे गुरु द्रोणाचार्य हस्तिनापुर में ज्ञान की साधना करने नहीं आये थे कि उन्हें चिन्तन की स्वतन्त्रता की आवश्यकता होती।"

"नहीं। आये तो वे आजीविका...," सुदामा ने बात काटी।

पर बाबा ने सुदामा को अपनी बात पूरी नहीं करने दी, "नहीं! आजीविका के लिए भी नहीं। वह द्रुपद के विरुद्ध मन में घृणा, कटुता और प्रतिहिंसा की भावना लिए हुए उसे अपमानित करने के लिए उपकरण इकट्ठे करने आया था।"

"तो उसमें गलत क्या था?" सुदामा भी कुछ आवेश में आ गये, "द्रुपद ने उनका अपमान क्यों किया था?"

"द्रुपद ने द्रोण का अपमान नहीं किया था।" बाबा ने ठण्डे, किन्तु दृढ़ स्वर में कहा, "पर विवाद के लिए यदि तुम्हारी बात मान भी ली जाये, तो एकलव्य ने तो द्रोण का अपमान नहीं किया था। द्रोण ने उसका अंगूठा क्यों कटवाया?"

"उस घटना का हमारे विवाद से क्या सम्बन्ध?" सुदामा ने अपनी हल्की-सी हंसी से अपना विरोध प्रकट किया।

"सम्बन्ध ही बता रहा हूं।" बाबा अपने प्रवाह में बोलते चले गये, "एकलव्य का अंगूठा कटवा लेना यह सिद्ध करता है कि द्रोण में न उदारता है, न न्याय-भावना। गुरु में उदारता होनी चाहिए, आकाश के समान। वह अपना स्वार्थ नहीं देखता। उसकी छाया में तो प्रत्येक जीव अपनी क्षमता-भर विकास करता है। द्रोण में यह गुरुत्व ही नहीं है। उसमें अपनी शस्त्र-शक्ति का अहंकार और अपने स्वार्थ साधनों की संकुचित मनोवृत्ति है।"

"आप गुरु द्रोण को बहुत छोटा बना रहे हैं बाबा!" सुदामा ने हंसकर, फिर अपनी असहमति प्रकट की।

"छोटा ही सही।" बाबा बोले, "मेरी दृष्टि में प्रत्येक वह व्यक्ति बहुत तुच्छ है, जो अपने ज्ञान की सौदेबाजी करता है। द्रोण बचपन से ही भौतिक सुविधाओं के लिए तड़प रहा था। यदि वह द्रुपद के पास जाकर सहायता मात्र मांगता तो शायद द्रुपद उदारतापूर्वक उसे धन दे देता। पर द्रोण का अहंकार...याचना भी करेंगे और मित्र भी बने रहेंगे...मैं तो इन बुद्धिजीवियों के इस अहंकार से तंग आ चुका हूं। एक ओर त्याग, बलिदान, आत्मस्वाभिमान का ढोंग भी करेंगे और फिर भौतिक सुविधाओं के लिए लार भी टपकायेंगे। दोनों बातें एक साथ नहीं चल सकतीं सुदामा!" बाबा ने सुदामा के चेहरे पर अपनी आंखें टिकाईं, "द्रुपद ने क्या गलत कहा था कि मैत्री के लिए कोई समान आधार चाहिए।... और इससे पीड़ित होकर आचार्य द्रोण ने प्रतिहिंसा का वह बीज बोया, जिससे अनेक उदात्त जीवन घृणा से काले हो गये। द्रोण की दृष्टि इतनी संकीर्ण हो गयी कि शक्ति ही उसके लिए जीवन का लक्ष्य हो गयी..."

"इसे छोड़िये बाबा!" सुशीला का अधैर्य मुखर हुआ, "विवाद का विषय यह नहीं

है।...ये गुरु द्रोण को अपने शिष्यों के आदेशों का पालन करने वाला चाकर कह रहे हैं ...पर अहिछत्रा के राजा भी तो वे ही हैं। अपने आश्रम में बैठे, ब्रह्मचारियों को पढ़ाते रहते तो द्रुपद के आधे राज्य के स्वामी न होते।''

''तुम दोनों ही अपनी-अपनी जगह ठीक हो।'' बाबा बोले, ''प्रश्न यह है कि आप भौतिक समृद्धि के बिना सुखी रह सकते हैं या भौतिक समृद्धि के लिए अपनी आत्मा और स्वधर्म का मूल्य चुकाकर सुखी रह सकते हैं।''...बाबा ने रुककर, पति-पत्नी दोनों को देखा, ''मैं सुदामा की बात को एक सीमा तक ठीक मान सकता हूं। मैं कल्पना कर सकता हूं कि जब दुर्योधन जैसे राजा के आदेश से किसी ऋषि को अपनी अन्तरात्मा के विरुद्ध कुछ करना पड़ता होगा, तो उसे कितना आत्मदमन करना पड़ता होगा। पर द्रोण को मैं उन लोगों में से मानता हूं, जिनके लिए अन्तरात्मा और आत्मदमन जैसी अवधारणाओं का अस्तित्व ही नहीं है।''

''अच्छा! गुरु द्रोण को छोड़िये। आप अपना ही उदाहरण लीजिये बाबा!'' सुदामा कुछ उद्दीप्त स्वर में बोले, ''क्या आपको किसी राजदरबार में राजपण्डित या राजपुरोहित का पद नहीं मिल सकता? आप क्या किसी राजकीय गुरुकुल के आचार्य, उपाध्यक्ष अथवा कुलपति नहीं हो सकते?''

''मेरी बात छोड़ रे!'' बाबा की सारी दृढ़ता विलीन हो गयी। वे बालक के-से स्वच्छन्द मन से हंसे, ''मैं तो जन्म का उच्छृंखल ठहरा। मेरी राह चलेगा, तो अपनी गृहस्थी का भी पालन नहीं कर पायेगा। मुझे कोई राजकीय सम्मान मिलता है, तो मेरी आत्मा मुझे धिक्कारने लगती है। मैं सोचने लगता हूं कि मैंने ऐसा कौन-सा पाप किया है कि मुझे उसका यह दण्ड मिल रहा है। मैं तो राजाओं का, शासनों का विरोधी रहकर ही सुखी रह सकता हूं...।''

''संसार में कुछ और लोग भी ऐसे हो सकते हैं बाबा!'' सुदामा बोले।

''हो क्यों नहीं सकते। तुझे कहने में संकोच है तो मैं कह दूं कि तू ही उनमें से एक है।'' बाबा हंस पड़े, ''हम उस बिरादरी के लोग हैं, जो ज्ञान से ऊपर कुछ नहीं मानते, जो सिवा ज्ञान के और किसी शक्ति का आधिपत्य नहीं मानते, जो सिवा ज्ञान के किसी की सत्ता से पराभूत नहीं होते...।'' बाबा ने रुककर सुदामा को देखा, ''किन्तु फिर भी तुझमें और मुझमें भेद है। थोड़ी देर पहले तू ही स्वधर्म की चर्चा कर रहा था न। तो तेरे और मेरे स्वधर्म में भी अन्तर है। अधिक न सही, पर थोड़ा-बहुत तेरी और मेरी प्रकृति में भेद तो है ही।''

सहसा उन तीनों का ध्यान कुटिया के द्वार पर खड़े विवेक की ओर चला गया। वह ज़ोर-ज़ोर से रो रहा था।

सुशीला झटपट उसके पास पहुंची, ''क्या हुआ?'' और तभी उसने पलटकर सुदामा की ओर देखा, ''यहां आइये। इसके मुंह से तो खून आ रहा है।''

सुदामा ने घुटनों के बल बैठकर विवेक के होठों को देखा, उसके निचले होंठ से खून बह रहा था।

"गिर पड़े क्या?" उन्होंने पूछा।

"रोहित ने धक्का दे दिया।" विवेक रोते हुए बोला।

"यह रोहित...।" सुशीला बड़बड़ाई।

"रोना बन्द कर।" सुदामा ने डांटा, "होंठ में तेरे अपने दांत ही तो लग गये हैं।"

"सुनिये। वैद्य..."

"कोई आवश्यकता नहीं है वैद्य की।" सुदामा बोले, "पानी दो। मुंह धुलवा देता हूं। अभी ठीक हो जायेगा।"

"वैद्य को...।" सुशीला ने फिर कहना चाहा।

"कुछ नहीं हुआ।" सुदामा ने डांट के-से स्वर में कहा, "साधारण-सी बात है। बच्चे खेलेंगे तो गिरे-पड़ेंगे भी। चोट भी लगेगी ही।"

सुशीला बड़बड़ाती हुई गयी और पानी ले आयी। सुदामा ने विवेक का मुंह धुलवाया, कुल्ला करवाया और कहा, "जाओ खेलो।"

"अब कहां भेज रहे हैं?" सुशीला बोली।

"खेलने।" सुदामा ने उत्तर दिया, "अब यह मत कहना कि इसे बहुत चोट लग गयी है, इसलिए इसे विश्राम करना चाहिए।"

सुशीला ने एक विवश दृष्टि सुदामा और विवेक पर डाली और फिर जैसे स्वयं को संयमित करती हुई-सी बोली, "अब रोहित के साथ मत खेलना। तुझे हज़ार बार कहा है कि उसके साथ मत खेला कर।"

"क्यों? रोहित को क्या हुआ है?"

"मारपीट करता है, और क्या!" सुशीला कुछ उग्र स्वर में बोली, "जब देखो हमारे बच्चे रोते हुए ही घर आते हैं।"

"तो किस-किस से खेलने को रोकोगी।" सुदामा बोले, "इन्हें सिखाओ कि रोते हुए न आयें।...जाओ बेटा, तुम जाओ।"

विवेक चला गया।

"केवल इतना ही क्यों।" विवेक के जाने पर बाबा बोले, "इन्हें सिखाओ कि कोई इन्हें मारे, तो ये अपनी रक्षा करें। आत्मरक्षा में दूसरों को पीटना पड़े, तो भी कोई बुराई नहीं है।"

"ये क्या पीटेंगे।" सुशीला बोली, "शरीर में जान तो है नहीं। आप क्यों नहीं जाकर रोहित को धमकाते।"

सुदामा हंस पड़े, "मैं कौन होता हूं, दूसरों के बच्चे को धमकाने वाला। इन्हें भी तो जीवन जीना है। सीखने दो, उसका सामना करना। हम कहां-कहां इन्हें बचाते फिरेंगे।"

"क्यों?" रोहित की मां सारे ग्राम के बच्चों को धमकाती फिरती है कि मेरे बच्चे को हाथ लगाया, तो हाथ तोड़ दूंगी।...बच्चा क्या उसी का है। हमारे बच्चे नहीं हैं?"

"बच्चे तो तुम्हारे भी हैं।" सुदामा बोले, "पर तुम रोहित की मां नहीं हो। मैं

काशीनाथ नहीं हूं। हम उस प्रकार का असभ्य व्यवहार नहीं कर सकते, जैसा वे करते हैं।''

बाबा हंस पड़े, ''तुम कृष्ण के मित्र हो। अपने बच्चों को यह नहीं सिखा सकते कि कोई तुम्हें मारे तो तुम भी उसे मारो। हाथ से न मारो, तो ईंट-पत्थर से मारो।''

सुदामा भी हंस पड़े, ''मित्र तो मैं कृष्ण का हूं, पर सचमुच अन्याय के विरुद्ध शक्ति-प्रयोग न तो मैं सीख पाया, न अपने बच्चों को सिखा पाया।''

बाबा गम्भीर हो गये, ''एक बच्चा वह होता है, जिसे सिखाना पड़ता है कि किसी से लड़ो मत, किसी को मारो मत। पर मुझे लगता है कि तुम्हारे बच्चे को तो हिंस्र बनना सिखलाया जाना चाहिए।''

''हिंस्र बनना क्या सिखायें बाबा!'' सुदामा बोले, ''आपने देख तो लिया ही है कि तनिक-सा होंठ कट जाने पर सुशीला कैसे घबरा जाती है। वैद्य की बात करने लगती है। कहीं ईंट-पत्थर से लड़ने लगे और सिर फाड़ने लगे...।''

''नहीं! नहीं!! ऐसे ही ठीक है।'' सुशीला जल्दी से बोली।

''हां! खून बहाने से आंसू बहाना ही अच्छा है।'' बाबा और ज़ोर से हंस पड़े।

सुदामा समझ नहीं पाये कि बाबा, सुशीला का समर्थन कर रहे हैं या विरोध...।

जब बाबा आगे कुछ नहीं बोले और अपने भीतर ही कहीं डुबकियां लगाते रहे, तो सुदामा ही बोले, ''आप मेरे और अपने भेद की बात कर रहे थे?''

बाबा की आंखों में एक शून्य तैर गया...थोड़ी देर में उनकी आंखों में पहचान उतरी, ''हां, भेद तो है।''

''क्या भेद है?''

''मेरी प्रकृति गतिशील है। मैं टिककर कहीं नहीं रह सकता—अपने घर में भी नहीं। किसी ज्ञान के केन्द्र, किसी साधना के आश्रम में भी नहीं। पर तू अपने घर से बंधा है। तुझे अपने परिवार से मोह है। तुझे अपना स्थान छोड़ना पड़े तो तू भरसक उसका विरोध करेगा; और मुझे एक स्थान पर टिकना पड़े तो मेरे भीतर से कोई मुझे धक्का मारने लगेगा—चल! चल!!'' बाबा का स्वर कुछ और गम्भीर हो गया, ''आजकल तो मेरी उच्छृंखलता की अति हो गयी है। न एक स्थान पर टिकता हूं, न अधिक समय तक एक विचार को लेकर बंधता हूं। न किसी एक रचना पर अधिक समय लगा पाता हूं; और तो और, एक विषय को अधिक समय तक पढ़ भी नहीं सकता। मेरी इधर की रचनाओं को देखा है—ग्रन्थ लिखना तो दूर, कोई रचना छोटी-सी पोथी की स्थिति तक भी नहीं पहुंच पाती।''

''तो मैं भी कुछ अधिक भ्रमणशील बनूं?'' सुदामा के स्वर में परिहास था।

''नहीं!'' बाबा उसी प्रकार गम्भीर बने रहे, ''अपने मित्र कृष्ण के स्वधर्म वाले सिद्धान्त का ध्यान रख। तू अपने स्वधर्म पर टिका रह। तू मेरे समान घुमक्कड़ बन गया, तो व्यवस्थित काम कैसे करेगा, बड़े-बड़े ग्रन्थ कैसे लिखेगा?'' बाबा ने रुककर सुदामा को देखा, ''पर हमारी बातचीत भटक गयी है। मैं अपनी और तुम्हारी चर्चा नहीं कर रहा

था। मैं चर्चा कर रहा था, द्वारका के गुरुकुल और कृष्ण के व्यवहार की।''

''हां। क्या देखा आपने? क्या वहां ज्ञान के विकास में राजनीति का हस्तक्षेप नहीं है?''

''नहीं! और यदि है, तो मुझे दिखाई नहीं दिया।'' बाबा बोले, ''आज कृष्ण से बड़ा राजनीति विशारद कौन है। यदि राजनीति के हस्तक्षेप से मुक्त गुरुकुल की स्थापना में भी कोई राजनीति हो, तो मैं कह नहीं सकता।'' बाबा थोड़ी देर के लिए किसी स्मृति में डूब गये। सुदामा देख रहे थे, बातचीत के बीच में कहीं खो जाने की यह प्रवृत्ति बाबा में बहुत बढ़ गयी थी, ''...एक दिन जब मैं वहीं था, कृष्ण आया था गुरुकुल में—वहां के अन्तःवासियों को उनकी रक्षा का आश्वासन देने। यह शाल्व के आक्रमण के दिनों की बात है।''

सुदामा बाबा की ओर देखते रहे। कुछ बोले नहीं।

''ऐसा नहीं लगा कि गुरुकुल का स्वामी आ गया है या यादवों का सबसे शक्तिशाली नायक आया है। कृष्ण का आना वैसा ही था, जैसा किसी भी सम्मानित अतिथि का आना हो सकता है। कुलपति के कुटीर के सम्मुख समाज जुटा था। सब लोग तृणों के बने ऐसे ही आसनों पर बैठे थे'' बाबा ने अपने आसन को छुआ, ''कृष्ण को भी ऐसा ही आसन दिया गया। उसे न ऊंचे स्थान पर बैठाया गया, न किसी मंच अथवा ऊंचे आसन पर। न उसके अंगरक्षक साथ थे, न चाकर-परिचारक। वह गुरुकुल के समाज में ऐसे बैठा था, जैसे उन्हीं में से एक हो। और फिर...।''

''और फिर?'' सुशीला ने पूछा।

''जब वाद-विवाद आरम्भ हुआ, तर्क-वितर्क होने लगे, तो लगा कि सब ही भूल गये हैं कि किसका क्या पद था, किसकी क्या स्थिति थी। वह तो दार्शनिकों की एक सभा थी, जहां सब समान थे, सब स्वतन्त्र थे, सब स्वाभिमानी थे, सबको अपने तर्कों पर भरोसा था। कृष्ण भी उन्हीं दार्शनिकों में से एक था।...मुझे सीरध्वज जनक की याद हो आयी। वह भी दार्शनिकों की ऐसी ही सभाएं करता रहा होगा...।''

''वहां किसी ने श्रीकृष्ण के तर्कों का विरोध भी किया?'' सुशीला के स्वर में खण्डन की व्यग्रता थी।

''अनेक लोगों ने।''

''श्रीकृष्ण को क्रोध नहीं आया क्या?''

''नहीं।'' बाबा बोले, ''जब भी कोई तर्क उसके विरुद्ध दिया जाता, वह पूर्ण गम्भीरता और सम्मान से उस तर्क को सुनता, सोचता और फिर उत्तर देता था।''

''उस तर्क-वितर्क में श्रीकृष्ण ही विजयी हुए होंगे।'' सुशीला मुस्करा रही थी।

बाबा हंस पड़े, ''वह कोई युद्ध था बिटिया! जिसमें किसी-न-किसी का विजयी होना आवश्यक था। वह तो विद्वानों की एक गोष्ठी थी, जिसमें सत्य के अनेक पक्ष और आयाम उद्‌घाटित होते हैं।...पर इतना अवश्य कहूंगा कि कृष्ण के तर्क महत्त्वपूर्ण, मौलिक तथा स्वानुभूत थे। ऐसा नहीं लगता था कि उसकी बातें अनर्गल, ऊपरी अथवा

किसी से उधार ली हुई हैं—पर केवल इसलिए ध्यान से सुनी जा रही हैं, क्योंकि वह महान् नायक वासुदेव कृष्ण है। कृष्ण लेखक नहीं है, उसने कोई ग्रन्थ नहीं लिखा; पर उसके पास जीवन सम्बन्धी कुछ मौलिक दार्शनिक स्थापनाएं अवश्य हैं।"

"कृष्ण में यह प्रवृत्ति आरम्भ से ही रही है।" इस बार सुदामा पुरानी स्मृतियों में डूब गये, "जब हम गुरु सांदीपनि के आश्रम में अध्ययन कर रहे थे, तब भी जीवन के तथ्यों को दार्शनिक सिद्धान्तों के साथ मिलान करते रहने की प्रवृत्ति उसमें थी। वह उन लोगों में से नहीं था, जो सिद्धान्तों को अध्ययन तक ही सीमित रखते हैं और जीवन को प्रचलित व्यवहार के धरातल पर जीते हैं। उसके लिए व्यवहार और सिद्धान्त में तब भी कोई अन्तर नहीं था। वह तब भी अपने सिद्धान्तों को ही जीता था।" सुदामा, जैसे कुछ सोचने के लिए रुक गये, "और अपने साथियों के साथ उसका व्यवहार तब भी समानता का ही था। मुझे उसने कभी यह अनुभव नहीं होने दिया कि मैं एक निर्धन ब्राह्मण का पुत्र हूं और वह वृष्णियों के सबसे शक्तिशाली नायक का पुत्र है—हमारी मित्रता और झगड़ा, दोनों ही समानता के धरातल पर थे।"

सुशीला ने क्षण-भर सुदामा का निरीक्षण किया, जैसे सोच रही हो, कहे या न कहे। पर, अन्त में उसने कहने का ही निर्णय किया, "तो अब आपको उनके पास जाने में संकोच क्यों है?"

सुदामा ने भौंचक दृष्टि से सुशीला की ओर देखा और फिर अकस्मात् हंस पड़े, "तुम जानती हो, इससे मेरा दोहरा विरोध है। मित्रों और सम्बन्धियों के ऊंचे पदों पर पहुंच जाने पर उनसे अनुचित लाभ उठाने के प्रयत्न को मैंने सदा घृणित कार्य माना है। हमारे काल के विभिन्न दरबारों में भ्रष्टाचार का कारण यही प्रवृत्ति है।...तुम बाबा से क्यों नहीं पूछतीं," और वे बाबा की ओर घूमे, "ये क्यों राजपुरुषों के साथ अपने सम्पर्कों का लाभ नहीं उठाते। अपने किसी मित्र के राजपुरुष बन जाने पर उससे अपना सम्बन्ध क्यों तोड़ लेते हैं।"

"तुम अपनी बात कहो भाई!" बाबा हंसे, "मुझे बीच में क्यों घसीटते हो?"

"इसलिए कि मेरी पत्नी यदि मुझे अव्यावहारिक, सिद्धान्तवादी मूर्ख माने, तो आपके प्रति उसका सम्मान मेरी रक्षा करे।"

"आपने दोहरे विरोध की चर्चा की थी," बाबा और सुदामा के परिहास से अप्रभावित सुशीला बोली, "दूसरा कारण क्या है?"

सुदामा फिर से गम्भीर हो गये, "एक मित्र के पास जब दूसरा मित्र याचक बनकर जाता है तो मैत्री रह ही नहीं जाती।"

"यह कोई नियम है क्या?"

"है तो नियम ही।" सुदामा बोले, "अपवाद चाहे कितने ढूंढ़ लो।"

"अरे भाई! तुम लोग विवाद ही करते रहोगे या बच्चों की भी चिन्ता करोगे?" सहसा बाबा बोले, "अंधेरा हो रहा है। अब तो उन्हें घर बुला लो। नहीं तो बच्चे कहेंगे कि बाबा अच्छे आये घर में, जो उन्हें घर-निकाला ही दे दिया।"

सुदामा और सुशीला दोनों का ही ध्यान इस ओर गया। सचमुच ही अंधेरा काफी घिर आया था। अब बच्चों को घर आ ही जाना चाहिए था। वे लोग काफी देर से बातें करते जा रहे थे और यह भी नहीं देखा कि कुटिया में दीपक जलाने की आवश्यकता है। फिर सम्भव है बाबा भूखे हों।

''ढूंढ़ों इन दोनों को। ये लोग एक बार खेलने निकल जाते हैं, तो अपने-आप लौटते ही नहीं हैं। कितनी बार समझाया है कि अंधेरा होने तक लौट आया करो।'' सुदामा ने रुककर सुशीला की ओर देखा, ''और भोजन का प्रबन्ध भी जल्दी कर दो। ऐसा न हो कि ज्ञान को नींद आ जाये और वह बिना कुछ खाये-पीये भूखा ही सो जाये।''

दो

सुशीला बच्चों को खोजने बाहर चली गयी तो बाबा ने पूछा, ''तुम्हारा वह ग्रन्थ कहां तक पहुंचा है? कितना समय और लगेगा, उसे पूरा होने में?''

''चल रहा है।'' सुदामा बोले, ''अभी दो वर्ष तो और लग ही जायेंगे।''

''काम तो बहुत बढ़िया कर रहे हो—अद्भुत! देख रहा हूं कि तुम और तुम्हारा परिवार—सब ही कष्ट सह रहे हो। असुविधाओं के मारे सूखते जा रहे हो। पर, मुझे सन्देह है कि इस परिश्रम का उचित और उपयुक्त फल तुम्हें मिलेगा।''

सुदामा ने कुछ नहीं कहा।

बाबा, जैसे अपने-आपसे ही बोले, ''आजकल के दार्शनिक और विद्वान् किसी दूसरे का महत्त्व तो स्वीकार करना ही नहीं चाहते। जिसे देखो, वह दूसरों की जड़ें खोदने पर तुला बैठा है। पता नहीं, विद्वानों में इतनी ईर्ष्या और इतना निर्लज्ज पक्षपात क्यों है।''

''यह रोग दार्शनिकों-विद्वानों में ही है क्या?'' सुदामा ने बाबा के विरोध में नहीं, जैसे स्वयं अपने-आपको सांत्वना दी, ''मैंने तो राजाओं-महाराजाओं में भी यही होते देखा है। कृष्ण जैसे व्यक्ति को प्रत्येक सभा में सुनना पड़ता है कि वह राजा नहीं ग्वाला है। रुक्मी ने बार-बार यही कहा, शिशुपाल ने भी यही कहा।''

बाबा कुछ क्षण सोचते रहे और फिर बोले, ''हां, तुम ठीक कह रहे हो। जो व्यक्ति आर्यावर्त्त और उसके बाहर भी—एक प्रकार से सम्पूर्ण जम्बूद्वीप में—राजाओं से अधिक शक्तिशाली और लोकप्रिय है; जिसका निर्णय न्याय है, वचन विधान है और चिन्तन त्रिकाल का सत्य है—उस व्यक्ति को ग्वाला कहकर उसकी उपेक्षा का प्रयत्न सचमुच क्षुद्रता का प्रदर्शन है। पर मैं सोचता हूं सुदामा!'' बाबा ने अपनी दृष्टि सुदामा पर टिका दी, ''रुक्मी और शिशुपाल बार-बार ऐसा क्यों कहते रहे?''

''क्यों?''

''इसलिए कि उनका अपना राजत्व वास्तविक नहीं था। कृष्ण के सामने उनके राजत्व की पोल खुल जाती थी। इसलिए वे कृष्ण को नकारते रहे; अन्यथा कृष्ण के राजा होने-न-होने से उसकी शक्ति में कहां अन्तर पड़ता है?''

"रुक्मी और शिशुपाल का राजत्व वास्तविक नहीं था?" सुदामा ने आश्चर्य से पूछा।

"अरे वे राजा थे क्या?" बाबा वितृष्णा से बोले, "जरासंध के कुत्ते थे। जरासंध को कृष्ण से भय लगता था तो वह उन्हें हुड़का देता था और वे भौंकने लगते थे। ज्ञान के क्षेत्र में भी जब कृत्रिम और झूठे, तथाकथित विद्वानों का आसन डोलने लगता है तो वे संकेत कर देते हैं, और उनके पालतू कुत्ते भौंकने लगते हैं। पर जरासंध भी मारा गया, रुक्मी भी और शिशुपाल भी। ज्ञान-क्षेत्र के ये बने हुए मल्ल और उनके कुत्ते भी काल के गाल में समा जायेंगे। इनकी शारीरिक मृत्यु आवश्यक नहीं है—इनकी विद्वत्ता की मृत्यु बहुत शीघ्र हो जाती है, तब ऐसे लोग कोई और धन्धा करने लगते हैं।...पर मैं तुम्हारे विषय में कह रहा था।"

"क्या?"

"यदि तुम पर किसी का अनुग्रह हो भी गया तो तुम्हारा अपना स्वभाव आड़े आयेगा। तुम किसी से मिलने नहीं जाओगे; जाओगे तो चाटुकारिता नहीं कर पाओगे; अन्याय देखकर चुप नहीं रहोगे; राजनीति की सहायता तुम नहीं लोगे।" सहसा बाबा ने रुककर सुदामा की ओर देखा, "आजकल आजीविका का क्या साधन है?"

"वही! अध्यापन। दस-बारह बटुक आते हैं, उन्हें पढ़ा देता हूं। जो कुछ वे दे जाते हैं, उसी से चलता है।"

"क्या पढ़ाते हो—दर्शन?"

"आप भी क्या कह रहे हैं बाबा!" सुदामा हंस पड़े, "इस गंवई गांव में दर्शन पढ़ने कौन आयेगा। बच्चे हैं, थोड़ा-सा अक्षर-ज्ञान, थोड़ा-सा अंक-ज्ञान, थोड़ा-सा सामान्य ज्ञान, थोड़ा-सा धर्म-ज्ञान।"

"सुदामा जैसा मेधावी दार्शनिक बच्चों को अक्षर-ज्ञान और अंक-ज्ञान कराकर अपने परिवार का पालन करता है।" बाबा के स्वर में पीड़ा का मिश्रण था, "तो आश्रमों और गुरुकुलों में दर्शन के साधकों को ज्ञान देने का अधिकारी कौन है?"

"जो हैं वे ज्ञान दे ही रहे हैं। राजपुरुषों के सम्बन्धी, सत्ता के चाटुकार, ज्ञान के हत्यारे, बड़े-बड़े तिलक-टीका, पदवी-उपाधिधारी।" सुदामा हंस पड़े।

सुशीला बच्चों को ढूंढ़कर ले आयी। उन्हें सुदामा को सौंपते हुए शिकायत के-से स्वर में बोली, "ये अभी भी आने को तैयार नहीं थे। शरीर में प्राण नहीं हैं और छाती फाड़कर खेलते हैं। स्वयं को इतना थका डालेंगे और फिर अचेत होकर सो जायेंगे। प्रातः इन्हें जगाने के लिए मल्लयुद्ध करना पड़ता है।"

"बच्चे हैं बहू।" बाबा बोले, "अब तुम्हें भी बताना पड़ेगा कि बच्चे ऐसे ही होते हैं।"

सुदामा ने बच्चों के हाथ-पैर धुला दिये और चटाई बिछाकर उन्हें बैठा दिया। सुशीला ने चूल्हा जला लिया था। कड़ाही चढ़ाकर घी गरम होने तक उसने प्रतीक्षा की

और पहली पूरी के डालने के साथ हुई छन्न-न-न ध्वनि के साथ ही बोली, "यदि आप मित्र के सामने याचक बनकर नहीं जाना चाहते, तो द्वारका के गुरुकुल के कुलपति के पास क्यों नहीं जाते। वह तो राजनीतिज्ञ न होकर कोई विद्वान् ही होगा। उससे तो याचना नहीं करनी पड़ेगी। वह तो आपकी योग्यता के कारण ही आपका सम्मान करेगा।"

सुदामा को भोजन के प्रसंग में से निकलकर सुशीला की बात का सूत्र पकड़ने में क्षण भर लगा और सूत्र पकड़ते ही वे हंस पड़े, "तो तुम्हारे मस्तिष्क में अब भी वही बात घूम रही है।"

"क्यों बाबा! ठीक नहीं कह रही हूं क्या?" सुशीला ने सुदामा से जैसे निराश होकर बाबा को सम्बोधित किया।

"कह तो ठीक ही रही हो बेटी!" बाबा बोले, "पर मैंने तो कृष्ण की उदारता की सराहना की थी, गुरुकुल के कुलपति की तो नहीं।"

"बाबा! आप फिर केवल पिताजी और मां से बातें कर रहे हैं," ज्ञान बीच में बोला, "और हमें कहानी भी नहीं सुना रहे हैं।"

"बड़ों की बातों के बीच में ऐसे नहीं बोलते बेटे!" सुदामा ने कोमल स्वर में कहा, "हम अपनी बात पूरी कर लें, फिर बाबा तुमसे भी बातें करेंगे और तुम्हें कहानी भी सुनायेंगे।"

"पिताजी! यह सदा ऐसे ही करता है।" विवेक ने बाबा के सम्मुख पहली बार मुख खोला, "मुझे अपने मित्रों से बात नहीं करने देता। समझता है, वे मेरे नहीं, इसके मित्र हैं।"

बाबा ने बड़ी रुचि से विवेक को देखा, "अरे, यह तो बोलता भी है। मैंने समझा कि एकदम चुप्पा है।"

"तो पिताजी! फिर भइया के मित्र मुझसे बातें क्यों करते हैं?" आक्रोश से भन्नाए हुए स्वर में, ज्ञान ऊंचे गले से बोला, "वे मुझसे बातें करेंगे, तो क्या मैं उनसे नहीं बोलूंगा।"

"अरे-अरे! यह छोटा तो बड़ा अखाड़ेबाज़ है भाई!" बाबा हंसे, "बड़े का तनिक भी रौब नहीं मानता।"

विवेक ने अपने पिता और बाबा की ओर देखा और चुप रह गया।

"आजकल इनकी पटरी नहीं बैठ रही है।" सुदामा बोले, "बड़ा, छोटे को छोटा नहीं मानता और छोटा, बड़े को बड़ा नहीं मानता। विवेक को इसका व्यवहार बहुत बचकाना लगता है और ज्ञान को बड़े भाई का अनुशासन बहुत कठोर!"

"छोड़िये बाबा, इन्हें। मैं आपका अभिप्राय समझी नहीं।" सुशीला ने पूरियां निकालकर थाली में डालीं, "पूरियां परोस दीजिये!"

"मैं भूल ही गया, बात क्या चल रही थी।" बाबा बोले।

"आप कृष्ण की उदारता और कुलपति की अनुदारता की बात कर रहे थे।"

सुदामा ने उठकर बाबा के पत्तल पर पूरी परोसी तो बाबा ने बाधा दी, "अरे, पहले बच्चों को खिलाओ। खेलकर आये हैं, इन्हें भूख लगी होगी।"

"आप लीजिये!" सुदामा बोले, "बच्चे भी खायेंगे ही।"

"नहीं! नहीं!!" बाबा ने अपने पत्तल की पूरी उठाकर विवेक के पत्तल पर डाल दी, "बच्चों को खिलाये बिना खाने से मुझे तृप्ति नहीं होगी। वैसे भी बच्चों को नींद आ जायेगी। उन्हें पहले खिला लो। हम सब मिलकर बाद में खायेंगे।"

सुदामा को बाबा की बात माननी पड़ी।

"हां बाबा! क्या कह रहे थे?" सुशीला ने फिर पूछा।

"तू बड़ी चतुर है बेटी! तनिक भी भटकने नहीं देती।" बाबा हंसे, "मैं कह रहा था कि कृष्ण मुझे जितना उदार और विशाल हृदय लगा, वह कुलपति मुझे उतना ही संकीर्ण और स्वार्थी लगा। वह विद्वान् तो है, पर ज्ञानी नहीं है। कई बार पुस्तकीय विद्वत्ता मनुष्य के चरित्र का संस्कार करती ही नहीं। मुझे नहीं लगता कि वह बिना अपना कोई स्वार्थ साधे सुदामा को अपने गुरुकुल में किसी भी प्रकार की नियुक्ति देगा। हां! उसे यह सूचना हो जाये कि सुदामा, कृष्ण का मित्र है, तो बात और है।"

"मुझे अनुचित मार्ग से कोई नियुक्ति नहीं चाहिए।" सुदामा ने उदासीन स्वर में कहा।

"तो भ्रष्ट राजपुरुषों और आपके इन विद्वानों में क्या अन्तर है?" सुशीला आक्रोश के साथ बोली, "दिन-भर राजनीतिज्ञों और राजपुरुषों को कोसने का क्या लाभ?"

"तुम समझी नहीं बिटिया!" बाबा बोले, "ये तथाकथित विद्वान् भी तो उसी भ्रष्ट राजनीति तथा भ्रष्ट समाज की उपज हैं।"

"तो श्रीकृष्ण ने ऐसा कुलपति क्यों चुना?"

"यह तो भगवान् ही जाने!" बाबा बोले, "कौन जानता है कि यह नियुक्ति कृष्ण ने की है या किसी अन्य राजपुरुष ने। कृष्ण तो आज तक भीतर और बाहर की भ्रष्ट राजशक्तियों से उलझ रहा है। उसे अवकाश ही कहां है। जरासंध से वह लड़ा। कालयवन को उसने मारा। चेदी, विदर्भ तथा पण्यजनों से वह उलझा रहा। आर्यावर्त्त का ध्यान वह छोड़ नहीं पाता। काशी, कुरु और पांचाल की राजनीति में वह धंसता जा रहा है। और फिर शाल्व..." बाबा ने सांस ली, "इधर शक्ति पाकर यादवों में उद्दण्डता बढ़ती जा रही है। कृष्ण ही उनका अनुशासन कर रहा है। और फिर वह राजा तो है नहीं कि सर्वशक्तिशाली हो।"

"उस कुलपति की नियुक्ति के लिए कृष्ण उत्तरदायी हो या न हो, बाबा तो उत्तरदायी नहीं ही हैं।" सुदामा हंसे, "इस विवाद को यहीं छोड़ो और शान्त मन से भोजन करो। भोजन के समय मस्तिष्क का उत्तेजित होना लाभकारी नहीं है।"

"अच्छा! केवल एक बात!" पूरियां बेलती हुई सुशीला ने सुदामा से कहा और बाबा की ओर देखा, "कृष्ण राजा नहीं हैं?"

"नहीं।" बाबा ने बताया, "कृष्ण राजा नहीं है। उग्रसेन को राँजा कहा जाता है, पर वस्तुतः वह भी यादवों की राजपरिषद् का अध्यक्ष मात्र ही है। बुड्ढे को राजा कहकर लोग प्रसन्न कर देते हैं।" बाबा एक हाथ पर दूसरा हाथ पटक ज़ोर से हंसे।

"अच्छा! तो राज कौन करता है?"

"परिषद्! नायकों की परिषद्।" बाबा बोले, "वस्तुतः यादवों में नायकों का गणतन्त्र है। कृष्ण उनका सबसे अधिक प्रभावशाली नायक है। जब कभी आवश्यकता होती है, वह परिषद् को अपने पक्ष में कर, अपनी इच्छा पूरी करवा लेता है।"

"तो वे राजा बन क्यों नहीं जाते?"

"क्या आवश्यकता है।" बाबा बोले, "प्रभाव की दृष्टि से, आज वह चक्रवर्ती सम्राटों से भी अधिक शक्तिशाली है और उस पर भी समय-असमय वह घोषणा कर देता है कि मैं तो एक ग्वाला हूं।"

"है तो वह ग्वाला ही।" सुदामा हंस पड़े।

"हां! है तो वह ग्वाला ही, तभी तो सारे आर्यवर्त्त की राजकुमारियां उसके लिए पागल हो उठी हैं।" बाबा की हंसी ने सुदामा की हंसी को और भी तेज कर दिया।

बच्चे खाकर उठ गये। उन्होंने अपने-अपने पत्तल उठाकर बाहर डाल दिये। सुदामा पानी लेकर उनके हाथ-मुंह धुलाने लगे। सुशीला ने उस स्थान को गीले कपड़े से पुनः लीप दिया। सुदामा बाहर चारपाइयां बिछा बच्चों को लिटा आये। फिर से पत्तल लगे और बाबा तथा सुदामा खाने बैठे।

"पूरियां तल लो और तुम भी आ जाओ बहू!" बाबा बोले, "एक साथ ही खायेंगे।"

"नहीं बाबा! आप लोग खाइये। मैं बाद में खाऊंगी।" सुशीला बोली, "सबको खिलाये बिना खाने से मेरी तृप्ति नहीं होगी।"

"बड़ा बुरा प्रचलन है।" बाबा बोले, "पहले सब खा लें, तब अन्नपूर्णा खायेगी। उसके लिए चाहे कुछ बचे न बचे।"

"नहीं बाबा! मेरे लिए बहुत बचेगा।" सुशीला हंस पड़ी, "कम है, इसलिए पहले आपको नहीं खिला रही। रसोई का दायित्व मुझ पर है, इसलिए सबको खिलाकर खाना ही मेरा धर्म है।"

"तू अपनी जगह सच्ची है बेटी!" बाबा बोले, "पर तुम्हारा यह धर्म तुम्हारे शोषण का निमित्त न बने।" सहसा रुककर उन्होंने सुदामा को देखा, "बच्चे सो गये क्या?"

"झगड़ने का स्वर नहीं आ रहा तो सो ही गये होंगे।" सुशीला हंस पड़ी।

भोजन के पश्चात् सुदामा और बाबा कुटिया से बाहर निकल आये।

मौसम खुला हुआ था। न बहुत ठण्ड थी, न गरमी। शरीर हवा के स्पर्श का अनुभव तो करता था, पर हवा चलने का कोई प्रमाण नहीं था। आकाश पर तारे खुलकर झिलमिला रहे थे।

रसोई संभालकर सुशीला बाहर आयी तो उसने पूछा, ''इस बार घर से निकले कितना समय हुआ बाबा?''

''वर्ष-भर होने को आया है बेटी!'' बाबा का स्वर धीमा था।

''आपको अपने परिवार की याद नहीं आती?'' सुशीला ने फिर पूछा, ''इतने-इतने समय तक आप उनसे अलग कैसे रह लेते हैं?''

''याद तो आती है बेटी! पर मैंने अपने मोह का साधारणीकरण कर लिया है।''

''कैसे?''

''जिसके घर जाता हूं, उन्हीं को अपने पुत्र, पुत्र-वधू, नाती-पोते मानकर उन्हीं से प्यार कर लेता हूं।'' बाबा का स्वर स्निग्ध था, ''अब सुदामा और तुम, क्या मेरे पुत्र और पुत्र-वधू नहीं हो बेटी? ज्ञान और विवेक क्या मेरे पोते नहीं हैं?''

''क्यों नहीं हैं बाबा!'' सुशीला बोली, ''रिश्ते केवल रक्त सम्बन्ध से ही तो नहीं होते। वे तो आत्मीयता से होते हैं।''

पर बाबा ने जैसे सुशीला की बात नहीं सुनी। वे अपने में मग्न हो कहते गये, ''पिछली बार मेरी पुत्र-वधू कह रही थी कि मैं घर में भी कुछ समय रहा करूं, ताकि उसे भी मेरी सेवा का अवसर मिले। तब उसे भी मैंने यही उत्तर दिया था कि जब उसके घर में कोई वृद्ध आ जाये तो उसे वह अपना ससुर मानकर उसकी सेवा कर दिया करे। वह सेवा मुझे ही प्राप्त होगी। अपने मोह को संकीर्ण करने का कोई लाभ नहीं है बेटी! वह सबके लिए कष्टप्रद है। मोह से मुक्ति का भी यही मार्ग है। अपने मोह को सूक्ष्म और विस्तृत करते जाओ। उसे स्थूल तथा संक्षिप्त मत रहने दो।''

''यही तो ज्ञान-मार्ग है बाबा!'' सुदामा बोले, ''मोह को क्षीण करने का मार्ग। बुद्धि के धरातल पर जब आप अपने पुत्र तथा अन्य किसी भी युवक में भेद नहीं मानेंगे, अपने मोह को स्थगित कर, प्रत्येक युवक को समान दृष्टि से देखेंगे, तो क्रमशः आप प्रत्येक जीव के प्रति समदृष्टि विकसित कर लेंगे। तब आपके लिए जीव और जीव का भेद तिरोहित हो जायेगा। सब एक हो जायेंगे।''

''अच्छा दार्शनिक महोदय!'' बाबा ने हास्य की मुद्रा में हाथ जोड़े, ''हमारा प्रणाम लीजिये और एक तथा दूसरे दर्शन का भेद तिरोहित कीजिये। मैं संसार में भाई-चारे से, सबसे मिलकर, स्वार्थों और संकुचित सम्बन्धों से मुक्त होकर एक सुविधाजनक जीवन जीने का व्यावहारिक मार्ग खोज रहा हूं और आप संसार को ही विलुप्त किये दे रहे हैं।''

सुदामा मुस्कराये, ''आपसे मेरा यह मतभेद तो सदा ही बना रहेगा बाबा!''

''तो बना रहे।'' बाबा भी हंस पड़े, ''भेद बना रहेगा तो तुम्हारा ज्ञानमार्गीय अभेद स्थापित नहीं होगा।''

''आप अपनी चाल चल गये बाबा!'' सुदामा खुलकर हंसे, ''मैं दार्शनिक ऊंचाई पर, इस एक सामान्य वाक्य से मात खा गया।''

''अच्छा बाबा! एक बात बताइये।'' सुशीला ने कहा, ''बहुत दिनों से पूछना चाह रही हूं, पर साहस नहीं कर पाती।''

"पूछो बेटी! मुझसे प्रश्न पूछने के लिए साहस की आवश्यकता नहीं होती। साहस तो आचार्यों से प्रश्न करने के लिए चाहिए, जो जिज्ञासा को अपना विरोध और अवज्ञा मानते हैं।" बाबा रुककर बोले, "मैं तो जीता ही प्रश्नों के बीच हूं। मेरे लिए जिज्ञासा ज्ञान के नये मार्ग का द्वार है...विरोध नहीं।"

"साहस की बात इसलिए कही बाबा!" सुशीला ने स्पष्टीकरण दिया, "सुना है कि कई बार आप बड़े-बड़े लोगों को भी दुत्कार देते हैं। उनसे मिलना तक स्वीकार नहीं करते।"

"ठीक सुना है बेटी!" बाबा खिलंदरे बच्चे के समान उत्फुल्ल दिखाई पड़ रहे थे, "बड़ा कौन है और छोटा कौन...यह बड़ा जटिल प्रश्न है। जिन्हें दुनिया बड़ा आदमी मानती है, मेरे लिए वे मल के ढेर के समान तुच्छ हैं। अपने प्रकार का एक बड़ा आदमी मैं स्वयं हूं।" वे हंसे, "हम जिससे मिलना चाहते हैं, स्वयं चलकर उसके घर चले जाते हैं, और जिससे न मिलना चाहें, उसके लिए हम बहुत बड़े आदमी हैं। उसके लिए हमारे पास तनिक भी समय नहीं होता। हम बहुत सुलभ हैं और बहुत अलभ्य। हम महाकाल को अपने कन्धों पर लिये चलते हैं...पर तुम्हारा प्रश्न क्या है बेटी?"

"आप आस्तिक हैं बाबा! या नास्तिक?"

बाबा हंसे, "मैं मधुर नास्तिक हूं बेटी। मैं त्रिगुणात्मक सृष्टि को देखता हूं। उस व्यवस्था और तंत्र को भी मानता हूं, जिसके अधीन यह सृष्टि कार्य करती दिखाई पड़ती है; किन्तु अपने ही जैसे मनुष्य के रूप में किसी अन्य लोक में रहने वाले ईश्वर की कल्पना अभी मेरी समझ में नहीं आयी।"

"तो नास्तिक ही कहिये। मधुर नास्तिक क्या?"

"मधुर नास्तिक इसलिए कहता हूं, क्योंकि आस्तिकों से मेरा सैद्धान्तिक विरोध होते हुए भी, व्यावहारिक विरोध नहीं है। मेरी पत्नी अपने देवस्थानों पर मुझे साथ ले जाती है, तो चला जाता हूं। उस पर अपने विचारों को बलात् आरोपित नहीं करता।"

"द्वारका के राजकीय गुरुकुल में आपने श्रीकृष्ण के विचार भी सुने होंगे बाबा!" सुशीला के स्वर में एक पुलक थी, "वे आस्तिक हैं या नास्तिक?"

बाबा ने तत्काल कोई उत्तर नहीं दिया। वे कुछ मनन करते-से बैठे रहे। जब बोले तो उन्होंने उत्तर स्पष्ट 'हां' या 'ना' में नहीं दिया, "बात कुछ उलझी हुई है बिटिया! वह आस्तिकों को नास्तिक लगेगा और नास्तिकों को आस्तिक।"

"इसका क्या अर्थ हुआ?"

"अर्थ यह कि परम्परागत मान्यताओं पर तो कृष्ण चलता नहीं, न ही उसे इस बात का भय है कि उसके किसी विशिष्ट कृत्य से उसे किसी विशिष्ट वर्ग में डाल दिया जायेगा। वह तो मौलिक चिन्तन कर उस पर आचरण करने वाला अद्‌भुत व्यक्ति है। कभी लगता है कि वह पूरा रूढ़िवादी आस्तिक है। कभी लगता है कि वह घोर नास्तिक है और कभी वह इस प्रकार बातें करता है, जैसे वह स्वयं ही ईश्वर हो।"

लगा, बाबा द्वारका के गुरुकुल में ही कहीं खो गये हैं।

सुशीला कुछ सोचती खड़ी रही। सुदामा खाट पर लेटे हुए खुले आकाश को देख रहे थे।

सुशीला ने बात आगे नहीं चलायी तो बाबा बोले, "अब तुम जाकर सो जाओ बेटी! थक गयी होगी! प्रातः जल्दी उठना भी तो होगा।"

बाबा ने अपना झोला टटोला और उसमें से तुलसीदल की एक माला निकाल ली।

सुदामा ने दृष्टि फेरी, जैसे वे अब तक सब कुछ देख और सुन रहे थे, "मधुर नास्तिक महोदय! यह तुलसीदल की माला किसलिए है?"

"तुम जैसे आस्तिकों को स्मरण करने के लिए। जब भी तुमसे दूर होता हूं और तुम्हारी याद आती है तो तुम्हारे नाम की एक माला फेर लेता हूं। कभी किसी दुष्ट पर क्रोध आ रहा हो तो उसके नाम की एक उल्टी माला फेर देता हूं, ताकि उसके सिर में पीड़ा होने लगे।"

सुदामा हंस पड़े, "इस समय मैं तो आपके पास हूं; इसलिए मेरी याद आने का तो प्रश्न ही नहीं है। किसी दुष्ट की याद हो आयी है क्या?"

"नहीं!" बाबा गम्भीर थे, "इस समय तो अपनी पत्नी और बच्चों का ध्यान आ गया है। तुम भी अब सो जाओ।"

बाबा ने लेटकर आंखें मूंद लीं; किन्तु उनकी माला के मनके फिरते रहे।

तीन

बाबा की नींद मुंह अंधेरे ही खुल गयी, पर उनका मन उठने को नहीं हुआ। हवा कुछ ठण्डी हो गयी थी, या बाबा के बूढ़े शरीर को ही ठण्डी लग रही थी। बाबा ने चादर ओढ़ ली। सिर भी चादर से ढक लिया। हां! ऐसे ही अच्छा लग रहा है। इस वार्धक्य में पहले जैसी नींद तो रही नहीं। सोना कम हो गया है, लेटना ही अधिक रह गया है। नींद कभी भी खुल जाती है...रात के किसी भी प्रहर में। जब लेटे-लेटे बहुत देर हो जाती है...और नींद नहीं आती, तो बाबा अपनी माला निकाल लेते हैं...

पर आज हाथ भी चादर से बाहर निकालने को मन नहीं हो रहा था। वैसे रात भी अधिक नहीं थी। सुबह होने के कुछ आभास वातावरण में थे।

अपनी उसी चादर-समाधि में, बाबा को संकेत मिला कि सुदामा और सुशीला उठ गये हैं। उन्होंने बच्चों को उठाया है। फिर उन्हें लगा कि सुदामा और बच्चे कहीं चले गये हैं। पर उन लोगों ने बाबा को नहीं जगाया। स्वर दबाकर बोलने से लगता था कि वे लगातार सजग हैं कि बाबा सो रहे हैं और उनकी नींद में विघ्न नहीं पड़ना चाहिए।

जब चादर-समाधि से सुख मिलने के स्थान पर ऊब होने लगी, तो बाबा उठ बैठे।

थोड़ी ही देर में बाबा चलने को तैयार थे। उन्हें तैयारी के लिए करना ही क्या था। न कोई स्नान-ध्यान, न कोई पूजा-अर्चना। झोला उठाया और चल दिये।

"अभी दो-एक दिन और ठहरते बाबा!" सुशीला ने अनुरोध के स्वर में कहा,

''आप आते हैं तो लगता है कि मेरे मायके का कोई ऐसा व्यक्ति आ गया है, जो इनके ससुराल का नहीं है।''

बाबा ने औचक दृष्टि से सुशीला को देखा, ''पहेलियां बुझा रही हो बिटिया!''

''नहीं बाबा!'' सुशीला कुछ संकुचित हुई, ''सामान्यतः पुरुष अपने ससुराल से आये लोगों के साथ एक दूरी बनाये रखता है। या फिर ऐसे कहूं कि आप हम दोनों को ही अपने सम्मिलित अतिथि भी लगते हैं और अपने-अपने पक्ष के भी।''

''तुम दोनों का पक्ष अलग-अलग है क्या?'' बाबा मुस्कराये, ''मैं तो तुम दोनों को एक ही मान कर आता हूं।''

''हैं तो हम दोनों एक ही। पर एक वस्तु की भी तो विभिन्न दिशाएं होती हैं।''

''तू बहुत समझदार है बेटी!'' बाबा बोले, ''मन होता है कि तुम लोगों के साथ अधिक समय तक ठहरूं। पर, मेरी प्रकृति मुझे कहीं अधिक ठहरने ही नहीं देती।'' बाबा ने इधर-उधर देखा। सुदामा आसपास कहीं दिखे नहीं, ''तुझे एक सीख देता हूं बेटी! उस पर विचार करना। जंच जाये तो उस पर चलना।''

बाबा की ओर उत्सुक दृष्टि से देखती सुशीला चुप खड़ी रही।

''सुदामा को किसी भी चाकरी के लिए अधिक बाध्य मत करना। स्वाभिमानी आदमी है, और फिर उसका मन एक ओर रमा हुआ है। जिसका मन किसी एक ओर लग जाये, वह अन्य किसी काम का नहीं रहता। उसे उसकी प्रकृति के प्रतिकूल कार्य करने के लिए बाध्य किया जाये तो उसमें या तो विरोध जागता है या द्वन्द्व। विरोध में वह तुम्हारे काम का नहीं रहेगा और द्वन्द्व में तो वह अपने काम का भी नहीं रहेगा।''

सुशीला ने श्रद्धा भरी आंखों से बाबा को देखा, ''मैं आपकी बात याद रखूंगी, बाबा...!'' क्षण भर चुप रहकर पुनः बोली तो उसके स्वर में हल्की-सी पीड़ा थी, ''मुझे स्वयं धन की कोई विशेष लालसा नहीं है। मेरे पिता ने इन्हें, इनकी विद्वत्ता के कारण ही अपना जामाता चुना था...पर बाबा! अपने बच्चों का कष्ट मुझसे देखा नहीं जाता। बच्चों के जन्म से पहले हमारा जीवन एकदम भिन्न प्रकार का था; पर बच्चे...उनके पालन-पोषण के लिए आवश्यकता भर धन तो चाहिए ही।''

''तुम्हारी बात मैं समझता हूं बेटी! सन्तान के प्रति इतना भी मोह न हो तो अपने दायित्व का पालन कोई कैसे करेगा। इसीलिए तो प्रकृति ने मोह की सृष्टि की है। यह मोह तो प्रकृति का आदेश है। बच्चों के समर्थ होने तक उनका पोषण करने का दायित्व तो सामान्य जीव-जन्तु भी निभाते हैं। तुम तो मनुष्य हो और फिर मां।''

''बस इसी दायित्व के मारे, कभी-कभार उन्हें भी कुछ कह देती हूं,'' सुशीला बोली, ''नहीं तो क्या मैं नहीं जानती कि उनकी आत्मा क्या चाहती है। उनका सन्तोष क्या मुझे प्रिय नहीं है। क्या मेरी इच्छा नहीं होती कि मैं उनसे कहूं कि वे निश्चिन्त होकर अपना चिन्तन-मनन, लेखन-अध्ययन करें। क्या मेरी इच्छा नहीं होती कि मेरे पति ज्ञान के क्षेत्र में उत्तरोत्तर उन्नति करें। उनका नाम हो, वे ख्याति पायें, उनकी प्रतिष्ठा हो।''

''तुम सुदामा की सच्ची संगिनी हो सुशीला!'' बाबा बोले, ''तुम्हारी ये बातें सुनकर

और स्वयं पर तुम्हारा विश्वास पाकर मैं तुम्हें कुछ और भी कहने का साहस कर रहा हूं।''

''कहिये।''

''बुरा तो नहीं मानोगी?''

''ऐसा सोचा भी नहीं जा सकता, बाबा!''

''तो बेटी! बच्चों का जन्म, पालन-पोषण और रक्षण—माता-पिता का सम्मिलित दायित्व है। हमने मनुष्येतर जीव-जन्तुओं की बात की है। तुम देखोगी कि सारे जीव-जन्तुओं में ये काम नर-मादा दोनों ही करते हैं। हमारा समाज भी इसे सम्मिलित रूप से ही निभा रहा है। नर-नारी के कार्य-विभाजन में आजीविका अर्जित करने का कार्य न जाने दयों पुरुष के हिस्से में ही आया है; या शायद मुझे कहना चाहिए कि पुरुष ने यह कार्य स्वयं ले लिया है, ताकि स्त्री आर्थिक दायित्वों के साथ आर्थिक अधिकारों से भी वंचित हो जाये और परिणामतः पुरुष के अधीन रहे...मेरी बात समझ रही हो?''

सुशीला ने स्वीकृति में सिर हिलाया।

''इसलिए मुझे ऐसा लगता है कि नारी को यह नहीं मान लेना चाहिए कि वह आजीविका-उपार्जन के लिए सर्वथा पुरुष की आश्रित है। यदि पुरुष उसका भरण-पोषण नहीं करता, या नहीं कर सकता तो क्या वह भूखी मर जायेगी? क्या अपने लिए और बच्चों के लिए वह उपार्जन नहीं करेगी? यदि पति रोगी हो जाये, पंगु हो जाये, तो क्या पत्नी सारे परिवार को भूखा मरने देगी?''

''वह स्थिति और होती है बाबा!''

''हां! वह असमर्थ पति का दायित्व उठाने के लिए है।'' बाबा बोले, ''पर कभी-कभी पति को और अधिक समर्थ बनाने के लिए भी पत्नी को सक्षम बनना पड़ता है...।'' बाबा कुछ रुककर मुस्कराये, ''मैं तो और आगे बढ़कर यह भी मानता हूं कि अपने आर्थिक अधिकारों को प्राप्त करने और उसके माध्यम से अपनी सामाजिक-राजनीतिक स्वतन्त्रता पाने के लिए भी स्त्री को अपनी आजीविका के लिए आत्मनिर्भर होना चाहिए।''

सुशीला किसी द्वन्द्वजनित संकोच में चुप रही, फिर उसने आंखें उठाकर बाबा की ओर देखा, जैसे पूछ रही हो—'कहूं या न कहूं।' अन्त में जैसे स्वयं ही निर्णय कर बोली, ''यदि पति को बुरा लगे? वह स्वयं को अपमानित अनुभव करे?''

''पति को बुरा लगेगा,'' बाबा मुस्कराये, ''क्योंकि उसके अधिकारों को चुनौती दी जायेगी। उसका साम्राज्य एकछत्र नहीं रहेगा। पर उसका बुरा लगना या तो स्वार्थवश है या संस्कारवश। ये दोनों ही बातें न्यायसंगत नहीं हैं। पत्नी को चाहिए कि पति को यथार्थबोध करा दे। यथार्थ पर आधृत प्रेम अधिक प्रबल और स्थायी होता है।'' बाबा ने स्वर को हल्का करते हुए कहा, ''पर सुदामा बुरा नहीं मानेगा। उसे मैं जानता हूं। तर्क, उसके स्वार्थ को भी जीत सकते हैं और उसके संस्कार को भी।''

सुशीला कुछ नहीं बोली। कुछ सोचती हुई चुपचाप खड़ी रही।

''अच्छा बेटी! अब मैं चलूं।'' बाबा ने अपना झोला उठा लिया, ''सुदामा कहां

गया हुआ है?''

''वे बाहर किसी वृक्ष की छाया में बच्चों को पढ़ा रहे होंगे।''

''और बच्चे?''

''वे भी उन्हीं के साथ होंगे।''

बाबा ने सुशीला के सिर पर आशीष का हाथ रखा, ''अपने और परिवार के गौरव की रक्षा में समर्थ बनो बेटी!''

बाबा कुटिया के बाहर निकलकर खड़े हो गये। ''किस वृक्ष की छाया में पढ़ा रहा है सुदामा?''

पर इसके पहले कि वे सुदामा को ढूंढ़कर उन तक पहुंचते, सुदामा स्वयं ही उनके पास आ गये, ''अरे! झोला टांगकर आप कहां चल दिये बाबा?''

''बस अब चल रहा हूं। तुम्हीं को देख रहा था।''

''अभी से कैसे चले जायेंगे?'' सुदामा बोले, ''अभी तो जमकर आपसे कोई दार्शनिक विवाद भी नहीं हुआ।''

''तेरा-मेरा दार्शनिक विवाद भी कोई विवाद है।'' बाबा हंसे, ''विवाद ही करना है तो किसी दार्शनिक से कर। मैं कोई दार्शनिक हूं क्या?''

''बाबा...।''

''अच्छा रहने दे!'' बाबा ने सुदामा की बांह पकड़ी और एक ओर चल पड़े, ''चल! थोड़ी दूर तक चलकर मुझे विदा कर आ। तुमसे कुछ बातें भी करनी हैं।''

''तो मैं उन विद्यार्थियों को जाने को कह दूं।''

''जा कह दे...और बच्चे कहां हैं तेरे?''

''शायद वन की ओर गये हों। बुलाऊं क्या?''

''नहीं! रहने दे। इस बार भी उन्हें कहानी नहीं सुना सका। तेरा छोटा बेटा शिकायत करेगा।''

सुदामा अपने बटुकों को विदाकर लौट आये और बाबा के साथ चलने लगे। बोले कुछ नहीं। जाने, जाते समय बाबा क्या बात करना चाहते हैं।

''देख सुदामा,'' बाबा बोले, ''हम-तुम दोनों, कृष्ण से बढ़कर नहीं तो, कृष्ण के ही समान स्वधर्म के सिद्धान्त के उन्नायक हैं। सिद्धान्त एकदम ठीक है। व्यक्ति को अपना धर्म पहचानना ही चाहिए। पर एक बात है।''

सुदामा ने बाबा की ओर देखा।

''स्वधर्म को अधिक-से-अधिक महत्त्व देते जाने के कारण मैं बहुत उच्छृंखल हो गया हूं। किसी अनुशासन को नहीं मानता।''

''तो क्या हुआ बाबा?'' सुदामा कुछ अधीर हो उठे थे।

''मेरे अपने बच्चों को आज शिकायत है कि मैंने उनका ठीक से लालन-पालन नहीं किया।''

''क्या किसी ने आपसे कुछ कहा है?''

''हां! पिछली बार जब मैं घर गया तो मेरी पत्नी कह रही थी कि एक-दो नहीं—मेरी सारी सन्तानों को यह शिकायत है कि मैं अपने स्वधर्म के चक्कर में अपने कर्तव्य और दायित्व को भूल गया। कर्तव्य का निर्वाह स्वधर्म से नहीं, विवेक से होता है। विवेक थोड़ा-बहुत धन और अनुशासन चाहता है। गृहस्थ होते हुए भी मेरी उच्छृंखलता ने गृहस्थी के बन्धन नहीं माने। मैं कभी जमकर घर पर रहा ही नहीं कि देखता कि मेरे बच्चों का लालन-पालन कैसा हो रहा है, उनकी शिक्षा-दीक्षा कैसी हो रही है।... अब मैं चाहूं भी तो कुछ नहीं हो सकता; और अब तो दायित्व ढोने की न वय है, न सामर्थ्य, न प्रकृति।'' बाबा चुप हो गये।

सुदामा ने बाबा को परीक्षक की दृष्टि से देखा, ''आपका संकेत क्या मेरी ओर है बाबा?''

''हां सुदामा! मैं यही कहना चाह रहा हूं। गृहस्थी के अपने दायित्व होते हैं। पति अपनी पत्नी का भरण-पोषण न कर पाये, पिता अपनी सन्तान की आवश्यकताओं की पूर्ति न कर पाये, तो क्या यह नहीं कहा जायेगा कि वह अपने धर्म से चूक गया?''

सुदामा चलते-चलते रुक गये।

''बाबा! यहां किसी पेड़ की छाया में बैठ जायें। आप तो इतना बड़ा आक्षेप लगाकर चल देंगे और पीछे मेरा क्या होगा? मैं क्या इतने बड़े आक्षेप का बोझ उठाये, अपना काम कर सकूंगा?''

बाबा ने मुख से कुछ नहीं कहा, पथ छोड़, किनारे होकर एक पेड़ की छाया में बैठ गये।

''यह आक्षेप नहीं है सुदामा! यह संकेत है। तुम्हें अपनी आजीविका के लिए कुछ अधिक प्रयत्न करने की आवश्यकता है।''

''पर मेरी ज्ञान-साधना?'' सुदामा ने कुछ इस भाव से बाबा की ओर देखा, जैसे उन्होंने गाली दी हो।

''मैं ज्ञान का विरोधी नहीं हूं।'' बाबा अपने पोपले मुख से बड़े मधुर ढंग से मुस्कराये, ''तेरी-मेरी मित्रता ही इस ज्ञान-साधना को लेकर है। मैं स्थान-स्थान पर तुम्हारी बुद्धि, परिश्रम और ज्ञान की प्रशंसा करता रहता हूं। पर सुदामा, ज्ञान अपने-आप में ही कोई लक्ष्य हो सकता है क्या?''

सुदामा कुछ क्षण सोचते रहे, ''नहीं। ज्ञान स्वयं अपना लक्ष्य नहीं हो सकता।''

''उसका लक्ष्य क्या है?''

''जीवन को अधिक उच्च धरातल पर स्थापित करना।''

''जीवन का एक अंश, ज्ञानी का, अपना और उसके परिवार का जीवन भी तो है।'' बाबा धीरे-से बोले, ''क्या तुम अपने ज्ञान से, अपने परिवार के जीवन को थोड़े-से उच्च धरातल पर स्थापित नहीं कर सकते?''

''बाबा! ज्ञान का लक्ष्य पैसा कमाना नहीं है। ज्ञान का यह व्यवसाय अधम कार्य

है।'' सुदामा आवेश में थे।

''यदि ज्ञान-साधना के साथ-साथ किसी अन्य व्यवसाय को नहीं चला सकते तो ज्ञान के ही किसी अंश का व्यवसाय करो। सारे आचार्य, पण्डित, ज्ञानी—यही कर रहे हैं।'' बाबा की शान्ति, सुदामा के आवेश से विचलित नहीं हुई।

''वे ठीक कर रहे हैं?''

''मैं ज्ञान अथवा विद्या का प्रयोजन, धनार्जन नहीं मानता।'' बाबा अपने धैर्य को निभाये जा रहे थे, ''पर मैं बहुत सूक्ष्मता में न जाते हुए, एक मोटा-स्थूल प्रश्न पूछता हूं। तुम्हारे उस ज्ञान का भी क्या लाभ, जो अपने परिवार के पेट के लिए रोटी भी न जुटा पाये?''

सुदामा किंकर्तव्यविमूढ़-से खड़े रह गये।

''बुरा लगा?'' बाबा ने पूछा।

''धक्का लगा।''

''तुम्हें मुझसे ऐसे अनघड़ प्रश्न की अपेक्षा नहीं थी।'' बाबा मुसकराये, ''पर यथार्थ के प्रति स्वप्नजीवियों की आंखें खोल देना मुझे अच्छा लगता है। मैं स्वयं बहुत व्यावहारिक और जीवन में भौतिक दृष्टि से सफल व्यक्ति नहीं हूं; किन्तु इस जीवन को मैं सूक्ष्म सिद्धान्तों की तुलना में अधिक महत्त्वपूर्ण मानता हूं। जब तक देह है, देह की बाध्यताएं भी हैं। मेरी भूलों को तुम मत दुहराओ।''

लगा, सुदामा कोई निश्चित उत्तर देने की स्थिति में नहीं हैं।

''अच्छा! चलता हूं।'' बाबा बोले, ''तुम अब लौट जाओ। चलते समय तुम्हारे बच्चों से मिल नहीं पाया हूं। उन्हें मेरा प्यार देना।'' बाबा ने ध्यान से सुदामा को देखा, ''और यदि बहुत कठिन न हो तो एक बार अपने सखा कृष्ण से मिल आना।''

बाबा ने प्यार भरी हथेली से सुदामा का कन्धा थपथपाया और जाने के लिए मुड़ गये।

सुदामा मुख से कुछ कह नहीं सके। उन्होंने चुपचाप अपने हाथ जोड़ दिये।

बाबा आंखों से ओझल हो गये तो सुदामा अपनी कुटिया की ओर मुड़े। उनकी आंखों के सम्मुख सुशीला, ज्ञान और विवेक के चेहरे घूम रहे थे।...बाबा ठीक कह गये थे कि इन सबके प्रति सुदामा का दायित्व था। उनकी आवश्यकताओं की पूर्ति सुदामा का धर्म था। सुदामा उन्हें अपनी साधना का विघ्न नहीं मान सकते थे। सुशीला और बच्चों का धर्म यह नहीं था कि वे स्वयं को मिटाकर, सुदामा को ज्ञान-साधना में लगा रहने देते।

तो फिर सुदामा को पीढ़ियों से मिले वे ज्ञानमार्गी संस्कार? सुदामा के पिता-पितामहों का चिन्तन और जीवन-पद्धति? सुदामा को लगा, बाबा के एक वाक्य ने उनके पूर्वजों द्वारा बनाये गये इस ज्ञान-दुर्ग की दीवारें हिला दी हैं। ठीक कहा था बाबा ने सुदामा का ज्ञान न तो उनके परिवार को जीवन की आवश्यकताओं से मुक्त कर सकता था, न उनकी पूर्ति कर सकता था। फिर क्या करना ऐसे ज्ञान का?

पर बाबा को यह सब कहने की आवश्यकता क्यों पड़ी? क्या सुशीला ने बाबा से कुछ कहा था? या बाबा ने स्वयं ही उनके घर की यह स्थिति देखकर, कुछ कहना आवश्यक समझा?

पर बाबा! बाबा तो स्वयं इतने फक्कड़ और घुमक्कड़ व्यक्ति हैं। जहां कोई व्यक्ति उनके भौतिक लाभ की कोई बात कहता है, वहीं से वे पर झाड़कर निकल जाते हैं। पर क्या सचमुच वे नहीं चाहते कि उनकी इस प्रकृति के कारण उनके परिवार को जो कष्ट हुए हैं, वे सुदामा के परिवार को न हों; और जो शिकायतें उनकी सन्तान को उनसे हैं ...वे सुदामा की सन्तान को, सुदामा से न हों?

सुदामा अपनी कुटिया तक लौट आये, पर कुटिया के भीतर नहीं गये। कुटिया के चारों ओर खुली भूमि थी, जिसमें विभिन्न प्रकार के पेड़ लगे हुए थे। वस्तुतः वह वन ही था; किन्तु अनेक वृक्षों के कट जाने से अब वह सघन वन के स्थान पर, विरल उद्यान लगता था। गांव के कोने में बनी अपनी इस कुटिया को सुदामा, कभी कुटिया और कभी आश्रम कह लेते थे। थोड़ी-थोड़ी दूर पर कुछ और ब्राह्मणों के भी कुटीर थे। उन लोगों को निरीह और उदासीन मानकर ग्राम-प्रमुख ने भी कभी उनसे छेड़-छाड़ नहीं की थी।

सुदामा एक वृक्ष की छाया में बैठ गये।

हां! उन्हें इस विषय में आज सोच ही लेना चाहिए। उन्हें निर्णय करना होगा। जब उन्होंने विवाह किया है तो गृहस्थी का निर्वाह भी करना होगा। यदि ज्ञान के मार्ग पर ही चलना था तो इस संसार को माया मानते और विवाह से दूर रहते। पर अब वह समय बीत चुका था। विवाह उन्होंने बहुत देर से किया था, पर कर लिया था। घर में सुशीला थी, विवेक था, ज्ञान था...उन तीनों जीवों को माया कहकर, वे स्वयं को भुलावे में नहीं डाल सकते। वे जीवन का यथार्थ थे। उनकी आवश्यकताओं की पूर्ति सुदामा का धर्म था। द्रोणाचार्य भी इससे मुख नहीं मोड़ सकते थे। बाबा जो भी कहें, पर सुदामा यही मानते हैं कि द्रोणाचार्य अपनी आजीविका के लिए हस्तिनापुर गये थे।

आजीविका तो अर्जित करनी ही होगी। ब्राह्मण के लिए तो सरल उपाय यही है कि वह द्वार-द्वार भीख मांगे। पर गृहस्थ होकर कोई भीख क्यों मांगे? ब्राह्मण यदि समाज के लिए चिन्तन-मनन का कार्य करता है तो उसके भरण-पोषण का दायित्व समाज पर है। यह सत्य है। किन्तु सुदामा का आत्मसम्मान आज तक इस बात को स्वीकार नहीं कर पाया था। भीख पर पलने वाले व्यक्ति का कोई भी सम्मान नहीं करता। सुदामा ने जितना जीवन देखा है, और जितने लोगों को जाना है, उन सबका निष्कर्ष यही है कि जीवन में स्वतन्त्र वही है, जो आत्मनिर्भर है। सबसे बड़ी आत्मनिर्भरता तो आर्थिक आत्मनिर्भरता है। स्वतन्त्रता के लिए, चिन्तन की स्वतन्त्रता के लिए ही तो उन्होंने कभी कोई चाकरी नहीं की। उन्होंने स्वतन्त्र बुद्धि-कर्म को स्वीकार किया। पर जब बुद्धि-कर्म से आर्थिक उपार्जन की बात उठती है; तो उन्होंने सदा यही पाया है कि अपनी इच्छा से, स्वतन्त्र रूप से रची गयी कृतियों पर उन्हें या तो थोड़ी बहुत ख्याति मिली है, या वह नहीं मिली। धन तो कभी नहीं मिला। हां! यदि वे दूसरों के आदेश पर उनकी आवश्यकतानुसार,

उनकी रुचि के ग्रन्थ तैयार कर दें तो उन्हें कुछ धन मिल सकता है। पर अपनी लेखनी का व्यापार तो चाकरी से भी अधम कार्य हुआ। उसमें न चिन्तन की स्वतन्त्रता है, न रचनाकार का सम्मान। फिर, वे यदि करते रहेंगे तो कभी किसी स्तरीय कृति की रचना नहीं कर पायेंगे। लोगों के आदेश पर घटिया कृतियों की रचना क्या घटिया प्रकार की चाकरी नहीं है।

तो क्या वे सम्मानजनक चाकरी खोज लें? कौन-सी चाकरी? अध्यापन से अच्छी चाकरी और क्या हो सकती है...सुदामा का मस्तिष्क थम गया।

...अध्यापन तो अध्यापन है...गुरु कर्म! वह चाकरी कैसे हो सकती है? गुरु क्या चाकर होता है?

गुरु तो चाकर नहीं होता...वे मन-ही-मन मुस्कराये...पर अध्यापन यदि इसलिए किया जाये कि छात्रों के अभिभावकों से उसके प्रतिदान में आजीविका अर्जित की जायेगी, तो वह अपने-आप ही चाकरी हो गयी...पर यह चाकरी ऐसी है कि जिसमें अपने सम्मान तथा स्वतन्त्रता की रक्षा की जा सकती है। चार-छह बटुकों को इकट्ठा कर उन्हें शिक्षा देना और फिर राह ताकना कि वे कुछ ला दें...ग्राम के बालक हैं...क्या लायेंगे! कोई थोड़ा अन्न ले आता है, कोई शाक-भाजी, कोई फल। किसी के घर में कोई उत्सव हो तो कोई पकवान या मिठाई ले आता है...इन चीजों की मात्रा निश्चित नहीं है; और फिर इनके अतिरिक्त भी कुछ चीजों की आवश्यकता होती है जीवन में।

यदि वे चाकरी कर लें और उन्हें प्रतिमास, एक निश्चित वृत्ति मिल जाया करे तो वे इन चिन्ताओं से मुक्त होकर, अपना शेष समय अपने चिन्तन-मनन और लेखन-अध्ययन में लगाया करेंगे।

सहसा ही सुदामा का मन हल्का हो आया। यह बात उन्हें पहले क्यों नहीं सूझी?

पर चाकरी के लिए क्या वे द्वारका जायें। जाकर कृष्ण से कहें कि मैं तुम्हारा मित्र हूं, मुझे कोई चाकरी दो। कितनी भ्रष्ट बात है। राजनीतिक सत्ताओं के उतार-चढ़ाव के साथ जब लोग अपने सम्बन्ध, सम्पर्क, जाति अथवा क्षेत्र के आधार पर लाभ उठाने का प्रयत्न करते हैं तो सुदामा उन्हें घृणित दृष्टि से देखते हैं। राजकीय नियुक्तियां योग्यता के आधार पर होनी चाहिए, राजनीति के आधार पर नहीं। उन्होंने सदा यही चाहा है कि शासक के आसपास के लोग अपना दायित्व समझें, अपना स्वार्थ भुलाकर प्रयत्न करें कि शासक को सुशासन में सहयोग दें। पर होता उसका उलटा है।

शासक जो भी हो, उसके निकट सम्बन्धी और मित्र शासन की जड़ों में स्थापित न्याय को खाने लगते हैं। परिणामतः शासन की जड़ में से न्याय लुप्त हो जाता है। अन्याय, यथार्थ और पक्षपात पर आधृत शासन प्रजा का हितकारी कैसे हो सकता है?

सुदामा किस मुंह से कृष्ण के पास जायें और कहें कि उनकी मैत्री के मूल्य-स्वरूप उन्हें राजकीय गुरुकुल में कोई नियुक्ति दी जाये? सुशासन में कृष्ण की कोई सहायता करने के स्थान पर, उसे भ्रष्टाचार की ओर प्रवृत्त करें? सुदामा कितने भी योग्य हों, किन्तु प्रजा का बच्चा-बच्चा यही कहेगा और मन से विश्वास करेगा कि सुदामा को मैत्री के

आधार पर नियुक्त किया गया है...सुदामा के मन में कितनी ग्लानि होगी...और अपने साथ-साथ वे अपने मित्र कृष्ण के नाम पर भी अपवाद लगायेंगे। कृष्ण की लोकप्रियता में कमी होगी। प्रजा के मन में उसके सम्मान का आसन नीचा हो जायेगा। नहीं! सुदामा स्वार्थ के लिए, अपने मित्र के यश की बलि नहीं देंगे। यह उन दोनों के लिए ही सुखद नहीं होगा।

पर चाकरी किसी और गुरुकुल में भी तो हो सकती है...अपने ही ग्राम में या उसके निकट, कोई गुरुकुल स्थापित किया जा सकता है। न सही द्वारका के राजकीय गुरुकुल के समान साधन-सम्पन्न; पर साधना-सम्पन्न तो वह हो ही सकता है। यहां भी इतने लोग रहते हैं। उनके भी बच्चे हैं। सुदामा अपने घर पर बटुकों को शिक्षा देते हैं, तो उसी का एक व्यापक रूप, गुरुकुल क्यों नहीं हो सकता। उसकी व्यवस्था सुदामा के हाथ में न हो, ग्राम-प्रमुख के हाथ में हो। अनेक ग्रामों का सहयोग लेकर, गुरुकुल की स्थापना हो तो ग्राम-प्रमुखों की परिषद् उसकी व्यवस्था देख सकती है। शिक्षा की आवश्यकता केवल द्वारका के नागरिकों के बच्चों को ही नहीं है, ग्रामवासियों के बच्चे भी दर्शन, साहित्य, ज्योतिष और व्याकरण का अध्ययन कर अपने जीवन को सुधार सकते हैं। अपनी इस विद्या के आधार पर ही तो नागरिक स्वयं को ग्रामीणों से श्रेष्ठ समझते हैं। सुदामा, ग्रामीणों को नागरिकों के समान धरातल पर ला खड़ा करेंगे। वे ग्रामीणों की हीनता के कारण को ही समाप्त कर देंगे। ग्राम के प्रत्येक कुटीर में उपनिषदों के मन्त्र गूंजेंगे। और साहित्य का रस बहेगा...ऐसी चाकरी तो चाकरी भी नहीं लगेगी।

चार

ग्राम-प्रमुख ने कुछ विचित्र दृष्टि से सुदामा को देखा : यह निर्धन ब्राह्मण उन्हीं के ग्राम का वासी है—वे जानते थे। अनेक बार मार्ग में या किसी उत्सव-समारोह में उससे भेंट हुई थी। राम-राम भी होती ही थी। सुदामा ने कभी उनका अपमान नहीं किया था; जब भी मिला, बड़ी नम्रता और शालीनता से मिला। पर यह ब्राह्मण निर्धन होने पर भी कभी उनके द्वार पर नहीं आया था। न निर्लज्ज चाटुकारिता के लिए, न अवसर पाकर उनसे सम्पर्क बढ़ाने के लिए। इसलिए ग्राम-प्रमुख को सदा यही लगा था कि सुदामा उनकी अवहेलना करता है।

आज सुदामा को अपने द्वार पर आया देख, ग्राम-प्रमुख असमंजस में पड़ गये। एक निःस्वार्थ और स्वाभिमानी ब्राह्मण को अपने घर में अतिथि रूप में आया समझकर स्वयं को धन्य मानें, या सदा अपनी अवहेलना करने वाले इस कंगले को अपनी और उसकी ठीक-ठीक स्थिति समझा दें?

सुदामा को अपना स्वागत एक विद्वान् पण्डित के अनुकूल न लगकर, एक याचक के समान ही लगा; यद्यपि अभी ग्राम-प्रमुख को उनका उद्देश्य ज्ञात ही नहीं था। सुदामा का मन बुझ गया...याचना तो याचना ही है, चाहे अपने भूखे पेट के लिए हो या सारे

ग्राम-प्रान्तर की अगली पीढ़ी के उत्थान के लिए, पर अभी तो यह व्यक्ति जानता ही नहीं है कि वे आये किसलिए हैं।

तो क्या शासक, चाहे छोटा हो या बड़ा, अपनी प्रजा से इसी प्रकार उपेक्षापूर्ण व्यवहार करता है? यह तो मात्र ग्राम-प्रमुख ही है, शूर कुल का नायक, यादव श्रेष्ठ कृष्ण, अपने प्रासाद में आये, सामान्य जन से कैसे मिलता होगा? कृष्ण, उनका सहपाठी और मित्र था तो यह ग्राम-प्रमुख भी तो उन्हीं के ग्राम का वासी है। क्या इससे उनका सम्बन्ध, कृष्ण से भी अधिक निकटता का नहीं है? कहां ऋषियों की कल्पना है कि विद्वान् चक्रवर्ती राजाओं के दरबार में भी सम्मानजनक, उच्च आसन पायें, और कहां यह साधारण ग्राम-प्रमुख उनकी अवज्ञा कर रहा है। पर अब आ ही गये हैं तो लौट जाने का कोई कारण नहीं था। अब तो बात कर ही लेनी चाहिए।

''आर्य!''

''मुझे ग्राम-प्रमुख कहो।''

सुदामा कुछ अटपटा गये। यह व्यक्ति एक क्षण के लिए भी नहीं भूल सकता कि यह ग्राम-प्रमुख है; और दूसरे व्यक्ति को भी याद दिलाये रखना चाहता है। यह व्यक्ति एक पद पर नहीं बैठा है, वह पद ही इसके सिर पर बैठा हुआ है। यह व्यक्ति नहीं है, इसलिए 'आर्य' नहीं है, पद है, इसलिए 'ग्राम-प्रमुख' है।

''ग्राम-प्रमुख महोदय!'' सुदामा अपने आवेश को दबा, स्वयं को सन्तुलित करते हुए बोले, ''राजधानी में एक गुरुकुल है, जहां बड़े-बड़े विद्वान्, चिन्तक, विचारक रहते हैं और बालकों को शिक्षा देते हैं। मैं चाहता हूं कि हम अपने ग्राम में भी वैसा ही एक गुरुकुल स्थापित करें।''

''कल को तुम कहोगे,'' ग्राम-प्रमुख ने सुदामा की बात बीच में ही काट दी, ''कि राजधानी में यादवश्रेष्ठ श्रीकृष्ण रहते हैं, इसलिए एक श्रीकृष्ण यहां भी होने चाहिए।''

सुदामा ने ग्राम-प्रमुख की ओर देखा : यह व्यक्ति व्यर्थ ही क्यों उन्हें अपमानित करने का प्रयत्न कर रहा है?

''नहीं! ऐसा नहीं कहूंगा।'' सुदामा धीरे-से बोले, ''पर खैर, शायद मैंने बात गलत ढंग से आरम्भ की है।''

ग्राम-प्रमुख कुछ नहीं बोला। वह उन्हें देखता रहा।

''मैं यह कहना चाहता था,'' सुदामा बोले, ''जहां कहीं भी लोग रहते हैं, वहां उनके मानसिक विकास के लिए, उन्हें जीवन के उच्चतर धरातल से परिचित कराने के लिए, शिक्षा-संस्थाओं की आवश्यकता होती है। हमारे ग्राम और आसपास के ग्रामों में कोई पाठशाला अथवा गुरुकुल नहीं है। क्यों न हम यहां एक अच्छे गुरुकुल की स्थापना करें?''

''शिक्षा कौन देगा,'' ग्राम-प्रमुख वक्रता से बोला, ''गुरु सांदीपनि?''

सुदामा अन्दर तक हिल गये : यह व्यक्ति उनका कितना अपमान करेगा? पर साथ ही उनके मन में आया कि यह व्यक्ति ज्ञान की गरिमा से परिचित हो न हो, किसी

विद्वान्, दार्शनिक, ऋषि, पण्डित को जाने न जाने, यह ऋषि सांदीपनि से परिचित है, क्योंकि उन्होंने कृष्ण को शिक्षा दी है। दूसरे ही क्षण, सुदामा के मन में भीषण आवेग उठा। क्या सुदामा उसे बतायें कि वे स्वयं साक्षात् गुरु सांदीपनि के शिष्य रहे हैं और उनके मित्र के पुत्र हैं। क्या वे उसे समझा दें, जिन गुरु सांदीपनि का नाम लेकर वह उनका उपहास करना चाह रहा है, सुदामा उन्हीं गुरु के अत्यन्त विश्वस्त शिष्य हैं, जिन पर गुरु ने अपने ज्ञान के विकास का भार छोड़ा हुआ है।

पर अगले ही क्षण सुदामा का आवेग बैठ गया। बड़े और प्रतिष्ठित नामों के साथ स्वयं को जोड़कर, लाभ उठाने की पद्धति सुदामा को सदा अपमानजनक लगी है। गुरु सांदीपनि का नाम अपने स्वार्थ के लिए वे नहीं बेचेंगे। स्वयं अपने जीवन में कुछ अर्जित कर लेंगे तो उसका श्रेय गुरु को समर्पित करने के लिए, गुरु का नाम लेना पड़ा तो वे उनका नाम लेंगे।

"मैं हूं, सुदामा।" वे धीरे-से बोले, "मेरे पूर्वज विद्या-व्यसनी रहे हैं। मैंने स्वयं भी एक अच्छे गुरुकुल में रहकर शिक्षा पायी है। प्रस्तावित गुरुकुल में मैं शिक्षा दूंगा। इस क्षेत्र के कुछ और विद्वान् ब्राह्मणों को भी आमन्त्रित किया जायेगा। शिक्षा-पक्ष हम लोग संभाल लेंगे। व्यवस्था-पक्ष यदि आप...।"

ग्राम-प्रमुख ने फिर उन्हें बात पूरी नहीं करने दी, "शिक्षा-पक्ष तो सभी संभाल लेते हैं। मूल बात तो व्यवस्था-पक्ष की है।" सहसा उसने अपना स्वर बदला, "वैसे भी तुम और अन्य ब्राह्मण अपने घरों पर बच्चों को शिक्षा तो दे ही रहे हो, फिर अब गुरुकुल की क्या आवश्यकता आ पड़ी है?"

"हां! घर आये कुछ बटुकों को हम पढ़ा तो लेते हैं," सुदामा बोले, "पर वह तो मात्र आरम्भिक शिक्षा है—अक्षर-ज्ञान, अंक-ज्ञान...।"

"तो गुरुकुल में क्या पढ़ाओगे?"

"दर्शन, काव्य, व्याकरण...।"

ग्राम-प्रमुख जिस दृष्टि से उन्हें देख रहा था, उससे सुदामा आगे बोल नहीं सके।

"तुम्हारा यह गुरुकुल, इस क्षेत्र की प्रजा के कल्याण की योजना है, या एक दरिद्र ब्राह्मण द्वारा अपनी आजीविका का प्रबन्ध करने का प्रयास?"

ग्राम-प्रमुख की दृष्टि से अधिक उसके शब्द सुदामा को चुभे। उन्होंने कभी नहीं सोचा था कि ग्राम-प्रमुख उनका शत्रु है। वे तो आज तक यही मानते आये थे कि उनका ग्राम-प्रमुख से कोई सम्पर्क ही नहीं था; और असम्पर्क की स्थिति में कोई सम्बन्ध कैसे हो सकता है, न अच्छा, न बुरा। पर ग्राम-प्रमुख उनकी धारणा को गलत प्रमाणित कर रहा था। उनमें सम्पर्क नहीं था, किन्तु वे एक-दूसरे से परिचित अवश्य थे। वे जानते थे कि वह ग्राम-प्रमुख है; और ग्राम-प्रमुख जानता था कि वे सुदामा हैं। ऐसे में यदि सुदामा ने ग्राम-प्रमुख से सम्पर्क स्थापित नहीं किया, सम्बन्ध नहीं बनाया—दूसरे शब्दों में, उन्होंने यदि उसकी चौखट पर नाक नहीं रगड़ी तो वह उनका शत्रु बना बैठा है। अकारण-द्वेषी और किसे कहते हैं!

पर साथ ही सुदामा की अन्तरात्मा का स्वर गूंज रहा था—'इसमें बुरा मानने की क्या बात है। ठीक ही तो कह रहा है वह। तुमने कब प्रजा के अज्ञान से द्रवित होकर, उन्हें ज्ञान-दान करने की बात सोची। तुमने भी तो अपनी स्थायी वृत्ति की व्यवस्था के लिए ही एक गुरुकुल की स्थापना की परिकल्पना की। पर यह सत्य नहीं है।' सुदामा ने अपना बचाव किया, 'मैंने सदा ज्ञान के विकास और मानव-मात्र के उसके द्वारा लाभान्वित होने की बात सोची है। पहले वही काम मैं ग्रन्थ-लेखन से करता रहा हूं, अब वही अध्यापन के माध्यम से करना चाहता हूं।' "पर तुम्हें भी तो वृत्ति चाहिए।' उनकी अपनी तर्कशक्ति ने उन पर आघात किया—'वृत्ति तो चाहिए।' सुदामा ने प्रतिवाद किया, 'किन्तु केवल मेरा ही स्वार्थ है, प्रजा-जन का कोई लाभ नहीं है?--ऐसी बात होती तो मैं गुरुकुल का विचार अपने मन में भी न लाता। गुरु सांदीपनि ने क्या अपनी वृत्ति के लिए गुरुकुल खोल रखा था? कृष्ण ने क्या अपनी वृत्ति के लिए गुरुकुल स्थापित किया है? यह ग्राम-प्रमुख क्या जनकल्याण को कृष्ण से भी अधिक समझता है।'

उन्हें लगा, उनकी आत्मा में पर्याप्त बल आ गया है। पूर्णतः आश्वस्त स्वर में बोले, "यह योजना प्रजा के कल्याण के लिए है।"

ग्राम-प्रमुख ने उन्हें बड़ी कठोर दृष्टि से देखा, "हमारे प्रजाजन या तो खेती करते हैं या व्यापार। तुम बताओ कि तुम्हारे दर्शन, काव्य और व्याकरण से उन्हें क्या लाभ होगा। उनकी उपज में वृद्धि होगी या उनके व्यापार का विकास होगा?" ग्राम-प्रमुख ने क्षण-भर रुककर उन्हें देखा और फिर स्वयं ही बोला, "तुम्हारी विद्या हमारे किसी काम की नहीं है। तुमसे तो वे ब्राह्मण अच्छे हैं, जो अपने-आपको बहुत विद्वान् नहीं मानते और हमारा पुरोहित-कर्म करते हैं। वे पूजा-पाठ की हमारी दैनिक आवश्यकताएं पूरी करते हैं। तुम्हारी विद्वत्ता हमारे जीवन का अंश नहीं है। तुम और तुम्हारी विद्या किसी और लोक की वस्तु है। हम नहीं चाहते कि उसकी जड़ें हमारी भूमि में फैलें।"

"क्यों?" सुदामा हक्के-बक्के खड़े थे।

"क्योंकि हमारा जो बच्चा, तुम्हारी इस अलौकिक विद्या के सम्पर्क में आ जायेगा, वह हमारे काम का नहीं रहेगा।" ग्राम-प्रमुख ने अपना क्रोध प्रकट कर दिया, "तुम्हारी इस विद्या की कृपा से मैंने अनेक घर ध्वस्त होते देखे हैं। जो लड़का तुम्हारा दर्शन, काव्य और व्याकरण पढ़ लेता है, वह केवल ग्रन्थों का उत्पादन करता है। अन्न और धन का उत्पादन उसे घटिया काम लगने लगता है। वह अपने पशुओं की सेवा करने के स्थान पर विद्वानों की सेवा करना चाहता है। वह अपने खेतों में हल चलाने के स्थान पर, विचारों की खेती करने लगता है। दुकान पर बैठकर माल खरीदने और बेचने के बदले, वह किसी गोष्ठी में बैठकर विचारों का आदान-प्रदान करने लगता है। अन्ततः वे सारे लड़के ग्राम छोड़कर भाग जाते हैं।" ग्राम-प्रमुख का आवेश कम नहीं हुआ था, "तुम्हारी विद्या हमारे किसी काम की नहीं है। यह तो ग्राम-विरोधिनी है। ऐसी विद्या या तो नगरों के काम की है, या वन्य-आश्रमों के काम की। हमारे लिए तो इतना ही पर्याप्त है कि हमारे बच्चों को कुछ अक्षर-ज्ञान हो जाये और कुछ अंक-ज्ञान। हां! खेती और व्यापार को

सुचारु व्यवस्था देने की कोई शिक्षा हो तो हमसे बात करो।'' ग्राम-प्रमुख ने रुककर सुदामा को देखा और फिर जैसे निष्कर्ष सुनाता हुआ, शब्दों को चबा-चबाकर बोला, ''और यदि कभी किसी चमत्कार से ऐसा कोई गुरुकुल यहां स्थापित हो भी गया तो उसके लिए आचार्य तथा कुलपति राजधानी से आयेंगे। गांव-गंवई के अध्यापक नहीं रखे जायेंगे।''

इस बार सुदामा ने एकदम नयी दृष्टि से ग्राम-प्रमुख को देखा : यह तो शिक्षा-क्षेत्र का कोई मौलिक चिन्तक है। केवल सुदामा से नहीं, वह तो समस्त विद्वत् जन से रुष्ट मालूम होता है। उसके तर्क उतने निस्सार नहीं थे, जितने सुदामा ने सोचे थे। वे तर्क उनके ज्ञान के सामने गम्भीर प्रश्न-चिह्न लगा रहे थे। उनके विषय में सोचना होगा।

लौटते हुए सुदामा के पग बहुत भारी थे। जिस योजना को लेकर वे ग्राम-प्रमुख के पास गये थे, वह किन्हीं धुंधलकों में खो गयी थी। उनके सम्मुख ज्ञान और जीवन के सम्बन्ध में अनेक नये प्रश्न उठ आये थे। सुदामा के लिए आजीविका के प्रश्न को सुलझाने से कहीं अधिक महत्त्वपूर्ण ज्ञान-सम्बन्धी इन प्रश्नों को सुलझाना था।

यदि ग्राम-प्रमुख का तर्क वे अपने ऊपर ही आरोपित करते हैं, तो उसकी बात सच्ची प्रमाणित हो जाती है। पीढ़ियों से ज्ञान की साधना करने वाले पूर्वजों की योग्य सन्तान, गुरु सांदीपनि के मेधावी छात्र और स्वयं योगीश्वर कृष्ण के सहपाठी सुदामा, आज अपने ज्ञान से, अपने परिवार के पोषण के लिए न्यूनतम द्रव्य प्राप्त नहीं कर पा रहे हैं तो सचमुच संसार में रहने के लिए, इस ज्ञान का क्या महत्त्व है कि ब्रह्म निराकार है या साकार। जीव और ब्रह्म के मध्य माया है या नहीं। माया का स्वरूप विद्या-माया है या अविद्या-माया। इन समस्याओं और प्रश्नों के समाधानों और उत्तरों से इस भौतिक जीवन की रक्षा के लिए कुछ भी उत्पन्न नहीं होता। ग्राम-प्रमुख ने सच ही कहा है कि दूसरी ओर वे विद्याएं हैं, जो भूमि से अन्न उपजाती हैं, खनिज प्राप्त करती हैं, प्रकृति से प्राप्त पदार्थों के उपभोग से, हस्त शिल्प के माध्यम से, अन्य उपयोगी वस्तुएं भी प्राप्त की जाती हैं। उन विद्याओं से व्यापार का विकास होता है। व्यक्ति और समाज समृद्ध होता है। सुदामा का ज्ञान क्या करेगा इस सारे क्षेत्र में? उनके समाज को यदि उनकी विद्या से कोई लाभ नहीं है तो उनका समाज उन्हें कोई लाभ क्यों देगा? ज्ञानी का अर्थ समाज का रक्त पीने वाला, परजीवी—अमरबेल—तो नहीं है। ज्ञानी स्वयं को समाज के लिए उपयोगी नहीं बनायेगा तो समाज उसका सम्मान क्यों करेगा? जीवन का यथार्थ, जीवन के नियम बहुत कठोर हैं—वे व्यक्ति को जीवन का सत्य बड़ी क्रूरता से समझा देते हैं।

ठीक ही कहा था ग्राम-प्रमुख ने! यदि गांव के लड़के दर्शन और काव्य का अध्ययन करेंगे तो कृषि और व्यापार का संसार छोड़कर दर्शन और काव्य का संसार खोजने के लिए निकल पड़ेंगे। और ऐसा संसार तो उन्हें वनवासी ऋषियों के आश्रमों अथवा नगर के समृद्ध समाज में ही मिल पायेगा। वे लोग ग्राम की उत्पादक संस्कृति के लिए अप्रासंगिक हो जायेंगे। सुदामा ही कहां अपने गांव के लिए प्रासंगिक रह गये हैं? वे बड़े काव्यात्मक भाव से पौधों में खिले फूलों को निहार सकते हैं। कभी मन चाहे तो वृक्षों में

दो-चार लोटे पानी डाल सकते हैं; किन्तु यदि उनसे अपेक्षा की जाये कि खेतों में हल चलायेंगे या विभिन्न ऋतुओं का शीत-ताप सहकर शारीरिक श्रम करते रहेंगे, तो यह उनके लिए सम्भव नहीं है। व्यापार नाम का काम तो वे कर ही नहीं सकते।

तो फिर क्यों लोग शताब्दियों से दर्शन की गुत्थियां सुलझाने में लगे हुए हैं? ऐसा तो सम्भव नहीं है कि समाज के लिए यह सर्वथा अनुपयोगी हो और समाज के निरन्तर और अनवरत असहयोग के बावजूद यह चिन्तन लगातार चलता रहा हो।

सुदामा को लगा कि उन्हें दर्शन और अध्यात्म को अलग-अलग करके देखना चाहिए। दर्शन तो केवल भावात्मक चिन्तन नहीं करता। वह तो सृष्टि के भौतिक पदार्थों का भी परीक्षण करता है और उनके सत्य को भी खोज निकालता है। समस्त चिन्तन तो व्यर्थ और निस्सार नहीं हो सकता। चिन्तन के अभाव में आयुर्विज्ञान का विकास कैसे होता? कृषि की पद्धतियों का अनुसन्धान कैसे होता? विभिन्न अन्नों तथा खाद्य-पदार्थों का ज्ञान मनुष्य को कैसे होता? मनुष्य पशु-पालन कैसे सीखता? आत्मरक्षा के लिए शस्त्रों का निर्माण कैसे होता? गति के लिए पहिया न खोजा गया होता, तो मनुष्य वाहनों का विकास कैसे करता? चिन्तन न होता तो भूगोल, खगोल तथा ज्योतिष का ज्ञान कैसे प्राप्त होता?

तो सारा आक्रोश क्या केवल अध्यात्म-चिन्तन के विरुद्ध ही है? क्या अध्यात्म-चिन्तन सर्वथा अनुपयोगी है? तो फिर समाज उसका बोझ क्यों ढो रहा है?

अध्यात्म के माध्यम से प्राप्त अलौकिक शक्तियों और उनके चमत्कारों में सुदामा का कभी विश्वास नहीं रहा। यदि ऐसा कुछ होता तो अपनी लम्बी साधना से वे भी कुछ शक्तियां प्राप्त कर लेते और कम-से-कम अपनी निर्धनता दूर कर लेते। फिर न उन्हें ग्राम-प्रमुख के पास जाना पड़ता और न वह उन्हें अपमानित कर पाता। सुदामा तो सुदामा ही थे...बड़े-बड़े ऋषियों के विषय में भी यही बताया जाता है कि किसी वस्तु की इच्छा होने पर उन्हें याचक बनकर, राज-दरबारों में जाना पड़ता है। यह सम्भव है कि अपनी साधना और निरन्तर अभ्यास से वे कार्य करने की कुछ अद्भुत विधियों का आविष्कार कर लेते हों। अपने अनवरत चिन्तन से कुछ नये समाधान और सत्य पा लेते हों। अपने सूक्ष्म विश्लेषण से भावी घटनाओं का आभास पा लेते हों। इन सबको ही क्या उनकी आध्यात्मिक शक्ति का चमत्कार कहा जाता है?

इधर योग-साधना के माध्यम से कुछ अद्भुत शक्तियां प्राप्त करने का बहुत प्रचार है। कृष्ण योगीश्वर माना जाता है, पर वह भी सामान्य सैनिकों अथवा यात्रियों के समान अपना रथ जगह-जगह दौड़ाता फिरता है। अपने शत्रुओं के साथ, साधारण क्षत्रियों के समान युद्ध करता है। उसके राज्य में भी, उत्पादन के लिए अन्य राज्यों के समान मनुष्य श्रम करता है। यहां भी न्याय-अन्याय, स्वार्थ-परमार्थ, उचित-अनुचित का संघर्ष वैसे ही चल रहा है, जैसे अन्य राजाओं में। कृष्ण की योग शक्ति ने किसी चमत्कार का प्रदर्शन नहीं किया है। हां! शारीरिक और मानसिक व्यायाम के रूप में इसने उसकी कार्यक्षमता को अद्भुत रूप से बढ़ा अवश्य दिया है। वह अस्वस्थ नहीं होता, आलस उसे छूता नहीं,

उसमें कभी ऊर्जा का अभाव नहीं होता। जितना कार्य वह करता है, और जितनी समस्याओं का समाधान उसके माध्यम से होता है, उतना और किसी के बस का नहीं है।

पिछले दिनों एक योगीराज ने बहुत शोर मचाया था कि वे अपनी योग-शक्ति से पानी पर चलकर दिखायेंगे। सुदामा तो देखने गये नहीं थे, पर उड़ाया यही गया था कि एक बड़ा नाला उन्होंने पानी पर चलकर पार किया था। पहले तो सुदामा की बुद्धि इस तथ्य को स्वीकार ही नहीं करती कि सचमुच ऐसा कुछ हुआ होगा। प्रकृति के नियम अपरिवर्तनीय और त्रिकाल-सत्य हैं। उनकी न कोई अवहेलना कर सकता है और न वे किसी का कोई विशिष्ट अधिकार मानते हैं। इसलिए प्रकृति में चमत्कार नहीं होते। प्राकृतिक सत्य है कि पानी से हल्की वस्तु उस पर तैरती है और भारी वस्तु उसमें डूब जाती है। मनुष्य पानी से भारी होता है, इसलिए वह पानी में डूब जाता है; किन्तु यह प्राकृतिक सत्य है कि मनुष्य ने पानी में तैरने के सिद्धान्त खोज निकाले हैं। ये सिद्धान्त और कुछ भी नहीं हैं, सिवा इसके कि मनुष्य ने स्वयं को पानी से हल्का बनाये रखने की पद्धति खोज निकाली है। यहां प्राकृतिक सत्यों में कोई विरोध नहीं है, इसलिए इसमें कोई चमत्कार भी नहीं है। यदि कोई व्यक्ति कोई ऐसा ही प्राकृतिक नियम खोज निकालता है, जिसमें वह खड़ी अवस्था में भी पानी में तैर सकता है, तो वह एक नया आविष्कार हो सकता है, उसमें कोई चमत्कार नहीं है।

सहसा सुदामा के मन में एक दूसरा तर्क आया...और यदि यह मान भी लिया जाये कि किसी व्यक्ति ने वर्षों की साधना के पश्चात् कोई ऐसी पद्धति पा ली है, जिससे वह नदी पार कर सकता है तो उससे क्या...कोई भी नाविक अपनी नाव पर जितने लोगों को चाहे, बारी-बारी नदी पार करा सकता है। उस आध्यात्मिक शक्ति से कहीं उपयोगी वह भौतिक शास्त्र है, जो किसी भी व्यक्ति को किसी भी समय नदी पार करा सकता है।

तो फिर यह सारा आध्यात्मिक चिन्तन क्या है? मात्र कुछ कल्पनाजीवियों की कपोल कल्पना या सामान्य जन को धोखा देने का प्रयत्न? या जीवनी शक्ति की कमी के कारण संसार के संघर्षों से पलायन का प्रयत्न?

सुदामा चौंक उठे। यह कैसी बात मन में आयी है? यदि चमत्कारों, आध्यात्मिक शक्तियों तथा साम्प्रदायिक कर्म-काण्डों को दूर कर सोचा जाये तो क्या अध्यात्म मानव के मन को निर्मल और उदात्त नहीं करता? क्या वह कुछ अटल प्राकृतिक सत्यों और नियमों को खोजकर, मनुष्य को उनका सामना करना नहीं सिखाता? क्या यह सत्य नहीं है कि पशु धरातल पर जीना, मनुष्य के लिए शोभनीय नहीं है—उसे विवेक के धरातल पर जीना चाहिए। क्या यह भौतिक सत्य नहीं है कि मनुष्य में एक जीवनी शक्ति है, जिसे आत्मा कहते हैं और जीवनी शक्ति के रहते भर मनुष्य जीवित रहता है और उसके समाप्त होते ही, यह सृष्टि उस मनुष्य के लिए समाप्त हो जाती है और वह मनुष्य इस सृष्टि के लिए समाप्त हो जाता है। फिर वह आत्मा कहां जाती है, कौन जानता है। पदार्थ तो अपना रूप बदलते हैं। हिम, जल बन जाता है, जल वाष्प बन जाता है, और वाष्प फिर से हिम या जल बन जाता है। लकड़ी कोयला बनती है, कोयला राख। क्या वैसे ही

यह जीवनी शक्ति अपना रूप बदलती है और हम उसे पहचान नहीं पाते?

फिर यह जीवनी शक्ति तो सब मनुष्यों में है; सब प्राणियों में है : सब वनस्पतियों में है। कौन जानता है कि भविष्य में मनुष्य यह भी खोज निकाले कि जिन पदार्थों को आज हम निष्प्राण कहते हैं, उनमें भी जीवनी शक्ति है। कहीं धरती अन्न उपजाती है और कहीं वह बंजर होती है, बन्ध्या। कोई पर्वत हरा-भरा होता है और किसी पर घास की एक पत्ती भी नहीं होती। क्या ऐसा नहीं हो सकता कि मिट्टी का कोई ढेर जीवित हो और कोई मृत। किसी पहाड़ में जीवनी शक्ति हो और किसी में न हो। जहां तक यह जीवनी शक्ति है, वहां तक तो सब जीव एक ही हैं। सब में एक जैसे प्राण हैं। आग और आग में क्या भेद है? पानी और पानी में क्या अन्तर है, सिवा इसके कि किसी में अन्य पदार्थ घुले हुए हैं, किसी में नहीं।

तो सब जीवों में आत्मा तो एक ही हुई। क्या उन आत्माओं की समग्रता को हम परमात्मा नहीं कह सकते? समस्त जीवनी शक्ति की समग्रता को कोई नाम नहीं दिया जा सकता?...प्रकृति या...।

पर परमात्मा का यही रूप तो नहीं माना जा सकता। और भी अनेक रूप माने जाते हैं। क्या उसके रूप को किसी ने देखा है? सुदामा को लगा, इसके आगे तो दर्शन शास्त्र विभिन्न सिद्धान्तों में बंट जाता है। विवाद का क्षेत्र यहीं से आरम्भ हो जाता है। पर सुदामा तो ज्ञान-मार्गी हैं; और ज्ञान मार्ग तो समग्र जीवनी शक्ति, समग्र प्रकृति के सामूहिक रूप को ही ब्रह्म मानता है।

क्या ब्रह्म का यह स्वरूप समाज के लिए उपयोगी नहीं है? क्या वह एक सामाजिक दर्शन का रूप ग्रहण नहीं करता? जब प्रत्येक जीव की जीवनी शक्ति एक निश्चित अवधि तक चल पायेगी, किसी भी जीव की जीवनी शक्ति अनन्त काल तक नहीं चल पायेगी, तो मनुष्य इस प्रकृति को अपने लिए या अपने ही लोगों के लिए क्यों आरक्षित कर लेना चाहता है? वह क्यों नहीं समझता कि प्रकृति का धन उन सब जीवों के भोग के लिए है, जो इस प्रकृति ने उत्पन्न किये हैं। सबको अपनी आवश्यकता भर, प्राकृतिक धन लेना चाहिए और उससे अधिक का लालच उन्हें नहीं करना चाहिए। संचय का अर्थ, दूसरे जीवों को उनके अधिकारों से वंचित करना है। संचय से हमारा क्षय होता है। हमें न अपना क्षय करना है, न अन्य जीवों का। हमें तो प्रकृति से अपनी आवश्यकताओं की पूर्ति करनी है और अन्य जीवों को उनकी आवश्यकताओं की पूर्ति में सहयोग करना है। इसलिए भोग का अधिकार उसका है, जो प्रकृति से पदार्थ प्राप्त करता है न कि उसका, जो दूसरों के श्रम का शोषण कर उत्पादन के स्थान पर संचय करता है।

समाज को एक स्वरूप ग्रहण करने के लिए किसी-न-किसी चिन्तन की आवश्यकता तो होगी ही। समाज के लिए चिन्तन आवश्यक है। प्रश्न यह है कि वह चिन्तन समाज में सहयोग को बढ़ा रहा है या शोषण को और गलत चिन्तन तो स्वयं ही प्राकृतिक सत्यों से टकराकर टूट जायेगा। जो समाज के लिए उपयोगी नहीं है, वह स्वयं ही नष्ट हो जायेगा।

सुदामा की कल्पना में उनका मित्र कृष्ण आ खड़ा हुआ। कृष्ण इन बातों को बहुत पहले से समझता था। तभी तो उसने अपने बाल्यकाल में ही इन्द्र की पूजा के स्थान पर गोवर्द्धन की पूजा आरम्भ करवा दी थी। इन्द्र, वैदिक युग का एक काल्पनिक देवता था। काल्पनिक न हो तो ऐतिहासिक होगा; किन्तु वह वर्तमान का यथार्थ नहीं था। वर्तमान का यथार्थ तो गोवर्द्धन गिरि ही है। यमुना के कछारों में रहने वाली प्रजा के लिए कोई ऊंचा स्थान कितना महत्त्वपूर्ण हो सकता है, यह तो यमुना की एक ही बाढ़ ने सिद्ध कर दिया था। अपनी विपत्ति के वे दिन यमुना-तटवासियों ने गोवर्द्धन की ऊंचाई पर ही काटे थे। गोवर्द्धन की पूजा...सुदामा का बुद्धिवादी मन हंसा...पूजा का क्या अर्थ है...सिवा इसके कि उस वस्तु का महत्त्व समझा जाये और उसके महत्त्व और उपयोगिता के लिए, उसका सम्मान किया जाये। पूजा के नाम पर गंगा में पुष्प और मिष्ठान्न अर्पित करने वाला व्यक्ति तो उसके जल को गन्दा ही कर रहा है; किन्तु जो व्यक्ति समझता है कि गंगा का जल यदि हिमालय की इस ओर बहने के स्थान पर, किन्हीं किरणों से हिमालय की उस ओर बह गया होता, तो गंगा-यमुना का यह मैदान मरुभूमि हो गया होता। वह व्यक्ति वास्तविक पूजा-भाव रखता है गंगा के प्रति। गंगा, मनुष्य के जीवन के लिए आवश्यक जल उसे देती है और अन्न उत्पन्न करने कि लिए भूमि की सिंचाई करती है। तभी तो गंगा के दोनों तटों पर बड़े-बड़े नगर बस गये हैं। राज्य स्थापित हो गये हैं। उसके तटों की भूमि अत्यन्त उपजाऊ हो गयी है...उसी भूमि को प्राप्त करने के लिए ही तो अनेक युद्ध होते हैं।

कृष्ण समझता था उपयोगिता की पूजा के दर्शन को। कृषि कर्म के लिए सबसे उपयोगी जीव गाय को भी इसलिए उसने पूज्य बना दिया। किन्तु जो कृष्ण परम्परा से पूज्य अनुपयोगी इन्द्र की अवहेलना कर गोवर्द्धन की उपयोगिता प्रचलित करा सकता है, वह किसी नये आविष्कार के कारण अनुपयोगी हो जाने पर गाय का सम्मान भी कम कर ही सकता है। कृष्ण वस्तुतः चिन्तक है, मौलिक चिन्तक, वास्तविक, सामाजिक, दार्शनिक।

कृष्ण के लीलाप्रिय भक्तों ने उसके राजनीतिक, सामाजिक दर्शन को लीलाओं में बदल दिया है। यादवों का मुख्य काम गो-पालन और दूध का व्यवसाय था। सुदामा नहीं जानते कि यह व्यवसाय का अतिरेक था या कंस का आतंक; पर तथ्य यही है कि ब्रज का सारा दूध मथुरा पहुंच जाता था। गोपालों के अपने बच्चों के लिए भी दूध-घी उपलब्ध नहीं था। कृष्ण ने दूध के इस विवेक-शून्य निर्यात का विरोध किया था। गोप तो फिर मान गये थे—भीरु गोपियां, कंस के क्रोध से बचने के लिए छिप-छिपकर दूध ले जाया करती थीं; या उन्हें धन का मोह अधिक था। उन्हें रोकने के लिए कृष्ण को अपने मित्रों की सहायता से मटकियां तोड़नी पड़ीं। इस सामाजिक, राजनीतिक संघर्ष को भक्तों ने कृष्ण का विलास बना दिया।

कृष्ण से मिले कितने दिन हो गये सुदामा को। उनके मन में कृष्ण से मिलने की इच्छा हिलोरें लेने लगी। कभी-कभी तो ऐसा ज्वार उठता है मन में कि तत्काल चल पड़ें द्वारका की ओर। सुशीला भी बार-बार कहती है। बाबा की भी यही इच्छा थी। पर कृष्ण

के बड़प्पन के कारण सुदामा उससे मिल नहीं पाते। उस सामाजिक-राजनीतिक कार्यकर्ता, उस चिन्तक-विचारक और मित्र कृष्ण से मिलने की इच्छा तो होती है सुदामा की; किन्तु शूर कुल नायक, द्वारका की परिषद् के एकछत्र सम्राट्, वैभवशाली कृष्ण—सुदामा के लिए पूर्णतः अपरिचित व्यक्ति हैं। और अब यदि सुदामा, कृष्ण से मिलने जायेंगे, तो उन्हें यादव श्रेष्ठ के पास ही जाना होगा। आश्रमवासी या गोपाल कृष्ण, अब उन्हें नहीं मिल सकता।

यदि कहीं कृष्ण आ जाता सुदामा से मिलने? सुदामा की कुटिया होती, दोनों मित्र होते और उनमें ज्ञान-योग और कर्मयोग को लेकर विवाद हो रहा होता। सुशीला थोड़ी देर उन लोगों के पास बैठकर विवाद में भाग लेती और फिर उठकर भोजन के प्रबन्ध में लग जाती। बीच-बीच में कभी अपना मत प्रकट कर जाती और कभी विवाद समाप्त करने का अनुरोध करती। पर वे दोनों अपने तर्कों पर अड़े रहते। अपने तर्कों को प्रमाणित करते, दूसरों के तर्कों को काटते। बाबा बता गये हैं कि कृष्ण ने द्वारका में गुरुकुल की स्थापना की है। उसने वहां अनेक दार्शनिकों, चिन्तकों, बुद्धिजीवियों को एकत्रित कर लिया है। वह उनमें बैठता है। तर्क-विर्तक करता है। पर सुदामा की यह ज्ञान-पिपासा कैसे बुझेगी। इस गंवई-गांव में जहां साक्षर व्यक्ति भी खोजने पर ही मिलते हैं, दार्शनिक विवादों के लिए व्यक्ति कहां मिलेंगे। सुदामा के ज्ञान-क्षेत्र में कहीं सूखा न पड़ जाये।

सुदामा का मन फिर सिद्धान्तों की भीड़ में खो गया। उन्होंने अपने मन में बड़ी सुविधा से ज्ञान-सिद्धान्त को ग्राम-प्रमुख के आक्रमण से बचा लिया था, किन्तु उनका अपना मन भी अनेक शंकाएं कर रहा था। ज्ञान-योग मनुष्य में वैराग्य उत्पन्न करता है। वैराग्य होने पर व्यक्ति न अधिक उत्पादन के लिए प्रयत्नशील रहता है, न प्रकृति और उनकी सम्पत्ति पर आधिपत्य जमाने और उसकी रक्षा के लिए। जब संसार माया है और उसके प्रति आकर्षण मोह है तो फिर व्यक्ति उसकी कामना क्यों करे? उसके लिए संघर्ष क्यों करे, कष्ट क्यों उठाये, प्राण क्यों दे? ज्ञानजनित वैराग्य तो न्याय सिखाता है। तो क्या त्याग हमारे लिए श्रेयस्कर नहीं है? त्याग? त्याग श्रेयस्कर तो है, पर शायद प्रकृति नहीं चाहती है कि मनुष्य त्यागी बने। सम्पूर्ण मानव-समाज त्यागी और कामनाशून्य हो जायेगा तो सृष्टि समाप्त हो जायेगी। प्रकृति, सृष्टि को समाप्त नहीं होने देगी। त्यागी समाज भीतर से दुर्बल हो जाता है। उसकी प्रहारक शक्ति समाप्त हो जाती है। तब कोई दूसरा समाज उस पर आक्रमण कर देता है। उसे पराजित करता है और अपना दास बना लेता है। वह समाज, ज्ञानी और त्यागी होने के स्थान पर दास बन जाता है। अपमान सहता है। पीड़ित और शोषित होता है। भौतिक असुविधाएं सहता है। और जीवन की मूलभूत आवश्यकताओं के लिए तड़पता और संघर्ष करता हुआ अपना सारा ज्ञान भूल जाता है। तो क्या लाभ ऐसे ज्ञान का, जो समाज को समर्थ बनाने के स्थान पर उसे दलित और शोषित बना देता है।

क्या ज्ञान के इस दोष को दूर नहीं किया जा सकता?

सुदामा का मन कृष्ण से मिलने को तड़प उठा। कृष्ण होता तो उससे बात करते।

इस सिद्धान्त में कहीं कोई मूलभूत दोष रह गया है।

सामने अपनी कुटिया देखकर, सिद्धान्तों की उठा-पटक सुदामा के मन से तिरोहित हो गयी। उन्हें याद हो आया कि वे कहां गये थे और क्यों गये थे। ग्राम-प्रमुख ने उन्हें भरसक अपमानित किया था—और अन्त में क्या कहा था—यदि कभी गुरुकुल की स्थापना हो भी गयी तो उसके लिए कुलपति आचार्य राजधानी से आयेंगे...द्वारका से? क्यों? क्या राजधानी ने राजनीतिक अधिकारों के साथ-साथ ज्ञान का भी ठेका ले रखा है? विद्वान् और कहीं हो ही नहीं सकते? हमारे समाज पर राजनीति क्यों इतनी छाती जा रही है। राजनीतिक शक्ति इतनी महत्त्वपूर्ण हो गयी है कि और किसी की कोई प्रतिष्ठा ही नहीं रह गयी। ज्ञान- क्षेत्र का भी निर्णय अब राजनीति ही करेगी? आज तो कृष्ण बैठा है द्वारका में; पर कल कोई मूर्ख सत्ताधारी आ जाये तो इस देश में ज्ञान-विज्ञान विद्याध्ययन—सबका नाश हो जायेगा। मूर्खों की नियुक्तियां आचार्यों के रूप में होंगी और गुरुकुलों से मूर्ख स्नातकों की सेनाएं, मूर्खता में प्रशिक्षित हो-होकर निकलेंगी। आवश्यक तो नहीं कि प्रत्येक शासक यह देखे कि समाज के लिए कैसा, कौन-सा और कितना ज्ञान उपयोगी होगा। अनेक शासक ज्ञान को उठाकर किनारे धर देंगे और अपने स्वार्थ के अनुकूल प्रचार को ही ज्ञान का नाम देंगे।

सुदामा ने पहले क्यों नहीं सोचा कि ज्ञान की उपलब्धि अध्ययन, चिन्तन, मनन तथा साधना से ही नहीं, राजनीतिक नियुक्तियों से भी हो सकती है। यदि शासक किसी व्यक्ति को किसी गुरुकुल का आचार्य नियुक्त कर दे तो वह व्यक्ति स्वतः ही ज्ञानी मान लिया जाता है।

सुदामा को हंसी आ गयी—और इस समय राजनीति का सर्वोच्च सूत्रधार कृष्ण है—सुदामा का मित्र। आज सुदामा, कृष्ण के पास चले जायें तो वे जम्बूद्वीप के सबसे बड़े विद्वान् हो जायेंगे। फिर वे जिस विद्वान् को चाहें ज्ञान का सिरमौर बना दें, और चाहें धूल में मिला दें। जिस ग्रन्थ की चाहें प्रशंसा कर दें, और जिसकी चाहें उपेक्षा कर दें। राजनीतिक विद्वान् होकर जिस मूर्ख को चाहें पुरस्कृत कर दें और जिस पण्डित को चाहें वंचित और अपमानित कर दें।

यह क्या सोचने लगे सुदामा?

राजकीय पण्डित होकर तो कोई भी यही सोचेगा। यह सब सुदामा ने नहीं सोचा था, यह सब तो राजनीतिक महत्त्व पाये हुए एक मूर्ख ने सोचा था, जो समझता है कि वह राजसी महत्त्व से ज्ञान के क्षेत्र में उथल-पुथल मचा देगा और विद्वानों, विचारकों, लेखकों को अपने दासों-परिचारकों के समान उन्नत-अवनत करता रहेगा। राजनीतिक स्वामियों से महत्त्व पाकर, वह यह भूल जाता है कि राजा को तो दस-बीस वर्ष रहना है, पर पुस्तक को सहस्रों वर्ष जीना है। अल्पकालीन महत्त्व के लिए ज्ञान को कलंकित नहीं किया जा सकता। सुदामा ज्ञान की गरिमा को समझते हैं। वे न स्वयं को अपमानित करेंगे, न कृष्ण को कलंकित।

"क्या बात हुई?" सुशीला ने पूछा।

"कुछ विशेष नहीं।" बैठकर सुदामा अंगोछे से अपना मुंह-माथा पोंछते रहे।

"गुरुकुल की स्थापना की बात की?"

"हां! मैंने तो की।" सुदामा धीरे-से बोले, "पर ग्राम-प्रमुख को रुचि नहीं।"

"तो वह नहीं हो सकेगा?"

"नहीं।"

"तो कैसे चलेगा?"

"जैसे अब तक चलता आया है।" सुदामा ने स्थिर कण्ठ से कहा।

पांच

सुदामा कहीं जाने को तैयार हो रहे थे। तैयार होने को बहुत कुछ नहीं था। न स्नान से पहले वे उबटन मलते थे; न बहुत से लेप लगाने को थे; न स्नान के लिए बहुत सारी सुगन्धियों का प्रयोग करना था। धारण करने के लिए आभूषण भी नहीं थे। केश-सज्जा से भी उन्हें कोई विशेष प्रेम नहीं था; घर में उसके लिए पर्याप्त उपकरण भी उपलब्ध नहीं थे। उन्हें तो काजल तथा तम्बूल का भी कोई चाव नहीं था। प्रसाधन सामग्री के नाम पर जब सुशीला के लिए ही कुछ नहीं था तो सुदामा के लिए तैयार होने में बहुत समय क्या लगना था। बस, शरीर पर दो गागर पानी ही तो उंडेलना था और गीली धोती को सूखी धोती से बदल लेना था।

किन्तु फिर भी एक ही दृष्टि में सुशीला समझ गयी थी कि वे कहीं जाने वाले थे। जिस दिन उन्हें कहीं बाहर जाना होता, वे अपने ग्रन्थ समेटकर एक ओर रख देते थे। ताल-पत्रों को बांध देते थे। उनकी सन्ध्या-उपासना, चिन्तन-मनन में एक प्रकार की त्वरा आ जाती थी। उनकी स्थिरता, हल्की-सी चंचलता में बदल जाती थी।

वे कुछ अधिक ही उत्साहित लग रहे थे। एक प्रकार की उत्तेजना उनके अंग-प्रत्यंग से आभासित हो रही थी। सुदामा के साथ ऐसा कभी-कभार ही होता था। वे बहुत गतिशील नहीं थे। स्वभाव से अभ्रमणशील और घर-घुस्सू ही थे। पर, अध्ययनशील प्राणी तो ऐसा ही हो सकता है—सुशीला सोचती—यदि वे दिन-भर घूमते-फिरते रहेंगे, लोगों से मिलते-जुलते रहेंगे और उस मेल-जोल के परिणामस्वरूप, घर पर भी लोगों का आवागमन लगा रहेगा, तो वे अध्ययन कब करेंगे और चिन्तन-मनन कब होगा। सुशीला को सुदामा की असामाजिकता से कोई शिकायत नहीं थी। अच्छा ही है कि सुदामा घर-घूस्सू थे; अन्यथा घर पर आने वाले अतिथियों का सत्कार करने के साधन कहां से आते।

सामान्यतः जब कभी उनके कहीं जाने की बात उठती तो वे मना कर देते और कभी जाना ही पड़ता, वे भरसक उसे टालते रहते; और जब टालना असम्भव हो जाता तो उनके मन की स्थिरता नष्ट हो जाती। एक प्रकार की व्याकुलता उन्हें घेर लेती। वे जाने की तैयारी भी करते रहते और मन-ही-मन अपने-आप से लड़ते भी रहते। थोड़ी देर

में मन की खीझ उनके व्यवहार में भी प्रकट होने लगती।

ऐसा तो कभी-कभार ही होता था कि सुदामा उत्साह से कहीं जायें। जब कभी लगता था कि बाहर जाकर ही उनका लाभ है; वह उनकी ऊर्जा का अपव्यय नहीं है, तब ही बाहर निकलने के प्रति उनका प्रतिरोध समाप्त होता था।

आज अपनी इस तैयारी की अवधि में सुदामा की मग्न-सी मुद्रा और बीच-बीच में आत्म-विस्मृति की-सी अवस्था में किसी श्लोक को गुनगुना उठना—उनके उत्साह को प्रकट कर रहा था।

जब लगा कि सुदामा अब चल ही देंगे तो सुशीला से नहीं रहा गया, ''श्रेष्ठि धनदत्त के पौत्र के मुण्डन के उत्सव में जा रहे हैं?''

सुदामा ने आहत दृष्टि से सुशीला की ओर देखा, ''ऐसा कोई निमन्त्रण है क्या?''

प्रश्न और प्रतिप्रश्न से दोनों के मन का बहुत कुछ अनकहा भी स्पष्ट हो गया।

''व्यक्तिगत निमन्त्रण तो नहीं है, पर...'' वह बोली, ''प्रत्येक ब्राह्मण परिवार को निमन्त्रित किये जाने की डोंडी पिटी है।''

''सुदामा भिखारी नहीं है।''

''भिखारी का क्या अर्थ?'' सुशीला का स्वर कुछ आवेशपूर्ण हो गया, ''यही परम्परा है। श्रेष्ठि ने सारे ब्राह्मण परिवारों को आमन्त्रित किया है। लोग सपरिवार जायेंगे, भोजन करेंगे, श्रेष्ठि के पौत्र को आशीर्वाद देंगे, दक्षिणा पायेंगे।''

सुदामा के चेहरे पर वितृष्णा जागी।

''आप यह न करें।''

''तो?''

''आपके जाने से श्रेष्ठि प्रसन्न होंगे। उन्होंने कई बार ऐसा भाव प्रकट किया है। उनके पास पचासों प्रकार के काम-धन्धे हैं।'' सुशीला रुकी, ''आखिर विद्वानों को भी आजीविका की आवश्यकता तो होती ही है।''

सुदामा का चेहरा मलिन हो गया, ''संसार में एक श्रेष्ठि धनदत्त ही तो नहीं है—श्रेष्ठियों और सामन्तों को आशीर्वाद देकर, उनकी चाटुकारिता में थोड़ा समय बिताने से ही सुदामा धनियों में गिना जाने लगेगा।'' सुदामा ने रुककर क्षण-भर सुशीला को निहारा, ''हीन-बुद्धि और हीन-ज्ञान तुच्छ ब्राह्मणों के समान, हाथ उठा-उठाकर धनियों को आशीर्वाद देता सुदामा क्या तुम्हें अच्छा लगेगा। अपने पति का यही रूप देखना चाहती हो?''

''यहां आपकी विद्वत्ता का मूल्य समझने वाला कौन है?''

सुदामा को लगा, उनसे ज़्यादती हो गयी है। ठीक कहती है सुशीला, जो सुदामा चाहते हैं, वह यहां उपलब्ध नहीं है और जो उपलब्ध है, वह सुदामा लेना नहीं चाहते। किन्तु निरक्षर अथवा अर्द्धशिक्षित मूढ़ ब्राह्मणों के समान, अपनी जाति को बेच खाना ...यही करना था तो यह जीवन, ग्रन्थों और विद्वानों को अर्पित करने का क्या लाभ? गुरु सांदीपनि के आश्रम तक जाकर, अपने जीवन के बहुमूल्य वर्ष कठिन तपस्या में बिताने

का क्या अर्थ? आशीर्वाद के दो-चार श्लोक, लोगों के विवाह, मुण्डन तथा यज्ञोपवीत संस्कार या फिर किसी मन्दिर में पुजारी बनकर बैठ जाते—ग्राम-प्रमुख ने यही तो कहा था कि वे कर्म-काण्डी ब्राह्मण उनके अधिक काम के थे।

पर सुशीला! गृहस्थी भी एक तपस्या है। स्वाभिमान का हनन, अपने सिद्धान्तों के विरुद्ध समझौता है।

"तो कहां जा रहे हैं?" सहसा सुशीला ने पूछा।

सुदामा की नींद टूटी।

"नगर में आचार्य ज्ञानेश्वर पधारे हैं।" सुदामा का स्वर अनायास ही उल्लसित हो उठा, "आचार्य ज्ञानेश्वर के दो-एक ग्रन्थ मैंने देखे हैं। जटिल गुत्थियों को सुलझाने की चमत्कारिक प्रतिभा है उनमें। उनके मुख से उनके विचार सुनना एक अद्भुत अनुभव होगा।" सुदामा की आंखों में चमक आयी, "अपने नये ग्रन्थ के कुछ अध्याय साथ लिये जा रहा हूं। सम्भव हुआ तो आचार्य को सुनाऊंगा, उनकी प्रतिक्रिया पाकर मुझे बहुत लाभ होगा। आगे के अध्याय लिखने में सहायता मिलेगी।" सुदामा का स्वर भाव-विह्वल हो उठा, "तुम जानती ही हो सुशीला! आचार्य ज्ञानेश्वर ने भक्ति-योग पर अनेक ग्रन्थों की रचना की है। मैं ज्ञान-योग सम्बन्धी अपने विचार उनके सामने रखूंगा। कुछ विचार-विमर्श भी होगा ही। सम्भव है, कृष्ण के कर्मयोग की भी चर्चा हो जाये। कई बार वर्षों का अध्ययन भी उन घुंडियों को नहीं खोल पाता, जिन्हें विद्वानों की कुछ क्षणों की संगति खोल देती है।"

सुदामा शायद अभी कुछ और भी कहते; किन्तु सुशीला ने उसकी प्रतीक्षा नहीं की। बोली, "आप वहीं जायें प्रिय! ऐसे विद्वान् कब-कब मिलते हैं।"

"दुर्लभ अवसर है।" सुदामा अपनी उमंग में बोले, और अपने लिखे हुए कुछ ताल-पत्र समेटने लगे।

सुशीला के मन में आया, कहे, 'जाओ प्रिय! तुम बने ही किसी और मिट्टी के हो। गृहस्थी और आजीविका, ये समस्याएं तुम्हारे लिए नहीं हैं।' पर उसने स्वयं को रोक लिया। उसकी कल्पना में गृहस्थी की चिन्ताओं को ले, पति का अपने-आपसे संघर्षरत, दुःख से मलिन रूप; तथा आचार्य ज्ञानेश्वर से विचार-विमर्श की चर्चा करता हुआ उल्लसित चेहरा, दोनों साथ-साथ उभरे। वह पति को दुखी नहीं करना चाहती थी। यह पहला अवसर नहीं था; उसने बार-बार सुदामा के इन दोनों रूपों को देखा था और बार-बार अनुभव किया था कि मछली जल में ही जीवित रह सकती है। सुदामा को उनके ज्ञान-संसार से खींचकर व्यावहारिक जगत् में लाने का प्रयत्न, उसकी भूल थी।

नगर तक आने में सुदामा को काफी समय लगा।

आयोजन-स्थल पर की भीड़ का अनुमान उन्हें दूर से ही हो गया। ग्राम में किसी भी अवसर पर बहुत बड़ी भीड़ नहीं होती थी। जनसंख्या ही कितनी थी। कोई मेला-ठेला होता तो सब लोग इकट्ठे होते थे। पर वहां खुली जगह थी। कितने भी लोग एकत्रित

हो जाते, धक्के-मुक्के की स्थिति नहीं आती थी। नगरों में स्थान कम होता है और लोग अधिक आ जाते हैं...

सामान्यतः सुदामा भीड़ से घबराते थे और जहां भीड़ होने की सम्भावना होती थी, वहां जाना ही नहीं चाहते थे। किन्तु, आज भीड़ का आभास होते ही उनके मन में एक पुलक-सी जाग उठी। पहलवानों का कोई दंगल हो, कोई अश्व-कौतुक हो, कोई मेला हो, साभिनय नृत्य करने वाली कोई नर्तकी हो, तो कितनी भीड़ एकत्रित हो जाती है। नगरी के लोग तो आते ही हैं, आसपास के ग्रामों से भी जनसाधारण आ जाते हैं। और यदि ज्ञान-चर्चा के लिए कोई गोष्ठी आयोजित हो, किसी आचार्य का व्याख्यान हो, या विद्वानों का कोई सम्मेलन हो, तो एक छोटे-से कक्ष को भरने के लिए भी पर्याप्त श्रोता नहीं मिल पाते। जो आते भी हैं, उन्हें सायास घेर-घेर कर लाया जाता है और वे भी आयोजन के बीच में से उठ-उठकर भागने लगते हैं, "क्षमा कीजियेगा, घर में कोई अतिथि आये हैं।" या, "मेरी पत्नी प्रतीक्षा कर रही होगी। हमें उसके मायके जाना है।" निर्लज्ज! सीधे से नहीं कहते कि हमें तो वे आयोजन ही प्रिय हैं, जिनसे हमारी पशु-वृत्तियां ही तृप्त होती हैं। ऐसे आयोजनों में तो पत्नी और बच्चों के साथ जायेंगे, धन व्यय करके जायेंगे; और जहां आत्मिक विकास, ज्ञान अथवा सौन्दर्य-बोध की तृप्ति की चर्चा हो, वहां से वन के पशुओं के समान बिदकते हैं। फिर ऐसे ज्ञान-आयोजनों में न खान-पान होता है, न सुरा का आकर्षण। ऐसे स्थान पर प्रजा क्यों आयेगी।

पर आचार्य ज्ञानेश्वर में कोई जादू था क्या! उनके व्याख्यान के लिए इतने लोग एकत्रित हुए थे। कितने तो रथ ही खड़े थे बाहर। लगता था, इस नगर के ही नहीं, आसपास के भी अनेक नगरों के रथ यहीं एकत्रित कर दिये गये हैं। उनके आसपास सारथियों और परिचारकों की भीड़ थी। यह धनाढ्य वर्ग आज इस ज्ञान-यज्ञ में कैसे उमड़ पड़ा? इन्हें तो नर्तकियों, नटों, पहलवानों और अभिनेताओं, द्यूत आयोजनों और आपानकों से ही अवकाश नहीं है।

निकट आने पर सुदामा को उस भीड़ में अनेक दण्डधर दिखाई पड़े। सुदामा की आंखें फट गयीं। मन को धक्का लगा। यहां दण्डधरों का क्या काम? 'पर शायद वे लोग व्यवस्था के लिए बुलाये गये होंगे।' वे संभले, 'इतनी भीड़ है तो व्यवस्था तो रखनी ही पड़ेगी।'

दण्डधर व्यवस्था संभाल भी रहे थे। उन्होंने विभिन्न मार्ग बना रखे थे। एक-एक व्यक्ति का परिचय पूछ-पूछकर, विभिन्न मार्गों से भवन के भीतर भेजा जा रहा था।

"क्यों भाई! आज बहुत प्रबन्ध करना पड़ रहा है।" सुदामा ने बिना किसी लक्ष्य के ही एक दण्डधर से चर्चा आरम्भ की।

"हां जी! कोई राजपुरुष आये तो व्यवस्था करनी ही पड़ती है।"

"राजपुरुष!" सुदामा चौंके, "कोई राजपुरुष आ रहा है क्या?"

"और नहीं तो क्या, यह सारी प्रजा और श्रेष्ठि तुम्हारे दर्शनों के लिए एकत्रित हुए हैं?" दण्डधर उद्दण्डता पर उतर आया था।

सुदामा का सारा तेज बुझ गया, "पर यहां तो आचार्य ज्ञानेश्वर आने वाले थे।" अनायास ही उनके मुख से निकला।

"हां! वह भी आ रहा है।" दण्डधर ने पीछे से आने वाले लोगों को मार्ग देने के लिए, सुदामा को एक ओर हटा दिया।

सुदामा एक ओर ही नहीं हटे, कुछ पीछे भी हट आये, जैसे वे भीतर जाना ही न चाहते हों। दण्डधर के शब्द उनके कानों में गूंज रहे थे। उसने आचार्य ज्ञानेश्वर के लिए कहा था, 'हां! वह भी आ रहा है।' तो यह सारा आयोजन आचार्य ज्ञानेश्वर के लिए है या उस आगंतुक राजपुरुष के लिए? पर दण्डधर की बात पर क्या जाना। वह तो कोई निपट अनपढ़ मूर्ख है। उसे क्या पता कि आचार्य ज्ञानेश्वर कौन हैं और उनका क्या महत्त्व है। उसके पास जो दण्ड है, वह राजसत्ता का प्रतीक है, तो फिर उसके लिए राजपुरुष ही महत्त्वपूर्ण होगा।

सुदामा आगे बढ़ गये। वे उस मूर्ख दण्डधर के पास पुनः नहीं जाना चाहते थे। वे किसी अन्य द्वार से भीतर जायेंगे।

भवन के भीतर प्रवेश कर सुदामा ने चकित होकर देखा : इतना बड़ा सभागार। वे विभिन्न कार्यों से नगर में तो कई बार आये थे; किन्तु यह सभागार उन्होंने पहले कभी नहीं देखा था। तो फिर कैसे पता चलता इसके विस्तार-प्रस्तार का। वस्तुतः आज पहली बार ही इस सभागार में किसी विद्वान् का व्याख्यान हो रहा था; अन्यथा अब तक तो यहां व्यापारियों की पान-गोष्ठियां ही हुआ करती थीं। सुदामा का उत्साह फिर से लौट आया था। यह बहुत शुभ लक्षण था कि अब विद्वानों को भी इस योग्य समझा जाने लगा था कि उनके व्याख्यान बड़े-बड़े सभागारों में करवाये जायें और वहां इतने दर्शक-श्रोता इकट्‌ठे हों।

सुदामा ने बैठने के लिए स्थान खोजने की इच्छा से दृष्टि घुमायी : आगे की कुछ पंक्तियों में ऊंचे आसन थे, उनके पीछे भूमि पर आसन बिछाये गये थे; और उनके पीछे दरियां बिछी हुई थीं।

एक युवती सुदामा की ओर बढ़ी।

"आर्य! आप इनमें से किसी पर बैठ जायें।"

सुदामा की आंखों ने उसकी अंगुली का अनुसरण किया। उसका संकेत, भूमि पर बिछे हुए आसनों से लेकर दरियों तक फैला था।

सुदामा ने उस युवती की ओर देखा : निश्चय ही, वह कोई परिचारिका नहीं थी; किसी धनी घर की कन्या थी। उसके वस्त्राभूषण तथा उसका आत्मविश्वास...किसी परिचारिका का ऐसा श्रृंगार नहीं हो सकता। विद्वानों की गोष्ठियों और सभाओं में ऐसी सुन्दरियां कब से सम्मिलित होने लगीं?

पर दूसरे ही क्षण सुदामा के मन का आक्रोश जागा। उन्हें लगा कि वर्षों के अभ्यास से अर्जित किया गया उनका संयम और अनुशासन आहत हो उठा है। यह युवती

सुदामा को नहीं जानती। जानने का कोई कारण भी नहीं है और प्रयास भी नहीं। उसने अभी तक शृंगार और प्रसाधनों की ही शिक्षा पायी होगी! दर्शन, अध्यात्म, काव्य और व्याकरण से उसका क्या सम्बन्ध! फिर वह सुदामा को कैसे जानती! सुदामा, राज्य द्वारा प्रतिष्ठा-प्राप्त राजकीय विद्वान् तो है नहीं, जिन्हें ऐसे लोग भी जानते हों। उन्हें तो वे ही पाठक जान सकते हैं, जो खोज-खोजकर नये ग्रन्थ पढ़ते हैं और उनके लेखकों को याद रखते हैं। सुदामा का परिधान भी उन्हें विशिष्ट व्यक्ति नहीं बनाता। उनके साथ कोई सेवक-परिचारक भी नहीं है। जाने उसने सुदामा को क्या समझा है।

सुदामा स्वयं अपने लिए स्थान का चुनाव करते तो कदाचित् किसी ऐसे उपेक्षित-से स्थान पर बैठते, जहां किसी की दृष्टि भी उन पर न पड़ती। वे आचार्य ज्ञानेश्वर के विचार सुनने आये थे। विचार, वे कहीं भी बैठकर सुन लेंगे। उसके लिए किसी ऐसे स्थान पर बैठने की आवश्यकता नहीं है, जहां लोगों का ध्यान उसकी ओर आकृष्ट हो। उनका विचार था कि बाद में वे आचार्य से मिलकर थोड़ा समय मांगेंगे, ताकि उन्हें अपनी कुछ कृतियां दिखा सकें। भीड़-भाड़ में तो उनसे कोई बात हो नहीं पायेगी।

पर इस युवती द्वारा उनकी यह अवहेलना!

"और आगे के इन ऊंचे आसनों पर कौन बैठेगा?" सहसा ही सुदामा ने एक उद्धत बालक के समान पूछा।

सुदामा की मुद्रा देख, तरुणी किंचित् हतप्रभ हुई; किन्तु तत्काल ही स्वयं को संभालकर बोली, "कुछ विशिष्ट अतिथि बाहर से आने वाले हैं, वही बैठेंगे।"

सुदामा के मन में आया कि वे सभागार की एक परिक्रमा करें और सभा के आयोजकों को खोजकर, उन्हें अपना परिचय दें और तब उचित स्थान पर बैठाये जाने की मांग करें। आखिर यह सारा आयोजन था किसलिए? विद्वानों के व्याख्यानों जैसे आयोजनों में ही यदि विद्वानों की उपेक्षा होगी, तो क्या होगा यहां? वस्त्राभूषणों, परिचारकों तथा रथों की प्रदर्शनी? किसी व्यावसायिक नटी के कामुकतापूर्ण प्रदर्शनों तथा विद्वानों के व्याख्यान-आयोजनों के वातावरण में कुछ भेद तो होना ही चाहिए। दोनों प्रकार के आयोजनों में अभ्यागतों के महत्त्व की कसौटी में कुछ अन्तर होगा या नहीं?

किन्तु सुदामा के भीतरी अनुशासन ने उनकी उद्धतता को दबा दिया। इतना अहंकार क्यों जाग रहा है उनमें? किस बात से पीड़ित हुए हैं वे? युवती उन्हें नहीं जानती, अतः मंच से दूर बैठा रही है। वे वहीं बैठ जायें। आचार्य ज्ञानेश्वर के विचार तो वहां भी सुने ही जा सकेंगे। वे इतने महत्त्वाकांक्षी कब से हो गये कि उन्हें सभा की प्रथम पंक्ति में ही स्थान मिलना चाहिए। प्रथम पंक्ति में बैठने मात्र से, उन्हें क्या उपलब्धि हो जायेगी? महत्त्व व्यक्ति का होता है या आसन का? सुदामा को ऐसे आसन की खोज नहीं है, जिस पर बैठकर वे महत्त्वपूर्ण हो जायें; उन्हें तो ऐसे ज्ञान की खोज है, जिसको पाकर वे जिस मंच पर बैठें, वह मंच ही महत्त्वपूर्ण हो उठे।

मन-ही-मन अपने-आपसे ठेलम-ठेल करते हुए, सुदामा एक कोने में बैठ गये।

मन कुछ स्थिर हुआ तो उन्होंने अपने आसपास दृष्टि डाली। विभिन्न प्रकार के

अनेक लोग उनके आसपास बैठे हुए थे। सुदामा का विचार था कि ऐसी गोष्ठियों में ज्ञान-विज्ञान के क्षेत्र से सम्बन्धित लोग ही होंगे। पर यहां तो सम्भव है कि लोग इसी क्षेत्र के हों, या उनकी भक्ति-योग में रुचि हो। वैसे आजकल भक्ति-योग कोई दार्शनिक सिद्धान्त ही तो नहीं रह गया है। व्यावहारिक भक्ति भी तो चल पड़ी है। सम्भव है कि ये लोग भक्ति-मार्ग में आस्था रखते हों और उसी दृष्टि से आये हों। फिर सुदामा ही कहां सबको जानते हैं। कितनी गोष्ठियों और सम्मेलनों में जाते हैं व उनका जन-सम्पर्क है ही कितना? उनके जैसा घर-घुस्सू आदमी, कितने लोगों को पहचानेगा?

सहसा उनकी दृष्टि अगली पंक्ति में बैठे भृगुदास पर पड़ी। भृगुदास उन्हीं के गांव का ब्राह्मण है। उन्हीं के टोले में रहने वाला। उसकी कुटिया उनकी कुटिया से थोड़ी ही दूर थी। तो उसकी भी रुचि है ज्ञान-सम्मेलनों में। सुदामा तो उसे बस आशीर्वाद देने वाला ब्राह्मण ही समझते थे।

सुदामा उसके पास खिसक आये। उन्होंने हाथ जोड़कर उसका अभिवादन किया।

''ओह सुदामा!'' उसने और कुछ नहीं कहा।

सुदामा को कुछ अटपटा लगा। दो परिचित व्यक्ति इस प्रकार साथ-साथ बैठे हों और परस्पर कोई बात न करें...यह असभ्यता थी। कुछ बातचीत तो होनी ही चाहिए।

''अच्छा है कि हमारे गांव के निकट भी ऐसी गोष्ठियां होने लगीं।'' सुदामा धीरे-से बोले, ''नहीं तो ज्ञान-चर्चा का अवसर ही नहीं मिलता था।''

भृगुदास ने उन्हें कुछ तीखी दृष्टि-से देखा, ''यहां क्या होंगी ज्ञान-गोष्ठियां। ज्ञान-चर्चा तो द्वारका में होती है।''

''द्वारका!'' सुदामा के मुख से अनायास ही निकला।

''हां! मैं वहां जाता-आता रहता हूं।'' भृगुदास के स्वर में गर्व झलक आया था, ''मैं वहां गुरुकुल में ही ठहरता हूं। एक उपाध्याय मेरे मित्र हैं। कल फिर जाने वाला हूं।''

''द्वारका!'' इस बार सुदामा ने मन-ही-मन कहा, ''यह भृगुदास भी... ।''

भृगुदास ने सुदामा के उत्तर की प्रतीक्षा नहीं की। वह बोलता चला गया, ''कुछ सीखना हो तो व्यक्ति को राजधानी जाना चाहिए। यहां गंवई-गांव में क्या रखा है। यहां जो लोग आचार्य बनकर पुजते हैं, वहां उन्हें कोई पूछता भी नहीं है। मैं तो इन लोगों से बात भी नहीं करता,'' उसने रुककर सुदामा को देखा, ''आज तो यूं ही चला आया कि चलो ज़रा रौनक-मेला देख आयें।''

''हां!'' सुदामा समझ नहीं पा रहे थे कि वे क्या कहें।

''मैं तो प्रतिमास द्वारका जाता हूं।'' भृगुदास बोला, ''अपनी ज्ञान की प्यास तो वहीं बुझती है। यहां तो रेंडी के पौधे ही वृक्ष बने हुए हैं।''

आचार्य ज्ञानेश्वर और द्वारका से आये राजपुरुष एक साथ ही सभागार में पधारे। सुदामा की इच्छा हुई कि आचार्य के निकट जाकर, बिना परिचय के भी, उन्हें प्रणाम तो कर ही लें। विद्वानों के निकटदर्शन भी महत्त्वपूर्ण होते हैं। और फिर पूज्य-पूजन तो किसी भी

भले आदमी का कर्तव्य है। किन्तु आचार्य तथा उस राजपुरुष को घेरे हुए इतनी बड़ी भीड़ चल रही थी कि उन तक पहुंचना, सुदामा को असम्भव लगा। प्रयत्न करते तो कदाचित् भीड़ का धक्का उन्हें सागर की बड़ी लहर के थपेड़े के समान लगता और वे अपमान की पीड़ा की कचोट मन में लिये लौट आते। वे मन मारे बैठे रहे। सभा के पश्चात् ही मिल लेंगे।

आचार्य ज्ञानेश्वर तथा राजपुरुष मंच पर बैठ गये थे। उनके आसपास चार-पांच व्यक्ति और भी बैठे थे। उनमें से दो-तीन को तो सुदामा पहचानते ही नहीं थे। सम्भव है, वे लोग भी बाहर से आये हों। शेष को सुदामा पहचानते थे—वे लोग नगर के विद्वानों में से नहीं थे। उन्हें लोग दार्शनिक, विद्वान्, कवि अथवा ऋषि के रूप में कम, धनाढ्य श्रेष्ठियों और राजपुरुषों के चाटुकार तथा दरबारी विद्वान् के रूप में ही अधिक जानते थे। उनमें और अनेक गुण हो सकते हैं, पर न विद्वत्ता थी, न स्वाभिमान।

सुदामा का मन खट्टा हो गया। जहां ऐसे लोग महत्त्वपूर्ण मान लिये जायें, वहां वास्तविक विद्वानों का क्या सम्मान होगा। इसका तो एक ही अर्थ है कि सभा के आयोजकों को या तो विद्वानों की पहचान नहीं है या भृगुदास ठीक ही कह रहा था कि वे विद्वानों का सम्मान करना ही नहीं चाहते। आगे के सारे आसन भी भर गये थे; किन्तु उन पर भी विद्वानों के स्थान पर श्रेष्ठियों के परिचारक और राजपुरुषों के अंगरक्षक ही अधिक दिखाई पड़ रहे थे।

सुदामा को लगा, आज उनकी दृष्टि छिद्रान्वेषण में ही लगी हुई है। वे यहां दर्शन-शास्त्र के उच्चतम सिद्धान्तों की व्याख्या सुनने आये हैं या यह देखने कि किस व्यक्ति को कौन-सा आसन दिया जाता है। ये छोटी-छोटी बातें उनके लिए नहीं हैं। यह सब तो सामाजिक शिष्टाचार है। यदि आयोजकों को इसका ज्ञान नहीं है, तो क्या हुआ। समझदार व्यक्ति को चाहिए कि सार-तत्त्व ग्रहण करे और शेष सब थोथा जानकर छोड़ दे।

सुदामा बड़ी व्यग्रता से सभा की कार्रवाई आरम्भ होने की प्रतीक्षा करने लगे।

संयोजक महोदय ने सभा की कार्रवाई आरम्भ करने की घोषणा की और आचार्य ज्ञानेश्वर से प्रार्थना की कि वे राजपुरुष को माल्यार्पण करें।

सुदामा सन्न रह गये।

यहां आचार्य का व्याख्यान होने वाला है या राजपुरुष का सम्मान? यदि यह राजपुरुष, आचार्य को माल्यार्पण करता तो आचार्य का सम्मान भी बढ़ता और राजपुरुष भी अपनी गुण ग्राहकता के लिए सम्मानित होता; किन्तु माल्यार्पण कर रहे हैं आचार्य। कोई भी कहेगा कि उन्होंने विद्वत्ता को अपमानित किया है; और कौन वह अपने से छोटे को स्नेह देने अथवा आतिथेय धर्म निभाने के लिए माल्यार्पण कर रहे हैं। वे तो स्वयं अतिथि हैं और सीधे-सीधे चाटुकार भांडों के समान खीसें निपोर रहे हैं और राजपुरुष भी क्या लग रहा है, विद्वानों के सिर पर चरण धरता हुआ, उन्हें अपमानित करता हुआ आततायी।

सहसा सुदामा को लगा कि सभा का वास्तविक रूप उनके सम्मुख प्रकट हो गया है। आरम्भ से अब तक जिन-जिन बातों पर ये चौंके थे, या जो बातें उन्हें आपत्तिजनक

लगी थीं, उनमें कुछ भी तो वैसा नहीं था। वह तो सभा के स्वरूप को समझने में उनकी भूल मात्र थी। यदि आरम्भ से ही उन्होंने समझ लिया होता कि यह सारा समारोह आचार्य ज्ञानेश्वर के व्याख्यान के लिए नहीं, इस नवागंतुक राजपुरुष के सम्मान के लिए है और आचार्य ज्ञानेश्वर का सम्मान तो नाटकमात्र है—तो उन्हें किसी भी बात पर आश्चर्य न हुआ होता। यह विशाल सभागार उसी राजपुरुष के लिए था। सभा में आने वाले ये धनाढ्य श्रेष्ठि, जिनके रथ बाहर खड़े थे, और जिनकी तरुणी पुत्रियां, सभा में लोगों का स्वागत-सत्कार करती दिखाई पड़ रही थीं—आचार्य के लिए नहीं, राजपुरुष के लिए आये थे। मंच पर बैठे लोग राजपुरुष के सम्मुख जैसे बिछे जा रहे थे। सभागार में राजपुरुष के अंगरक्षकों का भी ऐसा सत्कार हो रहा था, जैसे वे आचार्य ज्ञानेश्वर के गुरु हों।

तभी आचार्य ज्ञानेश्वर ने अपने स्थान से उठकर बड़े विनीत भाव से राजपुरुष के गले में पुष्पमाला पहना दी और हाथ जोड़कर प्रणाम किया। उनके हाव-भाव चीख-चीखकर कह रहे थे कि राजपुरुष को माल्यार्पण कर वे धन्य हो गये हैं और यदि राजपुरुष को आपत्ति न हो तथा संयोजकों को अटपटा न लगे तो वे राजपुरुष के पांव छूकर धन्य होना भी पसन्द करेंगे।

सुदामा को जैसे बिच्छू का डंक लगा। आचार्य ज्ञानेश्वर का यह रूप। कहां उनके वे ग्रन्थ और कहां उनका यह आचरण। इस वृद्ध दार्शनिक को क्या यह शोभा देता है कि वह इस युवा राजपुरुष के प्रति अपनी ऐसी भक्ति दिखाये? सुदामा के मन में आचार्य के प्रति वितृष्णा जाग रही थी।

आचार्य के बैठ जाने के बाद, लोगों पर माल्यार्पण का दौरा पड़ गया है। राजपुरुष सर नीचा किये, चुपचाप बैठा रहा और लोग उस पर मालाओं का ढेर लगाते रहे। उसने एक बार दृष्टि उठाकर यह भी नहीं देखा कि किस-किसने उसके गले में माला डाली। उसके झुके हुए चेहरे पर एक स्पष्ट वितृष्णा थी और उसे सायास थामे रहने का भाव स्पष्ट था कि वह यह नहीं मान रहा था कि उसके गले में माला डालकर लोग उसका सम्मान कर रहे हैं। वह मालाएं स्वीकार कर उन पर कृपा कर रहा था। सत्ता का दर्प छिपाये नहीं छिप रहा था।

माल्यार्पण हो चुका तो आचार्य ज्ञानेश्वर व्याख्यान करने के लिए उठ खड़े हुए।

सुदामा सब कुछ भूलकर दत्तचित्त हो गये। किसी के व्यक्तिगत आचरण से उन्हें क्या लेना-देना? जिन विचारों और सिद्धान्तों के लिए वे आये हैं, वे तो सुनने को मिलेंगे।

आचार्य ज्ञानेश्वर ने ईश्वर को प्रणाम कर, नयन मूंदे हुए, अत्यन्त मग्न भाव से बहुत मधुर कण्ठ से दो श्लोक गाये। आचार्य के कण्ठ के माधुर्य ने सुदामा को गद्गद कर दिया। इस वृद्धावस्था में भी इतना मधुर गाने वाला व्यक्ति। चमत्कार ही था। यह स्वर और संगीत, जब उनके उदात्त आध्यात्मिक विचारों के साथ मिलकर प्रकट होता होगा तो कौन-सा चमत्कार नहीं करता होगा।

आचार्य ने अपने नयन खोले और राजपुरुष की ओर देखा तथा हाथ जोड़ दिये, जैसे स्तुति सम्पन्न हुई हो।

तो वन्दना इस ईश्वर की हो रही थी। सुदामा को लगा उनका सिर भन्नाता जा रहा है। पर, उन्होंने स्वयं को संभाला। भला इसमें खीझने की क्या बात है। यह आचार्य का अपना निजी मामला है। वे जिसे चाहें, भक्तिपूर्वक प्रणाम करें, जिसकी चाहें स्तुति करें। सुदामा को अपना सम्बन्ध, केवल उनके दार्शनिक सूत्रों तक ही रखना चाहिए। आचार्य के विचार सार्वजनिक उपयोग के लिए हैं, उनका व्यवहार नहीं।

आचार्य ज्ञानेश्वर ने बोलना आरम्भ किया, ''उपस्थित विभूतियो! देवियों और सज्जनो! मेरा यह सौभाग्य है कि मैं आपकी नगरी में तब उपस्थित हुआ, जब स्वयं स्वनाम धन्य वृष्णि राजकुमार उपराज राजशेखर यहां वर्तमान हैं। आप सोचिये, इससे बढ़कर प्रसन्नता की बात क्या हो सकती है कि आप प्रभु के किसी साधारण भक्त से मिलने जायें और आपको वहां साक्षात् प्रभु विद्यमान मिल जायें। मैंने अपने पिछले जन्म में अवश्य कोई असाधारण पुण्य किया था, जो आज अकस्मात् ही उदित हुआ है और मुझे उपराज के दर्शन हो गये हैं। राजपुरुषों के दर्शन बड़े सौभाग्य से होते हैं। बड़े-बड़े लोग देहरियों पर अपनी नाक रगड़-रगड़कर चेहरे को सपाट बना लेते हैं, तो भी उन्हें एक साधारण ग्राम-प्रमुख अथवा नगर-शासक के दर्शन नहीं होते। राजपरिवार के सदस्य और उपराज जैसे पद के शासक का इस प्रकार अपनी प्रजा के बीच आकर बैठ जाना, स्वयं ईश्वर का जन-साधारण के बीच आकर बैठ जाने से कम चमत्कारी नहीं है।'' आचार्य ने एक त्वरित श्वास लिया और बोलने की भगदड़ में कुछ ऐसे आगे बढ़े कि सुदामा को लगा कि आचार्य इस भय से त्रस्त हैं कि कहीं उपराज उनका व्याख्यान सुनने से पहले ही उठकर न चल दें। कदाचित् आचार्य इस प्रयत्न में थे कि इससे पहले कि उपराज उठें, वे अपने हृदय की कृतज्ञता की बाढ़ में उन्हें पूरी तरह आप्लावित कर दें, ''यह सब इसलिए सम्भव हो सका है, क्योंकि उपराज के मन में अपनी प्रजा के लिए अथाह ममता है, इतनी ममता कदाचित् मां के मन में अपने बच्चे के लिए अथवा स्वयं ब्रह्मा के मन में अपनी रची सृष्टि के लिए भी न हो। इसी ममता, स्नेह, कृपा तथा दया के कारण, उपराज प्रजा के भाग्य-विधाता बन गये हैं। कई बार तो मुझे लगता है कि उनके मन में स्रष्टा ब्रह्मा की-सी ममता, पालनकर्त्ता विष्णु का-सा स्नेह और पोषण-क्षमता तथा रुद्र के समान शत्रुओं का संहार करने का सामर्थ्य है। मुझे उपराज में ब्रह्मा, विष्णु, महेश की त्रिमूर्ति दिखाई पड़ती है।''

सुदामा मुंह बाये प्रतीक्षा कर रहे थे कि अभी आचार्य अपने विषय पर आयेंगे, अभी वे दर्शनशास्त्र की कोई बात कहेंगे, अभी भक्ति-योग के सिद्धान्तों की चर्चा करेंगे; और आचार्य थे कि बहे जा रहे थे, ''उपराज ब्रह्मा, विष्णु, महेश की ही त्रिमूर्ति नहीं हैं, उनमें गंगा, यमुना और सरस्वती का भी संगम है। उनमें गंगा की पवित्रता है, यमुना की सरसता है और सरस्वती का ज्ञान है।''

सुदामा के लिए आचार्य का व्याख्यान असह्य होता जा रहा था। उनकी मानसिक खीझ के साथ-साथ हृदय की पीड़ा भी जुड़ गयी थी। उन्हें लगा कि उनके हृदय में स्थापित, पवित्र अष्टधातुओं से बनी आचार्य ज्ञानेश्वर की मूर्ति टुकड़े-टुकड़े हो गयी है।

उसके टुकड़े बड़े नुकीले और धारदार थे। वे सारे टुकड़े सुदामा के हृदय में लगातार चुभ-चुभकर घाव कर रहे थे और उन घावों से रक्त बह रहा था। सुदामा बड़े असमंजस में बैठे, एक दृष्टि अपने भीतर आहत हृदय पर डालते और दूसरी धाराप्रवाह व्याख्यान करने वाले आचार्य ज्ञानेश्वर पर।

आचार्य के व्याख्यान ने एक मोड़ लिया, "उपराज राजशेखर के पिता वृष्णि अकूतबल मेरे बाल-सखा थे। हमारा सारा बचपन एक साथ बीता था। हम साथ खेले और साथ पढ़े थे। हमने साथ-साथ गृहस्थ जीवन में प्रवेश किया था।"

सुदामा के मन में आया, खड़े होकर ऊंचे स्वर में कहें, "आपका वृष्णि अकूतबल के साथ विवाह हो गया था क्या? पर आप में से पति कौन था और पत्नी कौन? इस उपराज को किसने अपने गर्भ में धारण किया था?"

और आचार्य कह रहे थे, "मैंने जिस बालक को अपनी गोद में खिलाया था, आज वह एक प्रदेश का उपराज हो गया है। मुझ जैसा भाग्यशाली कौन होगा, किसका पुण्य इतना प्रबल हुआ होगा, किस..."

सुदामा को लगा, उन्हें क्रमशः एक उन्माद ग्रसता जा रहा था। यदि उन्होंने स्वयं को संभाले नहीं रखा, तो वे किसी भी क्षण खड़े होकर चीखने लगेंगे और वह चीखना उनके अपने ही नियन्त्रण में नहीं होगा। जाने उनके मुख से क्या निकले, क्या न निकले...?

आचार्य क्या कह रहे थे, सुदामा सुन नहीं रहे थे। उनका अपना मन भयंकर शोर मचा रहा था : पता नहीं यह आचार्य ज्ञानेश्वर सत्य कह भी रहे हैं या नहीं। पता नहीं, ये उपराज के पिता को जानते भी हैं या नहीं। पर यदि ज्ञान की गरिमा, राजपुरुषों के सम्पर्कों से ही नापी जाती है, तो सुदामा, स्वयं कृष्ण के सहपाठी, गुरुभाई और मित्र हैं। उठा दो इस मूढ़, वृद्ध चाटुकार को यहां से, इसका सम्पर्क एक अज्ञात राजपुरुष के पिता से रहा है। यहां, मंच पर सुदामा को बैठा दो। सुदामा का सम्पर्क सर्वोच्च राजपुरुष से है। यह गूंगा राजपुरुष, जो मंच पर से एक वाक्य भी नहीं बोला था, और शायद बोले भी नहीं—क्या इतना महत्त्वपूर्ण था कि उसे मंच पर बैठाकर विद्वानों द्वारा उसकी आरती उतारी जाये? यदि किसी दिन देश-भर के विद्वान् कृष्ण को बीच में बैठाकर उसका गुणगान करें तो सुदामा को कोई आपत्ति नहीं होगी। कृष्ण स्वयं दार्शनिक है। कर्म-योग के सिद्धान्तों का उसका भाष्य, विद्वानों को ही नहीं, ऋषियों को भी अभिभूत कर देता है। सुदामा तो उस कृष्ण के मित्र हैं। और यह गूंगा राजपुरुष...धन्य हो तुम वृद्ध आचार्य ज्ञानेश्वर...।

सहसा सुदामा के मन में आया, क्या इस सभा में मंच पर बैठना और इस प्रकार मूर्खतापूर्ण बातें करना, इतना महत्त्वपूर्ण है कि सुदामा के मन में आचार्य ज्ञानेश्वर के स्थान पर, मंच पर बैठने की आकांक्षा जागी है? नहीं। वह तो आवेश की बात थी। यदि सचमुच उन्हें मंच पर बैठाया जायेगा, तो वे कभी भी उसे स्वीकार नहीं करेंगे। यह कोई ऐसा महत्त्व नहीं था, जिससे उन्हें अपना सम्मान अथवा गौरव कुछ बढ़ता प्रतीत हो। ऐसा गौरव तो आचार्य ज्ञानेश्वर को ही धन्य कर सकता है।

उनका मन हुआ, ज़ोर का एक अट्टहास करें और ऊंचे स्वर में कहें, 'आचार्य ज्ञानेश्वर! आपका भक्ति-योग मेरी समझ में आ गया है। आज आप इस राजपुरुष के प्रति अपनी भक्ति ही तो प्रकट कर रहे हैं। यह भक्ति तो तत्काल फलदायिनी है। सम्भव है कि सभागार छोड़ने से पहले ही आपके लिए किसी पुरस्कार, वृत्ति, दान या सहयोग की घोषणा कर दी जाये। सम्भव है कोई पद ही दे दिया जाये। यही है तुम्हारे ज्ञान और भक्ति का लक्ष्य? तुम कहीं भी सामान्य मनुष्य से ऊंचे न उठ पाये, वरन ज्ञान को ही तुम लोगों ने ला कीचड़ में सान दिया—धिक्कार है!'

सुदामा उठ खड़े हुए। अपने साथ लाये हुए ग्रन्थ के ताल-पत्र उन्होंने अपने वक्ष से चिपकाकर, उत्तरीय में छिपा लिये—कहीं आचार्य ज्ञानेश्वर की दृष्टि उन पर पड़कर उन्हें कलुषित न कर जाये।

सभागार से बाहर निकलकर सुदामा ने खुली हवा में एक लम्बी सांस ली। अच्छा हुआ, उन्होंने सभा से पहले आचार्य से मिलने का प्रयत्न नहीं किया। उस दण्डधर ने आचार्य के विषय में ठीक ही कहा था, "हां! वह भी आ रहा है।"

जैसे-जैसे सुदामा अपने गांव की ओर बढ़ते जा रहे थे, उनके मानसिक तनाव का ज्वार नीचे आता जा रहा था। बातें तो तब भी उनके मस्तिष्क में उठ रही थीं, किन्तु यह सब आवेश का चिन्तन था, जो प्रहारक होता है, सैद्धान्तिक नहीं। किन्तु तनाव दूर हो जाने पर, मन सहज रूप से स्वस्थ चिन्तन करने लगता है। सुदामा का मस्तिष्क अनायास ही सहज रूप से व्यवहार में से सिद्धान्त निष्कर्षित करने लगता था और सिद्धान्तों को व्यवहार पर आरोपित करता रहता था।

आचार्य ज्ञानेश्वर ने आज भक्ति का एक रूप दर्शाया था। किसी उपलब्धि के लिए, भौतिक उपलब्धि के लिए भक्ति। जो कुछ वे अपने ज्ञान से प्राप्त नहीं कर सके, अपनी भक्ति से प्राप्त करना चाह रहे थे।

यह लौकिक भक्ति थी। जिस किसी व्यक्ति की भक्ति की जाये, वह अपनी क्षमता-भर दान देता है। पद को प्राप्त करने के लिए, आवश्यक योग्यता न हो तो भक्ति से वह काम हो जाता है। धन की लालसा हो तो धनोपार्जन का उद्यम न कर, भक्ति करें, तो धन प्राप्त हो जाता है। भक्ति तो वह रत्न है, जो किसी भी अन्य योग्यता अथवा कर्म का स्थानापन्न हो सकती है। इस दृष्टि से तो भक्ति, ज्ञान और कर्म से श्रेष्ठ है। हमारे व्यवहार का यह लौकिक सिद्धान्त, क्या अध्यात्म से अलौकिक क्षेत्र में भी इसी प्रकार लागू होता है? क्या भक्ति से प्रसन्न होकर ईश्वर इसी प्रकार सांसारिक सुख-सुविधाएं प्रदान कर देता है? कष्टों, रोगों तथा क्लेशों से मुक्त कर देता है? मृत्यु को टालकर, आयु को बढ़ा देता है? क्या कर्म का कोई महत्त्व नहीं है? भक्ति के रूप में ईश्वर क्या अपनी स्तुति सुनना चाहता है? ईश्वर क्या अपनी प्रशंसा का इतना भूखा है कि व्यक्ति के कर्मों को भूलकर, उसके प्रत्येक अपराध को क्षमा कर, उसकी इच्छापूर्ति कर देता है? क्या अपनी प्रशंसा और स्तुति के सामने, ईश्वर के लिए न्याय और अन्याय का कोई महत्त्व

नहीं है? ईश्वर में यह दुर्बलता क्या सामान्य मनुष्य की अपेक्षा भी अधिक है? कोई भी मनुष्य यह समझ सकता है कि उसकी जो प्रशंसा की जाती है, वह उसके योग्य है या नहीं और जो व्यक्ति प्रशंसा कर रहा है, उसका लक्ष्य प्रशंसा ही है या कुछ और, क्या अपने भक्तों के सन्दर्भ में ईश्वर इतनी-सी बात नहीं समझता? इसीलिए तो ज्ञान-योग में सुदामा ईश्वर का यह स्वरूप स्वीकार नहीं करते। ऐसे ईश्वर को वे कैसे स्वीकार कर लें, जो एक सामान्य मनुष्य को...उसकी दुर्बलताओं और दुर्गुणों के साथ ही, सर्वशक्ति-सम्पन्न बनाकर तैयार किया गया हो।

सुदामा का मन उलझने लगा और जब सुदामा का मन उलझने लगता है तो उन्हें कृष्ण की याद आने लगती है। उलझनें जितनी बढ़ती हैं, कृष्ण की स्मृति भी उतनी ही तीव्र होने लगती है। गुत्थियों को कैसे सुलझाता है कृष्ण? सारी समस्याओं का समाधान है उसके पास, जैसे वह सर्वज्ञान-सम्पन्न हो...कब भेंट होगी तुमसे? कृष्ण! कृष्ण!!

छह

प्रातः सुदामा की आंख खुली तो उन्हें लगा, अभी भी उनका सिर भारी था। उन्हें लगा, सिर से भी अधिक भारी उनका मन था। क्या-क्या अपेक्षाएं लेकर, वे आचार्य ज्ञानेश्वर का व्याख्यान सुनने गये थे और कैसी ग्लानि हुई थी वहां जाकर...पर इतना खिन्न होने की क्या बात है। सुदामा ने स्वयं को समझाया—पर खिन्नता दूर नहीं हुई। उनके मन का एक स्वप्न टूट गया था...एक पूजनीय का यह घृणित रूप...सुदामा के मन ने स्वयं को विद्वानों से जोड़ लिया था। उन्हें उच्च और श्रेष्ठ मान लिया था। उनका ऐसा रूप देखकर मन पीड़ित नहीं होगा।

क्या है यह सब?

क्यों करते हैं ये विद्वान् ऐसा आचरण? और सहसा सुदामा के मन में जैसे एक समाधान कौंध गया। आचार्य ज्ञानेश्वर, राजपुरुष के निकट एक विद्वान् के रूप में प्रतिष्ठित किये गये थे। जहां वे हैं, जो वे हैं, उससे ऊपर उठने की सम्भावना उन्हें दिखाई पड़ी होगी। वे यदि आचार्य हैं तो राजपुरुष की कृपा से कुलपति बन सकते हैं। द्वारका के दरबार से प्रशस्ति-पत्र प्राप्त करने की या किसी परिषद् में उनके मनोनीत होने की सम्भावना हो सकती है...। सुदामा क्या है...। अधिक-से-अधिक गांव के एक साधारण ब्राह्मण अध्यापक के रूप में उनका परिचय दिया जायेगा। उन्हें न कोई आचार्य बनायेगा, न कुलपति। न उन्हें कोई प्रशस्ति-पत्र मिलने जा रहा है, न वे किसी परिषद् में मनोनीत होंगे। जब कोई सम्भावना ही नहीं है, तो उनके मुख से लार क्यों टपके? क्यों वे राजपुरुषों के सामने नाक रगड़ें, अपना स्वाभिमान नष्ट करें?

सुदामा के सामने प्रकृति की द्वन्द्वात्मकता स्वतः खुलने लगी...सांसारिक प्रतिस्पर्धा में मनुष्य जितना ऊंचा उठता है, उतना सबल, दृढ़ और स्वाभिमानी होने के स्थान पर वह उतना ही दुर्बल, लोलुप और चरित्रहीन होता जाता है। जिसको जितना कम मिला है, वह

अपने स्थान पर उतना ही सन्तुष्ट है और जिसको जितना अधिक मिला है, वह उतना ही मुंह बाये हुए है...क्या स्वयं सुदामा तभी तक स्वाभिमानी, त्यागी और चरित्रवान् हैं, जब तक उनके सामने कोई टुकड़ा नहीं फेंका गया? क्या टुकड़ा सामने देखते ही, उनके मुख से भी आचार्य ज्ञानेश्वर के समान लार टपकने लगेगी? क्या वे भी अपना सारा स्वाभिमान भूलकर लोलुप कुत्ते के समान टुकड़े पर जा झपटेंगे...उन्हें लगा, उनका मन अपनी आतुरता में अत्यन्त आस्तिक हो उठा है। उनकी आंखें मुंद गयीं और मन-ही-मन हाथ जोड़कर उनकी आत्मा ने याचना की, 'हे प्रभु! प्रलोभन देकर मेरा परीक्षण मत करना।'

जब कभी कहीं, कोई ऐसी चर्चा उठती है कि किसी सम्पर्क से सुदामा को धन मिल सकता है; कोई श्रेष्ठि उन पर अनुग्रह कर सकता है—तो सुदामा का मन व्याकुल हो उठता है। मन में धन प्राप्ति की बात न आयी होती तो बात और है। एक बार मन में यह बात आ जाये और सुदामा चल पड़ें तो वे अपनी दृष्टि में ही इतना गिर जाते हैं। उनकी अपनी अन्तरात्मा ही इतनी क्रूर होकर ऐसे निर्मम आघात करने लगती है कि सुदामा त्राहि-त्राहि करने लगते हैं। कल भी श्रेष्ठि धनदत्त के घर जाने की बात थी। पहले भी सुशीला कई बार कह चुकी है। सुशीला ने कई बार कहा था और वे स्वयं भी इस तथ्य से परिचित हैं कि उनके अनेक परिचित ब्राह्मण श्रेष्ठि धनदत्त से दो बातें कर लेने का अवसर खोजते रहते हैं। श्रेष्ठि कई बार सुदामा के प्रति अपना आकर्षण जता चुके हैं, पर सुदामा हर बार टाल देते हैं। हो सकता है कि कुछ लोग उन्हें अहंकारी मानते हों, माना भी जा सकता है। पर उनकी चिन्तन-पद्धति ही कुछ भिन्न है। श्रेष्ठि के पास धन है, उनके पास ज्ञान। किन्तु क्या श्रेष्ठि उनसे समान धरातल पर मिलेगा? शायद नहीं। श्रेष्ठि अपने धन से सब कुछ खरीद सकता है। उसे खरीदने का ही अभ्यास है, पर ज्ञान बिकाऊ नहीं है और फिर बात मात्र सुदामा के स्वाभिमान की ही होती, तो वे श्रेष्ठि के द्वार पर दस बार चले गये होते, पर सुदामा पर समस्त बुद्धिजीवी वर्ग के सम्मान का दायित्व है। श्रेष्ठि धनदत्त के द्वार पर सुदामा का याचक बनकर जाना, समस्त बुद्धिजीवी वर्ग को कलंकित कर देगा। पर इन आचार्यों का चरित्र—

सुदामा अभी आचार्य धर्मेन्द्र का चरित्र नहीं भूले थे। आचार्य ने अपनी ब्राह्मणी की सर्वथा उपेक्षा कर, अपनी युवा सन्तानों तथा समाज के विरोध की ओर से निर्लज्ज बधिरता का स्वांग रचा। आचार्या सत्यवती से उनके सम्बन्ध बहुत बढ़ गये थे। सुदामा व्यर्थ ही किसी को कलंकित करना नहीं चाहते। वे नहीं जानते कि उन दोनों का परस्पर क्या सम्बन्ध था; किन्तु अपने परिवारों की उपेक्षा कर, दोनों का एक-दूसरे की संगति में रहना किससे छिपा था? किन्तु सुदामा ने कभी किसी की बात पर ध्यान नहीं दिया। स्वयं को समझा लिया कि आचार्य धर्मेन्द्र की पत्नी साधारण शिक्षिता ब्राह्मणी हैं। ज्ञान-क्षेत्र में वे पति की सहयोगिनी नहीं हो सकतीं। ऐसे में यदि अपनी बौद्धिक आवश्यकताओं के कारण आचार्य, आचार्या सत्यवती के निकट आ गये हैं तो क्या अपराध हो गया। दोनों परिवार उनके सम्बन्धों के विषय में जानते हैं और उन्हें स्वीकार करते हैं, तो उन सम्बन्धों में कुछ भी गर्हित न रहा होगा। उनके सम्बन्धों की अवैधता तथा अनौचित्य को

लेकर किया गया यह प्रचार उनके द्वेषियों का चमत्कार ही होगा। आचार्य धर्मेन्द्र की उन्नति, यश और अधिकारों को देखते हुए ज्ञान क्षेत्र में उनके अनेक विरोधी और अकारण द्वेषी पैदा हो गये थे। वे ही उन्हें कलंकित करने का प्रयत्न कर रहे हों तो क्या बड़ी बात है। यह अनुदार, संकुचित वृत्ति...।

किन्तु दैवयोग से आचार्या को महारोग हो गया। अन्य लोगों के साथ-साथ आचार्या को भी अपनी निश्चित मृत्यु सामने दिखने लगी, तो अनेक बातों से पर्दा उठ गया। मृत्यु के सत्य ने, अन्य अनेक सत्यों को भी उजागर कर दिया। दोनों के सम्बन्ध स्पष्ट हो गये और उसके साथ ही प्रकट हुई आचार्या की पीड़ा। वे जब यह अपेक्षा कर रही थीं कि उनके कष्ट और पीड़ा के इन अन्तिम दिनों में आचार्य उनका साथ निभायेंगे ...प्रेमी की सान्त्वना, धैर्य और सन्तोष देंगे, रोग की यातना को अपने प्रेम के लेप से कम कर देंगे, तब आचार्य उन्हें अपने लिए अनुपयोगी मानकर किसी अन्य सखी की ओर बढ़ गये थे। आचार्या मृत्यु की घड़ियां गिन रही थीं और आचार्य अपनी नयी सखी के साथ प्रेम के उच्चतर धरातलों की खोज कर रहे थे। आचार्या इस तथ्य से परिचित थीं और अपने रोग से अधिक पीड़ित इस विश्वासघात के कारण थीं। अपनी मृत्यु के क्षणों में उन्होंने अवश्य ही आचार्य के लिए किसी सुख की कामना नहीं की होगी।

आचार्य धर्मेन्द्र के चरित्र-भंजन से भी सुदामा का मन ऐसे ही दुखी हुआ था और आज आचार्य ज्ञानेश्वर...।

सुदामा अपना सिर झटककर उठ खड़े हुए...इन विद्वानों ने केवल विद्या पायी है, चरित्र नहीं पाया; इसलिए न ये ज्ञानी हो सके, न ऋषि। सुदामा कब तक इनके पीछे सिर धुनते रहेंगे। उन्हें बहुत से कार्य भी तो करने हैं।

खाट छोड़ी तो दिनचर्या आरम्भ हो गयी। पढ़ने के लिए आये छात्रों को पढ़ाया। थोड़ा-सा अभ्यास विवेक और ज्ञान को भी कराया और मुक्त मन से अपने ताल-पत्रों में आ बैठे। अब दोपहर के भोजन तक उनका कार्य निर्विघ्न चलेगा। लिखने के लिए सुदामा को यही समय उपयुक्त लगता है। उनकी इच्छा होती है कि प्रातः उठकर जितनी जल्दी सम्भव हो, वे लिखने के लिए बैठ जायें। इस समय मस्तिष्क चिन्तन के लिए सक्षम होता है। ध्यान केन्द्रित होता है। शरीर आराम नहीं मांग रहा होता। पर जैसे-जैसे समय बीतता जाता है, दिन चढ़ता जाता है, उनका मस्तिष्क सोने लगता है और शरीर अलसाने लगता है। दोपहर के भोजन के पश्चात् तो वे निश्चित रूप से थोड़ी देर के लिए लेटना चाहते हैं। नींद की एक-आध झपकी ले सकें तो बहुत ही अच्छा। भोजन करते ही, उठकर कहीं चल दें तो नींद नहीं आती, पर घर पर रहें तो शरीर अलसा ही जाता है। सन्ध्या होते-होते तो जैसे मस्तिष्क थककर चूर हो जाता है। कुछ सोचना और लिखना बहुत कठिन हो जाता है। बस यही इच्छा होती है कि कोई अच्छा मित्र उनके पास आ बैठे, या वे ही कहीं, निकट ही किसी के पास हो आयें। हल्की-फुल्की मनोरंजक बातचीत हो। गम्भीर चर्चाओं की इच्छा उस समय नहीं होती।

इसीलिए प्रातः वे जल्दी-से-जल्दी लिखने के लिए बैठ जाना चाहते हैं। प्रातः की

आवश्यक दिनचर्या से निबटकर, सुशीला अपनी गृहस्थी में लग जाती है। बच्चे कहीं खेलने चले जाते हैं; और सुदामा सब कुछ भूलकर अपने ग्रन्थों और लेखनी में खो जाते हैं—कोई कहीं भी हो, इस समय सुदामा के लिए कोई कहीं नहीं होता।

"पिताजी! पिताजी! रोहित कहता है कि...।" ज्ञान बोलता-बोलता चौकी के ऊपर चढ़ आया।

"हैं! हैं!!" सुदामा ने हाथ बढ़ाकर बेटे को वहीं रोकने का प्रयत्न किया, "ऐसे तो तुम मेरे सारे ग्रन्थ खराब कर दोगे बेटे!"

"मेरी बात सुनो न पिताजी!" पिता की अप्रत्याशित बाधा से ज्ञान रुआंसा हो गया।

"बात तो तुम्हारी अवश्य सुनेंगे," सुदामा ने हंसकर पुत्र के सिर पर हाथ फेरा, "पर बेटे! मुझे ताल-पत्र तो समेट लेने दो। तुम अपनी आतुरता में यह तो देखते ही नहीं कि कहां क्या पड़ा है। बढ़ते आ रहे हो। ये खराब हो गये तो नये ताल-पत्र कहां से आयेंगे। तुम्हारे पिता के पास तो इतना धन है नहीं। फिर यह ग्रन्थ जो मैं लिख रहा हूं, कैसे पूरा होगा? हैं?"

"मेरी बात सुनो न पिताजी!" ज्ञान ने उसी तीव्रता से अपना रुआंसा अनुरोध दुहरा दिया।

उसकी दीनता देखकर सुदामा के मन में ममता उमड़ आयी : बेचारा बच्चा! जाने क्या कहने आया था। उसके लिए तो वह बात अत्यन्त महत्त्वपूर्ण ही रही होगी। वह क्या जानता था कि पिता के मन में कैसी-कैसी गुत्थियां हैं; वे क्या लिख रहे हैं, किसके लिए लिख रहे हैं और उनके लिए वह रचना कितनी मूल्यवान है। पिता की आर्थिक स्थिति का उसे क्या पता। इस समय वह एक बात सुनाने आया है और उसमें भी पिता बाधा डाल रहे हैं।

सुदामा का मन असन्तुलित रूप से द्रवित हो उठा : पिता के पास धन नहीं है, समय तो है। पुत्र थोड़ा-सा समय ही तो मांग रहा है। उसमें भी वे इतनी कृपणता दिखा रहे हैं।

क्षण-भर में ही सुदामा के मन में बहुत कुछ घटित हो गया। एक ओर उनके मन में विश्वविख्यात दार्शनिक बनने की महत्त्वाकांक्षा है। उनका मन अपनी बात कहने को तड़पता रहता है। उनका लेखन चलता रहे तो वे सन्तुष्ट रहते हैं। लिखने में सहायक प्रत्येक वस्तु, व्यक्ति और घटना उन्हें प्रिय है। शेष सब कुछ उन्हें बाधास्वरूप लगता है। कभी-कभी तो सुशीला और बच्चे भी। पर यह तो सन्तुलित व्यवहार नहीं है। वे गृहस्थ हैं, तो ये दायित्व भी उन्हें निभाने होंगे। यदि अपने बच्चों के पक्ष से सोचें तो उनका यह दार्शनिक-लेखकीय व्यक्तित्व उनके और उनके बच्चों के बीच आड़े नहीं आ रहा क्या? बच्चों को देने के लिए उनके पास न जीवन का सुख है, न सुविधाएं। न अच्छा भोजन, न वस्त्र, न घर। एक पिता की ममता हो सकती है। वे वह भी नहीं दे पाते। अपनी

रचनाएं उन्हें इतनी प्रिय हैं तो ये बच्चे भी तो उन्हीं की रचना हैं।

सुदामा के मन में तीखा धिक्कार उठा।

''उन्होंने ज्ञान को उठाकर अपनी गोद में बिठा लिया, ''सुनाओ बेटे! क्या कहता है रोहित?''

''रोहित कहता है...।'' अपनी बात सुनाने के उत्साह में ज्ञान जल्दी-जल्दी बोला, ''तुम्हारे पिता कोई काम नहीं करते। वे कहीं आते-जाते नहीं। आलसियों के समान, सदा घर पर ही पड़े रहते हैं। मेरे पिता प्रतिदिन काम पर जाते हैं। प्रतिमास उन्हें वेतन मिलता है। तुम्हारे पिता को कोई कुछ नहीं देता। क्या यह सच है पिताजी?''

बात समाप्त होते-होते ज्ञान के चेहरे पर आवेश उभर आया था। निश्चित रूप से, रोहित की इस बात से वह प्रसन्न नहीं था; किन्तु इसका प्रतिवाद करने के लिए उसके पास कोई प्रमाण नहीं था।

सुदामा चुपचाप अपने पुत्र का पीड़ित चेहरा देखते रहे। आज तक तो वे और सुशीला ही अनेक प्रकार से प्रतिवाद सुनते आये थे; पर क्या अब उनके बच्चों को भी यह सब सुनना पड़ेगा? रोहित—पता नहीं यह लड़का स्वयं इतना उद्दण्ड है या...पर इतना-सा बच्चा, ज्ञान के ही वय का होगा...न तो वह इतना उद्दण्ड हो सकता है, न ऐसी बात ही उसके मन में आ सकती है। उसके माता-पिता ही ऐसी बातें करते होंगे। उन्हीं से सुनकर, रोहित उन्हें ज्ञान के सामने दोहरा देता होगा—रोहित का पिता, काशीनाथ, नगर के किसी धनी व्यक्ति का भृत्य था शायद। सुदामा की इच्छा हुई, हंस पड़ें...किसी धनवान् की सेवा तो काम है; और अध्ययन-अध्यापन, चिन्तन-मनन तथा ग्रन्थों की रचना निकम्मापन और आलस्य है। ठीक है कि काशीनाथ को प्रतिमास अपने स्वामी से वेतन मिलता है, और सुदामा को प्रतिमास वेतन नहीं मिलता; क्योंकि उनका कोई स्वामी नहीं है।

''बताइये न पिताजी! क्या यह सच है?'' उनकी गोद में बैठा ज्ञान ऊपर की ओर देखकर उनकी ठोड़ी को हिला रहा था।

सुदामा के मन में कटुता का ज्वार उठा : अभी तो काशीनाथ एक भृत्य मात्र है तो यह सब कह रहा है, कहीं सामन्त होता तो क्या कहता? न वह उनसे विद्या-बुद्धि में बढ़कर है, न चरित्र और सम्मान में। आर्थिक स्थिति भी उसकी कोई बहुत अच्छी नहीं है।

मन में आया, ज्ञान को सत्य उसी अनघड़ और भदेस रूप में समझा दें, जिस ढंग से रोहित को उसके माता-पिता ने समझाया है। कह दें कि रोहित का पिता निपट अनपढ़ और मूर्ख है। वह किसी का भृत्य है। उनके जूठे बर्तन मांजता होगा, मैले कपड़े धोता होगा, पांव दबाता होगा। उसका कोई सम्मान नहीं है। कोई भला आदमी उसे अपने साथ नहीं बैठाएगा...पर दूसरे ही क्षण ज्ञान की स्वच्छ, निर्दोष, भोली आंखों को अपनी ओर ताकते पाकर, जाने मन को क्या हुआ कि कटुता की सारी झाग बैठ गयी। छिः ये भी कोई कहने की बातें हैं—किसी की निर्धनता, उसके लिए असुविधा हो सकती है, उसका दोष नहीं। यदि काशीनाथ अपने बच्चे की मानसिकता को इस प्रकार विकृत कर रहा है

तो सुदामा क्यों अपने पुत्र का कोमल हृदय विषैला करें? काशीनाथ अपढ़, मूर्ख और अहंकारी है—क्या सुदामा भी वही हैं? काशीनाथ के पुत्र और सुदामा के पुत्र के संस्कारों में कुछ तो अन्तर होना चाहिए—

"आप कुछ बोलते क्यों नहीं पिताजी?" ज्ञान ने फिर कहा।

"नहीं बेटे!" सुदामा धीरे-से बोले, "रोहित को पता नहीं है, इसलिए वह ऐसी बातें कहता है। तुम उसकी बातें मत सुना करो। किसी और बालक के साथ खेल लिया करो।"

"उसे क्या पता नहीं है?"

"यही कि..." किस प्रकार कहें कि सच्ची बात भी कही जाये, कटुता भी न आये; बालक अहंकारी और उद्दण्ड भी न बने तथा उसे स्वयं को हीन भी न मानना पड़े—सुदामा सोचते रहे, 'प्रत्येक व्यक्ति का काम एक ही जैसा नहीं होता। कोई व्यक्ति अपने घर पर ही काम करता है; और कोई किसी अन्य विशेष स्थान पर। मेरा काम ऐसा है कि मैं उसे घर पर ही करता रहता हूं।' सहसा सुदामा ने उसका चेहरा अपनी हथेलियों में थामकर ऊपर उठाया, "तुम स्वयं देखते हो, मैं सदा काम करता रहता हूं। तुमने कभी मुझे खाली बैठे या पड़े सोते देखा है?"

"नहीं।" ज्ञान बोला, "आप सदा लिखते रहते हैं या पढ़ते रहते हैं, मुझसे बात ही नहीं करते।"

"ओह! तो अब अपनी ओर से शिकायत होने लगी।" द्रवित हृदय से सुदामा मुसकराये, "चलो! आज तुमसे खूब जी भरकर बातें करते हैं।"

सुदामा ने ज्ञान को गोद में उठाकर अपने साथ बैठा लिया, "मैं एक क्षण में इन ताल-पत्रों को समेट लूं, नहीं तो ये खराब हो जायेंगे।"

ज्ञान कुछ नहीं बोला। वह पिता को ताल-पत्र सहेजते हुए देखता रहा और फिर सहसा बोला, "रोहित यह भी कहता है कि हमारे घर में कोई भी अच्छी वस्तु नहीं है। बस, ताल-पत्र भरे हुए हैं, या पुराने वस्त्रों में लपेट-लपेट कर पोथियां रखी हुई हैं।"

"रोहित जो कहता है, उसे कहने दो।" सुदामा ताल-पत्रों को समेटते हुए बोले, "पोथियों और ताल-पत्रों का महत्त्व रोहित नहीं समझता। उसके घर में कोई भी नहीं समझता। वे लोग नासमझ हैं।"

"आप समझते हैं?" ज्ञान की मुद्रा उल्लसित हो उठी।

"हां पुत्र! मैं समझता हूं, तभी तो इन पोथियों को वक्ष से लगाये बैठा रहता हूं। मैं चाहता हूं कि तुम और विवेक—तुम दोनों भाई बड़े होकर इन्हें पढ़ो। वास्तविक ज्ञान प्राप्त करो और बड़े आदमी बन जाओ...।" सहसा सुदामा का ध्यान दूसरी ओर चला गया, "विवेक कहां है?"

"भैया मां के साथ गया है।" ज्ञान ने बताया।

"और मां कहां गयी हैं?"

"मालूम नहीं।" ज्ञान को इस चर्चा में रुचि नहीं थी, "बड़ा आदमी किसे कहते

हैं पिताजी?''

''सामान्यतः हमारा समाज उस व्यक्ति को बड़ा आदमी मानता है, जिसके पास धन हो; पर वास्तविक बड़ा आदमी वह नहीं होता।'' सुदामा बोले, ''बड़ा आदमी वह होता है, जो अपनी पशु-वृत्तियों को त्याग सके और अपनी साधना, त्याग तथा तपस्या से मानव जाति के कल्याण के लिए कोई मार्ग निकाल सके...। आदमी बड़ा न धन से होता है, न ज्ञान से, आदमी बड़ा होता है सदाचार से...।''

सुदामा कहने को तो कह गये, किन्तु कहते ही मन-ही-मन डर भी गये, कहीं ज्ञान ने इन बातों को समझा देने का हठ किया तो?

पर ज्ञान का ध्यान उस ओर नहीं था। बोला, ''पिताजी! कोई कहानी सुनाइये।''

''कहानी!'' सुदामा ने घबराहट प्रकट की, ''कहानी! कौन-सी सुनाऊं? मैं तो कहानियां पढ़ता नहीं।''

''मां इतनी अच्छी-अच्छी कहानियां सुनाती हैं।'' ज्ञान बोला, ''आप क्यों नहीं सुना सकते। आप तो मां से भी बड़े हैं। बाबा भी उस दिन कह कर चले गये। उन्होंने भी कहानी नहीं सुनायी।''

''तो मां से सुन लेना।'' सुदामा हंसे।

''नहीं! आप सुनाइये।'' ज्ञान ने हठ किया।

सुदामा ने पुत्र को निहारा...ज्ञान कभी-कभी इस प्रकार के हठ में पिता के प्रति अपनी प्राथमिकता प्रकट किया करता था।

''अच्छा सुनो!'' सुदामा कुछ सोचते हुए बोले, ''कौन-सी कहानी सुनाऊं? कोई ऐतिहासिक...''

''कोई तोता-मैना की, चिड़िया और कौवे की...।''

सहसा सुदामा को कुछ सूझ गया, ''अच्छा कौवों और कोयल की कहानी सुनाता हूं...।''

ज्ञान चुपचाप उनकी ओर देखता रहा।

''एक वन था। बहुत सघन।''

''उसमें सिंह था?''

''सिंह भी था। पर मैं कोयल की कहानी सुना रहा हूं।'' सुदामा बोले।

''कोयल थी?''

''हां! वहां एक पेड़ पर एक कोयल रहा करती थी।''

''सिंह, कोयल को खा नहीं गया?'' ज्ञान ने पूछा।

''नहीं। सिंह कोयल को नहीं खाता। फिर कोयल पेड़ के ऊपर की शाखाओं पर रहती है। सिंह नीचे भूमि पर रहता है।'' सुदामा बोले, ''कोयल का स्वर बहुत मधुर होता है। कोयल कूकती है तो ऐसा लगता है, जैसे कोई मधुर गीत गा रहा है...। पर कोयल वाले वृक्ष के चारों ओर कौवे ही कौवे रहते थे।''

''फिर क्या हुआ पिताजी?'' ज्ञान बहुत उत्सुक हो उठा था।

''वन में एक बार एक संगीत-सभा हुई।'' सुदामा बोले, ''यह निश्चित हुआ कि जो सबसे सुन्दर गायेगा, उसे वन के संगीत-सम्राट की उपाधि दी जायेगी।''

''फिर क्या हुआ?''

''फिर संगीत-सम्मेलन हुआ।'' सुदामा ने कहानी आगे बढ़ायी, ''उसमें बहुत सारे कौवे भी आये और अन्य पशु-पक्षियों ने भी भाग लिया। कौवों ने कांव-कांव कर बहुत शोर मचाया। अन्त में कोयल की बारी आयी। जब कोयल कूकी तो वन के समस्त पशु-पक्षियों ने एकमत से स्वीकार किया कि कोयल निःसन्देह संगीत-सम्राज्ञी है। किन्तु सभा में कौवों की संख्या बहुत अधिक थी। इसलिए निर्णायक भी एक कौवा ही था। कौवौं ने मिलकर शोर मचाया—'नहीं! नहीं!! कोयल के स्वर में तनिक भी संगीत नहीं है। निर्णायक महोदय से पूछ लो। कोयल से तो बहुत सारे कौवे अच्छा गाते हैं।' इधर कुछ कौवे कोयल के पास पहुंचे। बोले, 'तुम अच्छा गाती हो, हम मानते हैं। पर तुम कोयल हो, और हम कौवे हैं, इसलिए हम तुम्हारी श्रेष्ठता नहीं मानेंगे। हां! तुम भी काली हो, हम भी काले हैं। यदि तुम भी कौवों में मिलकर कौवा हो जाओ, तो तुम्हें संगीत-सम्राज्ञी मान लेंगे।''

''यह कैसे हो सकता है?'' ज्ञान बीच में बोला।

''यही बात कोयल ने कही। उसने कहा, 'कौवा, कौवा ही रहेगा और कोयल, कोयल ही।' झगड़ा बढ़ गया और कौवों ने चोंच मार-मारकर कोयल को घायल कर दिया। अन्ततः कोयल अधमरी हो गयी। उसका दुर्बल स्वर कौवों के शोर में डूब गया और कौवे यह कहते हुए उड़ गये कि वन का संगीत-सम्राट् तो कौवा ही हो सकता है। कोयल बेचारी सोचती ही रह गयी—काश! निर्णायक के स्थान पर कोई बाज होता तो इन कौवों को मज़ा चखाता।''

''हां, पिताजी! बाज होता तो कितना मज़ा आता।'' ज्ञान उत्साह से बोला, ''इन कौवों को मज़ा चखा देता!''

पर निर्णायक तो बाज ही है...सुदामा सोच रहे थे...क्या कृष्ण बाज नहीं है? या वह निर्णायक नहीं है? वह कौवों को मज़ा क्यों नहीं चखाता?...

''पिताजी! ज्ञान फिर बोला, ''यह रोहित भी दिन-भर कौवों के समान कांव-कांव करता रहता है पिताजी! कभी कहता है कि तुम्हारे पास कोई अच्छा खिलौना ही नहीं है और कभी कहता है, मैं बहुत भुक्खड़ हूं।''

''खिलौने की बात तो समझ में आती है पुत्र!'' सुदामा आहत स्वर में बोले, ''पर वह तुम्हें भुक्खड़ क्यों कहता है?''

''मैं उसके घर गया था। उसकी मां ने मुझे खाने के लिए एक केला दिया। मुझे भूख लगी थी। मैंने केला खा लिया...।''

''उन्होंने स्वयं दिया था?'' सुदामा ने पूछा, ''तुमने मांगा तो नहीं था?''

''नहीं! पर मन होने पर मैं कभी-कभी मांग भी लेता हूं।'' ज्ञान निस्संकोच बोला, ''इसमें भुक्खड़ होने की क्या बात है पिताजी!''

"कोई बात नहीं है।" सुदामा का स्वर बहुत धीमा था, "पर तुम अपने आप किसी से कुछ मत मांगा करो बेटे!"

सुदामा का मन, अपने पास बैठे ज्ञान को भूल, इधर-उधर भटकने लगा था...वे चाहे काशीनाथ को कौवा मानें और स्वयं को कोयल समझें। पर कौवा हो या कोयल—अच्छे माता-पिता तो वे ही होते हैं, जो अपने बच्चों का पालन-पोषण सुचारु रूप से करें। क्या कर रहे हैं सुदामा! अपनी उच्चता और श्रेष्ठता की भावना में खोये, बच्चों की क्या स्थिति कर दी है उन्होंने।

उन्होंने ज्ञान को अपनी भुजाओं में लेकर उसका मुख चूम लिया। उन्हें लगा कि यदि वे स्वयं को संभाल न पाये तो उनकी आंखों से आंसू बहने लगेंगे—

दोपहर के भोजन के समय तक सुशीला लौट आयी थी। विवेक उसके साथ ही था।

भोजन के लिए जब इकट्ठे बैठे तो सुदामा ने पूछा, "आज कहीं चली गयी थी क्या?"

"हां! नगर गयी थी।" सुशीला बोली, "सोचा था, लौट कर ही आपसे चर्चा करूंगी।"

"क्यों?"

"बात ही कुछ ऐसी है।" सुशीला मुस्करायी, "जाने से पहले आपसे चर्चा करती तो कुछ विवाद होता, तर्क-वितर्क होता। पता नहीं, आपको अच्छा लगता या नहीं। आप उसी के विषय में सोचते रहते और आपका लेखन-कार्य हो नहीं पाता।"

"लेखन-कार्य तो वैसे भी कुछ विशेष हो नहीं पाया।" सुदामा बोले, "विवेक तुम्हारे साथ चला गया था। ज्ञान यहां अकेला पड़ गया। रोहित के साथ उसकी कुछ कहा-सुनी हो गयी तो वह मुझसे चिपक गया। लिखने का काम कैसे होता।" सुशीला का चेहरा कुछ मलिन होते देख, सुदामा ने तत्काल अपना स्वर बदला, "पर मैं ज्ञान की शिकायत नहीं कर रहा हूं।" उन्होंने हंसकर ज्ञान की ओर देखा और उसके सिर पर प्यार से हाथ फेरा, "हमने खूब बातें कीं। मैंने ज्ञान को एक कहानी भी सुनायी।...है न ज्ञान?"

"हां मां! आज हमने पिताजी के साथ खूब मज़े किये।" ज्ञान ने हल्की-सी ताली बजाते हुए, अपना उल्लास प्रकट किया।

सुदामा मुग्ध दृष्टि से ज्ञान को देखते रहे : इस बच्चे की अपेक्षाएं कितनी कम हैं। पिता के पास थोड़ी देर बैठकर बातचीत करना भी उसके जीवन की एक घटना है। तो क्या सुदामा अपने बच्चों को इस नैसर्गिक सुख से भी वंचित करते रहे हैं?...उन्हें लगा, ज्ञान के इस व्यवहार से उनके सामने एक नयी बात खुल रही है...वे जानते हैं कि उनके मन में अपने बच्चों के लिए ममता की कमी नहीं है। पर यह तो केवल वे ही जानते हैं न। बच्चों को तो इसका पता तब ही चलता है, जब वे उसका प्रदर्शन करते हैं...और ऐसा वे कभी-कभी ही करते हैं।

पर ज्ञान के उल्लास से सुशीला अधिक प्रभावित नहीं हुई। उत्साहशून्य, ठण्डे स्वर में बोली, "अच्छा है। कभी-कभी पिताजी के साथ भी मज़े कर लिया करो।"

सुदामा को सुशीला के व्यवहार में कुछ असहज लगा। ऐसे समय में सुशीला इतनी निरुत्साहित क्यों है? उसके मन पर कोई बोझ है क्या?...प्रातः वह नगर भी गयी थी। कहां गयी थी? क्या करने?

भोजन के पश्चात् बच्चे कुटिया से बाहर चले गये। कुटिया में एकान्त पाकर सुदामा ने पूछा, "नगर क्या करने गयी थीं सुशीला?"

"पार्वती के साथ गयी थी!"

"क्या काम था?"

"पार्वती को क्या काम होता है नगर में?" सुशीला ने पहली बार सीधे सुदामा की आंखों में देखा।

सुदामा को सुशीला के व्यवहार में कुछ तो असहज लग ही रहा था। इस बार वे चौंके : यह शैली तो नहीं है सुशीला की बातचीत की—

"पार्वती तो...जहां तक मैं जानता हूं, किसी के घर में दासी का काम करती है।"

"हां!" सुशीला ने आंखें दूसरी ओर फेर लीं, "मैं भी कोई काम खोजने गयी थी।"

"सुशीला!" सुदामा आगे कुछ न कह सके।

लगा, सुशीला का व्यवहार कुछ सहज होने लगा है, "हां प्रिय! मैं भी अपने लिए कोई काम खोजने गयी थी।"

"क्या आवश्यकता है तुम्हें...?" कहने को तो सुदामा कह गये, पर प्रश्न का उत्तर उन्हें भी मालूम था।

थोड़ी देर तक सुशीला स्वयं को संभालती रही। फिर भी बोलने के लिए उसे कुछ प्रयत्न करना पड़ा, "मेरे बच्चों को यदि कोई भुक्खड़ कहे, तो मुझे अच्छा नहीं लगता। मुझे लगता है कि हमें इतना तो उन्हें उपलब्ध कराना ही चाहिए कि कोई उन्हें भुक्खड़ न कह सके।"

"तो उसमें क्या मैं समर्थ नहीं हूं?" सुदामा ने जैसे वाचिक चिन्तन किया।

"मैं यह तो नहीं कहती।" सुशीला बोली, "आप समर्थ हैं, पर आपके सामर्थ्य को थोड़ा-सा धन अर्जित करने जैसे साधारण कार्य में लगाना, मुझे उसका अपव्यय लगता है। मैं आपकी संगिनी हूं। बच्चों की मां हूं। यदि मैं भी कुछ जुटा सकूं, तो आप इन छोटी-मोटी चिन्ताओं से मुक्त होकर, कुछ उच्चतर कार्य कर पायेंगे, जो मैं नहीं कर सकती।"

सुदामा ने अपनी पत्नी को देखा : यह नारी अपनी शालीनता में पति से यह नहीं कह रही कि वे अपने परिवार के भरण-पोषण में असमर्थ हैं। उल्टे यह कह रही है कि ये छोटे-मोटे काम न कर, बड़े और उच्चतर कार्य करें। सचमुच वह संगिनी है उनकी।

"तो तुम दासी का काम करोगी?" सुदामा चिन्तित थे।

सुशीला हंस पड़ी, "नहीं, दासी का काम तो नहीं करूंगी। पार्वती के साथ गयी थी, इसलिए कह रहे हैं?" वह रुकी, "वह बेचारी तो और कुछ नहीं कर सकती, इसलिए दासी का ही काम करती है।"

"तो तुम कैसा काम खोजने गयी थी?"

"कोई भी काम। जिसके लिए किसी पढ़ी-लिखी महिला की आवश्यकता हो।"

"तुमने कुछ सोचा तो होगा।" सुदामा बोले, "ऐसे ही तो नहीं चल पड़ी होगी तुम!"

"मैंने कुछ विशेष नहीं सोचा है," सुशीला बोली, "पार्वती से बात हुई थी तो उसने यही कहा था कि हमारे गांव में तो कोई काम है नहीं। किसी भी गांव में नहीं होता। गांव में केवल खेती होती है और खेतों में कम्मकरों की ही आवश्यकता होती है। पर नगर का जीवन कुछ अधिक जटिल होता है। वहां कई प्रकार के काम होते हैं। वहां के लोगों के पास धन भी अधिक होता है। गांव का आदमी तो काम कराना ही जानता है। पैसा देते हुए उसके प्राण निकलते हैं।"

"ठीक कहती है पार्वती!" सुदामा बोले, "नगरों में कई प्रकार के काम होते हैं। वहां धन भी अधिक होता है। पर वहां के लोग गांववालों से अधिक धूर्त्त भी होते हैं। किन्तु काम क्या करोगी?"

"मैंने सोचा था, किसी लड़की को पढ़ाना हो, या किसी धनी वृद्धा अथवा रोगिणी महिला को कोई ग्रन्थ पढ़कर सुनाना हो..."

"मिला कोई काम?"

"नहीं, अभी तो काम क्या, कोई आश्वासन भी नहीं मिला।" सुशीला बोली, "पार्वती के साथ गयी थी। पार्वती जिन लोगों को जानती है, या जिन घरों से उसका सम्पर्क है, वे लोग उतने सम्पन्न नहीं हैं। उन घरों में बर्तन साफ करने, कपड़े धोने, सफाई करने, खाना पकाने या इसी प्रकार के और काम हैं, जो कोई भी स्त्री कर सकती है। उसके लिए शिक्षित होने की आवश्यकता नहीं है। इन कामों में परिश्रम अधिक और पारिश्रमिक बहुत कम है।" सुशीला अपने प्रवाह में बोलती जा रही थी, "मैं सोच रही थी कि काशीनाथ से बात की जाये। वह जिस घर में काम करता है, वह कुछ सम्पन्न घर है। सम्भव है, उस घर में या उन्हीं के किन्हीं परिचितों में मेरे लिए कोई काम निकल आये।"

सुदामा को लगा, सुशीला के प्रत्येक वाक्य के साथ, उनके मन में भी एक प्रतिक्रिया जन्म लेती है, किन्तु अगले ही वाक्य के साथ वह बदल जाती है...सुशीला नगर गयी थी, कोई काम खोजने—इस सूचना के साथ ही उनके मन में जैसे कोई भय समा गया था...किस बात का भय था, वे नहीं जानते। यह केवल एक नयी बात का धक्का नहीं था। नयी बात तो सुखद भी हो सकती है। पर यह सूचना उनके लिए सुखद नहीं थी। क्यों? उनके गांव में अनेक स्त्रियां काम करती हैं। पार्वती जैसी स्त्रियां नगर में भी जाती हैं। पर वे सब स्त्रियां उन्हीं परिवारों की हैं, जहां पुरुष या स्त्रियां...श्रमिक अथवा कम्मकर ही हैं। पढ़े-लिखे ब्राह्मण अथवा आचार्य कुल की स्त्रियां लोगों के घर में सैरिंध्री

अथवा दासी का काम नहीं करती फिरतीं। सैरिंध्रियों और दासियों का काम तो राजाओं और महाराजाओं के घरों में होता है। साधारण गृहस्थों के घरों में तो बर्तन-भांडे साफ करने का काम ही मिलेगा...आचार्य कुल की बहू, दार्शनिक सुदामा की सुशिक्षित पत्नी सुशीला...अब लोगों के घरों में बर्तन-भांडे साफ करेगी?

सुदामा का मन कांप गया। क्या वे इतने असमर्थ हैं?

सुशीला को काम नहीं मिला, यह जानकर उनके मन पर से जैसे एक बोझ हट गया था। उन्हें प्रसन्नता हुई थी।...पर यह प्रक्रिया यहीं तो नहीं थम गयी है। सुशीला कल भी काम खोजने जायेगी, परसों भी...जब तक उसे काम नहीं मिल जायेगा। कभी-न-कभी तो उसे काम मिल ही जायेगा। और जब सुशीला काम करने लगेगी, तब लोग यह नहीं कहेंगे कि यह वे सुदामा हैं, जो उच्च कोटि के दार्शनिक हैं; न कोई यह कहेगा कि यह वह सुदामा हैं, जो ऋषि सांदीपनि के शिष्य तथां कृष्ण वासुदेव के मित्र हैं। लोग कहेंगे, यह सुदामा हैं, जिसकी पत्नी अमुक के घर में दासी का काम करती है...दार्शनिक और विद्वान् सुदामा नहीं, ऋषि शिष्य और राज-सखा सुदामा नहीं—दासीपति सुदामा।

...सुदामा की व्याकुलता कुछ ऐसी बढ़ी के वे उठ खड़े हुए। इच्छा हुई कि कहें, 'सुशीला! तुम आर्थिक उपार्जन कर, जिस उच्चतर कार्य के लिए मुझे मुक्त कर देना चाहती हो, तुम्हारी चाकरी क्या मेरे उसी उच्चतर कार्य में बाधा नहीं डालेगी?' पर उन्होंने कुछ कहा नहीं। जब कुटिया के द्वार की ओर पग उठ गये तो बड़ी कठिनाई से इतना ही कह सके, "मैं थोड़ी देर के लिए बाहर खुली हवा में बैठूंगा।"

"इस समय बाहर हवा गरम होगी।" सुशीला नें पीछे से पुकार कर कहा।

सुदामा ने मुड़कर नहीं देखा। कुछ कहा भी नहीं।

बाहर निकलकर कुछ दूर तक तो सुदामा चलते ही चले गये। पर जब धूप अधिक लगने लगी तो ध्यान आया कि उन्हें किसी वृक्ष की छाया में बैठ जाना चाहिए। उन्होंने सुशीला से भी तो यही कहा था न कि वे बाहर खुली हवा में बैठेंगे। वह बाहर निकलकर उन्हें देखेगी, तो कहां पायेगी?

वे मुड़कर वापस अपनी कुटिया की ओर चल पड़े।

इतनी बात तो वे भली प्रकार समझ गये थे कि सुशीला की चाकरी की बात से वे बुरी तरह हिल गये हैं। पर क्यों? केवल इसलिए, क्योंकि वह स्त्री है? स्त्री के अर्थोपार्जन से सिद्धान्ततः उनका कोई विरोध नहीं था।

अपनी कुटिया के निकट ही वे शमी के वृक्ष के नीचे बैठ गये। वृक्ष घना और छायादार था। उसके तने के साथ-साथ, सफाई कर, बैठने के लिए थोड़ा स्थान सुदामा ने बना रखा था। कई बार मन में आता था कि यहां कुछ मिट्टी डालकर, इस स्थान को ऊंचा कर, बैठने के लिए एक अच्छा-सा मंच बना लिया जाये। जब कभी भी उनका गुरुकुल बनेगा, वे इस पर बैठ, छात्रों को पढ़ाया करेंगे...पर न उनके पास समय था और न उनके पास सहयोगी ही थे, जो यहां मिट्टी डाल-डालकर ऐसा स्थान बना देते।

...कृष्ण कहा करता था कि ब्रज में गोपिकाएं भी कार्य किया करती थीं। सभी

कृषक और गोप स्त्रियां कार्य करती ही हैं। पर वे लोग चाहें तो खेतों में कार्य करें, या अनाज बेचने हाट में जायें; गोधन चराएं, दूध दुहें, दूध-दही-मक्खन बेचने नगर में जायें—ये सब तो उनके अपने घर के काम हैं। अपना परिश्रम, अपना उत्पादन और अपना व्यापार—उनमें से कोई दासी का काम तो नहीं करती, कोई किसी अन्य सम्पन्न परिवार में चाकरी तो नहीं करती...।

सुशीला कह रही थी कि वह इस सन्दर्भ में काशीनाथ से बात करने की सोच रही है—काशीनाथ! आज प्रातः ही सुदामा ने काशीनाथ के विषय में क्या कुछ नहीं सोचा था। उन्होंने उसे हर प्रकार से हीन और स्वयं को उच्च ठहराया था। पर अब? अब उनकी पत्नी, उसी काशीनाथ से सहायता मांगेगी, किसी छोटी-मोटी चाकरी के लिए।

उनके मन में आया कि अभी जाकर सुशीला से कह दें कि वह कहीं नहीं जायेगी, कोई चाकरी नहीं करेगी। यह उनका आदेश है। पर आदेश! पति का पत्नी को आदेश! क्या अधिकार है पति को, पत्नी को आदेश देने का! वे दोनों समानता के आधार पर एक-दूसरे के सहयात्री हैं, मित्र हैं, संगी हैं। वे उसके साथ बातचीत कर सकते हैं, तर्क कर सकते हैं, समझा सकते हैं; पर आदेश नहीं दे सकते—किन्तु क्या तर्क दें सुदामा? यह कि वे दर्शनशास्त्र के प्रकाण्ड पण्डित हैं, इसलिए उनकी पत्नी को अर्थोपार्जन का अधिकार नहीं है। यह कि उनके बच्चों को प्रख्यात विद्वान् की सन्तानें होने के कारण भूखे मरने का अधिकार है...

पर क्यों करना चाहती है सुशीला, चाकरी? यदि सुदामा अपनी आय बढ़ा लें, यदि वे अपने बच्चों का पालन-पोषण सम्पन्नता से कर सकें...पर कैसे बढ़ा लें सुदामा अपनी आय? क्या उन्होंने पहले प्रयत्न नहीं किया? पर सुशीला के मन में यह बात आयी कहां से? पहले उसने कभी ऐसी चर्चा नहीं की। दोनों में कभी इस विषय में वार्तालाप नहीं हुआ।

सुदामा कुटिया में आये।

"तुम्हें काम करने का विचार कहां से आया सुशीला?"

आकस्मिक प्रश्न के उत्तर में सुशीला ने सिर उठाकर सुदामा को देखा, "तब से यही सोचे जा रहे हैं?" वह मुस्करायी, "आज दर्शनशास्त्र की छुट्टी! ऐसे तो आपकी पुस्तक पूरी नहीं होगी।"

"आज मैं स्त्रियों द्वारा अर्थोपार्जन के दार्शनिक पक्ष पर विचार कर रहा हूं।"

"यह दर्शनशास्त्र की कौन-सी शाखा है?"

"व्यावहारिक शाखा! दर्शनशास्त्र आखिर है क्या?" सुदामा के स्वर में झल्लाहट थी, "जीवन की गुत्थियां न सुलझा पाये तो उस दर्शन का हमें क्या करना है!"

"ठीक है। सुलझाइये।" सुशीला बोली, "और जिस निष्कर्ष पर पहुंचें, वह मुझे भी बता दीजियेगा।"

"तुमने बताया नहीं," सुदामा बोले, "यह विचार तुम्हारे मन में कहां से आया?"

"बाबा ने कहा था कि यदि मैं आपकी कुछ सहायता कर सकूं तो आप अपने ग्रन्थ को कुछ अधिक समय दे सकेंगे।"

सुदामा अवाक् खड़े रह गये। बाबा ने सुशीला से यह कहा और सुदामा से ठीक इसके विपरीत बात कही। उनसे कह गये कि वे गृहस्थी की ओर कुछ अधिक ध्यान दें ...बाबा, उन दोनों को सन्तुलन की ओर लाने का प्रयत्न कर रहे थे...

"बैठ जाइये।" थोड़ी देर बाद सुशीला ने कहा, "आप जिस बात से परेशान हैं, वह मुझसे कह-सुन क्यों नहीं लेते?"

सुदामा, सुशीला की ओर देखते रहे। क्या कहें कि उन्हें उसका, उनकी आर्थिक सहायता करने का प्रयत्न सुखद नहीं लग रहा। क्यों? इसका कोई उत्तर उनके पास नहीं है—सिवा पुरुष के अहंकार के...

"कह-सुन लेंगे।" अन्त में सुदामा बोले, "पर अभी थोड़ी देर मुझे कुछ और मनन करना है।"

सुदामा कुटिया में रुके नहीं। बाहर चले आये और आकर फिर उसी शमी वृक्ष के नीचे बैठ गये। उनके मन में कोई हंसा भी...वे तो आकर यहां ऐसे बैठ रहे हैं, जैसे यह कोई सिद्ध-पीठ हो, और अपनी समस्या का समाधान उन्हें यहीं मिलेगा।

सुदामा पुनः अपने-आपसे वही प्रश्न पूछ रहे थे। उन्हें सुशीला का चाकरी करने का विचार क्यों इतना व्याकुल किये हुए है?—एक उत्तर तो बड़ा सीधा था कि यह पुरुष-प्रधान समाज है। इसमें परम्परा से, आर्थिक अधिकार, पुरुष को ही प्राप्त हैं। परिवार के पोषण के लिए अर्थोपार्जन का दायित्व पुरुष का है। यद्यपि कम्मकर महिलाओं ने इस परम्परा को तोड़ा है; पर उनका सम्बन्ध कुछ विशेष स्थिति के परिवारों और विशिष्ट व्यवसायों से रहा है। सुदामा का परिवार आर्थिक दृष्टि से चाहे कितना गया-बीता हो, किन्तु अपनी स्थिति उन परिवारों की-सी स्वीकार करने को तैयार नहीं है। वे अपनी सामाजिक स्थिति ऊंची मानते हैं, किन्तु उस स्थिति को बनाये रखने के लिए उनके पास आर्थिक आधार नहीं है। बिना आर्थिक आधार के, सामाजिक स्थिति बन नहीं सकती। पता नहीं, बाबा ने सुशीला को ऐसा संस्कार-तोड़क परामर्श कैसे दे दिया। न सुदामा इसे स्वीकार कर पा रहे हैं और न विरोध का ही कोई आधार उनके पास है—वे कैसे स्वीकार कर लें कि उनके परिवार की भी सामाजिक स्थिति उन्हीं घरों की-सी है, जिनकी स्त्रियां पारिश्रमिक लेकर बाहर काम करती हैं...कम्मकर महिलाएं...श्रमिक महिलाएं...

सहसा उनके मन में आया, नहीं! बात केवल सामाजिक स्थिति की ही नहीं है। काम करने के लिए घर से बाहर निकलने वाली स्त्रियों के सम्मुख कुछ कठिनाइयां हैं। वे बाहर निकलेंगी तो विभिन्न प्रकार के लोगों से उनका सामना होगा। उनमें कुछ अच्छे लोग होंगे, तो कुछ दुष्ट भी तो होंगे। उन दुष्टों से उनकी रक्षा कौन करेगा? स्त्री शरीर से निर्बल है। वह अपनी रक्षा में सक्षम नहीं है। सुशीला ही किसी के घर काम करे। कैसा ही सम्मानजनक काम क्यों न हो—पर व्यक्ति कैसे होंगे, कौन कह सकता है? चाकरी करने के लिए घर से बाहर भेजने से पहले उसकी सुरक्षा का प्रबन्ध तो करना होगा...।

और यदि काम करने का स्थान सुरक्षित हो तो? सहसा उनके मन में दूसरा स्वर उठा—तब क्या सुशीला की चाकरी में उन्हें कोई आपत्ति नहीं होगी?

हां! शायद न ही हो आपत्ति! पर सुरक्षित स्थान है कहां?

क्यों नहीं? मान लो, सुशीला को द्वारका में कृष्ण के महल में कोई कार्य मिल जाये...

सुदामा स्तब्ध रह गये।...उनके अपने ही मन में कैसी-कैसी बातें उठ रही हैं। वे इतने पतित हो गये हैं कि अपनी पत्नी की कल्पना, अपने मित्र की दासी के रूप में कर रहे हैं। स्वयं कृष्ण के पास इसलिए नहीं जाना चाहते कि याचना से उनका वह सम्मान नहीं रह पायेगा। सुशीला उस महल में दासी बन गयी, तो क्या उनका सम्मान वही रह पायेगा?

रात को बच्चे सो गये तो सुदामा धीरे-से बोले, "सुनो!"

सुशीला ने उनकी ओर देखा।

"क्या कल भी तुम चाकरी खोजने नगर जाओगी?"

"सोचा तो यही है, पर यदि आपको आपत्ति न हो तो।"

"आपत्ति करने का अधिकार मुझे नहीं है सुशीला!" सुदामा का स्वर कांप गया, "मैंने आज दिन-भर में बहुत सोचा है। सिद्धान्ततः मैं स्त्रियों के कार्य करने के विरुद्ध नहीं हूं। पर कुछ संस्कार बांध रहे हैं और कुछ परिस्थितियां मुझे सुरक्षित नहीं लगतीं। ...कल्पना करता हूं कि यदि मैं भी अपने परिवार का अच्छी तरह भरण-पोषण करने में समर्थ होता। हमें कोई आर्थिक तंगी न होती। मैं भी दोनों हाथ से धन बहा सकता; और तब तुम अर्थोपार्जन के लिए कोई काम करतीं, तो शायद मुझे इतना कष्ट न होता।... पर आज की इन परिस्थितियों में, तुम्हारा अर्थोपार्जन मेरी असमर्थता और अक्षमता को रेखांकित करेगा। इससे...यदि सच-सच कहूं तो...मेरा अहंकार आहत होता है। पर सुशीला!" सुदामा ने साहस कर अपनी पत्नी की ओर देखा, "तुम्हें रोकने का मुझे कोई नैतिक अधिकार नहीं है। पर, फिर भी चाहता हूं कि मुझे प्रयत्न का एक अवसर और दो। यदि इस बार असफल रहा तो तुम्हें एकदम नहीं रोकूंगा...सच कहता हूं, एकदम नहीं रोकूंगा...।"

"आप क्या कह रहे हैं प्रिय!" सुशीला उठकर उनके पास आ गयी, "मेरी इच्छा तो केवल घर का बोझ उठाने में आपकी सहायता करने की है, सहयोग की। आपको अक्षम या हेठा प्रमाणित करने की बात..."

सुदामा ने याचक आंखों से उसकी ओर देखा, "मुझे एक बार अवसर दो सुशीला! एक अवसर!"

"ऐसे न कहें प्रिय! ऐसे नहीं।" सुशीला ने सुदामा के कन्धे पर पहले हाथ रखा और फिर अपना सिर टिका दिया, "जब तक आप पूरी तरह से नहीं चाहेंगे, मैं एकदम चाकरी नहीं करूंगी।" उसने अपना सिर उठाकर सुदामा को देखा, "आपको सूचना दिये बिना नगर जाना उचित नहीं था। मुझे क्षमा करो प्रिय!"

सुदामा ने उसके बालों में उंगलियां फिरायीं, "नहीं। तुमसे कोई भूल नहीं हुई है। तुमने कुछ भी गलत नहीं किया...उल्टे तुमने तो मुझे जगा दिया है।...मुझे अवश्य ही

प्रयत्न करना चाहिए।''

''कहां जायेंगे?''

''कहीं भी। किसी भी श्रेष्ठि के पास। श्रेष्ठि धनदत्त के पास ही चला जाऊंगा।''

''एक बात कहूं प्रिय! मानेंगे?'' सुशीला का स्वर पिघला हुआ था।

''कहो।''

''जब याचना ही करनी है तो तलैया से क्या करनी, सागर से ही कीजिये।''

''क्या अभिप्राय है तुम्हारा?'' सुदामा कुछ-कुछ समझ रहे थे।

''जब जाने ही लगे हैं तो श्रेष्ठि धनदत्त के पास क्यों, अपने मित्र कृष्ण के पास ही जायें...।''

सुदामा कुछ नहीं बोले।...आज सन्ध्या समय, उनके मन में सुशीला की चाकरी के सन्दर्भ में कृष्ण की बात आयी थी।...ठीक कहती है सुशीला। कृष्ण के पास जाना, उनके लिए सरल होगा। याचना तो याचना ही है, तो क्यों न कृष्ण से...क्यों हठ कर रहे हैं वे। एक व्यर्थ की बात पर अड़े हुए हैं...।

''जाने को तो मैं कृष्ण के पास भी चला जाऊं।'' थोड़ी देर बाद वे बोले, ''पर सोचता हूं कि जब वह मेरा मित्र था, तो मात्र एक साधारण नायक का पुत्र था और अब कृष्ण, सारे जम्बूद्वीप की राजनीति का संचालक है। जाने अब वह कैसा व्यवहार करे।''

''उस दृष्टि से सोचें तो जाने श्रेष्ठि धनदत्त कैसा व्यवहार करे। और फिर कृष्ण कुछ भी हो जायें, आपके मित्र तो हैं ही। जब आपके मित्र थे, तब भी वे कंस का वध कर, ख्याति तो पा ही चुके थे। अब अपने मित्र का अपमान करेंगे, क्या वे? वे इतने अशिष्ट हैं क्या?'' और फिर जैसे उसने सायास जोड़ा, ''प्रत्येक व्यक्ति पांचाल नरेश द्रुपद तो नहीं होता।''

''हां!'' सुदामा कुछ सोचते रहे, ''कुछ भी हो, कृष्ण शिष्टाचार का निर्वाह तो करेगा ही। वैसा शालीन व्यक्ति...पर मात्र शिष्टाचार की कृत्रिमता से भी तो मेरा दम घुटने लगता है।'' सहसा रुककर उन्होंने सुशीला को देखा, ''कहती हो तो चला जाऊंगा, पर अपने मुंह से मांगूंगा कुछ नहीं। अपनी दुर्दशा की चर्चा नहीं करूंगा।''

''ठीक है।'' सुशीला उत्साहित हो उठी, ''याचना का एक शब्द भी नहीं प्रिय! आप यही समझें कि किसी से कोई सहायता लेने नहीं, आप अपने एक मित्र से मिलने जा रहे हैं।''

''ठीक है! चला जाऊंगा।'' सुदामा का असमंजस अभी समाप्त नहीं हुआ था।

''कब? कल प्रातः?''

''जब जाना ही है तो कल प्रातः ही सही।'' सुदामा बोले।

सुशीला ने एक क्षण के लिए पति को भरपूर दृष्टि से देखा और फिर अपना सिर उनकी गोद में रख दिया, ''ओह प्रिय!''

सात

चलते-चलते प्रहर भर बीत चुका था।

चलने में उन्हें कोई विशेष कष्ट नहीं था। बचपन में अपने पिता के साथ भी वे पैदल यात्राएं करने के अभ्यस्त थे। गुरु सांदीपनि का अनुशासन तो और भी कठोर था। सारी सुविधाएं होने पर भी वे धरती पर पैदल यात्राएं ही करते थे। जल की बात और थी—जल पर तो पैदल चला नहीं जा सकता था, नौका लेनी ही पड़ती थी। किन्तु, स्थल-यात्रा के समय यदि संघ में साथ-साथ चलने वाले हाथी, घोड़े तथा रथ भी हों, तो भी वे पैदल ही चलते थे और अपने शिष्यों को पैदल ही चलाते थे। पालकी से तो वे घृणा करते थे। मनुष्य होकर, मनुष्य के कन्धों पर चढ़कर यात्रा करने को बर्बरता मानते थे। और कितनी लम्बी यात्राएं...उज्जयिनी से मथुरा और उज्जयिनी से प्रभास। जब पहली बार कृष्ण, बलराम और उद्धव, ब्रह्मचारी के रूप में उनके संघ में सम्मिलित होकर, मथुरा से उज्जयिनी के लिए चले थे, तो साथ कितने ही राज-परिवार और उनके वाहन थे; किन्तु गुरु ने किसी ब्रह्मचारी को वाहनों में यात्रा करने की अनुमति नहीं दी थी—कृष्ण को भी नहीं। सभी पैदल चले थे।...आश्रम छोड़ने के बाद भी, सुदामा ने कभी किसी सवारी पर यात्रा नहीं की थी। क्षमता ही नहीं थी। जब पेट भर खाने और तन ढकने के लिए पर्याप्त कपड़ा भी न हो, तो व्यक्ति वाहन और सवारी की बात क्या सोचे!...बहुत चर्चाएं थीं, इस देश में दान की महिमा की। प्रत्येक राजा, सामन्त, नायक, ठाकुर, ग्राम-प्रमुख, श्रेष्ठि और सद्गृहस्थ ब्राह्मणों को सैकड़ों-हज़ारों गौएं दान कर देता था। ऋषियों के आश्रमों में गोधन बहुत बड़ी संख्या में होता था...पर सुदामा को तो आज तक किसी ने एक बकरी भी नहीं दी...

सहसा सुदामा के मन में एक विरोधी स्वर उठा...किसी को क्यों कलंक लगाते हैं वे। जहां कहीं कुछ मिलने की सम्भावना होती है, वहां कभी गये भी वे? गांव के निर्धन खेतिहरों के बच्चों को पढ़ाने से दो मुट्ठी अन्न ही तो मिलेगा। दान भी तो अपनी क्षमता के अनुसार ही दिया जाता है। उन्होंने भी गुरु सांदीपनि के समान राजाओं, राजकुमारों और राजपुरुषों को शिक्षा दी होती तो उनका भी आश्रम होता और उस आश्रम में गोधन होता। राजा लोग उन्हें सोना-चांदी भी देते और रत्न-आभूषण भी। पर राजाओं को सुदामा क्या शिक्षा देंगे? राजाओं को शस्त्र-शिक्षा चाहिए। राजनीति और युद्धों की शिक्षा चाहिए। इनका ज्ञान न सुदामा के पिता को था, न सुदामा को है। जब वे राजाओं के लिए उपयोगी शिक्षा नहीं दे सकते तो राजा उन्हें गोधन क्यों देंगे? उनकी चिन्ता क्यों करेंगे? राजाओं के लिए उपयोगी होने पर न द्रोणाचार्य को धन-धान्य की कमी रही, न परशुराम को, न गुरु सांदीपनि को, न गर्गाचार्य को...

पर क्यों सोच रहे हैं सुदामा यह सब?

उन्होंने तो सदा यही माना है कि उनका लक्ष्य धन नहीं है। वे अर्थोपार्जन के लिए कभी कुछ नहीं करते और कुछ नहीं करेंगे। उनका सोना-चांदी, रत्नाभूषण, गोधन,

हाथी-घोड़े, सब कुछ तो उनका ज्ञान है। प्रकृति को समझने का प्रयत्न, मनुष्य की स्थिति की खोज, सृष्टि के गुह्यतम भेदों से साक्षात्कार—सुदामा क्या हैं, कहां से आये हैं, कहां जायेंगे? जन्म से पहले भी क्या जीव की कोई स्थिति होती है? मृत्यु के पश्चात् वह कहां जाता है? इस सृष्टि का स्रष्टा कोई है क्या? यदि है, तो उसका स्वरूप क्या है? और यदि नहीं है, तो कौन चलाता है इसे? कौन बनाता है?...इन सब के बीच सोना-चांदी और हाथी-घोड़े का क्या काम?...

तो फिर क्यों सुदामा का ध्यान बार-बार अपनी विपन्नता की ओर चला जाता है? क्यों उनका मन शिकायतें करने लगता है? क्यों उनके मन में कामना जागने लगती है? बुद्धि के धरातल पर वे स्वीकार करते हैं कि भौतिक सुख, वास्तविक सुख नहीं है। यह जीवन का लक्ष्य नहीं है। सामाजिक महत्त्व, और सम्मान कोई अर्थ नहीं रखता। ज्ञान प्रमुख है, शेष सब कुछ गौण। तो फिर क्यों किसी को महत्त्व और सम्मान पाते देखकर उनके मन में तत्काल अपना अभाव उफन-उफनकर बाहर आने लगता है? जब उनके पुत्र—ज्ञान और विवेक...ब्रह्म का ही रूप हैं तो उनको दुखी अथवा उदास देखकर, उनका हृदय क्यों पिघल-पिघल जाता है...

क्या जीवन की आवश्यकताएं इतनी कठोर हैं कि उनका अभाव क्षण भर में सारा ब्रह्मज्ञान भुला देता है? क्या मनुष्य का शरीर रहते इन भावनाओं, इच्छाओं, कामनाओं, तृष्णाओं को नहीं जीता जा सकता? क्या संसार का बड़े-से-बड़ा चिन्तक, दार्शनिक, वैरागी, संन्यासी, अन्ततः मनुष्य ही है? मानव शरीर की दुर्बलताओं का पुंजमात्र? क्या इस व्यावहारिक संसार में ब्रह्मज्ञान लोगों को धोखा देने की आड़ है, या पेट भरे लोगों का शोभा-विलास? या कम जीवनी-शक्ति वाले लोगों के लिए सान्त्वना मात्र? क्या सांसारिक जीवन के लिए उसका कोई उपयोग नहीं है?

सुदामा ठहर गये। दोपहर होने को आयी थी। उन्हें कहीं थोड़ा सुस्ता लेना चाहिए। उन्होंने पहली बार सजग होकर, बाहर के संसार को देखा। अब तक तो उनकी आंखें अपने भीतर ही लगी हुई थीं। इस मार्ग पर वे बहुत दिनों से आये नहीं थे। बहुत पहले जब इधर से आये थे, तो सारा क्षेत्र अधिकांशतः वन ही था। कहीं-कहीं दो-चार कुटीर बनाकर, कुछ वनवासी लोग रहते दिखाई पड़ते थे। ग्राम तो बहुत दूर-दूर थे। पुरवे और नगर तो अंगुलियों पर गिने जा सकते थे। जहां कहीं कोई राजा अपना दुर्ग बना लेता था, वहीं एक नगर बन जाता था। उसके आसपास कुछ दूरी तक कुछ ग्राम बस जाते थे। पर बड़े राजा भी कितने थे। आर्यों के राज्य तो सरस्वती, गंगा और यमुना के तटों पर ही अधिक थे। पश्चिम की ओर, उनमें से यदु के पुत्र ही बढ़े थे। शेष अधिकांशतः भार्गवों की बस्तियां थीं। जमदग्नि पुत्र परशुराम ने इस क्षेत्र में बहुत निर्माण किया था। अवन्ति के पश्चात् चेदि, विदर्भ और सौराष्ट्र...

सुदामा ने सिर को झटका। वे फिर मानसिक इतिहास, भूगोल में भटक गये। उन्हें तो सुस्ताने के लिए कोई स्थान...हां! उनके मन में बात यहीं से तो चली थी कि अब यह

मार्ग इतना जन-शून्य नहीं है। मार्ग के दोनों ओर बहुत गांव बस गये हैं। मार्ग पर आवागमन भी पर्याप्त है। लगता था कि रथों, घोड़ों और सार्थवाहों की यात्राएं इस मार्ग से होती ही रहती हैं...

अब जो भी गांव आयेगा, या गांव न सही, कोई मन्दिर, कुआं या बावड़ी ही सही। जल और छाया की सुविधा देखकर वे रुक जायेंगे। थोड़ा-सा कुछ भोजन कर लेंगे और कुछ सुस्ता लेंगे। तनिक धूप ढल जाये तो फिर चल पड़ेंगे।

उन्हें अधिक दूर नहीं चलना पड़ा। थोड़ी दूरी पर ही उन्हें एक शिव मन्दिर दिखाई पड़ा। मन्दिर है तो जल भी होगा ही। सुदामा ने मार्ग छोड़कर मन्दिर की पगडण्डी पकड़ ली।

मन्दिर जन-शून्य था, पर उजड़ा हुआ नहीं था। रख-रखाव से लगता था कि वहां लोग आते रहते हैं, पूजा भी होती है। तो कोई पुजारी भी होगा ही।

सुदामा ने दो बार मन्दिर की परिक्रमा कर डाली, पर उन्हें कोई दिखाई नहीं पड़ा। थके होने पर भी पहले उहोंने मन्दिर में स्थापित देवमूर्तियों के दर्शन किये। यद्यपि भक्ति-मार्ग से उनका कोई विशेष अनुराग नहीं था, पर फिर भी देव-स्थानों के प्रति पूज्य-भाव उनके मन में था। उनकी अवज्ञा करने जैसा अहंकार उनमें नहीं था। ऐसे स्थानों पर निवेदित अपनी भक्ति को वे शिष्टाचारजन्य भक्ति कहा करते थे। भक्ति-योग अथवा भक्ति-मार्ग से सम्बद्ध विभिन्न सम्प्रदायों में ऐसी भक्ति के लिए कोई स्थान नहीं था; किन्तु सभ्य और शिष्ट समाज में तो इस भक्ति का स्थान होना ही चाहिए—ऐसी सुदामा की मान्यता थी...जब सामान्य-से-सामान्य मनुष्य से मिलने पर, और कम-से-कम परिचय होने पर भी आमना-सामना होते ही शिष्टाचारवश कोई-न-कोई अभिवादन होता है, तो ये तो फिर देवमूर्तियां हैं। असंख्य लोगों की श्रद्धा और भक्ति उनसे जुड़ी हुई है...।

पानी की खोज में सुदामा मन्दिर की सीढ़ियों से नीचे उतरे तो उन्हें सामने की पगडण्डी से एक व्यक्ति आता दिखाई दिया। शायद वह मन्दिर का पुजारी था। सुदामा रुक गये।

''जय भगवान् सोमनाथ की।'' पुजारी ने अभिवादन कर, गहरी दृष्टि से सुदामा को देखा।

''जय सोमनाथ।'' सुदामा ने उत्तर दिया।

''पूजा करवानी है?'' पुजारी की वाणी और मुद्रा से स्पष्ट था कि उसे स्वीकारात्मक उत्तर की अपेक्षा नहीं है। फिर भी शायद वह सन्देह के लिए कोई अवकाश नहीं छोड़ना चाहता था।

''नहीं।'' सुदामा ने विनम्र स्वर में कहा, ''यात्री हूं। कहीं बैठ, भोजन कर, थोड़ा सुस्ताना चाहता हूं।''

पुजारी की उनमें कोई रुचि नहीं रह गयी थी। सुदामा मन-ही-मन आंक रहे थे ...पूजा नहीं होगी, तो कोई चढ़ावा नहीं चढ़ेगा, चढ़ावा नहीं चढ़ेगा, तो पुजारी को कोई

लाभ नहीं होगा...।

"जल कहां मिलेगा?" सुदामा ने पूछा।

पुजारी मन्दिर की सीढ़ियां चढ़ रहा था। मुड़कर उसने एक ओर अंगुली से इंगित कर दिया; और फिर कुछ सोचकर जोड़ा, "जल को दूषित मत करना और कहीं किसी वृक्ष के नीचे बैठकर खा लेना। मन्दिर में जूठन मत गिराना।"

सुदामा के जी में आया कि कहें कि वे भी सुशिक्षित हैं, ब्राह्मण हैं और सामाजिक उपयोगिता की वस्तुओं का महत्त्व जानते हैं। पर, पुजारी उनकी बात सुनने के लिए रुका नहीं था और पीछे से चिल्लाकर कुछ कहना उन्हें अच्छा नहीं लगता था। वैसे भी मार्ग के साथ लगते इस मन्दिर के पुजारी पर अपना महत्त्व प्रकट करना बहुत आवश्यक था क्या? क्या चाहते थे वे पुजारी से? अपने अहंकार की तुष्टि? क्यों वे एक सामान्य जन के समान सामान्य आदेशों को सुनकर स्वस्थ मन से स्वीकार नहीं कर सकते? इतना अहंकार तो ठीक नहीं। यदि वे इसी दिशा में सोचते रहे तो किसी दिन वे ताल-पत्र पर अपना परिचय लिखकर उसे अपने गले में टांग लेंगे। प्रदर्शन का विरोध भी करते हैं और प्रदर्शन की इच्छा भी होती है।

फिर सोचा, पुजारी द्वारा ऐसा आदेश दिये जाने का भी तो आखिर कोई कारण होगा।... जल, सार्वजनिक उपयोग की वस्तु है। केवल 'उपयोग' कहना शायद ठीक नहीं है। वह तो मानव-जीवन की आवश्यकता है। मार्ग चलते हुए, दो-चार कोस तक जल न मिले तो उसका महत्त्व प्रकट होने लगता है—वह तो जीवन का आधार है, सबके लिए। सम्भव है कि ऐसे यात्री भी यहां आते हों, जो अपनी आवश्यकताओं की पूर्ति के पश्चात्, यह भूल जाते हों कि उनके बाद आने वालों को भी उसकी आवश्यकता है। मानव स्वभाव सचमुच बड़ा स्वार्थी है। अपने लिए तो उसे सब कुछ चाहिए और अच्छी दशा में चाहिए, पर दूसरों का तनिक भी विचार उसे नहीं आता। पशु भी अपनी आवश्यकता भर ही वस्तुएं प्रकृति से लेता है, शेष को अन्य जीवों के प्रयोग के लिए सुरक्षित रख छोड़ता है। उसका स्वार्थ इतने तक ही है कि उसे भी मिले; और मनुष्य का स्वार्थ यह है कि उसे तो मिले, अन्यों को न मिले।...पता नहीं, मनुष्य कब यह समझ पायेगा कि प्रकृति ने जो कुछ उसे दिया है, वह मात्र उसी के लिए नहीं है...उसके समकालीनों और उसके बाद आने वाली असंख्य पीढ़ियों की सामूहिक सम्पत्ति है वह। उसके तनिक भी अनावश्यक विनाश अथवा उसको दूषित करने का कोई अधिकार नहीं है उसे...।

धूप तनिक ढली तो सुदामा फिर चल पड़े। लाठी उनके हाथ में थी। लोटा और डोरी भी गठरी के साथ बांधकर कन्धे से लटका लिया था।

यात्रा का अकेलापन उन्हें कुछ अखरने लगा था। उन्हें किसी सार्थ के साथ चलना चाहिए था, या फिर किसी संघ में चले होते। इस प्रकार एकाकी चलना कुछ दूर तक तो ठीक है, पर इतनी लम्बी यात्रा...ऐसे में सुदामा को लगता है कि वे इतने अन्तर्मुखी नहीं हैं, जितना उन्हें समझा जाता है। उन्हें भी संगी-साथियों की आवश्यकता होती है। यह

दूसरी बात है कि वे राह चलते लोगों से मित्रता नहीं कर पाते। नये व्यक्ति से बातचीत तब तक टालते चलते हैं, जब तक यह बहुत आवश्यक क्या...अनिवार्य ही न हो जाये। ...बहुधा लोगों से वार्तालाप करने में वे इसलिए भी घबराते हैं कि वे हर किसी से तत्काल सहमत नहीं हो पाते। ऐसे में मतभेद तीखा भी हो जाता है। तब मित्रता होने के स्थान पर वैमनस्य अधिक हो जाता है। क्या लाभ?

वैसे भी उनके पास है ही क्या, जिसकी सुरक्षा के लिए वे किसी सार्थ के साथ चलते। शरीर पर पूरे कपड़े भी तो नहीं हैं। जो हैं भी वे ऐसे नहीं हैं, जिनको देखकर कोई ललचाये। उन्हें देखकर यह तो किसी के मन में उठ सकता है कि उन्हें कुछ दे दिया जाये। उनसे ले लेने को क्या है? लोटा, डोरी, धोती, मार्ग में खाने के लिए कुछ चना-चबैना और एक पोटली में सुशीला द्वारा दिया गया चिऊड़ा है कृष्ण के लिए...चिऊड़ा को लेकर इनके मन में बहुत ऊहापोह थी। यह भी कोई वस्तु हुई कृष्ण को भेंट देने के लिए। भेंट में ऐसी वस्तु दी जाती है, जिसे पाकर लेने वाले को प्रसन्नता होती है। दो-चार मुट्ठी चिऊड़ा पाकर कृष्ण को क्या प्रसन्नता होगी? पर ऐसी कौन-सी वस्तु है, जो कृष्ण के पास न हो और सुदामा उसे दे सकते हों? ऐसा कोई भौतिक पदार्थ तो है नहीं...भेंट को लेकर सुदामा और सुशीला में काफी देर तक विचार-विनिमय हुआ था। और अन्त में वे लोग इसी निष्कर्ष पर पहुंचे थे कि भेंट कोई 'कर' तो है नहीं, जो उसकी निश्चित राशि हो। भेंट तो देने वाले की अपनी क्षमता और भावना पर निर्भर है। लेने वाले की स्थिति और क्षमता को देखकर तो भेंट नहीं दी जा सकती। और सुदामा की क्षमता तो चिऊड़े की पोटली तक ही है। वह भी पता नहीं, घर में थे या सुशीला पड़ोस में से कहीं से मांगकर लाई थी...

भेंट से हटकर सुदामा का मन फिर सार्थ पर आ टिका...गांव में से तो किसी सार्थ का संग मिलना असम्भव था। उनका गांव मुख्य मार्ग से कुछ हटकर है। उन्हें नगरी में आकर टिकना पड़ता और किसी ऐसे सार्थ के आने की प्रतीक्षा करनी पड़ती, जो द्वारका जा रहा हो। जाने कितने दिनों तक प्रतीक्षा करनी पड़ती...उस अनिश्चित अवधि के लिए सुदामा, नगरी में कहां टिकते? और फिर कोई सार्थ आता तो जाने सार्थवाह उन्हें अपने साथ ले चलने का इच्छुक भी होता या नहीं। सार्थवाह अपने साथ उन्हें ले चलना चाहता है, जो शरीर से समर्थ, शस्त्र से युक्त और युद्ध में सार्थक होते हैं। ऐसे लोगों से सार्थ की रक्षा होती है। सुदामा इनमें से किसी योग्य नहीं थे। न वे युद्ध कर सकते थे, न भार ढो सकते थे...या फिर सार्थवाह उनको साथ ले चलता है, जिनके पास धन होता है। सार्थवाह उनकी रक्षा करता है और वे उसे धन देते हैं। सुदामा उसे क्या देते...।

फिर, सार्थ अपनी आवश्यकताओं के अनुसार अपने मनमाने मार्ग से चलता और जहां जितनी देर रुकना चाहता, रुकता। सुदामा कहां अपना समय नष्ट करते रहते! ऐसे एकाकी होने का कष्ट तो है, पर समय की पर्याप्त बचत है।

सन्ध्या ढलने को आयी थी। अन्धकार हो जाने से पहले ही सुदामा को कहीं ठहरने का निर्णय कर लेना था...कोई मन्दिर, किसी गांव की चौपाल, कोई धर्मशाला...

इधर के लोग कुछ अधिक समृद्ध हो गये लगते थे, तभी तो मार्ग में कई धर्मशालाएं दिखाई पड़ी थीं। पहले इस मार्ग पर न नगरियां थीं, न धर्मशालाएं...आनर्त नरेश कुकुद्मीन के समय यह द्वारका, सागरतट पर एक साधारण-सी नगरी थी...कुशस्थली। कुकुद्मीन के पास न तो जलपोत थे और न जलपत्तन का कोई अच्छा प्रयोग होता था। इधर के लोगों में व्यापार भी अधिक नहीं था। तभी तो न यहां की जनसंख्या बढ़ी, न व्यापार बढ़ा और न ही समृद्धि आयी। किन्तु पण्यजन असुरों की जाति के पास सामुद्रिक शक्ति थी। उन्होंने आक्रमण कर कुकुद्मीन से कुशस्थली छीन ली थी। आसपास के क्षेत्रों पर भी उनका आतंक छा गया था और लोग इधर-उधर भाग गये थे। गिरिनार भी आनर्त नरेश के हाथ से निकल गया था। बलराम की सहायता से कुकुद्मीन ने कुशस्थली को पण्यजनों से वापस छीना था और गिरिनार भी लौटाया था। तभी मथुरा पर जरासंध और कालयवन एक साथ चढ़ आये थे। यादवों को बचाने के लिए कृष्ण को एक ही मार्ग दिखाई पड़ा था कि वे मथुरा के यादवों को किसी ऐसे स्थान पर ले जायें, जो जरासन्ध के प्रभाव-क्षेत्र से भी बाहर हो और जहां भौगोलिक दृष्टि से भी यादव, जरासंध से सुरक्षित हों। उस दृष्टि से पांचाल, अवन्ती, हस्तिनापुर, चेदि, विदर्भ...कहीं भी यादव सुरक्षित नहीं थे। आनर्त नरेश तो अपने सहायक बलराम को अपना उत्तराधिकारी बनाना ही चाह रहे थे। रेवती से बलराम का विवाह हुआ और कुकुद्मीन ने कुशस्थली मथुरा के यादवों को सौंप दी। कृष्ण ने अपने साथियों की सहायता से कुशस्थली में द्वारका-जैसा नगर बनाया।...बाबा कह रहे थे, वहां बहुत निर्माण हुआ है, बहुत सुन्दर नगर बसा है ...आसपास खेती होने लगी, पशु-पालन हुआ, व्यापार हुआ है, उद्योग बढ़ा...यादवों ने इस सारे भू-भाग का रंग-रूप ही बदल दिया...

कोई पुरवा आ गया था शायद। कई घर दिखाई दे रहे थे और मार्ग के दोनों ओर कुछ दुकानें भी थीं।

"क्यों भाई! यहां कोई धर्मशाला भी है, जहां रात-भर के लिए टिका जा सके?" सुदामा ने एक व्यक्ति को रोका।

"रात का क्या है।" वह बोला, "किसी भी पेड़ के नीचे टिक जाओ।"

"क्यों? धर्मशाला या मन्दिर नहीं है क्या?"

"है क्यों नहीं।" उस व्यक्ति ने बात अधिक नहीं बढ़ाई, "चार दुकानें और आगे बढ़ जाओ। धर्मशाला में पहुंच जाओगे।"

ठीक चार दुकानों के बाद धर्मशाला थी। तीन सीढ़ियों के बाद पक्का चबूतरा था। तब अनेक द्वार थे; पर उनके कपाट बन्द थे। सुदामा ने एक द्वार जा खटखटाया। वह द्वार तो नहीं खुला, पर उसके साथ वाला कपाट खुल गया और एक व्यक्ति ने अधखुले कपाट से झांककर बाहर देखा। सुदामा को उसने ऊपर से नीचे तक घूरा। उसने बाहर निकलने या सीधे खड़े होने का भी कष्ट नहीं किया। भौंहे सिकोड़कर पूछा, "क्या है?"

"धर्मशाला के प्रबन्धक से मिलना चाहता हूं।" सुदामा ने मधुर स्वर में कहा।

"क्यों? क्या काम है?" उस व्यक्ति का स्वर और भी शुष्क हो गया।

"यात्री हूं। रात के लिए टिकना चाहता हूं। यदि कोई कोठरी...।"

"कोठरी की क्या आवश्यकता है। कोई सोने के मढ़े तो हो नहीं कि कोई उठा ले जायेगा।" उस व्यक्ति ने सुदामा की बात पूरी नहीं होने दी, "यहीं किसी कोने में पड़ जाओ।"

सुदामा ने उसकी आंखों द्वारा सुझाई गयी दिशा में देखा, उसका संकेत पक्के चबूतरे की ओर था।

सुदामा खड़े देखते रहे, उस व्यक्ति ने प्रतीक्षा नहीं की। कपाट बन्द हो गये। भीतर से कुण्डी लगाने की ध्वनि भी हुई।

पहले व्यक्ति का ही सुझाव ठीक था...सुदामा सोच रहे थे...यदि ऐसे पड़े ही रहना है तो किसी भी वृक्ष के नीचे भूमि स्वच्छ कर लेटा जा सकता है। एक तो खुला स्थान होगा, और किसी की कृपा की बाट भी नहीं जोहनी होगी। ऐसे-ऐसे नकचढ़े और कटखने लोगों के मुंह भी नहीं लगना होगा।

सुदामा मार्ग पर आ गये।

थोड़ी दूर चलने पर पुरवा पीछे छूट गया। वे आगे बढ़ते गये। मार्ग संकरा होता गया और वृक्ष सघन होने लगे। वहीं उन्हें छोटी-सी एक तलैया भी दिखाई दी।

सुदामा मार्ग छोड़कर तलैया की ओर बढ़ गये।

सुदामा जैसे-जैसे द्वारका के निकट होते जा रहे थे, उनके मन का ऊहपोह बढ़ता जा रहा था। वे जा तो रहे हैं, पर कोई उन्हें कृष्ण के पास पहुंचने भी देगा। मन्दिर का पुजारी उन्हें मन्दिर में घुसने योग्य नहीं मानता। धर्मशाला का प्रबन्धक उनके टिकने के लिए एक कोठरी की आवश्यकता नहीं समझता। द्वारका में कोई उन्हें कृष्ण से मिलने योग्य भी मानेगा या नहीं?...और यदि वे किसी प्रकार कृष्ण के सामने पहुंच ही गये तो कृष्ण उन्हें पहचान लेगा क्या? उसका महत्त्व उन्हें पहचानने में आड़े तो नहीं आयेगा? वैसे भी, कृष्ण पहचानना भी चाहे तो सम्भव है न ही पहचान पाये। आखिर कितने दिनों का संग था उनका कृष्ण के साथ? और फिर जाने उनके जैसे कितने लोग कृष्ण के सम्पर्क में प्रतिदिन आते हैं। आश्रम से चलकर कृष्ण प्रभास गया था और प्रभास से यमलोक, गुरु के पुत्र को लौटा लाने। फिर वह मथुरा की राजनीति में फंस गया था। जरासन्ध से युद्ध किये। कालयवन का नाश किया। द्वारका का निर्माण किया। यादवों के झगड़े निपटाये। रुक्मिणी का हरण किया। रुक्मिणी के पश्चात् दो और विवाह भी हुए हैं कृष्ण के। हस्तिनापुर और इन्द्रप्रस्थ की राजनीति में भी वह व्यस्त रहा है। सन्तानें भी हुई हैं उसके घर। शंबासुर, भौमासुर, शिशुपाल और कितने लोगों का वध किया है उसने। अपने कुटुम्ब के अतिरिक्त राजाओं, सेनाओं, ऋषियों, दार्शनिकों, गुरुकुलों से घिरे इस कृष्ण के अतिव्यस्त जीवन में एक सुदामा ही उसे याद रह जायेगा क्या? कैसा जीवन है कृष्ण का ...आंधी है या बवण्डर? प्रतिदिन कोई नयी घटना, नयी समस्या, नया संघर्ष। कैसे करता है इतने काम यह व्यक्ति और फिर न ऊबता है, न थकता है। सुदामा को तो दो बार

निकट की नगरी में जाना पड़े तो वे व्याकुल हो उठते हैं...।

और यदि पहचान ही लिया कृष्ण ने, तो वह पूछेगा, "कहो, कैसे आये विप्र?"—क्या सम्बोधन करेगा वह...'सुदामा?'...'मित्र?'...'भाई?' या मात्र 'विप्र?' सब कुछ इसी पर तो निर्भर करता है कि वह क्या कहता है। उस एक सम्बोधन से ही कृष्ण के सारे मनोभाव प्रकट हो जायेंगे। कृष्ण तो जो कहेगा, सो कहेगा; सुदामा क्या कहेंगे उसे? किसी को एक ग्राम का भी अधिकार मिल जाये, तो वह प्रत्येक आगंतुक से पूछता है, "कहो क्या काम है?" जो भी उसके पास जाता है, अपना स्वार्थ लेकर जाता है। अधिकारी को सामने पाते ही प्रत्येक व्यक्ति याचक बन जाता है, तो अधिकारी ही क्या करे। फिर कृष्ण तो इस समय सम्राटों का नियामक बना बैठा है। उससे कितने लोग, केवल मिलने जाते होंगे? और जो मिलते होंगे, वे दूसरे-चौथे दिन मिलते होंगे, सुदामा के समान तो नहीं कि वर्षों बीत गये और कभी अपना चेहरा ही नहीं दिखाया। यह भी नहीं कह सकते कि 'द्वारका आया था; सोचा, तुमसे भी मिल चलूं।' वह पूछेगा, 'क्या करने द्वारका आये थे?' क्या उत्तर देंगे सुदामा? वे कौन नगर श्रेष्ठि हैं कि कह दें कि उनका सार्थ इधर आया था...

बस एक ही उत्तर है उनके पास, 'तुमसे मिलने आया हूं।' पर कृष्ण पूछे या न पूछे, उसके मन में प्रश्न तो उठेंगे ही। इतने वर्षों में कृष्ण ने इतने जोखिम झेले। कितनी बार उसके प्राणों पर संकट आया। कितने ही युद्ध किये उसने। उसके विवाह हुए, सन्तानें हुईं...तब तो सुदामा कभी मिलने नहीं आये। आज क्या हो गया कि तीन दिन और तीन रातों की यात्रा कर, सुदामा बिना किसी काम के, कृष्ण से मिलने आये हैं? क्या कहेंगे सुदामा? ओह! किस संकट में फंसा दिया सुशीला ने। इसमें सुशीला का ही क्या दोष है, वे स्वयं भी तो आना चाहते थे। क्या सचमुच उनके मन में कृष्ण से मिलने की बात कभी नहीं उठी? क्यों नहीं उठी? जब कभी कृष्ण के विषय में कुछ सुना, उनके मन में मिलने की उमंग उठी—दुःख में, सुख में। दार्शनिक समस्याओं को लेकर बार-बार उनके मन में कृष्ण से मिलने की प्रबल इच्छा उठी...कब-कब कृष्ण को याद नहीं किया उन्होंने? हां! इस बार सुशीला निमित्त बन गयी...तो सुदामा सच-सच कह दें कि वे आर्थिक तंगी में हैं और कृष्ण से कुछ सहायता चाहते हैं...कहने में हानि ही क्या है। आखिर कृष्ण इतने लोगों की समस्याएं सुलझाता है, इतने लोगों की सहायता करता है, इतने लोगों का पालन करता है—क्या सुदामा ही इतने पराये हैं कि उनके लिए वह कुछ नहीं करेगा? कितनी ममता है कृष्ण में—वह सबका है, सबके लिए है; क्या एक सुदामा का ही नहीं है?

क्यों नहीं कह सकते सुदामा अपने मन की? यह उनका स्वाभिमान है या अहंकार। सुदामा चेते...नहीं अहंकार की क्या बात है। वे अपना कष्ट अपने मित्र से तो कह ही सकते हैं—यादवश्रेष्ठ से न भी कह पायें, तो क्या...।

सारा कुछ इसी पर तो निर्भर है कि कृष्ण उनसे कैसा व्यवहार करता है। मान लो कृष्ण उनसे स्नेह से मिला तो क्या कहेंगे वे कृष्ण से? क्या चाहिए उन्हें? ढेर-सा सोना? महल? नौकर-चाकर? पर क्या करना है सुदामा को इन सबका? उन्हें इन वस्तुओं की

तो तृष्णा नहीं है। यदि यह निश्चित हो जाता कि उन्हें और उनके परिवार को आवश्यकतानुसार भोजन मिलेगा, वस्त्र मिलेंगे, आवास मिलेगा, बच्चों की रुचि और आवश्यकतानुसार उन्हें शिक्षा मिलेगी, रोग की स्थिति में उपचार हो सकेगा—तो फिर क्या आवश्यकता है धन के संचय की? उनकी महत्त्वाकांक्षा तो इस क्षेत्र में नहीं है, पर जीवन की आवश्यकताओं की उपलब्धि के अनिश्चय ने कितना असुरक्षा का भाव भर दिया है उनके मन में। ऊपर चाहे उन्होंने स्वयं को कितना ही क्यों न साध रखा हो, पर विवेक के अनुशासन के तनिक-सा शिथिल होते ही उनकी भूख उभरकर सम्मुख आ जाती है। यह उनके भीतर कहीं गहरे दबी आर्थिक असुरक्षा की भावना ही तो है। शायद इसी असुरक्षा की प्रतिक्रिया में व्यक्ति इतना धन-लोलुप हो जाता है और धन-संचय को ही जीवन का लक्ष्य बना लेता है। जाने, सुदामा जैसे कितने लोग हैं इस संसार में, जिनकी वृत्ति नहीं है धन-संचय की; किन्तु इसी असुरक्षा के भाव ने उन्हें धन-लोलुप बना रखा है।...क्या मनुष्य ऐसे समाज का निर्माण नहीं कर सकता, जहां व्यक्ति अपनी और अपने परिवार की आवश्यकताओं से निश्चिन्त होकर अपना काम करता रहे। उसके मन में संचय की इच्छा ही न जागे, वह दूसरों को वंचित कर, अपना भविष्य सुरक्षित करने का प्रयत्न न करे?—यदि ऐसा समाज बन जाये तो कोई सुदामा किसी कृष्ण की कृपा का आकांक्षी क्यों हो? वह अपना कार्य करे और निश्चिन्त रहे।

...पर ऐसे समाज के निर्माण के विषय में सुदामा ने आज तक कुछ नहीं सोचा। वे तो ब्रह्म-चिन्तन करते रहे। पर कृष्ण ने अवश्य सोचा होगा। उसने तो नया समाज बनाया है। समाज को नये सिद्धान्त और नया रूप दिया है—सुदामा कृष्ण से पूछेंगे।

आठ

सन्ध्या होते-होते सुदामा द्वारका में प्रवेश कर गये थे।

द्वारका बहुत सुन्दर नगर था। बहुत कुछ मथुरा का ही परिष्कृत रूप, किन्तु मथुरा से बहुत खुला और विस्तृत। मथुरा को भी कदाचित् आरम्भ में एक खुले नगर के रूप में ही बसाया गया होगा; किन्तु जनसंख्या बढ़ने के कारण वह जन-संकुल हो गयी थी। सुदामा ने गुरु सांदीपनि के साथ ही मथुरा की यात्रा की थी। अधिकांश समय तक तो वे लोग नगर के बाहर, यमुना-तट पर ही रहे थे; पर मथुरा का कुछ थोड़ा भाग उन्होंने देखा था।...समृद्ध तो मथुरा भी थी, पर द्वारका उससे कहीं अधिक समृद्ध दिखाई पड़ रही थी। बाबा ने ठीक ही कहा था : बड़े-बड़े प्रासाद, महल, अट्टालिकाएं, खुले चौराहे और बड़े-बड़े उद्यान। सुदामा ने बड़े नगरों में से अवन्ती और प्रभास को भी देखा था; किन्तु वहां यह सब कुछ नहीं था।

मार्गों पर अनेक प्रकार के वाहन आ-जा रहे थे। प्रसन्न-मुख नागरिक स्वच्छ और मूल्यवान् वस्त्र पहने हुए थे...सहसा सुदामा का ध्यान अपने वस्त्रों की ओर चला गया। उनके वस्त्र—धोती और उत्तरीय—मूल्यवान् तो नहीं थे, अब स्वच्छ भी नहीं रह गये थे।

तीन दिनों की अपनी इस यात्रा में उन्होंने स्नान करके भी वस्त्र नहीं बदले थे। वैसे तो वस्त्रों का एक और जोड़ा उनके पास था; किन्तु यात्रा में तो वे चाहे कितनी बार वस्त्र बदलते—उन्हें मैला होना ही था। मार्ग में यदि वे एक बार भी वस्त्र बदल लेते तो उनके दोनों जोड़े मैले हो जाते...तब द्वारका में क्या पहनते वे? क्या जाते ही कृष्ण से वस्त्र मांगते? कहते कि मेरे पास पहनने को कपड़ा भी नहीं है...

उन्होंने अपने वस्त्रों पर एक दृष्टि डाली...पर इन वस्त्रों में कृष्ण को मिलने जाना ...और यह कहना कि वे कृष्ण के मित्र हैं...इससे तो अच्छा है कि वे थोड़ी देर कहीं और टिककर स्नान आदि कर वस्त्र बदल लें...पर क्या कृष्ण नहीं जानते कि वे तीन दिनों की पैदल यात्रा करके आये हैं? मार्ग में धूल-धक्कड़ है, आंधी और कीचड़ है...वे पिछली तीन रातों से धरती पर सोते हुए आये हैं...यात्रा से आया व्यक्ति, यात्रा से आया जैसा ही लगेगा, प्रसाधन-भवन से बाहर निकला तो नहीं लगेगा...

'अपना नहीं तो कृष्ण का तो विचार कर'...सुदामा के मन ने कहा, 'तू तो फक्कड़ ब्राह्मण है, पर वह तो यादव-श्रेष्ठ है। उसके नौकर-चाकर, भृत्य-परिचायक, सैनिक-द्वारपाल क्या सोचेंगे...।'

पर तत्काल ही सुदामा का दार्शनिक मन उस स्वर पर छा गया...'इस बाहरी ताम-झाम में क्या रखा है। वस्त्र कैसे भी हों, सुदामा तो सुदामा ही रहेगा। मैत्री वस्त्रों से नहीं होती। यदि परिधान देखकर ही कृष्ण मैत्री को स्वीकार करता है तो सुदामा कभी भी कृष्ण के मित्र नहीं हो सकते...मैत्री तो भावना है, भौतिक स्थिति या बाहरी प्रदर्शन बीच में कहां से आ गया...'

'पर सामाजिक शिष्टाचार'...एक और स्वर उठा।

'सामाजिक शिष्टाचार औपचारिकता में होता है।' सुदामा ने उस स्वर को डांट दिया, 'और कृष्ण तो एक नये समाज और नयी मौलिक नैतिकता की स्थापना कर रहा है, उसके लिए शिष्टाचार का क्या महत्त्व...थोड़ी देर में अभी रात हो जायेगी। द्वारका में पहुंचकर कृष्ण से मिलने के लिए सुदामा कल तक की प्रतीक्षा नहीं कर सकते।

कृष्ण का महल खोजने में सुदामा को तनिक भी कठिनाई नहीं हुई। जिससे भी पूछा, उसने ठीक मार्ग बता दिया। दो-तीन व्यक्तियों से ही पूछकर वे वहां पहुंच गये थे।

मुख्य द्वार पर दण्डधर नहीं, सशस्त्र सैनिक खड़े थे। दो मार्ग की बायीं ओर और दो दायीं ओर। उनके पीछे एक छोटे-से मंच पर उनका कोई अधिकारी बैठा लगता था।

किसी राजप्रसाद में अकेले जाने का सुदामा का यह पहला ही प्रयत्न था...पता नहीं ये सैनिक उन्हें भीतर जाने भी देंगे या नहीं...हां! यदि सुदामा संकुचित होते रहे, आशंकित और घबराये हुए-से लगते रहे, तो निश्चय ही ये लोग उन्हें भीतर नहीं जाने देंगे। सुदामा को कुछ व्यावहारिक बनना होगा। पूरे आत्मविश्वास के साथ उन्हें कृष्ण के मित्र के रूप में अपना परिचय देना होगा—

सुदामा पीछे बैठे अधिकारी के पास पहुंचे, "क्या कृष्ण का प्रासाद यही है?"

अधिकारी ने बैठे-बैठे ही सुदामा का ऊपर से नीचे तक का निरीक्षण किया और कुछ रोष के साथ बोला, "वेश से तो ब्राह्मण लगते हो। कुछ शिक्षा भी पायी होगी। कुछ शिष्टाचार भी सीखा होगा...।"

सुदामा कुछ नहीं बोले...क्या कहना चाहता है वह अधिकारी?

"भगवान् न कहो, राजाधिराज न कहो, श्रीकृष्ण ही कहो, कृष्ण वासुदेव कहो।" वह प्रकट विरोध के साथ बोला, "यह क्या हुआ, कृष्ण...!"

सुदामा समझ गये कि मैत्री का अधिकार जताने में वे सीमा से कुछ आगे निकल गये थे, उन्हें मर्यादा का ध्यान भी नहीं रहा।

"भाई!" सुदामा का स्वर एकदम ही नम्र हो गया, "मैं गुरु सांदीपनि का शिष्य सुदामा हूं। श्रीकृष्ण का मित्र; गुरु भाई। इसलिए आत्मीयता में ऐसा कह गया।"

"ठीक है। पर आत्मीय लोग भी अपरिचितों के सामने सम्माननीय के सम्मान की रक्षा करते हैं।" अधिकारी का रोष अभी दूर नहीं हुआ था, "किसी और का प्रासाद होता तो तुम्हारा रूप और परिधान देखकर ही तुम्हें खदेड़ दिया जाता। पर हमारे कृष्ण वासुदेव का क्या है। जाने कैसे-कैसे मित्र हैं।...गोपाल!" उसने एक सैनिक को पुकारा, पर फिर कुछ सोचकर बोला, "अच्छा! तुम रहने दो। मैं स्वयं ही ले जाता हूं। ब्राह्मण देवता का कहना है कि ये गुरु सांदीपनि के शिष्य हैं, हमारे गोविन्द के मित्र। आओ भाई!" वह उठकर आगे-आगे चल पड़ा।

सुदामा उसके पीछे-पीछे चलते हुए सोच रहे थे...ठीक कह रहा है। किसी और का द्वार होता तो खदेड़ा क्या जाता, मारकर ही भगा दिया जाता। कितना बुरा लगा उसे अपने स्वामी को मात्र कृष्ण कहा जाना...पर स्वयं भी तो वह 'हमारे गोविन्द' और 'कृष्ण वासुदेव' कह रहा है। किसी अन्य नायक का प्रतिहारी, क्या इस प्रकार अपने स्वामी की चर्चा कर सकता है...कृष्ण राजा नहीं है, पर राजाओं से बढ़कर है। फिर भी उसका सम्बन्ध मात्र अधिकार का नहीं है...अपने प्रतिहारियों से भी उसका सम्बन्ध रागात्मक है। यह शायद वृन्दावन के उन्मुक्त वातावरण में पलने का परिणाम है—जहां मनुष्य मात्र को समान समझा जाता था। राजन्य संस्कृति में पला होता कृष्ण तो वह भी पांचाल द्रुपद के समान अपनी मैत्री केवल राजाओं से ही रखता...यह प्रतिहारी भी जानता है कि कृष्ण की मैत्री कैसे भी व्यक्ति से हो सकती है, तभी तो अपना रोष प्रकट करने के बाद भी कृष्ण के मित्र को सम्मान देने के लिए साथ आया है...।

वह एक भवन के सामने आकर रुक गया। दौवारिकों से उसने कुछ कहा और वे लोग पीछे हट गये। सुदामा ने निकट जाकर देखा : वे लोग निःशस्त्र थे। उनके पास दण्ड भी नहीं थे।

सैनिक अधिकारी ने भुजा फैलाकर उन्हें प्रवेश का निमन्त्रण दिया, "क्या नाम बताया आपने? सुदामा?"

सुदामा ने स्वीकृति में सिर हिलाया।

"आप बैठिये, सूचना उन तक पहुंचाई जा रही है और उनका सन्देश आप तक

पहुंचा दिया जायेगा।''

सुदामा ने कक्ष में प्रवेश किया। अधिकारी और दौवारिक बाहर ही रह गये।

कक्ष काफी बड़ा था और स्थान-स्थान पर अनेक सुन्दर चौकियां और मंच रखे हुए थे। एक बार सुदामा ने अपने वस्त्रों को देखा और फिर एक-एक कर सारे मंचों को निहारा। अन्त में एक कोने में रखी हुई एक छोटी चौकी पर इस प्रकार बैठ गये कि उनके धूल से भरे पैर फर्श पर बिछे हुए बहुमूल्य वस्त्रों पर न पड़ें...एक बार दृष्टि घुमाकर कक्ष के वैभव को देखा...लगा, उनको चक्कर आ जायेगा। सुदामा ने अपनी आंखें झुका लीं।

अधिकारी क्या कहकर गया है? पहली बार सुदामा का ध्यान उधर गया—'सूचना उन तक पहुंचाई जा रही है और उनका सन्देश आप तक पहुंचा दिया जायेगा।'...तो कृष्ण से भेंट नहीं होगी? केवल सन्देश ही मिलेगा?...अधिकारी की बात से तो यही लगता है। पर परेशान होने की बात नहीं है...अधिकारी ने यही सोचा होगा कि कृष्ण उनसे मिलेंगे। उसे क्या पता है कृष्ण का।...पर उसे पता होगा ही। सुदामा को कृष्ण से मिले तो बहुत समय हो गया है। वह तो यहीं रहता है। प्रतिदिन देखता होगा कि कृष्ण किससे मिलता है और कैसे मिलता है...।

तभी किसी के तेज़-तेज़ चलने का शब्द हुआ। पर्दा हटा और राजसी वेश में एक पुरुष ने कक्ष में प्रवेश किया। उसने द्वार पर रुककर सुदामा को देखा। तभी सुदामा ने भी उसे देखा : वह कृष्ण था, राजसी वेश में। रेशमी धोती और रेशमी पीताम्बर में, शरीर पर सोने और रत्नों के आभूषण। कन्धों तक के घुंघराले केश और उन पर मोर के मुकुट से सुशोभित मुकुट।...कृष्ण ही था...वय के अनुसार शरीर भर गया था, पर मांसल और स्थूल नहीं हुआ था...कसा हुआ दृढ़ शरीर। किशोर के स्थान पर अब वह युवक लग रहा था, युवक पुरुष...कोई और होता तो शायद इस वय में प्रौढ़ लगने लगता। स्वयं सुदामा लगने लगे थे। पर कृष्ण अभी पूर्ण युवक ही लग रहा था...।

कृष्ण की दृष्टि क्षण-भर के लिए सुदामा पर टिकी, जैसे वे इस धूल-धूसरित कृशकाय व्यक्ति में से अपने किशोर सखा को ढूंढ रहे हों।

''सुदामा!'' कृष्ण ने कहा और वे आतुरता से आगे बढ़े।

इससे पहले कि सुदामा यह सोच सकें कि उन्हें क्या करना है या उनके मुख से कोई शब्द निकले, कृष्ण ने आकर उन्हें बांहों में भर लिया।

प्रतिक्रिया में सुदामा ने भी अपनी भुजाएं कृष्ण की देह के चारों ओर समेट लीं। सुदामा ने कभी नहीं सोचा था कि कृष्ण के इस जन-मोहन, राजसी रूप को वे इस प्रकार अपनी बांहों में भरेंगे। क्या करेंगे, उन्होंने यह भी नहीं सोचा था। पर कृष्ण ने सोचने-विचारने का अवसर ही कब दिया था...कृष्ण का यह आलिंगन न तो औपचारिक था, न प्रदर्शन मात्र। पूरे अनुराग और लिप्ति के साथ उन्होंने सुदामा को अपनी भुजाओं में भर लिया था...सुदामा को लगा, कृष्ण के शरीर से जैसे कुछ तरंगें उनके शरीर में प्रवेश कर रही हैं और उनका मानसिक तनाव और शारीरिक थकान—दोनों ही क्रमशः शान्त होती जा रही हैं।...चलने से पहले उन्होंने क्या-क्या नहीं सोचा था। रास्ते-भर वे ऊहापोह में

डूबते-उतराते आये थे। कितनी आशंकाएं थीं, कितने प्रश्न थे...कृष्ण के एक आलिंगन ने सारे प्रश्नों का उत्तर दे दिया था, सारी आशंकाएं शान्त कर दी थीं–।

"कैसे हो सुदामा?" कृष्ण ने उनसे अलग होकर पूछा।

"जैसा भी हूं, तुम्हारे सामने हूं।" सुदामा ने मुस्कराने का प्रयत्न किया।

"थके हुए हो। काफी लम्बी यात्रा करके आये हो।" कृष्ण बोले, "आओ।"

कृष्ण ने अपनी एक भुजा से उनके कन्धे घेर रखे थे और दूसरे हाथ से उन्होंने पर्दे को हटाया, "इनकी वस्तुएं मेरे कक्ष में पहुंचा दो।" उन्होंने दौवारिक से कहा।

"अतिथि-कक्ष में?" दौवारिक ने जैसे कुछ स्पष्ट करना चाहा।

कृष्ण मुस्कराए, "मेरे कक्ष में भाई।"

सुदामा का सामाजिक शिष्टाचार जागा : यह कृष्ण क्या कर रहा है। मैत्री के नाम पर कक्ष के एकान्त में, एक निर्धन ब्राह्मण का आलिंगन करना और बात है और अपने दौवारिकों-प्रतिहारियों तथा अन्य लोगों के सामने सार्वजनिक रूप से उन्हें अपनी बांहों में बांधकर चलना, इतने बड़े व्यक्ति की गरिमा के अनुकूल तो नहीं है...फिर, कृष्ण ने उस दौवारिक से कहा कि इनकी वस्तुएं पहुंचा दे। क्या वस्तुएं हैं...लाठी, लोटा-डोरी और एक गठरी। ये वस्तुएं क्या कृष्ण के कक्ष में पहुंचाई जाने योग्य हैं?...दौवारिक इसके अनौचित्य को समझ रहा था, तभी तो उसने स्पष्ट रूप से 'अतिथि-कक्ष' के विषय में पूछा। पर कृष्ण...

"विवाह कर लिया या नहीं सुदामा?" कृष्ण पूछ रहे थे।

"कर तो लिया है।" सुदामा धीरे-से बोले, "दो बालक भी हैं। पर यही क्यों पूछ रहे हो? जीवन की एकमात्र उपलब्धि विवाह ही तो नहीं है।"

"इतने लम्बे अन्तराल के पश्चात् मिल रहे हैं हम," कृष्ण मुस्कराए, "कि समझ में नहीं आ रहा कि बात कहां से आरम्भ करें। धीरे-धीरे, शेष उपलब्धियों के विषय में भी पूछूंगा। यह तो मुझे मालूम है कि तुम ज्ञानयोग पर कोई बृहद् ग्रन्थ लिख रहे हो।"

"तुम्हें कैसे मालूम हुआ?"

"योग-शक्ति से।"

"योग से?" सुदामा चकित थे।

कृष्ण खिलखिलाकर हंस पड़े, "मुझसे गुरुकुल के एक तरुण आचार्य ने चर्चा की थी।"

सुदामा आश्वस्त हुए। तो उनकी चर्चा यहां तक पहुंची है।

"मेरे विवाहों के विषय में तो सूचना है न?" कृष्ण मुस्करा रहे थे।

"खूब सूचना है।" सुदामा भी मुस्कराए, "कितने हो गये अब तक?"

कृष्ण एक द्वार के सामने थमे, "भीतर आओ। बताता हूं।"

भीतर घुसते ही सुदामा जैसे एक नये लोक में आ गये। पिछले कक्ष के वैभव को देखकर, संकुचित हो, वे एक किनारे की चौकी पर बैठ गये थे; पर इस कक्ष का वैभव–यह कक्ष

उससे कहीं विशाल था। दो बड़े-बड़े पलंग बिछे हुए थे। बैठने की स्वर्णिम चौकियां, मंच और सिंहासन थे।...और असाधारण रूप से बहूमूल्य आभूषणों और परिधान में सुसज्तित, अद्भुत सुन्दरी राजन्य वर्ग की एक महिला...

"रुक्मिणी!" कृष्ण बोले, "ये मेरे मित्र हैं, सुदामा।"

तो यह रुक्मिणी है...सुदामा ने सोचा...तो इससे विवाह किया है कृष्ण ने। है भी वह कृष्ण की ही पत्नी होने के योग्य। सुदामा ने अनुभव किया कि जिस प्रकार उनके लिए रुक्मिणी के साथ साक्षात्कार अनपेक्षित था, वैसे ही रुक्मिणी भी शायद सुदामा जैसे व्यक्ति को यहां देखने की अपेक्षा नहीं कर रही थी। रुक्मिणी, कृष्ण के समान गोप-गोपिकाओं में नहीं पली धी। उसका पालन-पोषण राजमहल में राजकुमारी के रूप में हुआ था। सुदामा जैसे व्यक्ति के साथ अपना या अपने पति का कोई सम्बन्ध स्वीकार करना ...पर यहां कृष्ण के गुरु सांदीपनि भी तो आते होंगे, गर्गाचार्य भी, कुछ अन्य ऋषि-मुनि भी। पर कदाचित् उनकी स्थिति के साथ गुरु, पुरोहित और ऋषि-मुनियों की गरिमा जुड़ी रहती होगी। वे कृष्ण के अख्यात् निर्धन ब्राह्मण मित्र मात्र नहीं होते होंगे...वे लोग स्वेच्छा से निर्धनता को अंगीकार करने के गौरव से दीप्तिमान होते होंगे, सुदामा के समान अक्षमता से मलिन नहीं...पर रुक्मिणी भी तो कोई विलक्षण राजकुमारी होंगी, जिसने चेदि के युवराज का तिरस्कार कर गोपाल कृष्ण का वरण किया।

रुक्मिणी ने बड़ी गरिमा से स्वयं को सन्तुलित किया। उन्होंने मुस्कराकर स्वागत किया, "पधारिये।"

सुदामा को लगा, वे सहज ही रुक्मिणी के साथ वार्तालाप नहीं कर पायेंगे। उन्हें अपना आत्मविश्वास संचित करना होगा। कहीं बैठ जायें वे। सुदामा की दृष्टि सारे कक्ष में घूम गयी—कौन-सा स्थान उपयुक्त होगा, उनके बैठने के लिए...

अपनी अभ्यस्त आयासहीन चाल से कृष्ण आगे बढ़े। सुदामा को बांह से पकड़ा और सवसे ऊंचे सिंहासन पर ला बैठाया।

"मैं...।" सुदामा ने कुछ प्रतिरोध करना चाहा।

"बैठो भी।" कृष्ण ने उन्हें कुछ कहने का अवसर नहीं दिया, "सुदामा बहुत दूर से आया है प्रिये!" वे रुक्मिणी से सम्बोधित हुए, "थका हुआ है। ज़रा गुनगुना पानी। पोंछने को स्वच्छ वस्त्र। कोई लेप...।"

सुदामा की आंखें कक्ष से बाहर जाती हुई रुक्मिणी का पीछा करती रहीं। उनके कक्ष से बाहर निकलते ही, धीरे-से बोले, "क्या कर रहे हो कृष्ण? भाभी को भेज दिया। कोई दास-दासी...।"

"भाई! अब तुम्हारे काम भी दास-दासियों से करवाऊं।" कृष्ण बोले, "दास-दासियों से तुम्हारी सेवा करवानी होती, तो तुम्हें अतिथि-कक्ष में ठहराता और दो दासियां सेवा-टहल के लिए नियुक्त कर देता। पर, एक तो भाभी तुम पर सदा सन्देह करतीं और फिर वहां हमारी गप्प-गोष्ठी कैसे जमती?" कृष्ण खिलखिलाकर हंस पड़े।

रुक्मिणी लौट आयीं। उनके साथ दो दासियां थीं, जिनके हाथों में आवश्यक

वस्तुएं थीं।

कृष्ण ने एक बड़ा-सा खाली पात्र सुदामा के पैरों के नीचे रखा और रुक्मिणी को संकेत किया, "पानी डालो।"

दासी के हाथ से पात्र रुक्मिणी ने स्वयं ले लिया। धार बांधकर पानी छोड़ा। कृष्ण ने पैर धोने के लिए हाथ उठाया तो सुदामा नै पैर हटा लिया, "कृष्ण!"

"आतिथेय-धर्म भी नहीं निभाने दोगे? मैंने तो युधिष्ठिर के राजसूय यज्ञ में भी अतिथियों के पैर धोने का दायित्व लिया था।" कृष्ण मुस्कराए, "तुम लोग जाओ।" उन्होंने दासियों को आदेश दिया।

अब सुदामा विरोध नहीं कर सके। संकुचित हुए-से बैठे रहे। कृष्ण ने उनके हाथ-मुंह और पैर धुलाने के पश्चात् पूछा, "थकान कुछ दूर हुई?"

"मैं स्नान कर लेता तो...।"

"स्नान भी कर लेना।" कृष्ण उठे, "वह अभी तक तुम्हारा सामान नहीं लाया।"

"सामान साथ के कक्ष में रखवा दिया है।" रुक्मिणी बोलीं।

"यहां मंगवाओ भई, यहां।"

और फिर कृष्ण स्वयं ही जाकर साथ के कक्ष से सुदामा की लाठी, लोटा-डोरी और गठरी उठा लाये।

कुछ ऐसा ही सामान बाबा का भी हुआ करता है; पर उसे देखकर न कभी बाबा संकुचित हुए और न कभी सुदामा को ही कुछ अटपटा लगा। पर इस राजसी वैभव के बीच अपनी इन वस्तुओं को देखकर सुदामा संकुचित से हो गये।

"लाओ। मुझे दे दो।" उन्होंने हाथ बढ़ाया।

"देते हैं भाई।" कृष्ण ने मुस्कराकर अपना हाथ ऊंचा उठाकर उन्हें टाला, "घबरा क्यों रहे हो। कोई लेकर भागा नहीं जाता।"

कृष्ण एक-एक कर वस्तुएं सुदामा को लौटाने लगे, "यह लो लाठी। लोटा-डोरी। इन वस्तुओं की तुम्हें यहां आवश्यकता नहीं है। ये रहे वस्त्र। स्नान के बाद इनकी आवश्यकता होगी। और...यह क्या है?"

सुदामा ने देखा : यह वही पोटली थी, जिसमें सुशीला ने कृष्ण को देने के लिए चिऊड़ा बांधा था। पर इस राजसी वैभव में चिऊड़े का क्या काम? सुदामा की इच्छा हुई कि पोटली को लेकर चुपचाप कपड़ों की गठरी में बांध लें।

"कुछ नहीं। यूं ही।" सुदामा ने पोटली पकड़नी चाही।

कृष्ण की आंखों में लीला घिर आयी, "वाह मित्र! हम ही से चालाकी। भाभी की भेजी भेंट हमें दोगे नहीं।"

कृष्ण छिटककर पीछे हट गये। इस छीना-झपटी के लिए सुदामा तैयार नहीं थे। वैसे भी कृष्ण की बात ठीक थी : भाभी के द्वारा भेजी गयी यह भेंट कृष्ण के लिए ही थी।

सुदामा ने असहाय दृष्टि से रुक्मिणी की ओर देखा। रुक्मिणी अपने स्थान पर

निश्चल खड़ी, अपनी भंगिमा से कह रही थी, "इनकी तो आदत ही ऐसी है।"

इस बीच कृष्ण ने पोटली खोल ली थी। चिऊड़ा देखकर वे खिल उठे, "वाह! भाभी ने चिऊड़ा भेजा है।"

कृष्ण ने मुट्ठी भरकर चिऊड़ा मुंह में डाला और गपगप चबाने लगे।

"तुम ऐसे ही मुंह में मक्खन ठूंस लिया करते होंगे।" सुदामा हंसे।

"ऐसे!" कृष्ण भरे हुए मुख से बड़ी कठिनाई से बोले और दूसरी मुट्ठी भी मुख में डाल ली।

रुक्मिणी भी लीलापूर्वक आगे बढ़ीं। कृष्ण की बांह पकड़ी और पोटली ले ली, "इतने स्वार्थी मत बनो प्रिय! भाभी ने यह सौगात कोई आपके लिए ही तो नहीं भेजी।"

"चिऊड़ा है भाभी!" सुदामा से कहे बिना नहीं रहा गया, "आपको शायद अच्छा न लगे।"

"अच्छा क्यों नहीं लगेगा?" रुक्मिणी बोली, "ये ऐसी लीला करने लगते हैं तो लोग समझते हैं कि सौहार्द केवल इन्हीं में है। मैं लीला नहीं कर सकती तो क्या, स्नेह से भेजी हुई वस्तु का मूल्य तो मैं भी समझती ही हूं।" रुक्मिणी जाने के लिए मुड़ीं, "मैं अपनी बहिनों के साथ बांटकर इसे खाऊंगी।"

"अच्छा सुनो!" कृष्ण पीछे-से पुकारकर बोले, "सत्यभामा को कहना, आज भोजन बढ़िया बनना चाहिए। सुदामा को पसन्द न आया तो उसकी अपकीर्ति दूर-दूर तक फैल जायेगी।"

"सुदामा कब से अच्छे भोजन का पारखी हो गया," सुदामा उदासीन स्वर में बोले, "कि उसकी पसन्द-नापसन्द का इतना महत्त्व हो।"

"क्यों? क्या दर्शन बखानते-बखानते रसना स्वाद की परख भूल जाती है?"

"यहां रसना है किसके पास? अपने पास तो केवल वाक् ही है।"

सहसा कृष्ण का लीलामय रूप तिरोहित हो गया। गम्भीर होकर बोले, "हम क्या बात कर रहे थे सुदामा?"

"तुम्हारे विवाहों की बात! कितने हो गये अब तक?"

"मेरे विवाह!" कृष्ण की गम्भीरता गहरा गयी, "व्यक्ति कृष्ण का प्रेम के आधार पर केवल एक ही विवाह हुआ है—रुक्मिणी से। शेष तो राजनीति और सम्बन्धों का निर्वाह है।" सहसा वे सचेत हुए, "पर मित्र! गलत मत समझना। जाम्बवती और सत्यभामा से मेरा कोई मनमुटाव नहीं है। वे भी मेरी उतनी ही प्रिय रानियां हैं। मैं उनसे भी उतना ही प्रेम करता हूं।"

"प्रेम क्या बांटा जा सकता है?" सुदामा के स्वर में आपत्ति थी।

"कोई इतना अविभाज्य भी नहीं है।" कृष्ण मुस्कराए, "या मुझमें प्रेम की मात्रा बहुत अधिक है।"

सुदामा मौन बैठे उनको देखते रहे।

"मुझे किसी को प्यार देने में कठिनाई नहीं हुई। मेरा प्यार मेरी आवश्यकता नहीं

है, मेरा स्वार्थ नहीं है। वह मेरी करुणा से उत्पन्न हुआ है और करुणा की कोई सीमा नहीं होती। जिन्हें मेरी आवश्यकता है, मैं उन सबका हूं। जो मुझे प्यार करते हैं, मैं उन सबसे प्यार कर सकता हूं। मैं किसी के प्यार का तिरस्कार नहीं करता। वह पाप है।''

''और वे सोलह हज़ार रानियां?'' सुदामा के स्वर में चुहल थी।

''हां, उनकी चर्चाओं ने मुझे बहुत विलासी प्रमाणित किया है। इसमें कुछ मेरे शत्रुओं का योगदान है और कुछ मेरे भक्तों का।'' कृष्ण मुस्करा रहे थे, ''मैंने जब भौमासुर की हत्या की तो उसके अन्तःपुर में सहस्रों स्त्रियां बन्दिनी पायी गयीं। उनमें से अनेक का अपहरण स्वयं भौमासुर ने किया था, कुछ को उसने अन्य अपहरणकर्ताओं से खरीदा था। जाने वह क्यों उनका संग्रह कर रहा था...अपने विलास के लिए...या उनके व्यापार के लिए। वह तो मर गया, फिर कौन बताता?'' कृष्ण ने रुककर सुदामा को देखा, ''उनकी मुक्ति के पश्चात् समस्या यह उठ खड़ी हुई कि उनका भविष्य क्या है? उन अपहृत स्त्रियों को न उनके पिता स्वीकार करते, न पति। कहां जायें वे? उनका भरण-पोषण कौन करे? उनकी सामाजिक स्थिति क्या हो? तब मुझे एक ही मार्ग सूझा कि उस गरल को मैं ही पियूं। यदि अन्य कोई पुरुष उन्हें स्वीकार करता भी तो कदाचित् जीवन में अनेक बार यह घटना उनकी यातना का कारण बनती।...अन्ततः उनकी सहमति पाकर, उनसे मैंने सामूहिक विवाह कर लिया। अब उनके भरण-पोषण के लिए कोई अभाव नहीं है। उनकी सामाजिक स्थिति, कृष्ण की रानियों की है। उन्हें पति का प्यार तो क्या दे पाऊंगा; हां, उन्हें सुहाग अवश्य दिया है। अब वे भौमासुर द्वारा अपहृत अथवा हाट में बेची गयी अपमानित नारियां नहीं हैं; वे कृष्ण की पत्नियां हैं।'' कृष्ण ने पुनः हंसकर सुदामा को देखा, ''यदि कोई अन्य पुरुष उनमें से किसी को भी प्रेम और सम्मान के साथ अंगीकार करने का साहस करता तो कृष्ण को बड़ी प्रसन्नता होती।''

यद्यपि यह सुदामा का स्वभाव नहीं था; फिर भी जाने क्यों कृष्ण के सन्दर्भ में और विवाह के प्रसंगों ने, सुदामा के मन में एक चुहल जगा दी थी; पर कृष्ण का वक्तव्य तो उस लालित्य को ही सोख गया। सुदामा के सम्मुख भ्रमर-प्रवृत्ति का रसिक नहीं, सामाजिक मर्यादा की रक्षा करने वाला तथा एक नयी नैतिकता की स्थापना करने वाला एक साहसी गम्भीर पुरुष बैठा था। सुदामा का अपना जीवन, इन सारे प्रसंगों से सर्वथा शून्य था। न उनकी कोई सखी थी, न प्रिया। उनका जीवन तो वेदों के शुष्क चिन्तन और ब्रह्मचर्य के कठोर संयम में बीता था। सुशीला तो उन्हें धर्मपत्नी के रूप में मिली थी। वह कृष्ण को और ही प्रकार का रसिक...वृन्दावन की गोपियों के विषय में पूछने का साहस सुदामा को नहीं हुआ...

''अच्छा! मैं स्नान कर आऊं।''

कृष्ण अभी तक अपनी गम्भीर मुद्रा छोड़ नहीं पाये थे। पर वे स्वयं जाकर सुदामा को स्नानागार तक छोड़ आये।

कृष्ण आकर पुनः कक्ष में बैठे, तो उनकी अपनी चिन्तन-प्रक्रिया चलती चली गयी।...

सुदामा ने पूछा नहीं, किन्तु उसके मन में अवश्य ही ब्रज की गोपियां भी रही होंगी। कृष्ण का नाम आते ही, लोगों के मन में गोपियों की चर्चा भी जाग उठती है। कृष्ण का मन भीतर-ही-भीतर अपना अतीत कुरेदने लगा था...

कृष्ण ने अपने लड़कपन से ही यह अन्तर पहचान लिया था। डील-डौल में बहुत अन्तर होने पर भी, बलराम का उनसे वय में बहुत अन्तर नहीं था। किन्तु, स्वभाव का अन्तर इतना स्पष्ट था कि छिपाए भी नहीं छिप सकता था। बलराम मां के पास बैठने में, मां के साथ कहीं जाने में झेंपते थे। शायद उन्हें लगने लगा था कि वह बहुत बड़े हो गये हैं और मां के साथ सम्बन्ध छोटे बच्चों का ही होता है। कृष्ण को इसमें तनिक भी संकोच नहीं होता था। वे माता यशोदा के पास घण्टों बैठे रह सकते थे। उनके पास बातों की कमी नहीं थी। कितना कुछ होता था, मां को बताने को, सुनाने को। उन्हें मां के साथ बाहर जाने में भी अच्छा लगता था; संकोच तो नहीं ही होता था—एक प्रकार से गर्व की अनुभूति होती थी। लोग देखेंगे कि कैसी हैं उनकी मां। सुन्दर स्वस्थ, समझदार और ममतामयी। ऐसी मां पर किसको गर्व नहीं होगा।

अपनी मां के अतिरिक्त, कृष्ण पड़ोस की महिलाओं के पास भी बैठ आया करते थे। किसी के साथ बातें करते रहते, किसी के काम में हाथ बंटाते। किसी का कुछ बना आते, किसी का कुछ बिगाड़ आते। पर कौन उनसे रुष्ट होता—कोई काकी थी, कोई मौसी, कोई ताई थी, कोई बुआ...कोई आजी थी, कोई नानी...सारा नन्दगांव उनका अपना था।

बलराम, या अपने घर पर रहते या वन में; पर कृष्ण किसी के भी घर में हो सकते थे। उन्हें कभी कहीं परायापन लगा नहीं। बलराम को एक बार माता रोहिणी ने अपनी भुजाओं में भरकर प्यार कर लिया था तो वे कितने लजा गये थे। गाल लाल हो गये थे और वे मुंह चुराकर भाग गये थे। पर, कृष्ण तो स्वयं ही माता की गोद में जा बैठते थे, उनसे लिपट जाते थे। माता कभी तो उन्हें कृत्रिम रोष दिखाती हुई, परे हटा देती थीं और कभी लिपटाकर चूम लेती थीं। कृष्ण के लिए यह मां का सहज प्यार था...इसमें संकोच क्या? कृष्ण की तब अपनी कोई बहिन नहीं थी, पर उन्हें नन्दगांव की अनेक गोपियां अच्छी लगती थीं—अपनी बड़ी बहिन के समान। वे छोटे भाई के अधिकार से अनेक बार उनके पास जा धमकते थे और वे भी उन्हें अपना भाई मान लेती थीं। श्रावणी दीदी ने तो एक बार 'मेरा भैया' कहकर, सार्वजनिक रूप से उनका माथा चूम लिया था।

कुछ और बड़े होने पर रूपा भाभी उन्हें बहुत अच्छी लगने लगी थीं। रूपा भाभी, देवा भैया की पत्नी थीं। अनेक बच्चे उन्हें काकी भी कहते थे। कृष्ण भी चाहते तो मज़े में उन्हें काकी कह सकते थे, पर कृष्ण ने उन्हें सदा भाभी ही कहा। उन्हें देखते ही कृष्ण के मन में प्रसन्नता का जैसे कोई उत्स फूट पड़ता; और प्रसन्नता ऊर्जा बन जाती। रूपा भाभी को देखते ही कृष्ण इतने वाचाल और चंचल हो उठते थे कि उन्हें भय होता कि कहीं कोई अटपटी बात न कह डालें। पर वे अपनी उस ऊर्जा का क्या करते। मन होता, बांसुरी में कोई आह्लादक राग छेड़ दें, या फिर जोर से नाचने लगें। रूपा भाभी एक बार

मुस्कराकर उनसे कोई बात कर लेतीं तो वे धन्य हो जाते और यदि वह अपना कोई काम कह देतीं तो कृष्ण कृतकृत्य हो जाते। उन्हें लगता कि उनके जीवन का वह एक दिन सार्थक हो गया है...

तब तक बलराम और उनके मित्रों ने खेल को लेकर लड़कों और लड़कियों का बहुत झंझट डाल दिया था। तब तक जो बच्चे इकट्ठे खेला करते थे, उनमें से लड़कियों और लड़कों के खेल अलग-अलग हो गये थे। अलग ही नहीं—वे लोग एक-दूसरे के प्रतिस्पर्धी भी हो गये थे। किन्तु कृष्ण के व्यवहार में कहीं कोई अन्तर नहीं आया था। वे लड़कों के साथ जितना खेलते थे, लड़कियों के खेल में भी उतना ही रस लेते थे। कभी-कभी ललिता उन्हें छेड़ा करती, 'कृष्ण तो लड़की है।' 'चलो हूं, तो उससे क्या? तुमसे तेज़ रस्सी कूद सकता हूं। तुमसे ऊंचा झूला झूल सकता हूं। तुमसे अच्छा नाच सकता हूं।'

वैसे कृष्ण, बलराम भैया से भिन्न थे भी। कृष्ण अखाड़े में कुश्ती लड़ते थे। वन में गायें चराने जाते थे। हिंस्र पशुओं से भिड़ जाते थे। लोगों का संगठन करने की सोचते थे; और फिर कृष्ण बांसुरी बजाते हुए, रासलीला करने लगते थे...पर बलराम भैया की गति न संगीत में थी, न नृत्य में। इनकी बात आते ही वे अलग हो जाते थे। कृष्ण वहां भी नायक थे और यहां भी। सारी रास-मण्डली गोपियों की हो तो भी अकेले कृष्ण उनमें नाचते थे।...बलराम भैया और उनके मित्र चिढ़ जाते थे...'सारी गोपियों में एक कान्ह...।'

कृष्ण हंसा करते थे, 'गोप हों तो भी उनमें कान्ह हैं और गोपियां हों तो भी...'

पर सबसे पहले कुछ भिन्न अनुभव हुआ था, जब रूपा भाभी की चहेती माधवी ने एक दिन राह किनारे रोक, उनके बहुत निकट आ, उनके कन्धे पर हाथ रखकर कहा था, "कृष्ण! मैं तुमसे प्रेम करती हूं।"

माधवी कृष्ण को अच्छी लगती थी। बहुत सुन्दर थी माधवी। पर रूपा भाभी जैसी नहीं। कृष्ण हंस पड़े थे, "मैं भी तुमसे बहुत प्रेम करता हूं माधवी दीदी!" और जाने कैसे कृष्ण ने जोड़ दिया, "मैं तो रूपा भाभी से भी बहुत प्यार करता हूं।"

बारह वर्षों में किशोर कृष्ण समझ नहीं पाये थे कि माधवी उनकी बात से प्रसन्न क्यों नहीं हुई। उस पर जैसे उल्कापात हो गया था। चेहरे का वर्ण मलिन हो गया। लगा कि अभी रो देगी। और फिर बिना कुछ कहे, वह चली गयी। उसने कृष्ण से कभी बात नहीं की। उससे कुछ दिनों बाद ही उसका विवाह भी हो गया था।

कृष्ण बड़े हो रहे थे। उनके मन में कुछ नये भाव जाग रहे थे। अपने प्रति गोपियों के आकर्षण को वे कुछ-कुछ समझने लगे थे, जब उन्हें वृन्दावन में, बरसाने से आयी वृषभानु की बेटी राधा मिली थी। राधा उनसे तीन-चार वर्ष बड़ी रही होगी। बड़ी आकर्षक और चंचल लड़की थी। जब आवश्यकता पड़ती, बड़े होने का रौब झाड़ लेती; और जब इच्छा होती, समवयस्क अथवा छोटी सखी बन कृष्ण से अपना अनुरोध मनवा लेती।

रास में राधा के साथ नाचते हुए कृष्ण ने पहली बार स्त्री-स्पर्श का रोमांच जाना

था। उन्हें पहली बार लगा था कि जो कृष्ण अब तक सबको प्यार करता था, वह कुछ बदल गया है। राधा के प्रति उसका आकर्षण सबके प्यार में नहीं समाता। राधा के साथ बातें करने का उनका मन होता है, पर भीड़ में नहीं। एक राधा ही है, जिसके साथ वे एकान्त चाहते हैं...पर राधा ने बड़े सहज भाव से उन्हें बता दिया था कि अय्यन गोप के साथ उसका विवाह होने वाला है। वह अय्यन की वाग्दत्ता है। अय्यन गोप कंस की सेना में एक साधारण सैनिक था और प्रायः मथुरा के किसी सैनिक पड़ाव में रहता था। जब कभी वह आयेगा, राधा का उससे विवाह हो जायेगा। अय्यन के माता-पिता और उसके कुटुम्बीजन वृन्दावन में ही थे; और वे लोग राधा की...अपने घर की बहू के रूप में खोज-खबर भी रखते थे...

कृष्ण ने अपनी भावना को वहीं रोक लिया था। इस कामना-लता को बढ़ने देने का कोई लाभ नहीं है। दूसरे की वाग्दत्ता...अच्छा किया, राधा ने आरम्भ में ही बता दिया। कहीं बात बढ़ जाती...

पर दूसरे की वाग्दत्ता होने का राधा पर कोई प्रभाव नहीं पड़ा था। वह उन बाल-सखियों के रूप में ही उनसे मिलती थी। सार्वजनिक रूप से नृत्य में सम्मिलित होती थी। कृष्ण को चिढ़ाती और खिजाती थी; पर एकान्त होते ही गम्भीर हो जाती थी। वह अपने मन की बहुत सारी बातें कृष्ण से करती थी। अपने घर की घटनाएं बताती थी। उसने कृष्ण से कह दिया था कि अय्यन के वृन्दावन में आते ही वह उसे कृष्ण से मिला देगी। वे दोनों तब भी मिला करेंगे। वह कृष्ण के घर आया करेगी, कृष्ण उसके घर जायेंगे...

और ऐसे ही एक दिन बातें करते-करते राधा कृष्ण को बहुत दूर ले गयी थी। वे चलते ही चले गये थे, बिना थके, बिना रुके। और सहसा राधा रुक गयी...

"कहीं बैठ जायें।"

"थक गयी!" कृष्ण ने चिढ़ाया, "तुम तो मुझसे भी अधिक बली हो।"

"शरीर ठीक नहीं लग रहा।"

कृष्ण ने देखा : राधा का चेहरा सचमुच स्वस्थ नहीं था। पता नहीं, उनका ध्यान पहले क्यों इस ओर नहीं गया था। वे राधा की बातों में ही बहते रहे थे...

"तुम अस्वस्थ हो?"

"शायद।"

कृष्ण एक कुंज में जा बैठा, "जब अस्वस्थ थीं तो इतनी दूर चलने की क्या आवश्यकता थी?"

"तुमसे बातें करना अच्छा लग रहा था।" राधा ने सहज भाव से कहा था, "तुम नहीं जानते कृष्ण! जब शरीर अस्वस्थ हो या मन उदास हो, तो मुझे तुम्हारी बहुत याद आती है। मन होता है, तुम मेरे पास ही बने रहो। क्षण को भी मुझसे अलग न हो।"

कृष्ण कुछ नहीं बोले, चुपचाप राधा को देखते रहे।

राधा खिसककर उनके पास आ गयी। उसने उनके कन्धे पर अपना सिर टिका दिया, "कृष्ण! मैं नहीं जानती कि यह सब क्या है। मैं क्यों तुम्हारे ही पास रहना चाहती

हूं। क्यों मैं तुमसे ही बातें करना चाहती हूं। क्यों मैं चाहती हूं कि अन्य सब लोगों से अलग कर, तुम्हें अपने पास रख लूं। तुम किसी और के न रहो, केवल मेरे ही रहो...।''

राधा के लिए वैसे बैठना असुविधाजनक हो रहा था। उसने अपना सिर कृष्ण की गोद में रख दिया...

कृष्ण का शरीर उनके मस्तिष्क से विद्रोह कर रहा था। शरीर में मचलती बिजलियां जैसे अंगों को छीलती जा रही थीं। मन का आलोड़न-विलोड़न एक पीड़ादायक सुख बन गया था; किन्तु विवेक था कि उन्हें तनिक भी शिथिल नहीं होने दे रहा था : 'राधा अय्यन की वाग्दत्ता है...'

कृष्ण का हाथ राधा के माथे पर ठहर गया। माथा गरम था। निश्चित रूप से राधा को ज्वर था।

''तुम्हारा हाथ कितनी शीतलता देता है।'' राधा जैसे अचेतनावस्था में से बोल रही थी।

''मैं तुम्हारा सिर दबा देता हूं।'' कृष्ण अपने होंठों में बुदबुदाए, ''तुम्हें ज्वर है राधा!''

कृष्ण का हाथ राधा के माथे पर फिरता-फिरता उसके केशों को सहलाने लगा था: कितने चिकने और मुलायम बाल थे राधा के। इच्छा होती थी, खूब मन लगाकर उन बालों को संवारा जाये और जब बाल पूरी तरह संवर जायें, राधा उन्हें देखे और इठलाने की मनःस्थिति में आये तो कृष्ण अपनी अंगुलियों के बवण्डर से उस सारी केश-सज्जा को बिगाड़ दें और खिलखिलाकर हंस पड़ें...

कृष्ण का अपना माथा तपता जा रहा था। वक्ष में जैसे भट्ठी तपने लगी थी और सांस रुकने-सी लगी थी। वे देख रहे थे कि राधा उनकी गोद में सिर रखकर लेटी हुई है। उनका हाथ उसके माथे को दबाता-दबाता उसके बालों के साथ-साथ कपोलों को भी सहलाता जा रहा था...उनका विवेक उन्हें रोक रहा था और हाथ था कि विवेक के कहने में नहीं रहना चाहता था...

क्या था यह सब? क्या सचमुच राधा अस्वस्थ थी और उसे इस क्षण विश्राम की आवश्यकता थी, या वह अस्वस्थता की आड़ में अपनी किसी अन्य इच्छा की पूर्ति कर रही थी...और स्वयं कृष्ण? वे सचमुच रोगी की शुश्रूषा कर रहे थे या स्पर्श के अनाम सुख का भोग...

पर कृष्ण का विवेक तब भी उन्हें रोक रहा था...राधा अय्यन की वाग्दत्ता है। वह कभी कृष्ण की नहीं हो सकती। फिर, जो उनकी हो नहीं सकती, उसके प्रति ऐसा व्यवहार?...पर इसमें कृष्ण का क्या दोष? कृष्ण ने तो यह सब नहीं चाहा था। पर राधा? राधा तो अस्वस्थ थी। अस्वस्थ व्यक्ति की बाध्यता का लाभ?

वह प्रश्न आज भी कभी-कभी कृष्ण के मन में कसकने लगता है।...यदि राधा अस्वस्थ न होती, तो क्या वैसे भी कृष्ण की गोद में सिर रखकर लेट जाती? यदि कहीं राधा ने

स्वस्थ अवस्था में ऐसा किया होता तो कृष्ण का व्यवहार क्या होता? वे राधा की कामना जान उसे स्वीकृति देते? क्या उसे अय्यन से अपना सम्बन्ध तोड़ लेने का परामर्श देते? राधा ने अस्वस्थ अवस्था में यदि अपनी कामना प्रकट भी की तो कृष्ण के मन में वह घटना ग्लानि-बोध छोड़ गयी। वह तो रोगी की आवश्यकता थी, उसे कृष्ण ने राधा की कामना कैसे मान लिया? राधा तो उसके बाद भी उनकी सखी ही रही—सखी से बढ़कर उसने कभी कुछ होना भी नहीं चाहा।

आज कृष्ण सोचते हैं तो बहुत सारी बातें उनके मन में उठती हैं। तब क्या वय था कृष्ण का? चौदह वर्ष!...आज वे प्रेम और नारी-पुरुष के आकर्षण के विषय में बहुत कुछ सोचते-समझते हैं। वे जानते हैं कि जब एक किशोर, किसी किशोरी की किसी भंगिमा पर पिघल-पिघल जाता है, तो वह नहीं जानता कि प्रकृति उसके भीतर सृष्टि की कामना उत्पन्न कर रही है। जब किशोरी एकान्त कक्ष में अपना शृंगार करती है, तो वह अनजाने ही प्रकृति की उसी सृष्टि-कामना को अभिव्यक्ति कर रही है। प्रकृति अपने-आपको नवीन सृष्टि की परम्परा में अभिव्यक्ति देती रहती है और उसकी पूर्ति करता है पुरुष को आकृष्ट करने वाला स्त्री का रूप और उस रूप के सामने अवश होने वाला पुरुष का मन...

पर तब तो कृष्ण यह सब नहीं समझते थे। उन्होंने अपने जीवन में बहुत कुछ वय से पहले समझा और बूझा है; पर प्रकृति के उस प्रपंच से उन्हें किसने सुरक्षित रखा—वे आज तक समझ नहीं पाये।

आज सोचते हैं तो उन्हें लगता है कि प्रकृति का वह प्रलोभन बहुत मोहक था ...कुंज में उनकी गोद में सिर रखकर सो जाने वाली राधा, वनों में एकान्त होते ही उनके कन्धे पर हाथ रख सखी भाव से बातें करने वाली ललिता, स्वयं से सदा भागने की शिकायत करने वाली—अनेक सखियां थीं वृन्दावन में। पर तब तक कृष्ण के मन में कंस के अत्याचारों का रूप स्पष्ट हो चुका था। कृष्ण प्रकृति की एक इच्छा—'सृष्टि'—को अर्पित हो गये होते, तो अत्याचार का विरोध कर प्रकृति में सन्तुलन स्थापित करने की ओर कैसे बढ़े होते—पर यह सब न उद्धव ने समझा है, न भैया बलराम ने, और न ही सुदामा समझेगा। और अब तो वे घटनाएं किंवदंतियां हो गयी हैं। कृष्ण किसे-किसे समझायेंगे कि वृन्दावन में किस गोपी के साथ उनका क्या सम्बन्ध था। अब तो कोई चर्चा करता है, तो वे मुस्कराकर रह जाते हैं...

सुदामा स्नान कर कक्ष में लौटे, तो सत्यभामा ने दासियों के साथ कक्ष में प्रवेश किया। सत्रजित के धन, कृष्ण से शत्रुता, स्यमंतक मणि और सत्यभामा से कृष्ण के विवाह की कथा सुदामा को ज्ञात थी। सुदामा ने कुछ उत्सुकता के साथ सत्यभामा को देखा : वे वय में रुक्मिणी से कुछ छोटी थीं। सत्यभामा कम सुन्दरी नहीं थीं, पर रुक्मिणी में गरिमा अधिक थी।

सत्यभामा ने सुदामा से बात करने या परिचय बढ़ाने का कोई प्रयत्न नहीं किया।

बड़े व्यावहारिक ढंग से अपने निर्देशन में दासियों से चौकियों पर भोजन लगवाती रहीं। लगता था रसोई का प्रबन्ध सत्यभामा के ही अधिकार में था—

सुदामा का मन इधर-उधर भटकता रहा। वे सोचते रहे—राम ने मात्र एक विवाह किया था। कितनी निष्ठा थी, दोनों में एक-दूसरे के प्रति। पर लंका से लौटने पर जनमत की चिन्ता से राम को अपनी निर्दोष पत्नी को भी त्यागना पड़ा था—पता नहीं यह घटना सच्ची है या नहीं—हो सकता है कि यह बाद के किसी कवि की कल्पना हो और रामकथा में प्रक्षेप मात्र ही हो—सम्भव है कि इसके माध्यम से कवि सामाजिक और पारिवारिक दायित्व का द्वन्द्व ही जताना चाहता हो—पर इससे सामाजिक नैतिकता का एक रूप तो प्रकट होता ही है।—और दूसरी ओर यह कृष्ण है, जिसने उस सामाजिक नैतिकता की रत्ती-भर भी चिन्ता नहीं की। सर्वविदित है कि वे स्त्रियां स्थान-स्थान से अपहृत की गयी हैं। उनकी मर्यादा...पर इस कृष्ण ने किसी बात की चिन्ता नहीं की। जैसा कि वह स्वयं कहता है...सारा गरल उसने स्वयं पी लिया। किसी को समझाने नहीं गया, किसी को सुधारने नहीं गया—कितना मौलिक है, इसकी नैतिकता का स्वरूप। यह पुरुष समाज को एक नया आधार देगा...

भोजन के समाप्त होते ही सूचना मिली कि उद्धव मिलने आये हैं।

"बुलाओ! बुलाओ!" कृष्ण उत्साह भरे स्वर में प्रतिहारी से बोले, और फिर सुदामा की ओर मुड़े, "मैं सोच ही रहा था कि तुम्हारी भेंट उद्धव से भी हो ही जाये।"

सुदामा के चेहरे पर उत्फुल्लता झलकी : पर उनके कुछ कहने से पहले ही उद्धव ने कक्ष में प्रवेश किया।

उन्होंने सुदामा को वहां देख कोई आश्चर्य प्रकट नहीं किया। आकर सहज रूप से गले मिले और बैठ गये, "मुझे सूचना मिली कि सुदामा आया हुआ है, तो मैं समझ गया कि गोविन्द का कहीं और मिलना अब सम्भव नहीं है।"

कृष्ण हंसे, कुछ बोले नहीं।

"कैसे हो सुदामा?" उद्धव ने पूछा।

उत्तर देने से पूर्व सुदामा ने एक भरपूर दृष्टि उद्धव पर डाली : उद्धव का कद-काठ पहले से बढ़ गया था। अपने आप में पर्याप्त स्वस्थ और प्रसन्न भी दिखाई पड़ रहा था; किन्तु वह कृष्ण के समान बलिष्ठ और उत्फुल्ल नहीं था। उसके चेहरे पर गम्भीर उदासी थी। आंखों में चिन्तन का आल-जाल था। किन्तु कृष्ण के साथ उसका रूप-साम्य अद्‌भुत था। सम्भवतः सगे भाइयों के चेहरे भी इतने नहीं मिलते, जितने इन दोनों चचेरे भाइयों के मिल रहे थे। यदि उद्धव कृष्ण के वस्त्र पहनकर, कृष्ण बन जायें तो कोई भी यही मान लेगा कि कृष्ण कुछ दुबला हो गया है।

"ठीक हूं।" सुदामा बोले, "तुम्हारे आ जाने के बाद तो यहां हमारे गुरुकुल का वातावरण और भी सजीव हो उठा है।"

"हां!" उद्धव का स्वर गम्भीर था, "हमारा साझा तो गुरुकुल के जीवन में ही है। एक-दूसरे से मिलने पर वही याद आयेगा, हम बार-बार उसी जीवन को दुहरायेंगे।"

"उसी को मत दुहराते जाओ।" उद्धव की गम्भीरता की पृष्ठभूमि में कृष्ण की उत्फुल्लता कुछ और अधिक मुखर हो उठी, "ऐसी मैत्री स्थायी नहीं होती। मनुष्य का जीवन निरन्तर आगे बढ़ने वाली एक धारा है। यदि मैत्री उस धारा के साथ-साथ न चले, उसके एक घाट से ही बंधकर रह जाये तो धारा उस घाट की उपेक्षा करने लगती है। कभी उसे छोड़कर परे हट जाती है; कभी उसे उखाड़ फेंकती है; और कभी उसे जलमग्न कर भूल जाती है।"

सुदामा मुग्ध भाव से कृष्ण को देखते रहे—कृष्ण पहले ही शेष लोगों से कुछ न्यारा था, असाधारण। पर इधर तो उसका तीव्र विकास हुआ है। उसका अनुभव-क्षेत्र बहुत बढ़ा है। जीवन के विस्तार और गहराई को उसने देखा-परखा और समझा है। सुदामा तो अपनी पोथियों में ही उलझ कर रह गये हैं। कृष्ण सक्रिय है और व्यवहारकुशल!...और सुदामा, मात्र निष्क्रिय चिन्तक...एक सहज सरल शिष्टाचार के अतिरिक्त व्यवहार तो उन्होंने सीखा ही नहीं है...

"साथ-साथ कैसे चला जाये?" उद्धव बोले, "सुदामा तो रहता है, अपनी सुदामापुरी में...।"

कृष्ण खिलखिलाकर हंस पड़े, "अच्छा नाम दिया है उद्धव तुमने। उस गांव का नाम सुदामा के नाम पर ही होना चाहिए। कितना अच्छा हो कि प्रत्येक स्थान का नाम वहां जन्मे अथवा निवास करने वाले बड़े-से-बड़े विद्वान् के नाम पर रखा जाये। इससे किसी भी नगर अथवा ग्राम की विद्वत्ता की पोल तुरन्त खुल जायेगी।"

"और किसी स्थान का हो या न हो, "उद्धव बोले, "पर सुदामा के गांव का नाम तो सुदामापुरी हो गया।"

"कल ही ग्राम-प्रमुख को सूचना भिजवा दो।" कृष्ण बोले।

"ठीक है।"

"पर बात तो मैत्री की हो रही थी।" सुदामा ने टोका, "और तुम दोनों किधर बहक गये।"

"हां, मैं कह रहा था," उद्धव बोले, "सुदामा उलझे हैं अपनी पोथियों में और हम कभी किसी युद्ध में, कभी युद्ध-परिषद् में...।"

"तभी तो कह रहा हूं।" कृष्ण अपने आश्वस्त स्वर में बोले, "एक-दूसरे की खोज-खबर तो रखनी चाहिए। नहीं तो व्यक्ति अपने विकास से तो परिचित होता है, दूसरे के विकास से अनजान रहता है। इसलिए अपने महत्त्व को तो बहुत अधिक आंकता है, दूसरे के महत्त्व को जानता तक नहीं। परिणामतः उसका अहंकार बढ़ता है और वह दूसरों की उपेक्षा और तिरस्कार करने लगता है।"

"तुम लोग क्या कर रहे हो, इसकी सूचना मुझ तक तो किसी-न-किसी रूप में पहुंच ही जाती है।" सुदामा ने कहा, "कठिनाई तुम्हें होगी, मेरा समाचार कौन लायेगा यहां।"

कृष्ण हंसे, "यह मत सोचो। हमें तुम्हारी सारी सूचनाएं रहती हैं। आगे भी

रहेंगी।''

सुदामा के मन में आया, कहें, 'जब तुम्हें सूचना थी तो मेरी सहायता को क्यों नहीं आये। पर फिर चुप ही रह गये—उन्हें भी तो कृष्ण की कठिनाइयों, कष्टों तथा जोखिमों की सूचनाएं मिलती रहती हैं; वे ही कब-कब कृष्ण की सहायता को आये...'

''तो उद्धव का विकास जान लें,'' सुदामा ने स्वयं को सन्तुलित किया, ''मैंने सुना था कि उद्धव जब ब्रज में गोपियों से मिलकर आये तो उनका ज्ञान-मार्ग डोल गया और ये भक्ति की ओर आकृष्ट हो गये?''

''हां! कुछ संशय तो पैदा हुआ है।'' उद्धव का स्वर और भी गम्भीर हो गया, ''पर भक्ति पर भी पूरी तरह स्थिर रहना मेरे लिए सम्भव नहीं हो पाया है। उस विषय में कई बार कृष्ण से बात भी की है। अब देखा...'', उद्धव की दृष्टि सुदामा पर टिक गयी, ''मैंने बरसाने की राधा को कृष्ण की भक्ति करते देखा है। वह अपनी भक्ति में इतनी तन्मय है कि उसे देखकर कोई भी विह्वल हो जाता है। पर राधा को कृष्ण नहीं मिले।''

''तुम्हारा विचार है कि भक्ति से कोई उपलब्धि नहीं होती।'' सुदामा ने पूछा; और बिना कोई उत्तर पाये ही उन्होंने आचार्य ज्ञानेश्वर द्वारा राजपुरुष की भक्ति की कथा सुनाकर कहा, ''तुम क्या समझते हो कि आचार्य ज्ञानेश्वर को इस भक्ति का फल कुछ नहीं मिलेगा?''

''दोनों को मिलाओ मत।'' उद्धव को बोलने का अवसर दिये बिना कृष्ण बोले, ''एक प्रेम मिश्रित भक्ति है और दूसरी सीधी-सीधी चाटुकारिता। भक्ति एक भाव है और चाटुकारिता कर्म—यद्यपि निकृष्ट कर्म है। पर कर्म वह है और उसका फल आचार्य को मिलेगा।''

''तो तुम भी यही कहना चाहते हो कि भक्ति का फल नहीं मिलता?'' सुदामा ने अपना प्रश्न दुहराया।

''ठहरो! पहले मेरी बात सुनो।'' उद्धव ने कृष्ण को बोलने नहीं दिया, ''मैंने यह नहीं कहा कि राधा को कुछ नहीं मिला। राधा से पूछो कि उसे कृष्ण मिले या नहीं, तो उसका उत्तर होगा कि कृष्ण सदा मेरे पास हैं। वे मेरी आंखों में हैं, मेरे मन में हैं, मेरी आत्मा में हैं...''

''इसे तुम प्राप्ति मानोगे?'' सुदामा ने तुनककर पूछा।

''पूरी बात तो सुनो भाई!'' उद्धव अपने गम्भीर स्वर में बोले, ''राधा के अनुसार तो उसे अपने मनभावन की प्राप्ति हो गयी है। उससे अधिक की उसे आकांक्षा भी नहीं है। पर दूसरी ओर हमारी रुक्मिणी भाभी हैं। वे भी कृष्ण की भक्ति करती हैं। पर उन्होंने केवल भक्ति ही नहीं की, उनकी कामना भावात्मक धरातल पर ही नहीं रही, वे सक्रिय हुईं। उन्होंने अपने भाई और पिता का विरोध किया। किसी अन्य पुरुष से विवाह न करने पर तुली रहीं। कृष्ण को सन्देश भिजवाया—अर्थात् उन्होंने कर्म किया और उन्हें कृष्ण प्राप्त हुए...।''

''किसे प्राप्त हुए?'' कक्ष में प्रवेश करती हुई रुक्मिणी ने पूछा।

“बड़े समय से आयीं।” कृष्ण मुस्कराए, “तुम्हारी ही चर्चा हो रही थी।”

“तो मेरी पीठ पीछे निन्दा हो रही थी। क्यों देवरजी?” वे सुदामा की ओर मुड़ीं, “क्या मुझसे कोई अपराध हुआ है?”

“अरे भाभी! क्यों मुझ पर पाप लादती हैं।” सुदामा ने बड़े सहज और आत्मीय भाव से हाथ जोड़ दिये, “मैं तो उद्धव की चर्चा अवाक् होकर सुन रहा हूं।”

“अवाक्!” कृष्ण हंसे, “बिल्कुल ठीक शब्दों में कहा है सुदामा ने, अवाक्!”

“आप लोग आज सोएंगे नहीं क्या?” रुक्मिणी ने विषय बदल दिया।

“सोएंगे,” कृष्ण कुछ लीलापूर्वक मुस्कराए, “मैं और सुदामा यहीं सोएंगे। अधिक देर हो गयी तो उद्धव को भी यहीं सुला लेंगे।”

“तो आज गप्प-गोष्ठी चलेगी।” रुक्मिणी भी एक आसन पर निश्चिन्त भाव से बैठ गयीं, “यदि इस पुरुष समुदाय को आपत्ति न हो तो यह स्त्री भी थोड़ी देर यहां ज्ञान-चर्चा सुन ले।”

“तब तो आपको निराशा होगी। यहां ज्ञान-चर्चा नहीं, भक्ति-चर्चा हो रही है।”

“भक्ति-चर्चा हो या ज्ञान-चर्चा। अब रुक्मिणी यहीं बैठेगी, क्योंकि उसे सन्देह हो गया है कि उद्धव उसकी निन्दा कर रहा था।” कृष्ण हंसे।

“तब तो भाभी का यहां उपस्थित रहना और भी आवश्यक है। नहीं तो मेरा कलंक धुलेगा कैसे।” उद्धव बोले, “देखिये भाभी! मैं यह कह रहा था कि भक्ति एक भावना है, इसलिए उससे जो उपलब्धि होती है, वह भावनात्मक धरातल पर ही होती है। व्यावहारिक धरातल पर उपलब्धि के लिए कर्म के धरातल पर उतरना पड़ता है। देखिये! देवकी काकी कारागार में भी भक्ति ही करती रहीं, किन्तु अपनी किसी सन्तान को बचा नहीं पायीं; किन्तु काका ने जब गर्गाचार्य के माध्यम से नन्दबाबा से सम्पर्क किया, योजना बनायी और वासुदेव को लेकर कारागार से बाहर यमुना पार पहुंचाने का उद्यम किया तो वे बच गये और उन्हीं के हाथों अपने माता-पिता की ही नहीं, समस्त यादवों की मुक्ति हुई।”

“तो फिर भक्ति का लाभ क्या हुआ?” रुक्मिणी बोली, “मुख्य तो कर्म ही हुआ। व्यक्ति कर्म ही करे।”

“तुम क्या कहते हो कृष्ण?” सुदामा ने पूछा, “व्यक्तिगत रूप से मुझे तो भक्ति ने बहुत उलझा रखा है। एक योगियों की भक्ति है। एक यज्ञ का कर्मकाण्ड है, एक पूजा का विधि-विधान है; मैं सोचता हूं तो लगता है कि योगी ध्यान करता है, यज्ञकर्ता एक संकल्प करता है, माला के मनके फेरने वाला स्मरण करता है।—क्या यह सब भक्ति है? और फिर मेरे मन में कहीं यह सन्देह भी है कि भक्ति से सांसारिक सफलताएं मिल सकती हैं क्या? यदि भक्तों के अनुसार हम यह मान लें कि भक्ति से भक्त की मनोकामनाएं पूरी होती हैं और मनोकामनाएं तो सबकी सब सांसारिक हैं; हमें यह भी मानना पड़ेगा कि भक्ति से ही सांसारिक मनोकामनाएं पूरी होती हैं। पर यदि ईश्वर हमसे भक्ति ही चाहता है तो उसने यह नियम क्यों नहीं बना दिया कि प्रतिदिन एक निश्चित

अवधि तक भक्ति करने पर ही मनुष्य को भोजन मिलेगा? दूसरी ओर मैं यह भी सोचता हूं कि भक्तों को मैंने सदा सुखी ही तो नहीं देखा। भक्त लोग भी उतना ही कष्ट पाते हैं—जितना कि अन्य लोग। वे भूख से भी तड़पते हैं और रोग से भी। तो भक्ति का क्या लाभ? भक्ति से क्या मिलता है मनुष्य को?'' सुदामा ने रुककर कृष्ण की ओर देखा।

''मैं भक्ति को सर्वथा व्यर्थ तो नहीं मानता, पर स्वयं को उद्धव के चिन्तन के काफी निकट पाता हूं।'' कृष्ण धीरे-से बोले, ''भक्ति भावना है और ज्ञान चिन्तन। यदि व्यक्ति चाहे तो उनका समाहार कर्म में कर सकता है। प्रकृति ने, जिसे सुदामा ने ईश्वर कहा है, यह नियम तो नहीं बनाया कि अन्न उपजाने के लिए किसी अलौकिक सत्ता की भक्ति करनी होगी; पर यह नियम अवश्य बनाया है कि अन्न उपजाने के लिए धरती पर श्रम करना होगा।'' कृष्ण ने रुककर उद्धव की ओर देखा, ''पर भावना के रूप में भी भक्ति सर्वथा निष्फल नहीं है। किसान यदि धरती के प्रति भक्ति-भाव रखता है तो वह उसे जोतते, बोते, काटते हुए इस बात का ध्यान रखता है कि वह धरती की उर्वरा शक्ति बनाये रखे, उसे क्षीण न होने दे। कृषि-शास्त्री धरती की पूजा करता है तो दिन-रात मिट्टी के कणों का परीक्षण और प्रयोग करता है, सिंचाई का चिन्तन करता है, बीजों के प्रकारों का अध्ययन करता है। अतः वे लोग अपनी इस भक्ति के कारण, धरती से अधिक अन्न पाने में सफल होते हैं। पर यदि वे लोग अपने पसीने के स्थान पर धूप, दीप और चन्दन से धरती की पूजा करते हैं तो उन्हें कोई लाभ नहीं होता। यह वैसे ही है कि सुदामा दिन-रात पोथियों और विचारों से सिर मारता है तो ज्ञान पाता है। यदि यह सरस्वती की मूर्ति बनाकर उसकी आरती उतारता रहे तो इससे बड़ा बौड़म कोई न होगा।''

''पर यह तो आपने भक्ति को कर्म में बदल दिया।'' रुक्मिणी शान्त स्वर में बोली, ''आप शुद्ध भावात्मक भक्ति की बात कीजिये।''

''भावात्मक भक्ति, व्यक्ति का स्वयं को तपाकर स्वच्छ करने का प्रयत्न है।'' कृष्ण बोले, ''वह एक बड़ी वस्तु की प्राप्ति का प्रयत्न है, जिसके कारण छोटी वस्तुओं की कामना छूट जाती है। सात्विक भक्ति में व्यक्ति सांसारिक इच्छाओं से मुक्त होता है; क्योंकि वह स्रष्टा को पाने के प्रयत्न में सम्पूर्ण सृष्टि के साथ तादात्म्य स्थापित करता है। वस्तुतः यह तादात्म्य भी और कुछ नहीं है, अपनी वैयक्तिक सीमाओं का, अतिक्रमण का, अपने विराट् अस्तित्व को पहचानने का प्रयत्न है; एक ऊंचे धरातल पर जीने का प्रयत्न, किन्तु भावना के धरातल तक की। इस दृष्टि से भक्ति एक अनुभूतिमात्र है।'' कृष्ण क्षण-भर के लिए रुके, ''सकाम भक्ति-मार्गियों के तर्क पर विचार करने के लिए हमें उनकी मूलभूत मान्यताओं के आधार पर अपना तर्क विकसित करना होगा। वे यह मानते हैं कि ईश्वर का हमसे पृथक् और स्वतन्त्र अस्तित्व है। वह हमसे प्रसन्न होता है तो हमें धन-सम्पत्ति, सुख-सुविधाएं, मान-सम्मान तथा सांसारिक भोग देता है। पृथ्वी के भोग भी वे ही हैं, जिनकी चर्चा स्वर्ग में की जाती है। अच्छा खाना, अच्छा पहनना और अप्सरा जैसी नारियां। पर हम जानते हैं कि मनुष्य की आवश्यकता की सीमा के पश्चात्

ये सुख, सुख नहीं, रोग हैं। मनुष्य चाहे न समझे, किन्तु प्रकृति का नियम स्पष्ट है—आवश्यकता से अधिक भोग, शारीरिक और मानसिक आलस्य, रोग और अहंकार की ओर ले जाता है। यह सुफल तो नहीं है। ईश्वर यदि अपनी भक्ति का फल देना चाहेगा, तो सांसारिक भोग क्यों देगा, जो आध्यात्मिकता का विरोधी है। धन चाहिए तो लक्ष्मी की मूर्ति की पूजा के स्थान पर किसी धनी श्रेष्ठि की चाटुकारिता करो तो धन शीघ्र मिलेगा। संसार में धोखे और अत्याचार से भी धन मिलता है; अतः धन भगवत् कृपा का फल नहीं हो सकता। मैं यह मानता हूं कि भक्ति से सांसारिक भोगों की उपलब्धि नहीं होती, उन भोगों की कामना नष्ट होती है।''

''सुख-समृद्धि की बात जाने दीजिये। मान लिया कि मनुष्य की भावना नहीं, मनुष्य का श्रम उसे उत्पन्न करता है,'' रुक्मिणी बोलीं, ''पर कुछ और क्षेत्र भी हैं : जैसे मनुष्य का जीवन, उसकी आयु। जब हम ईश्वर से प्रार्थना करते हैं कि हमें दीर्घायु दो, तो यह भक्ति ही तो है। उसमें कर्म क्या करेगा।''

''यहां सुदामा की बात ठीक है। यह भक्ति नहीं है, कामना है; और कामना के साथ कर्म न हो तो भक्ति उस कामना को तो पूर्ण नहीं कर सकती।'' कृष्ण बोले, ''जैसे कोई व्यक्ति प्रतिदिन अपनी दीर्घायु के लिए कामना करे और साथ ही साथ विष या विषाक्त वस्तुओं का सेवन करे। उसकी भक्ति उसे बचा नहीं पायेगी। एक विद्यार्थी विद्वान् बनने की कामना करे। मन्दिर जाकर देव-मूर्तियों के सामने घण्टों बैठा रहे, किन्तु विद्याभ्यास न करे। एक सैनिक महारथी बनने की प्रार्थना करता रहे और शस्त्रों और रथों के संचालन का अभ्यास न करे—तो उनकी भक्ति उन्हें कोई फल नहीं दे पायेगी।''

''पर कुछ लोग ऐसे हैं कृष्ण,'' सुदामा के स्वर में आग्रह था, ''यद्यपि वे मेरी समझ में नहीं आते; पर वे भक्ति करते हैं और उनके पास धन-सम्पत्ति और जीवन के भोग की सुविधाएं प्रचुर मात्रा में हैं।''

''तुम किसकी बात कर रहे हो, मैं नहीं जानता; पर यदि ऐसा कोई है तो गहराई से खोज करो।'' कृष्ण बोले, ''तुम पाओगे कि सुख-समृद्धि के लिए सकाम-भक्ति एक पाखण्ड है। यह एक उद्यम है धनोपार्जन का। इससे धन-सम्पत्ति ही प्राप्त होती है, सात्विकता नहीं। विराट प्रकृति के निकट ले जाकर कामनामुक्त कराने के स्थान पर, यह अधिक-से-अधिक मोह में फंसाती है। और एक होती है लौकिक सकाम भक्ति, जो मनुष्य को धनोपार्जन करना नहीं, धन की याचना करना सिखाती है। यह दान ग्रहण करने की स्थिति है। यह धनोपार्जन नहीं, भीख है, जो कोई स्वाभिमानी व्यक्ति स्वीकार नहीं करेगा।'' कृष्ण ने रुककर सुदामा की ओर देखा, ''वस्तुतः भक्ति के चमत्कार से विभिन्न इच्छाओं की पूर्ति और सुख-सम्पदा की प्राप्ति की धारणाएं, संसार को चमत्कारपूर्ण मानने के भ्रम पर टिकी हैं। प्रकृति नियमों पर चलती है, चमत्कार इसमें नहीं हैं—इसलिए भावनाओं और कामनाओं मात्र से उपलब्धि कुछ नहीं होती।''

''और ईश्वरीय क्षमा...'' रुक्मिणी ने ही टोका, ''भक्ति करने पर क्या ईश्वर मनुष्य के पाप को क्षमा नहीं करता?''

"ऐसा होने लगा तो सारा कर्म-सिद्धान्त व्यर्थ हो जायेगा। ईश्वर या प्रकृति का न्याय कहां जायेगा? सत्य और कार्य-कारण के नियम कहां जायेंगे?" कृष्ण का स्वर कहीं दूर से आता प्रतीत हुआ, "अपराध या पाप करने के पश्चात् जब मनुष्य पश्चाताप के लिए ईश्वर या प्रकृति की शरण में जाता है तो उसका अर्थ एक ही होता है कि वह अपने अपराधों का दण्ड स्वीकार करने की मानसिकता तैयार कर रहा है। शरणागति का अर्थ ही यही है कि वह प्राकृतिक न्याय को स्वीकार करेगा। हां," कृष्ण कुछ रुके, "शरणागति के साथ कर्म तो निष्काम कर्म ही है...।"

सहसा रुक्मिणी उठ खड़ी हुई, "मेरा विचार है, मैं अब चलूं। अभी तो भक्ति ही समाप्त नहीं हुई, कहीं निष्काम कर्म आरम्भ हो गया तो सवेरा ही हो जायेगा।"

"भाभी ठीक कह रही हैं।" उद्धव भी उठ खड़े हुए, "कृष्ण के तर्कों में मोहिनी है। उनके सामने मनुष्य का स्वयं अपने आप पर वश नहीं रहता। उस सम्मोहन से बचना हो तो भाभी की शरण में ही जाना।"

द्वार पर परिचारक प्रकट हुआ।

कृष्ण ने प्रश्न भरी आंखों से उसकी ओर देखा।

"इन्द्रप्रस्थ से सूचनाएं लेकर एक चर आया है।"

कृष्ण की आंखों में निमिष भर के लिए चिन्ता का धुंधलापन झलका, "भेज दो।"

चर आया। उसने झुककर अभिवादन किया, "आर्य! हस्तिनापुर से दुर्योधन ने महाराज युधिष्ठिर को चौपड़ खेलने का निमन्त्रण भेजा है। देवी द्रौपदी ने कहलाया है कि सम्भवतः यह शकुनि का कोई षड्यन्त्र है। महाराज द्यूत खेलना नहीं चाहते; किन्तु क्षत्रिय राजा न युद्ध का आमन्त्रण अस्वीकार कर सकता है, न द्यूत का।"

"पाण्डव इन्द्रप्रस्थ से कब चलेंगे?" कृष्ण ने पूछा।

"कदाचित् आज प्रातः चल पड़े होंगे।"

"अच्छा। जाओ तुम विश्राम करो।"

सुदामा ने देखा : अगले ही क्षण कृष्ण फिर से सहज हो गये थे। इन्द्रप्रस्थ से आयी सूचना का ठीक-ठीक महत्त्व सुदामा समझ नहीं पाये थे; पर उसमें शकुनि के षड्यन्त्र की चर्चा थी...

रुक्मिणी और उद्धव चले गये तो कृष्ण बोले, "मुझे तो ध्यान ही नहीं रहा सुदामा! तुम तो लम्बी यात्रा करके आये हो मित्र! तुम्हें इतनी देर तक जगाये नहीं रखना चाहिए था। अच्छा! अब सो जाओ।"

"आनन्द आ रहा था," सुदामा बोले, "नहीं तो मैं स्वयं ही सो जाता। चलो बाकी कल सही।"

वे दोनों साथ-साथ बिछे पलंगों पर लेट गये। लेटने के पश्चात् कृष्ण ने एक शब्द भी नहीं कहा। सुदामा ने पलटकर देखा : उन्हें लगा कृष्ण तत्काल ही सो गया है, और उसके चेहरे पर इन्द्रप्रस्थ के समाचार की कोई छाया नहीं है।

नौ

सवेरे, महल में और कोई अभी जागा भी नहीं था कि कृष्ण ने सुदामा को रथ पर बैठाया और रथ हांक दिया।

''हम कहां चल रहे हैं?''

''सोचा, तुम्हें ज़रा द्वारका का गुरुकुल दिखा दूं।'' कृष्ण बोले, ''शस्त्रास्त्रों में तुम्हारी रुचि नहीं है। मुष्टि और मल्ल-युद्ध इत्यादि देख कर तुम क्या करोगे। आयुर्विज्ञान तुम सीखना नहीं चाहोगे। तो तुम्हें कुलपति और दर्शनशास्त्र के आचार्य से मिला देता हूं। वैसे तो चाहता था कि तुम गंगाचार्य से भी मिल लो, पर वे आजकल द्वारका में हैं नहीं।''

''और बड़े भैया, बलराम?''

''वे भी बाहर गये हुए हैं।''

''आजकल वे काफी भ्रमण करते हैं।'' सुदामा के मुख से अनायास ही निकल गया, यद्यपि वे बलराम के भ्रमण के विषय में कुछ भी नहीं जानते थे।

''नहीं,'' कृष्ण हंसे, ''कभी-कभी सोमरस पीकर भी पड़े रहते हैं।''

यद्यपि कृष्ण ने यह बात हंसकर कही थी, पर उनके चेहरे के भाव बता रहे थे कि बात हंसी की नहीं थी।

सुदामा ने बातों की दिशा बदली, ''उद्धव किस समय आयेगा?''

पर शायद सुदामा ने फिर गलत प्रश्न पूछ लिया था। कृष्ण और भी गम्भीर हो गये, ''उद्धव आज प्रातः इन्द्रप्रस्थ चला गया है। वहां से कदाचित् वह हस्तिनापुर भी जाये।''

सुदामा ने परीक्षक दृष्टि से कृष्ण को देखा : क्या पूछें? पूछने में हर्ज ही क्या था। पूछने से कृष्ण की चिन्ता बढ़ेगी तो नहीं, प्रकट चाहे हो जाये।

''कृष्ण!'' सुदामा धीरे-से बोले, ''कल जब इन्द्रप्रस्थ से समाचार आया था तो तुम कुछ चिन्तित हो उठे थे। उद्धव का तत्काल इन्द्रप्रस्थ चल देना भी सिद्ध करता है कि वहां कुछ महत्त्वपूर्ण घटनाएं घट रही हैं। पर मैं उसका महत्त्व समझ नहीं पा रहा—यदि दुर्योधन ने युधिष्ठिर को चौपड़ खेल के लिए निमन्त्रण भेजा है तो उसमें ऐसी क्या बात है। युधिष्ठिर चाहें खेलें, चाहें न खेलें...।''

कृष्ण ने तत्काल कोई उत्तर नहीं दिया। उनका ध्यान रथ के घोड़ों पर केन्द्रित रहा।

''बात केवल द्यूत के खेल की नहीं है।'' कुछ क्षण पश्चात् कृष्ण धीरे-से बोले, ''धृतराष्ट्र जन्मांध थे, इसमें उनका कोई दोष नहीं था। बड़े भाई की अक्षमता के कारण पाण्डु को राजा बनाया गया तो पाण्डु का भी दोष नहीं था। धृतराष्ट्र के पुत्र के रूप में दुर्योधन को अपने पिता की अपंगता के कारण वंचित होना पड़ा। पर इससे उसको यह अधिकार नहीं मिल जाता कि वह पाण्डवों की हत्या का प्रयत्न करे—जो उसने किया। फिर भी कौरवों के राज्य का बंटवारा हस्तिनापुर और इन्द्रप्रस्थ के रूप में हुआ—तो बहुत

गलत नहीं हुआ। किन्तु, दुर्योधन की प्रतिहिंसा अभी शान्त नहीं हुई है। वह पाण्डवों की सम्पन्नता को देखकर ईर्ष्या से जल रहा है। वह द्रौपदी को न पा सकने के कारण अपनी द्वेषाग्नि को बुझा नहीं पा रहा है। उसके वश में होता तो वह सेनाएं लेकर इन्द्रप्रस्थ पर चढ़ दौड़ता, पर वह उसके लिए सम्भव नहीं है। अब उसने द्यूत का निमन्त्रण भेजा है। इस निमन्त्रण का अर्थ जानते हो?'' कृष्ण ने रुककर सुदामा को देखा।

''नहीं।'' सुदामा ने बिना कुछ सोचे-समझे सिर हिला दिया।

''आज के समाज में युद्ध-काल में क्षत्रिय शस्त्र धारण करता है और शान्ति-काल में पासा। ये उसके क्षत्रियत्व के लक्षण हो गये हैं। इसलिए अपने स्वाभिमान, अपने गौरव की रक्षा के लिए युधिष्ठिर इस निमन्त्रण का तिरस्कार नहीं करेंगे। इस निमन्त्रण के तिरस्कार से पाण्डवराज समाज में तिरस्कृत हो जायेंगे। वैसे भी एक मैत्रीपूर्ण खेल के निमन्त्रण को युधिष्ठिर कैसे अस्वीकार करेंगे। पर यदि यह द्यूत हुआ तो जानते हो परिणाम क्या होगा?'' कृष्ण ने पुनः सुदामा की ओर देखा।

''नहीं।'' सुदामा बोले।

''पहली बात तो यह है कि युधिष्ठिर शकुनि के कपट के आगे जीत नहीं पायेंगे। दूसरी यह कि यदि युधिष्ठिर जीत गये तो दुर्योधन झगड़ा करेगा, जिसकी परिणति युद्ध में होगी और यदि युधिष्ठिर हार गये तो पाण्डवों का राज्य समाप्त हो जायेगा...जिसका परिणाम अन्ततः युद्ध होगा। और सबसे बड़ी आशंका मुझे यह है कि दुर्योधन की प्रतिहिंसा को शान्त करने में जम्बूद्वीप के क्षत्रियों को एक निरर्थक युद्ध से बचाने के लिए युधिष्ठिर कहीं स्वेच्छा से ही सब कुछ हार न जायें।'' कृष्ण ने अब पूरी तरह उग आये सूर्य की ओर देखा, ''मुझे युद्ध अवश्यंभावी दीख रहा है। दुर्योधन की प्रतिहिंसा इस समाज का नाश करके ही छोड़ेगी।''

युद्ध और द्यूत की राजनय संस्कृति का यह संसार सुदामा के लिए सर्वथा अपरिचित था। वे उसके गणित को समझते भी नहीं थे; इसलिए उसके भविष्यफल की गणना भी वे नहीं कर सकते थे। कृष्ण समझता था, इसलिए वह आसन्न युद्ध को अपनी आंखों से देख रहा था। उसकी चिन्ता बता रही थी कि निकट भविष्य में अवश्य ही कोई बहुत ही गम्भीर घटना घटने जा रही थी...

रथ गुरुकुल के द्वार पर रुक गया।

अब तक जो गुरुकुल सुदामा ने देखे थे, वे प्रायः नगर के बाहर ही हुआ करते थे। यह एक विचित्र गुरुकुल था, जो नगर के भीतर था। किन्तु गुरुकुल के द्वार के भीतर का सारा वातावरण आर्य गुरुकुलों के ही अनुरूप था। नगर का उससे कोई सम्पर्क नहीं था। सागरतट पर बसा हुआ यह गुरुकुल, वनों से घिरे गुरुकुलों से भिन्न नहीं था।

मुख्य द्वार से कुलपति के कुटीर तक वे लोग पैदल ही आये।

''आओ योगीराज!'' कुलपति ने उनका स्वागत किया।

सुदामा का ध्यान इस ओर गये बिना नहीं रहा कि कुलपति ने कृष्ण को प्रशासन सम्बन्धी किसी उपाधि से न पुकार 'योगीराज' कहा है और बाबा ने ठीक ही कहा था

कि कृष्ण के आने पर कुलपति ने ऐसा व्यवहार नहीं किया था, जैसा कि आश्रम के स्वामी के आने पर किया जाना चाहिए था।

"आर्य!" कृष्ण बोले, "ये मेरें मित्र हैं, सुदामा। विकट दार्शनिक हैं। सोचा, इनकी आपसे भेंट हो जाये। दर्शनाचार्य सुखदेव से भी मिल लें।"

कुलपति ने उठने में तनिक भी विलम्ब नहीं किया, "चलो योगीराज!"

सुदामा को आश्रम का वातावरण और कृष्ण तथा कुलपति का व्यवहार समारोह शून्य तथा अनौपचारिक लगा। कोई और गुरुकुल होता तो पहले कृष्ण की आरती उतारी गयी होती और फिर कुलपति ने दर्शनाचार्य को बुलाने के लिए अपने ब्रह्मचारी दौड़ाए होते और तब दर्शनाचार्य के दर्शन होते...पता नहीं यह कृष्ण का प्रभाव था या...

वे लोग दर्शनाचार्य सुखदेव के कुटीर में आये। उनके कुटीर में एक व्यक्ति पहले से बैठा था। सुदामा ने पहचाना : यह उन्हीं का ग्रामवासी और उनका पड़ोसी भृगुदास था। भृगुदास उन्हें आचार्य ज्ञानेश्वर के भाषण के अवसर पर मिला था। उसने शायद कहा था कि वह अगले दिन द्वारका जा रहा है। पर आज भृगुदास जैसे उन्हें पहचान ही नहीं रहा था।

आगंतुकों को देख, वे दोनों उठकर सम्मानपूर्वक खड़े हो गये।

"बैठो वत्स!" कुलपति ने कहा।

और फिर कृष्ण ने सुदामा के कन्धों को अपनी भुजाओं में भरकर, उनका परिचय दिया।

सुदामा की दृष्टि दर्शनाचार्य से अधिक भृगुदास पर टिकी। वह विचित्र स्थिति में था। उसकी दृष्टि कभी कृष्ण पर रुकती थी और कभी सुदामा पर। कभी उसके चेहरे पर ऐसे भाव आते, जैसे वह स्वर्ग में पहुंच गया है और कभी लगता, जैसे उसने कोई प्रेत देख लिया है।

सब बैठ गये तो दर्शनाचार्य ने फुसफुसाकर कहा, "तुम अब चलो भृगुदास! अवकाश के समय आना।"

"क्या कह रहे हैं आचार्य!" कृष्ण ने मुस्कराकर कहा, "हमारे आने के कारण अपने अतिथि को भगाये दे रहे हैं। हम तो थोड़ी देर में चले ही जायेंगे।"

दर्शनाचार्य ने कुछ कहा नहीं। भृगुदास की ओर देखा भर; पर वह दृष्टि साफ-साफ कह रही थी कि 'भृगुदास! तुम खिसक ही जाओ तो अच्छा है।' पर भृगुदास दृष्टि की भाषा समझ नहीं पा रहा था। उसे तो जैसे काठ मार गया था।

"आप कब आये सुदामाजी?" दर्शनाचार्य ने अत्यन्त विनीत भाव से पूछा।

"कल सन्ध्या समय द्वारका पहुंचा हूं।" सुदामा ने धीरे-से कहा।

"और टिके कहां हैं?"

"टिकेंगे कहां!" कृष्ण ने सुदामा को बोलने नहीं दिया, "द्वारका में सिवा मेरे, उद्धव और बलराम भैया के सुदामा का है ही कौन...ग्रन्थ, पोथियां और सिद्धान्त।" इस समय कृष्ण इन्द्रप्रस्थ और हस्तिनापुर की चिन्ताओं से सर्वथा मुक्त थे।

"जिसके मित्र आप हैं," दर्शनाचार्य ने अपने स्वर में जैसे अपनी आत्मा को उड़ेल दिया, "उसे किसी और की मैत्री का करना ही क्या है।"

"सुदामा! इनसे सावधान रहना।" कृष्ण अपने उन्मुक्त और उत्फुल्ल स्वर में बोले, "हमारे दर्शनाचार्य, चाटुकारिताचार्य भी हैं।"

दर्शनाचार्य ने हंसकर इस सत्य को निगल लिया। कुछ बोले नहीं।

"वत्स सुदामा!" सहसा कुलपति बोले, "हमारे वासुदेव, बहुधा तुम्हारी चर्चा करते हैं। आज तुम्हारे सामने एक प्रश्न रखना चाहता हूं।"

"कहिये आर्य कुलपति!"

"अध्यात्म व्यक्तिवादी चिन्तन है अथवा सामाजिक?"

सुदामा ने क्षण-भर कुलपति को देखा : यह व्यक्ति धूर्ततापूर्वक उनकी परीक्षा लेना चाहता है या सचमुच एक संवाद स्थापित करना चाहता है? इस व्यक्ति के विषय में बाबा की राय अच्छी नहीं थी, पर वह बाबा का पूर्वाग्रह भी हो सकता है। कुलपति के निर्विकार चेहरे से सुदामा कुछ भी समझ नहीं पाये; किन्तु कृष्ण के चेहरे की आश्वस्ति कह रही थी कि उनकी उपस्थिति में सुदामा के लिए आशंका का कोई कारण नहीं है...विद्वानों की आपसी ईर्ष्याग्नि की भी नहीं।

"मेरा विचार है, अध्यात्म और वैराग्य में थोड़ा अन्तर करना चाहिए," सुदामा बोले, "वैराग्य व्यक्तिवादी चिन्तन है। व्यक्ति किन्हीं कारणों से इस संसार से ऊब जाये या थक जाये तो वह उपलब्ध सुविधाओं, सुखों और भोगों का भी उपभोग नहीं करता। वह स्वयं को वंचित रखता है और वंचित रखना चाहता है। सुविधाओं का उचित भोग करने वाले लोगों को वह भ्रमित मानता है।"

"और अध्यात्म?" कुलपति ने पूछा।

"अध्यात्म मेरी दृष्टि में सामाजिक चिन्तन है।" सुदामा बोले, "सामूहिक जीवन का चिन्तन। आध्यात्मिक जीवन स्वयं को वंचित नहीं, वितरित करता है। इच्छा, कामना अथवा आसक्ति से विच्छिन्न कर, विवेकपूर्वक यह सोचना सिखाता है कि सृष्टि में जो कुछ उपलब्ध है, वह किसी एक के लिए नहीं, सबके लिए है। परिणामतः प्रतिक्षण सचेत रहना पड़ता है कि हम संचय न करें, क्योंकि एक के द्वारा संचय, दूसरे को वंचित करता है।" सुदामा ने रुककर एक दृष्टि डाली, "यदि मेरे मन में वैराग्य को स्थान मिलेगा तो मैं अपनी पत्नी और बच्चों को त्याग दूंगा, क्योंकि वे मुझसे अपेक्षा करते हैं कि मैं अपने और उनके जीवनयापन के लिए पर्याप्त धनोपार्जन करूं। वैराग्य के अनुसार धन माया है, मोह है, आसक्ति है। इस प्रकार मेरी पत्नी और मेरे बच्चे, मुझे मोह में आसक्त कर रहे हैं। किन्तु अध्यात्म के अनुसार, मुझे उनका पालन-पोषण करना है। धन और भोग मेरा लक्ष्य नहीं है—पर भरण-पोषण भर के लिए अर्जन करना मेरा धर्म है।"

"आर्य, सुदामा ठीक कह रहे हैं।" दर्शनाचार्य तत्काल सहमत हो गये।

"इस दृष्टि से वैराग्य समाज के लिए उपयोगी नहीं है?" कुलपति ने कहा।

"किसी भी समाज के लिए वैराग्य विष है।" सुदामा बोले, "वैराग्य का स्वीकार्य

सामाजिक आत्महत्या है।''

''आत्महत्या से बढ़कर।'' कृष्ण हंस पड़े, ''आत्महत्या करने वाला व्यक्ति यह कहता है कि यह संसार मुझे पसन्द नहीं है, इसलिए मैं इसे छोड़ता हूं। किन्तु वैरागी यह कहता है कि संसार व्यर्थ है, किन्तु मैं अपने जीवन को धारण किये रहूंगा। मैं जीवन के लिए आवश्यक वस्तुओं के उत्पादन के लिए श्रम नहीं करूंगा; किन्तु मुझे अपने जीवन की आवश्यकताओं की पूर्ति के लिए सभी वस्तुएं उपलब्ध होनी चाहिए। मैं धन अर्जित नहीं करूंगा, उसे अपने पास नहीं रखूंगा; किन्तु विभिन्न कार्यों की पूर्ति के लिए धनाढ्य लोगों के द्वारों के चक्कर लगाऊंगा।''

''पर हमारे ऋषि भी तो संन्यासी हैं।'' दर्शनाचार्य ने धीरे-से कहा।

''उस दृष्टि से तो आप भी संन्यासी हैं। सुदामा भी संन्यासी हैं।'' कृष्ण बोले, ''जो धनार्जन की स्पर्धा में से अलग होकर अपनी आवश्यकता भर अर्जन कर सामाजिक कल्याण के लिए कार्य कर रहे हैं। हमारा कोई ऋषि जीवन को माया मान उससे विलग होकर नहीं बैठा।'' कृष्ण कुछ क्षणों के लिए जैसे कहीं खो गये, ''अब देखो, प्रत्येक जीव में अपने प्राणों के प्रति कैसी ममता है। कैसा भी निकृष्ट जीव क्यों न हो, कितनी भी शारीरिक असमर्थता उसमें हो, कैसी भी विकट परिस्थितियों में क्यों न हो...वह मरना चाहता है क्या?''

''नहीं।''

''जीवन के प्रति यह ममता उसे प्रकृति ने दी है। प्रकृति चाहती है कि वह जिये, अपने प्राणों की रक्षा करे और जीवन की परम्परा को आगे बढ़ाये। यही कारण है कि मनुष्य से लेकर छोटे-से-छोटा जीव-जन्तु न केवल सन्तान चाहता है, वरन् उसे अपने प्राणों से भी अधिक प्यार करता है। जीवन के भीतर आत्मरक्षा की भावना, प्रकृति का आदेश है। आत्मरक्षा का तनिक विस्तार करो तो पाओगे कि अपने जीवन के अधिकारों की रक्षा का भी यही अर्थ है। जीवन का अधिकार भौतिक धरातल पर, जीवन के लिए आवश्यक वस्तुओं का अधिकार है और मानसिक धरातल पर स्वाभिमान, चिन्तन-मनन की स्वतन्त्रता, अभिव्यक्ति की स्वतन्त्रा का अधिकार इत्यादि—इन सबकी रक्षा भी प्रकृति की इच्छा और आवेश है। मैं यहां संचय का मार्ग नहीं दिखा रहा,'' कृष्ण का स्वर मन्द हुआ, ''क्योंकि संचय का अर्थ है—दूसरों को उनके अधिकारों से वंचित करना। प्रकृति ने दूसरों को भी जीवन तथा उसकी रक्षा का अधिकार दिया है। संचय प्रकृति के नियमों का उल्लंघन है। इसलिए मैं कहता हूं कि अपने जीवन, जीवन की आवश्यकताओं, अपनी स्वतन्त्रता और स्वाभिमान के लिए संघर्ष करने वाला, उनके लिए मर मिटने वाला व्यक्ति प्रकृति की आज्ञा का पालन करता है, वह सत्य के मार्ग पर है और बैठा-बैठा, उद्यम और कर्म न करने वाला, बिना हाथ-पैर हिलाये ईश्वर के न्याय को पुकारने वाला व्यक्ति असत्यमार्गी है। प्रकृति के आदेशों का उल्लंघन कर, उसकी सहायता और कृपा पर निर्भर रहने का दम्भ करना, स्वयं अपने-आपको धोखा देना है।'' कृष्ण कुछ क्षण रुके, जैसे कुछ सोच रहे हों, ''यदि दुर्योधन द्यूत के षड्यन्त्र से पाण्डवों के अधिकार छीन

ले तो पाण्डवों के सामने दो मार्ग होंगे : तपस्वी वेश में साधना कर, ईश्वर को पुकारते रहें कि वह उनका राज्य कौरवों से उन्हें दिला दे या फिर अपने अधिकारों को प्राप्त करने के लिए संघर्ष करें। ऐसे में उनका धर्म क्या है?''

''संघर्ष!'' सुदामा बोले।

कुलपति हंस पड़े, ''हमारे वासुदेव और सुदामा एक ही समान सोचते हैं। तभी तो द्वारका के गुरुकुल में शारीरिक व्यायाम तथा शस्त्र-शिक्षा के साथ दर्शन और अध्यात्म का अध्ययन होता है।''

''पर फिर अपरिग्रह की बात क्यों की जाती है?'' दर्शनाचार्य बोले, ''त्याग की भावना का गुण क्यों गाया जाता है?''

''यदि त्याग और अपरिग्रह का सिद्धान्त आपको जीवन से दूर ले जाता है, यदि आपके समाज को दुर्बल करता है,'' सुदामा अपने शान्त स्वर में बोले, ''तो वह व्यर्थ है। वह किसी समाज को स्वीकार्य नहीं होगा। समाज उसी चिन्तन को ग्रहण करता है, जो उसे अधिक समर्थ बनाता है। इसलिए आप अनेक स्थानों पर देखेंगे, लोग सिद्धान्ततः तो एक आदर्श को स्वीकार करते हैं, उसकी पूजा करते हैं, उसे नमन करते हैं; किन्तु जीवन के व्यवहार में उसे कभी ग्रहण नहीं करते। समाज को ऐसे आदर्श क्यों दिये जाते हैं, जो सुनने में अच्छे लगें, किन्तु जीवन में उनका महत्त्व बाह्याडम्बर अथवा शोभा की वस्तु से अधिक न हो?''

''यही तो मैं कहता हूं।'' कृष्ण बोले, ''सबसे महत्त्वपूर्ण है—यह जीवन। जितना भी चिन्तन होता है, वह इसी जीवन को अधिक विवेकपूर्ण, समृद्ध, सुविधापूर्ण और सम्मानजनक बनाने के लिए होता है। किन्तु, जीवन का तात्पर्य एक व्यक्ति का जीवन नहीं, सारी मानवता का जीवन है; और यदि हम उसके परे भी सोच सकें तो सारी सृष्टि ही जीवन है। इसलिए किसी एक व्यक्ति अथवा समूह के जीवन की समृद्धि से, जीवन समृद्ध नहीं होगा। जीवन समृद्ध होगा, समस्त मानवता की समृद्धि से। जब तक मनुष्य के पास सम्पत्ति की कमी थी, तब तक त्याग का चिन्तन किया गया; किन्तु अब, जब मनुष्य के परिश्रम और ज्ञान से सम्पत्ति बढ़ गयी है, समस्त दार्शनिक और चिन्तक, उसके वितरण की बात कर रहे हैं।'' कृष्ण ने रुककर कुलपति की ओर देखा, ''मैंने यादवों से सदा यही कहा है कि परिश्रम कर उत्पादन बढ़ाओ, सम्पत्ति बढ़ाओ और उसका न्यायपूर्ण वितरण करो। न्यायपूर्ण वितरण नहीं होगा, तो विरोध और वैमनस्य होगा। परिणामतः युद्ध और विनाश होगा। इसीलिए कहता हूं कि युद्धों के विनाश से मानवता को बचाना है तो सम्पत्ति का न्यायपूर्ण वितरण करो। व्यक्ति और व्यक्ति में तथा समाज और समाज में अन्यायपूर्ण, विषम संचय ने सदा ही युद्धों को जन्म देकर, मानवता को विनाश के मुख में धकेला है।''

कृष्ण मौन हो गये। अन्य लोगों में से भी कोई नहीं बोला।

अन्त में कुलपति ही बोले, ''वासुदेव! आपका यह सन्तुलन का ही सिद्धान्त है। अभाव और परिग्रह दो छोर हैं। आप इन दोनों का सन्तुलन करना चाहते हैं।''

"हां!" कृष्ण खिलखिलाकर हंस पड़े, "सुदामा ने सन्तुलन के इस सिद्धान्त को समझा होता तो इतना अभावपूर्ण जीवन न जीते।" उन्होंने खड़े हो सुदामा की बांह पकड़, उन्हें उठाया, "अच्छा आर्य कुलपति! अब हमें अनुमति दीजिये। सुदामा को दो-एक स्थान दिखाकर जल्दी घर लौटा ले जाना है। घर पर हमारी प्रतीक्षा हो रही होगी। हम बिना किसी को सूचना दिये ही अदृश्य हो गये हैं।"

"यह तो कोई बात नहीं हुई।" कुलपति बोले, "इस प्रकार तो सुदामा के आगमन से गुरुकुल को कोई लाभ न होगा।" दर्शनाचार्य बोले, "सुदामाजी को गुरुकुल में कुछ दिन निवास करना चाहिए।"

"वह बाद की बात है।" कृष्ण मुस्कराये।

सामूहिक विदाई के बीच, सुदामा ने विशेष रूप से भृगुदास को गले से लगाया, "अच्छा बन्धु! फिर मिलेंगे।"

पर भृगुदास की जड़ता शायद अभी भी नहीं टूटी थी। वह काठ के लौंदे के समान खड़ा-का-खड़ा रह गया।

दस

गुरुकुल से चलकर कृष्ण का रथ सागरतट पर जा रुका।

"भूख तो नहीं लगी सुदामा?"

"नहीं, अभी तो ऐसी कोई आवश्यकता नहीं है।"

"तो आओ, तुम्हें द्वारका के सागरतट का सौन्दर्य दिखाऊं।" कृष्ण ने सुदामा का हाथ पकड़कर उन्हें रथ से नीचे उतारा।

"भाभी चिन्तित तो रहीं होंगी?" सुदामा ने धीरे-से पूछा।

"तुम बड़े नियमित जीवन के अभ्यस्त हो भाई!" कृष्ण मुक्त कण्ठ से हंसे, "मैं सारथि बाहुक के हाथ रुक्मिणी को यह सन्देश भिजवा आया था कि हमें लौटने में विलम्ब हो सकता है।"

सुदामा ने कुछ नहीं कहा। वे कृष्ण का हाथ पकड़े उनके साथ घिसटते चले जा रहे थे। वे अनुभव कर रहे थे कि कृष्ण उनके समवयस्क होते हुए भी शारीरिक शक्ति, क्षमता और ऊर्जा में उनसे बहुत बढ़कर थे। सुदामा ने कभी अपने शरीर की चिन्ता नहीं की थी; अब उन्हें लग रहा था कि बदले में शरीर ने भी उनकी चिन्ता नहीं की है। अभी वे यह बात कह दें तो कृष्ण कह देंगे...'यही तो कर्म-सिद्धान्त है।'

कृष्ण ने तट पर बंधी अनेक नौकाओं में से एक खोल ली थी और उसमें सुदामा को बैठा, स्वयं चप्पू लेकर सामने बैठ गये थे।

नाव चली तो सुदामा ने पूछा, "ये नौकाएं कैसी हैं?"

"ये द्वारका के तट-रक्षकों की नौकाएं हैं।" कृष्ण बोले, "बड़े भैया के श्वसुर राजा

कुकुद्मीन ने इन सुन्दर सागरतटों की रक्षा की चिन्ता नहीं की थी, परिणामतः कुशस्थली उनके हाथों से छिन गयी थी। पर हम लोग इन तटों की रक्षा की उपेक्षा नहीं कर सकते। द्वारका के यादव व्यापारिक भी हैं और समर-शक्ति सम्पन्न भी।''

''तट तो सचमुच बहुत सुन्दर है।'' सुदामा की दृष्टि दूर-दूर तक निहार रही थी।

''इधर सारा का सारा तट ही बहुत सुन्दर है,'' कृष्ण बोले, ''पर सुरक्षित नहीं। मुझे भय है कि लोग शीघ्र नहीं चेते तो निकट भविष्य में ही भयंकर परिणाम होंगे।'' कृष्ण का मन जैसे कहीं दूर चला गया था। क्षण-भर में ही उनके चेहरे पर गहरी चिन्ता छा गयी थी। उनकी उत्फुल्लता जाने कहां विलीन हो गयी थी।

''क्या बात है कृष्ण?'' सुदामा, कृष्ण के इस परिवर्तन से चकित हो रहे थे।

''इधर भक्ति की धारा बड़े वेग से बह रही है। लोगों की आस्तिकता में सहसा ही ज्वार आ गया है।'' कृष्ण के होंठों पर व्यंग्य-भरी मुसकान थिरक रही थी, ''भगवान् सोमनाथ को मन्दिर में स्थापित कर लोगों ने उन्हें अपना संरक्षक मान लिया है। उनका विश्वास है कि किसी भी आक्रमण के समय, स्वयं महादेव उनकी रक्षा करेंगे; अर्थात् अपने शत्रुओं से युद्ध भक्तजन नहीं करेंगे, महादेव करेंगे।''

''नहीं करेंगे क्या?'' सुदामा के मुख से अनायास निकला।

''भक्त अपनी देव-मूर्तियों की रक्षा करते हैं,'' कृष्ण मुस्कराये, ''देव-मूर्तियां अपने भक्तों की रक्षा नहीं करतीं।''

''तुम तो पूरे नास्तिक हो कृष्ण।''

''आस्तिकता-नास्तिकता का प्रश्न अत्यन्त जटिल है मित्र! बड़े-से-बड़ा आस्तिक भी कहीं नास्तिक होता है और बड़े-से-बड़ा नास्तिक भी कहीं घोर आस्तिक होता है।''

''भाई! तुम मुझे और उलझाओ मत। मेरे पास अपनी ही उलझनें बहुत हैं।''

सुदामा ने कृष्ण की ओर देखकर मुस्कराने का प्रयत्न किया।

कृष्ण थोड़ी देर तक मौन कुछ सोचते रहे, फिर धीरे-से बोले, ''इस सृष्टि को देखो। कितनी व्यवस्था है इसमें, कितनी नियमबद्धता और कितना प्रगाढ़ अनुशासन। क्या तुम्हें कहीं कोई अपवाद दिखाई देता है?''

''अपवाद!'' सुदामा बोले, ''अपवाद ही अपवाद हैं। कभी वर्षा होती है और कभी नहीं होती। कभी सूखा पड़ता है और कभी बाढ़ आ जाती है। वर्षों तक शान्त भूमि कभी डोलने लगती है और जड़ पर्वत आग उगलने लगते हैं। ये सब अपवाद नहीं हैं क्या?''

कृष्ण मुस्कराये, ''तुमने माना है कि नियम यह है कि वर्षा ऋतु में आकाश पर बादल छायेंगे, मेघ गरजेंगे, बिजली चमकेगी; और वर्षा होगी। शरद ऋतु में आकाश निर्मेघ रहेगा। वर्षा नहीं होगी। जब कभी वर्षा ऋतु में वर्षा नहीं हुई और शरद ऋतु में वर्षा हो गयी, तुमने मान लिया कि प्रकृति का नियम भंग हो गया।''

''हां!'' सुदामा ने सहमति प्रकट की।

''किन्तु नियम तो यह नहीं है।'' कृष्ण पुनः मुस्कराये, ''मेघ तुम्हारी ऋतुओं की गणना को देखकर तो वर्षा नहीं करते। नियम यह है कि सूर्य का ताप सागर के जल को

वाष्प में बदलेगा। यह वाष्प पर्वत, वन अथवा किसी अन्य बाधा से जल, हिम अथवा ओले बनकर बरसेगा। यदि वाष्प को वायु किसी और दिशा में बहा ले गयी; अथवा वाष्प बनने अथवा उसकी यात्रा में विलम्ब हुआ; अथवा वनों इत्यादि के कट जाने से मेघ वहां रुक नहीं पाये, वर्षा विलम्ब से हुई, जल्दी हुई अथवा नहीं हुई; सूखा पड़ा या बाढ़ आयी तो उसमें नियम भंग कहां हुआ?'' कृष्ण क्षण-भर के लिए रुके, ''वाष्प बनने, वायु के बहने, वर्षा होने, भूचाल के आने, ज्वालामुखियों के फूटने के अपने निश्चित नियम हैं; किन्तु इनसे जो घटना जहां घटती है, उसका कारण वहीं नहीं होता। तुम्हारे गांव में जो वर्षा होती है, उसका कारण असंख्य योजन दूर स्थित सूर्य तथा सहस्रों योजन दूर सागर में है। जिस वायु के सहारे मेघ यात्रा करते हैं, उसका सम्बन्ध सारी पृथ्वी के भूगोल से है। जिस भूचाल से कोई नगर डोल जाता है, उसका सम्बन्ध उस नगर से नहीं, पृथ्वी के गर्भ में होने वाली घटनाओं से है। पर्वत की जिस चोटी से लावा फूटता है, उसका निर्माण अनेक योजन नीचे, भूगर्भ के नियमों के अनुसार होता है।'' कृष्ण की दृष्टि सुदामा के चेहरे पर ठहर गयी, ''तुम जब अपवादों की बात करते हो तो इन कारणों का ज्ञान तुम्हें होता है? इनका विश्लेषण तुम करते हो?''

''नहीं।''

''तो दोष अपवाद मानने वाली बुद्धि के अज्ञान में है अथवा प्रकृति की व्यवस्था में?''

''बुद्धि के अज्ञान में।''

''इसीलिए कहता हूं कि प्रकृति की व्यवस्था पूर्ण है, नियमबद्ध है। मनुष्य उसे न जाने, न समझ पाये तो दोष मनुष्य के अधूरे ज्ञान और सीमित समझ का है। घोर-से-घोर नास्तिक भी प्रकृति की इस व्यवस्था को मानता है। इसलिए मैं उसे आस्तिक कहता हूं। उसका व्यवस्था में विश्वास है; और यह व्यवस्था न उसकी बनाई हुई है और न उसके आदेश पर अपना स्वरूप बदलती है। वह प्रकृति के निकट जाता है, उसके स्वरूप को समझता है, उसके नियमों को खोजता है और उनके अनुसार चलता है। वह प्रकृति की इच्छा के अनुकूल स्वयं को ढालता है या अपने अनुकूल नियमों को खोजने का प्रयत्न करता है। वह आस्तिक हुआ या नहीं?'' कृष्ण रुककर मुस्कराये, ''जब मैंने इन्द्र की पूजा रुकवाई तो अनेक लोगों ने मुझ पर नास्तिक होने का आरोप लगाया, क्योंकि मैं उनके मान्य देवता का विरोध कर रहा था। वैसे ही ईश्वर को स्वयं से पृथक् मानने वाला आस्तिक भक्त, स्वयं में उसी परम सत्ता का अंश अनुभव करने के कारण जब स्वयं को परम सत्ता का ही रूप मानने वाले ब्रह्मवादी को नास्तिक मानता है, पर जो सब ओर उसी परम सत्ता, उसी एक जीवनी शक्ति को देखता है—क्या वह नास्तिक है?''

कृष्ण सुदामा की ओर देख रहे थे, जैसे अपने प्रश्न का उत्तर 'हां' या 'ना' में मांग रहे हों; और सुदामा का ध्यान इस सामान्य प्रश्न की ओर न होकर, अपने मन में कृष्ण के सम्बन्ध में कुलबुलाते हुए प्रश्न से उलझ रहा था। : पूछें, न पूछें? पर न पूछने का भी कोई कारण नहीं था। कृष्ण उन मूढ़ आचार्यों में से नहीं था, जो प्रश्नों को अपनी

अवज्ञा समझते हैं। और न ही वह कोई सम्राट् था, जिसके सम्मुख राजनीतिक औचित्य-अनौचित्य का विचार कर चुप रह जाने की आवश्यकता हो। हां! प्रश्न व्यक्तिगत अवश्य था; पर सुदामा कृष्ण से एक मित्र के रूप में व्यक्तिगत बातचीत ही तो कर रहे थे, ''कृष्ण! तुम पर नास्तिकता का एक यह ही आरोप तो नहीं है।...''

''तुमने कोई और भी सुना है?'' सम्भावित आरोप की अप्रत्याशितता अथवा भयंकरता की आशंका की कोई रेखा कृष्ण के माथे पर नहीं उभरी।

''मुझे बाबा ने बताया था कि तुम कभी-कभी इस प्रकार बोलने लगते हो, जैसे तुम स्वयं परम सत्ता हो।''

''कौन बाबा?''

''हैं, मेरे एक वृद्ध मित्र,'' सुदामा बोले, ''फक्कड़ बुद्धिजीवी हैं।''

कृष्ण कुछ सोचते रहे।

''तुमने बताया नहीं।'' सुदामा ने कहा।

''हां, बोलता तो हूं।'' कृष्ण ने गम्भीर स्वर में कहा, ''तुम अपनी तर्क-पद्धति का विस्तार करो, या अपनी संवेदना का विकास करो। अपनी दृष्टि साफ करो तो तुम भी पाओगे कि तुम इस सृष्टि से पृथक् नहीं हो। इसी सृष्टि का एक अंश हो तुम, इसी व्यवस्था का अंग हो। जब समझ लोगे कि तुम इस व्यवस्था से तनिक भी भिन्न हो न पृथक्, तो तुम भी इस प्रकृति के साथ पूर्ण तादात्म्य का अनुभव करोगे। प्रकृति तुम्हारे भीतर होगी और तुम प्रकृति के भीतर। प्रकृति की इस व्यवस्था से पूर्णतः एकाकार होने के समय में जो कुछ तुम कहोगे, वह वस्तुतः तुम नहीं कह रहे, वह प्रकृति कह रही है। तुम अपनी ओर से नहीं बोल रहे, प्रकृति और उसकी व्यवस्था की ओर से बोल रहे हो। ऐसे समय में तुम्हारे तर्क और तुम्हारे वचन, प्रकृति के तर्क और वचन हैं...।''

''मैंने सुना है कि तुम कहते हो कि मनुष्य केवल कर्म करे और फल तुम पर छोड़ दे—फल का अधिकार उसे नहीं, तुम्हें है।'' सुदामा के स्वर में आश्चर्य था।

''हां।'' कृष्ण की आंखों की गम्भीरता और गहन हो आयी। उनके स्वर में मानो मेघों का मंदर गर्जन उतर आया था, ''मैंने यह अनुभव कर लिया है सुदामा कि यद्यपि व्यक्ति के भीतर वही जीवनी शक्ति है, जो स्वयं सृष्टि अथवा प्रकृति है; किन्तु जब शेष सृष्टि से स्वयं को काट, एक व्यक्ति अपने अहंकार को सच मान, स्वयं को पूर्ण समझ, अपने-आपको कर्ता घोषित करता है, तो वह एक भ्रम पालता है। सृष्टि तो अत्यन्त विशाल और विराट है। असंख्य ब्रह्माण्डों में से एक ब्रह्माण्ड के एक ग्रह के एक देश का एक साधारण व्यक्ति कर्ता होता है क्या! सृष्टि में यह जीवनी शक्ति या संजीवनी, असंख्य रूपों में असंख्य दिशाओं और धरातलों पर कार्य कर रही है। व्यक्ति या समाज जब कोई कार्य करता है तो उस समग्र व्यवस्था के कार्य-कारण सम्बन्ध के बीच बंधकर ही करता है और वह जो कुछ करता है, वह शृंखला की कड़ी के रूप में ही करता है ...उसके पहले की कड़ियां...उसका इतिहास...उससे वह कार्य करवाता है। इस समग्र व्यवस्था से भिन्न, पृथक् और स्वतन्त्र वह नहीं है। इसलिए मैं कहता हूं कि अपने भीतर

की संजीवनी की धारा को व्यापक प्रकृति की संजीवनी से एकाकार कर दो और स्वयं को कार्य का कर्ता मानने का भ्रमित अहंकार मत पालो। समग्रता से कटकर व्यक्ति-संजीवनी केवल सड़ सकती है, ढंग का कोई कार्य नहीं कर सकती...''

''कर्म का फल...।'' सुदामा ने बात काटी।

कृष्ण ने अपनी हथेली उठाकर उन्हें रोका और बोले, ''फल की बात भी इसी के अन्तर्गत आती है। व्यक्ति का कर्म निर्विघ्न शून्य में नहीं होता कि उससे वह इच्छित समय में, अपनी इच्छानुसार फल पा ले। व्यक्ति का कर्म एक अत्यन्त जटिल तथा सुनिश्चित व्यवस्था के भीतर होता है। कर्म किया जाता है तो इस व्यवस्था के सागर में एक छोटी-सी लहर उठाई जाती है। वह लहर अन्य किन लहरों को आन्दोलित करेगी, किन तटों तक किन-किन रूपों में पहुंचेगी। यह तुम नहीं जानते हो। इसलिए मैं उस व्यवस्था के सत्य की ओर से फल का आश्वासन देता हूं।''

''पर तुम...।''

''हां! मैं प्रकृति-रूप होकर आश्वासन देता हूं। मैं उस व्यवस्था की ओर से कहता हूं, व्यक्ति का कर्म असंख्य, अकल्पनीय सम्भावनाओं को संजोए हुए है। जब किसी एक समाज की संजीवनी शक्ति एक ही धरातल और एक ही दिशा में काम करने लगती है तो वह चमत्कार कर डालती है। इसलिए व्यक्ति केवल कर्म में विश्वास करे। उसे अपनी सीमित दृष्टि से देखकर उसके फल को सीमित न करे। फल को वह प्रकृति की व्यवस्था पर छोड़ दे...''

''बात उलझती जा रही है कृष्ण!'' सुदामा बोले, ''कर्म की शक्ति तो काम करेगी ही। कार्य का फल होगा ही। फिर फल की इच्छा-अनिच्छा से क्या अन्तर पड़ जायेगा?''

''फल की इच्छा, कर्म को संकुचित तथा फल को सीमित करती है।''

''कैसे?''

कृष्ण की आंखों का भाव कुछ ऐसा था, जैसे वे अपने सामने बैठे सुदामा को नहीं देख रहे, उनके आर-पार शून्य में देख रहे हैं। उन्होंने नाव को मोड़कर एक एकान्त स्थान पर रोक लिया और बोले, ''सुदामा! द्वारका के गुरुकुल को तुमने देखा है। उसमें विभिन्न विद्वानों और आचार्यों की नियुक्ति एक निश्चित वृत्ति पर विद्यार्थियों के अध्यापन के लिए की गयी। जो भी आचार्य, विद्वान्, अध्यापक नियुक्त हुए, वे सब फल की आशा लेकर ही वहां आये थे। उनकी वृत्ति उनके अध्यापन-कर्म का फल है। उस फल की कामना ही उनसे कर्म करवा रही है।...अब एक अध्यापक ने सोचना आरम्भ किया : मुझे एक निश्चित वृत्ति तो मिलेगी ही, अब मैं चाहे परिश्रम करके पढ़ाऊं या बिना परिश्रम किये। यदि अधिक परिश्रम करूंगा तो कौन मेरी वृत्ति बढ़ जायेगी; और परिश्रम नहीं करूंगा तो मेरी वृत्ति कटेगी नहीं। परिणामतः उसने पढ़ना-लिखना बन्द कर दिया। अपनी कुटिया में पड़ा-पड़ा सोता रहता या कोई और कार्य करता रहता। जब छात्रों को पढ़ाने का समय आता तो उठकर वैसे ही चल देता और जो और जैसा बन पड़ता, पढ़ाकर चला आता। कुछ दिनों में उसे लगने लगा कि पूरा समय पढ़ाना भी क्या आवश्यक है।

निर्धारित समय तक नहीं पढ़ायेगा तो कौन उनकी वृत्ति काट लेगा; पूरा समय पढ़ायेगा तो कौन वृत्ति बढ़ा रहा है। परिणामतः वह अपना काम देर से आरम्भ करता और जल्दी समाप्त कर देता। क्रमशः उसका अध्यापन का अभ्यास छूटने लगा और उसे अपने कार्य से अरुचि होने लगी। कार्य के प्रति उसकी अरुचि देखकर छात्र उससे अप्रसन्न रहने लगे। अध्ययन का क्रम टूट जाने के कारण वह उनकी जिज्ञासाओं का समाधान करने में असमर्थ रहने लगा। अध्यापन उसे पहाड़-सा लगने लगा। छात्रों में उसकी अपकीर्ति फैली। छात्रों के मन में उसका सम्मान क्षीण होने लगा। कुछ छात्र उससे उद्दण्ड व्यवहार करने लगे और एक दिन उन्होंने उसका प्रकट और सार्वजनिक अपमान कर दिया।'' कृष्ण ने रुककर सुदामा को देखा। सुदामा बड़े मनोयोग से उनकी बातें सुन रहे थे, ''किन्तु, वहीं एक दूसरा अध्यापक भी था,'' कृष्ण पुनः बोले, ''जिसने अपनी नियुक्ति के पश्चात् सोचा कि वृत्ति तो उसे अब मिलनी ही है। आजीविका की ओर से उसे चिन्ता नहीं है। क्यों न वह अब अपना कार्य परिश्रम से करे। वह पूरे मनोयोग से अध्ययन करता रहा। उसका ज्ञान प्रतिदिन बढ़ता रहा और उसने देखा कि अपने शिष्यों को पढ़ाना, उसके लिए तनिक भी कठिन नहीं है। वह शिष्यों को, उनकी अपेक्षा से अधिक ज्ञान बड़ी सरलता से दे सकता है। काम में मन लगाने से उसे उसमें रस आने लगा। वह हर समय, हर स्थान पर छात्रों का कार्य करने के लिए तत्पर था। छात्रों में वह अधिक-से-अधिक रुचि लेने लगा। छात्रों को वह अपना हितैषी लगा, अपना गुरु और मार्गदर्शक लगा। उनके मन में उसका सम्मान बहुत बढ़ गया। उसका यश फैला। उस यश के परिणामस्वरूप उसे ऊंचा पद मिला और जिस धन की उसने अधिक आकांक्षा नहीं की थी, वह धन भी मिला।'' कृष्ण ने फिर एक बार रुककर सुदामा की ओर देखा, ''जिसने फल की कामना की, उसे उतना ही अथवा उससे भी कम मिला तथा उसने अपना क्षय किया; और जिसने फल की कामना नहीं की, उसे ज्ञान भी मिला, सम्मान भी, यश भी और धन भी।''

''कृष्ण! तुम्हारा यह विश्लेषण तो बच्चों के लिए एक उपदेशात्मक कथा है, जिसमें यह बताया गया है कि परिश्रम करने से उसका सुफल मिलता है और परिश्रम नहीं करने से अन्त में हानि होती है। आदर्श लोक के लिए तुम्हारी कथा ठीक है; किन्तु जीवन की सच्चाई यह नहीं है।'' सुदामा के स्वर में हल्का-सा आवेश था।

कृष्ण मुस्कराये, ''जीवन की सच्चाई क्या है सुदामा?''

''जो परिश्रम करता है, वह असफल रहता है और जो कामचोरी करता है, वह अन्ततः लाभ में रहता है।'' सुदामा का आवेश कम नहीं हुआ।

''तुम्हारे विश्लेषण में कहीं कोई दोष रह गया है सुदामा! क्योंकि कार्य-कारण, क्रिया-प्रतिक्रिया की शृंखला में कहीं कोई अपवाद है नहीं। अपवाद हो नहीं सकता। कारण होगा तो कार्य होगा। क्रिया होगी तो प्रतिक्रिया भी होगी ही। काम होगा तो फल भी होगा ही।'' कृष्ण पूर्णतः शान्त थे, ''कोई उदाहरण है तुम्हारे सामने?''

''उदाहरण! उदाहरण मैं हूं।'' सुदामा ने कम ही अपना धैर्य ऐसे छोड़ा था। वे एक

धीर अध्ययनशील विद्वान् के स्थान पर धैर्यहीन शंकालु व्यक्ति हो गये थे, "मैंने सब ओर से अपना मन मारकर, अपने परिवार की उपेक्षाकर, अपना सिर पुस्तकों, ग्रन्थों और सिद्धान्तों में गड़ा दिया। यथासम्भव मनोयोग और परिश्रम से ज्ञान के क्षेत्र में डटा रहा। पर क्या मिला मुझे? निर्धनता, उपेक्षा, पत्नी और बच्चों का कष्ट देखने की पीड़ा। और जिन्होंने ज्ञान-मार्ग छोड़ दिया, जो चापलूसी और झूठ पर उतर आये, उन्होंने पाया धन और सम्मान, ऊंचे-ऊंचे सम्पर्क तथा पद।"

कृष्ण तनिक भी हतप्रभ नहीं हुए। वे मुस्कराये, जैसे कोई वयस्क, किसी बच्चे की भूल पर मुस्कराता है, "मेरा विचार है कि पहले हम 'कर्म' और 'फल' शब्दों का अर्थ स्पष्ट कर लें। मुझे लगता है कि उनको समझने में ही कहीं भ्रांति है। मेरे मन में उनका अर्थ कुछ और है और तुम्हारे...।"

"तुम्हारे मन में क्या अर्थ है उनका!" सुदामा को स्वयं ही अपने स्वर में उद्दण्डता का आभास हुआ। मन में आयी पूरी बात वे कह नहीं पाये; किन्तु कहने के बाद का अनकहा वाक्य उनके भीतर गूंजता चला गया, 'क्या समझता है कृष्ण! सुदामा को इन शब्दों का अर्थ भी नहीं मालूम। इतना जड़ समझता है वह सुदामा को? शब्दों के अर्थ भी भिन्न होते हैं, ताकि दो व्यक्ति उनके दो अलग-अलग अर्थ समझ बैठें?'

पर कृष्ण पर सुदामा की उद्दण्डता का कोई प्रभाव नहीं पड़ा। वे अपने सहज स्वर में बोलते चले गये, "मुझे लगता है कि तुम 'कर्म' का अर्थ एक सम्पूर्ण 'क्रिया' या 'प्रक्रिया' मान रहे हो, जिसमें पूर्व-चिन्तन, भावना तथा शारीरिक उद्यम सम्मिलित हैं; और फल से तुम्हारा तात्पर्य उस क्रिया या प्रक्रिया के पुरस्कार अथवा दण्ड से है। उसका कारण यह है कि तुमने कार्यों को अच्छे और बुरे के वर्गों में विभाजित कर रखा है और विभिन्न प्रकार के पुरस्कारों या दण्डों को उन कार्यों के साथ जोड़ रखा है, जबकि उन कार्यों और उन फलों में कोई तार्किक संगति नहीं है।"

"मैंने क्या सोच रखा है, इसे छोड़ो और तुम अपनी बात कहो।" सुदामा के स्वर की झल्लाहट कुछ और मुखर हो आयी थी।

"मेरे लिए 'कर्म' एक क्रिया है—पूरी या अधूरी, अंगी या अंग, पूर्ण या खण्ड। इस दृष्टि से 'फल' उस क्रिया की प्रतिक्रिया मात्र है। यह प्रतिक्रिया, प्रकृति के सत्यों के अनुसार होती है। प्रकृति की दृष्टि में कर्म 'अच्छे' और 'बुरे' की सूचियों में बंटे हुए नहीं हैं। इसलिए प्रत्येक क्रिया का परिणाम 'पुरस्कार' या दण्ड के रूप में प्रकट नहीं होता—जबकि किसी प्रक्रिया की पूर्णता पर ऐसा हो भी सकता है। सबसे बड़ी बात यह है कि प्रकृति की प्रत्येक क्रिया और प्रतिक्रिया में तर्क संगत कार्य-कारण सम्बन्ध होता है, जबकि सामान्य व्यक्ति द्वारा सोचे गये कर्म और फल में कोई कार्य-कारण सम्बन्ध नहीं होता।"

"मैं थोड़ा असहमत हूं।" सुदामा अपेक्षाकृत कुछ शान्त स्वर में बोले, "जड़ पदार्थों में तो तुम्हारे प्रकृति के नियम ठीक चलते होंगे, किन्तु मनुष्यों के साथ..."

"उदाहरण दो!" कृष्ण बोले।

"देखो!" सुदामा ने उदाहरण सोचने की मुद्रा बनाई, "हम एक गेंद को दीवार पर मारते हैं, तो वह निश्चित रूप से वापस आती है; किन्तु जब किसी मनुष्य के साथ भलाई करते हैं तो आवश्यक नहीं कि वह उसका उत्तर हमारी भलाई से ही दे—वह हमारा भला ही करे। यहां क्रिया-प्रतिक्रिया जैसा वैज्ञानिक नियम कहां हुआ?"

कृष्ण हंसे और हंसते चले गये।

"क्या हुआ?"

"तुम अपना उदाहरण बदल दो।" कृष्ण बोले, "जैसे गेंद को दीवार पर मारा है, वैसे ही किसी मनुष्य के गाल पर चांटा मारकर देखो, चांटा लौटकर आता है या नहीं।"

सुदामा हतप्रभ खड़े रह गये : कृष्ण ठीक ही तो कह रहा था। पर बुराई के नियम भलाई पर लागू नहीं होते क्या? बुराई क्या अधिक वैज्ञानिक वस्तु है—भलाई वैज्ञानिक नहीं है क्या?

"क्या सोचने लगे?" कृष्ण मुस्कराये, "यह तो मैंने विनोद में कहा है। तुम तो गम्भीर हो गये।"

सुदामा कुछ बोले नहीं, चुपचाप कृष्ण को देखते रहे।

"देखो! क्रिया-प्रतिक्रिया के वैज्ञानिक नियम में गेंद, दीवार और फेंकना—ये तीन उपकरण हैं। गेंद कीचड़ में मारी जायेगी तो वह लौटेगी तो नहीं ही, उल्टे हम पर कीचड़ के छींटे पड़ेंगे। ढूह में मारोगे तो न लौटेगी, न छींटे पड़ेंगे।" कृष्ण ने सुदामा को देखा, "वैसे ही यह देखना पड़ेगा कि जिस मनुष्य की भलाई की जा रही है, वह दीवार है, ढूह है या कीचड़ है। भलाई की प्रतिक्रिया भी उसी रूप में होगी।"

"अब तुम अपना उदाहरण लो।" सुदामा को चुप देखकर कृष्ण पुनः बोले, "तुमने चाहा ज्ञान और विद्वत्ता। उसी के लिए तुमने परिश्रम भी किया। और आज कोई नहीं कह सकता कि तुम दर्शनशास्त्र के सिद्धान्त ग्रन्थों के ज्ञानी और विद्वान् नहीं हो। तुमने धन, सम्पर्क और पद तो चाहा ही नहीं था। उसके लिए तुमने कर्म भी नहीं किया था। तो फिर वह तुम्हें कैसे मिल जाता।" कृष्ण ने सुदामा पर एक भरपूर दृष्टि डाली, "तुमने सम्पर्क बनाने के लिए क्या किया? कभी किसी के द्वार पर गये? कभी किसी की संगति में अपना समय बिताया? कभी किसी को प्रसन्न करने के लिए अपनी इच्छा के विरुद्ध, उसकी हां में हां मिलायी? बीज विद्वत्ता के बोओगे और फल तुम सम्पर्क के काटोगे? धन कमाने के लिए क्या किया? कृषि या व्यापार? जिन सफल लोगों की चर्चा तुम कर रहे हो, उन लोगों ने न विद्वत्ता और ज्ञान की आकांक्षा की और न उसके लिए प्रयत्न किया। उन्होंने सदा सम्पर्क, पद और धन के लिए प्रयत्न किया। उन्होंने नाक रगड़ी, समय लगाया, हां में हां मिलायी, आत्मसम्मान छोड़ा, चाटुकारिता की, धन के लिए अपनी थोथी विद्या का व्यापार किया। उन्होंने जिसके लिए प्रयत्न किया, वह पाया; तुमने जो चाहा वह तुम्हें मिला। उन्हें ज्ञान नहीं मिला, तुम्हें धन नहीं मिला। जिसके बीज बोए गये, वही फला। इसमें तुम्हें कहां कर्म-सिद्धान्त कार्य करता दिखाई नहीं पड़ता?" कृष्ण मौन हो गये।

सुदामा का आवेश कुछ कम हो गया था। कृष्ण जो कह रहे थे, उसमें तर्क था। किन्तु इस तर्क को चुपचाप पचा जाना सुदामा को कठिन लग रहा था...क्योंकि इसका तो अर्थ था कि संसार में जो कुछ हो रहा था, वह ठीक हो रहा था। प्रत्येक व्यक्ति को उसके कर्म का फल मिल रहा था। कहीं बेईमानी नहीं थी, कहीं अन्याय और शोषण नहीं था...यह सुदामा कैसे मान जायें...।

''और वह जो निष्काम कर्म का सिद्धान्त है तुम्हारा!'' अन्त में सुदामा बोले, ''तुम्हारी अध्यापकों वाली उस कहानी में परिश्रम से पढ़ाने वाले अध्यापक को अन्त में विद्वत्ता के साथ यश और धन भी मिल जाता है।''

इस बार कृष्ण की मुस्कान प्राणों में समा जाने की शक्ति लेकर उनके अधरों पर आयी, ''वह अन्त में होता है सुदामा! जब निष्काम उस सीमा पर पहुंच जाता है कि उसका फल किसी तरत पदार्थ के समान, अपने क्षेत्र से बहकर अन्य क्षेत्रों में भी जाने लगता है। उस पर तुम्हारा वश नहीं है। उसी फल के लिए तो कहता हूं, उसे प्रकृति की व्यवस्था पर छोड़ दो।''

सुदामा के मन में आया, पूछें, तो क्या वे भी यदि अपना कार्य करते रहेंगे तो उन्हें वह सब प्राप्त हो जायेगा?... पर कृष्ण के चेहरे के भावों की उदात्तता से अभिभूत, वे ऐसा स्वार्थ भरा प्रश्न पूछ नहीं पाये।...किन्तु विपरीत तर्क अभी शान्त नहीं हुए थे। बोले, ''एक किसान अपने खेत में हल चलाता है। बीज बोता है। सिंचाई और गोड़ाई करता है। दिन-रात खेतों की रखवाली करता है। पर क्यों नहीं मिलता उसको फल? क्यों वह निर्धन का निर्धन रह जाता है और दूसरे लोग उसके परिश्रम का फल पाकर धनी हो जाते हैं?''

''ऐसे विवाद करते रहोगे तो सागरतट का सौन्दर्य कैसे देखोगे?'' कृष्ण मुस्कराये।

सुदामा को लगा, कृष्ण उनके प्रश्न को टाल रहा है। क्यों? क्या वह मात्र वायवीय प्रश्नों में ही सुदामा को बहलाये रखना चाहता है? व्यावहारिक प्रश्नों से कतराना क्या शासन की नीति है?...पर सुदामा कृष्ण को छोड़ेंगे नहीं।

''सागरतट के सौन्दर्य को निहारने से कहीं महत्त्वपूर्ण है कि जीवन और समाज की व्यावहारिक समस्याओं का समाधान कर लिया जाये।...जाने फिर कब तुमसे भेंट हो।'' सुदामा भी मुस्कराये।

कृष्ण पुनः गम्भीर हो गये, ''ध्यान से निरीक्षण कर, तथ्यों का विश्लेषण करोगे तो बात स्पष्ट हो जायेगी।...किसान अपना सारा परिश्रम अधिक उपज के लिए कर रहा है। बताओ, उसके परिश्रम से उसे अधिक उपज मिली या नहीं? यदि मिली तो उसके कर्म का फल उसे मिल गया। कर्म सिद्धान्त तो गलत प्रमाणित नहीं होता।''

''खोखले तर्कों में मत उलझाओ कृष्ण!'' सुदामा का स्वर पुनः आक्रोश से भर आया था, ''यह तुम भी समझ रहे हो कि मैं क्या कह रहा हूं। किसान के परिश्रम का फल केवल उपज का हो जाना नहीं है। उस अन्न के उपजने का लाभ भी उसे होना चाहिए। यदि उस अन्न से धन की प्राप्ति भूस्वामी, व्यापारी अथवा सामन्त को होती है

तो किसान के श्रम का फल वे भोग रहे हैं। कर्म किसान ने किया है और फल कोई और भोग रहा है। यह कौन-सा कार्य-कारण सम्बन्ध हुआ? यह कौन-सी तर्क-शृंखला हुई?''

कृष्ण मुक्त मन और कण्ठ से खिलखिलाकर हंस पड़े। उनकी सारी गम्भीरता जाने कहां लुप्त हो गयी। इस समय उनके चेहरे पर वही लीलामय हाथ था, जो गुरु सांदीपनि के आश्रम में क्रीड़ा अथवा तर्क के समय, विपक्ष को अपने जाल में फंसते देखकर होता था।

''तो अब सुदामा भी जीव, ब्रह्म और माया को छोड़, किसान, परिश्रम और फल की बातें सोचने लगा। यह बहुत शुभ है सुदामा! बहुत ही शुभ। चिन्तन का इस ओर बढ़ना बहुत कल्याणकारी है।'' कृष्ण क्षण-भर के लिए रुके, ''जब सोचने ही लगे हो तो केवल किसान तक ही मत रुको, गोपालों के विषय में भी सोचो, श्रमिकों, जुलाहों, कर्मकरों और अन्य उत्पादकों के लिए भी सोचो; नये प्रयोगों, शोधों, चिन्ताओं तथा अध्ययनों के लिए तपस्यारत ऋषियों-मुनियों, ज्ञानियों-विज्ञानियों के विषय में भी सोचो। घरों में कार्य करती हुई, सबके लिए त्याग, बलिदान और श्रम करती, किन्तु पुरुषों के आधिपत्य में पिसती हुई नारियों के विषय में भी सोचो...।''

सुदामा का आक्रोश चुक गया था। वे सहज होकर बोले, ''तुमने तो सोचा होगा! बताओ, तुम्हीं समाधान दो।''

''मैंने कुछ-न-कुछ तो सोचा ही है। बहुत दिनों से सोचता आया हूं।'' कृष्ण पुनः गम्भीर हो गये, ''मुझे लगता है कि हमने अभी समग्रता में सोचना नहीं सीखा है। इसी से सत्य हमारी पकड़ में नहीं आता और हम अन्धकार में हाथ-पैर मारते रहते हैं।''

''सत्य क्या है, तुम ही बताओ?'' सुदामा बीच में ही बोले।

''बड़े उतावले हो मित्र! सत्य की खोज तो बड़े धैर्य का काम है।'' कृष्ण मुस्कराये, ''अच्छा चलो, पहले किसान का ही प्रश्न लेते हैं। बात हम यहां से आरम्भ करते हैं कि एक किसान भूमि को बड़े परिश्रम से खोदता है और बीज बो देता है; किन्तु वर्षा नहीं होती, सूखा पड़ जाता है—या ऐसा ही कुछ और हो जाता है, जिससे बीज सड़ जाते हैं या उपज सूख जाती है और किसान के हाथ कुछ नहीं लगता। ऐसे में तत्काल तुम प्रश्न करोगे कि उसने तो कर्म किया, फिर उसे फल क्यों नहीं मिला?''

''हां! क्यों नहीं पूछूंगा।''

''उत्तर स्पष्ट है कि जो कर्म उसने किया, उसका फल तो उसे मिला; किन्तु वह समग्र कर्म नहीं था, इसलिए समग्र फल उसे नहीं मिला। संकीर्णता अथवा एकांगिता में किया गया कर्म संकीर्ण और एकांगिक फल ही देगा; क्योंकि प्रकृति तो समग्र, सन्तुलित तथा जटिल व्यवस्था है। खेती करने वाले किसान के लिए यह जानना आवश्यक है कि कृषि के लिए भूमि की जुताई के साथ सिंचाई की आवश्यकता भी होती है। किन्तु सिंचाई की व्यवस्था व्यक्ति का नहीं, समाज का काम है। इसलिए, वहां सामाजिक कर्म की आवश्यकता होती है। जो समाज मिलकर अपने विकास के लिए कर्म नहीं करता, उसका व्यक्ति-कर्म भी बहुत फल प्राप्त नहीं कर सकता। इसलिए कृषक समाज के लिए

आवश्यक है कि वह कृषि सम्बन्धी ज्ञान प्राप्त करने, कृषि के उपकरणों और सुविधाओं को सुलभ करने के पश्चात् भूमि पर पसीना गिराये। अन्यथा वह व्यक्ति-कर्म व्यक्ति-फल ही देगा, जिससे समाज लाभान्वित नहीं हो पायेगा। किन्तु, जो समाज कृषि सम्बन्धी अनुसन्धान करने और उपकरणों को उपलब्ध करने का कर्म पहले कर लेता है और तब उपज के लिए सामूहिक अथवा वैयक्तिक कर्म करता है—वह उसका पूर्ण तथा समग्र फल प्राप्त करता है।'' कृष्ण रुके, ''और मान लो कि उपज तो हो जाती है, खेत लहलहा उठते हैं या फसल पककर धरती पर सोना बिखेर देती है और तब उसे पशु चर जाते हैं, आग लग जाती है अथवा शत्रु उसे नष्ट कर जाते हैं...तब?''

''हां, तब?'' सुदामा के मुख से अनायास ही उसी भंगिमा में निकला।

''तब यह समझना होगा कि उपज के लिए जो कर्म किया गया था, उसका फल तो मिला; किन्तु उसकी रक्षा के लिए कोई कर्म नहीं किया गया था, इसलिए उस अकर्म का दण्ड भी मिला। प्रकृति कर्म का फल तत्काल देती है; किन्तु अकर्म का दण्ड भी उसी शीघ्रता से प्रदान करती है। मनुष्य और प्रकृति के इस निरन्तर संघर्ष का उदाहरण मैं मैदान और पगडण्डी से देता हूं। जिस पथ पर सैकड़ों लोग प्रतिदिन चलते हैं, वहां घास नहीं उगती और पगडण्डी बन जाती है। पर मनुष्य के पग रुके और प्रकृति ने उसे अपनी शक्ति का प्रमाण दिया। वहां तत्काल घास उगेगी, पौधे और वृक्ष उगेंगे। जीव-जन्तु आयेंगे। मनुष्य का प्रयत्न रुकते ही तुमने प्रासादों को खण्डहर बनते नहीं देखा क्या? प्रकृति तुरन्त बताती है कि कहां अकर्म रह गया है। इसलिए व्यक्तिगत और सामाजिक धरातल पर अपने उत्पादन और सम्पत्ति की रक्षा का प्रयत्न भी करना होगा।'' क्षण-भर को कृष्ण रुके, ''जब यहां तक हो जाये, तब प्रश्न उठता है कि उपज के उस फल का, जिसके विषय में तुमने प्रश्न किया है सुदामा! कि उपज किसान की और उसके बदले में धन मिलता है भू-स्वामी, सामन्त और व्यापारी को।''

''हां!'' सुदामा केवल एक ही शब्द कह सके।

''अन्न उपजा लेना एक कार्य है और उसे बेचकर उसके विनिमय में धन प्राप्त करना दूसरा। जैसे ज्ञानार्जन एक कर्म है और उसका व्यापार कर धन कमाना दूसरा। अथवा ये एक समग्र कर्म के दो खण्ड हैं। किसान ने उन्न उपजाने के लिए कर्म किया तो उसे अन्न मिला; किन्तु उसने, उसके विनिमय में धन प्राप्त करने के लिए क्या किया? कुछ भी तो नहीं। व्यापारी, किसान से अन्न खरीदकर दूसरे स्थान पर बेचने का उद्यम करता है। इसलिए उस उद्यम का फल तो उसे मिलेगा ही; किन्तु साथ ही उसने एक सामाजिक कार्य भी किया है—संगठन। इस सामाजिक कर्म का फल उसे मिलता है—अपने उद्यम के अनुपात से कहीं अधिक लाभ—जो मानवीय न्याय की किसी भी कसौटी के अनुसार अनुचित है। यह लाभ उसे एक व्यवस्था देती है, जिसे उसने बनाया है और यह लाभ, किसान के असंगठन का शोषण करने के कारण ही सम्भव है। यहां किसान या उत्पादक, फिर अपने सामाजिक अकर्म के कारण दण्डित होता है। उसने ऐसी व्यवस्था बनाने के लिए, संगठित होकर क्या किया, जो परिश्रम के अनुपात में भी लाभ

पाने की अनुमति दे? सामान्यतः लोग अपने वैयक्तिक कर्म में ही व्यस्त रहते हैं और अच्छा समाज तथा अच्छी व्यवस्था बनाने के लिए तनिक भी कार्य नहीं करते। इस प्रकार अपने सामाजिक अकर्म से, एक दुष्ट व्यवस्था बनाने में, प्रकारान्तर से सहायक होते हैं; और जब उस अकर्म का दण्ड उन्हें मिलता है तो उनकी समझ में नहीं आता कि ऐसा क्यों हो रहा है।''

''तो भू-स्वामी, सामन्त और व्यापारी के असन्तुलित लाभ और किसान की बुरी स्थिति के लिए दोषी, उसके सामाजिक अकर्म द्वारा संगठित हो गयी भ्रष्ट व्यवस्था है?''

''मैं उसे दोषी नहीं कहता। अपने कर्म-सिद्धान्त की शब्दावली में उसे अकर्म का फल कहता हूं।'' कृष्ण बोले, ''यह व्यवस्था सामाजिक है। उस का स्वरूप निर्भर करता है राजनीतिक व्यवस्था पर। जो समाज राजनीतिक कर्म नहीं करता, अपने लिए अच्छी राजनीतिक व्यवस्था बनाने की ओर ध्यान नहीं देता, उसे उस अकर्म का फल मिलता है—भीतरी शोषण और बाहरी शक्तियों के आक्रमण के रूप में। मानव समाज का कोई खण्ड जड़ हो जाये तो हो जाये, किन्तु प्राकृतिक व्यवस्था नहीं रुकती। प्रकृति क्रियाशील है, वह कर्म का तत्काल फल देती है और अकर्म का दण्ड।''

''प्राकृतिक व्यवस्था के नहीं रुकने का क्या अर्थ हुआ?'' सुदामा आश्चर्यचकित थे। सचमुच उन्होंने इस क्षेत्र में कभी कुछ नहीं सोचा था। कृष्ण के सिद्धान्तों का, सिद्धान्तों के रूप में ही अध्ययन नहीं किया, उन्हें सदा जीवन से जोड़ा है, ''मनुष्य से अलग होकर स्वतन्त्र रूप से प्राकृतिक व्यवस्था कैसे चलेगी?''

''सृष्टि बहुत बड़ी है, इसलिए प्राकृतिक व्यवस्था भी बहुत विराट है। मानव-समाज उसका एक छोटा-सा अंग है। मनुष्य से अलग होकर मानव समाज में प्राकृतिक व्यवस्था नहीं चलती।'' कृष्ण बोले, ''इसे सीमित क्षेत्र में सचमुच ही मनुष्य को छोड़कर दूसरा कोई उपकरण उसके पास नहीं है, किन्तु, मानव-मात्र भी विभिन्न समाजों में बंटा हुआ है। एक समाज कर्म करता है और उसका फल पाता हुआ आगे बढ़ता जाता है। वह नये आविष्कार करता है, अपना उत्पादन बढ़ाता है, अपनी सामाजिक व्यवस्था ठीक करता है, अपने समाज के सदस्यों में अपने उत्पादनों को यथासम्भव समतापूर्वक वितरित करता है। उन्हें समान अधिकार देता है, मानव के हाथों, मानव का शोषण समाप्त करने अथवा कम-से-कम करने का प्रयत्न करता है।...वह समाज आगे बढ़ता है, शक्तिशाली बनता है।'' कृष्ण प्रवाह में बोलते जा रहे थे, ''और एक दूसरा समाज होता है, जहां सामाजिक कर्म के स्थान पर वैयक्तिक कर्म बल पकड़ लेता है। वहां निजी स्वार्थ की संकीर्णता प्रधान हो जाती है। अपने निजी स्वार्थ के लिए व्यक्ति समाज की बड़ी-से-बड़ी क्षति कर देता है। वह यह भूल जाता है कि समाज वह वायुमण्डल है, जिसमें उसे भी सांस लेनी है, यह वह कुआं है, जिसमें से उसे भी पानी पीना है। वह यदि उस वायुमण्डल अथवा कुएं को दूषित करेगा तो वह दूषण उसके शरीर में भी प्रवेश करेगा; और तब वह स्वयं को बचाने के लिए कुछ नहीं कर पायेगा। ऐसा समाज भीतर से खोखला होता जाता है। जहां सामाजिक कर्म नहीं होता, सामाजिक न्याय नहीं होता, सामाजिक निर्माण नहीं

होता, वह समाज जड़ हो जाता है। आगे नहीं बढ़ता। वह प्राकृतिक शक्तियों की गति को रोकने लगता है। जब आगे बढ़ने की उसकी भीतरी शक्ति समाप्त हो जाती है और आगे बढ़ने की क्षमता उसमें पूर्णतः नष्ट हो जाती है, तब प्रकृति अपना कार्य करने के लिए ऐतिहासिक शक्तियों से काम लेती है। तब कोई-न-कोई विकसित समाज, बाहर से उस जड़ समाज पर आक्रमण करता है। किसी भी समाज अथवा राज्य पर, बाहरी आक्रमण यदि सफल हो जाता है तो वह पराजित समाज के सामाजिक अकर्म का फल है। विजयी समाज, पराजित समाज पर विभिन्न प्रकार के अत्याचार करता है, उसका शोषण करता है। उसकी धन-सम्पत्ति का अपहरण करता है। प्राकृतिक व्यवस्था की ओर से ये सारे प्रयत्न पराजित समाज को चेताने के प्रयत्न हैं। विदेशी, विधर्मी, विजातीय लोगों का अत्याचार पराजित समाज के प्रमाद, अहंकार तथा जड़ता को तोड़ता है और उन्हें प्रगति के पथ पर आगे बढ़ने का मार्ग दिखाता है, जो प्राकृतिक व्यवस्था की मूल प्रेरणा है।''

''किन्तु यह तो अत्याचार है कृष्ण!'' सुदामा के स्वर में पीड़ा भी थी, आक्रोश भी, ''प्रकृति—जिसने मनुष्य का निर्माण किया है—इतना अत्याचार क्यों चाहती है?''

''साधारण रूप में कहूं, तो इतना ही कहूंगा कि माता-पिता अपनी सन्तान को क्यों पीटते हैं? गुरुजन अपने शिष्यों को क्यों दण्डित करते हैं?'' कृष्ण सहज भाव से बोले, ''और यदि एक समाज तथा दूसरे समाज से तटस्थ हो जाओ; अपना ममत्व और पक्षपात दूर कर लो तो यह प्राकृतिक व्यवस्था है, शुद्ध व्यवस्था है, शुद्ध सत्यों-नियमों से परिचालित। एक स्थान में शून्य होते ही, दूसरे स्थान से वायु वहां पहुंच जाती है। वही स्थिति मानव-समाज की है। एक समाज में अकर्म आते ही, दूसरा कर्मशील समाज वहां जा पहुंचता है। और तब तक वहां टिका रहता है, जब तक कि पहला समाज समर्थ होकर दूसरे को बाहर नहीं धकेल देता। प्रकृति तो है ही संघर्ष का नाम। कभी यह संघर्ष मनुष्य और मनुष्य में होता है, कभी समाज और समाज में, कभी राज्य और राज्य में। सम्भव है कि किसी समय यह संघर्ष एक ग्रह और दूसरे ग्रह के बीच में हो, दो ब्रह्माण्डों के लोगों के बीच में हो। ऐसे प्रत्येक संघर्ष में, उन इकाइयों के अलग नियम होते हैं, जो उसमें भाग ले रही हैं। राज्यों के संघर्षों में व्यक्तियों के संघर्ष के नियम लागू नहीं होते, और ब्रह्माण्डों के संघर्षों में राज्यों के संघर्षों के नियम असत्य हो जायेंगे। इसीलिए यह आवश्यक है कि इन प्राकृतिक नियमों को खोजा जाये, समझा जाये और फिर उनके अनुकूल जिया जाये। जहां मनुष्य की अथवा समाज की समझ में भ्रम अथवा प्रमाद होता है—नियमों की ठोकर उसे बता देती है कि वह भूल कर रहा था। इस धरातल पर व्यक्ति, प्रकृति से अपना तादात्म्य करता है तो पाता है कि जो जीत रही है, वह भी प्रकृति है, जो हार रही है, वह भी प्रकृति है। तभी वह पाता है कि पीड़ित भी वही है, पीड़क भी वही है। शोषित भी मैं हूं, शोषक भी मैं हूं। सारा संघर्ष प्रकृति के भीतर चल रहा है। प्रकृति से प्रकृति ही लड़ रही है—एक सन्तुलन स्थापित करने के लिए। वही प्रकृति तुम हो, वही मैं हूं। यही प्रकृति, यही संजीवनी—मनुष्य का विराट रूप है। जब मैं यह अनुभव

करता हूं, तो मैं इस संकीर्ण मानव शरीर में सीमित नहीं रह जाता, मैं विराट प्रकृति हो जाता हूं।''

सुदामा ने कृष्ण को देखा : क्या था कृष्ण की आंखों में? क्या था उसके चेहरे पर। जो कुछ कृष्ण के मुख से निकला था, वह मात्र शब्द नहीं थे, वह कृष्ण की अनुभूति थी। ...तो क्या कृष्ण सचमुच इस समय प्रकृति-रूप हो रहा है। कृष्ण के शब्द, अन्य व्यक्ति के लिए मात्र एक चिन्तन-पद्धति हो सकते हैं; किन्तु कृष्ण के लिए वह जीवन-पद्धति थी। कृष्ण ज्ञान से कहीं आगे बढ़ गया था, अनुभव की सीमा तक...।

सुदामा मौन रहे। कृष्ण भी कुछ नहीं बोले। लगा कि वे अपने भीतर के किसी आवेश को शान्त कर रहे हैं...क्रमशः वे सहज हुए। उनके चेहरे पर मुस्कान आयी, ''जब सोचता हूं कि मैं यह छोटा-सा मानव शरीर नहीं हूं—मैं एक विराट व्यवस्था हूं, तो बहुत सहज नहीं रह पाता हूं।''

सुदामा को लगा, अब कृष्ण फिर से सुदामा के मित्र के रूप में वापस लौट आया है। बोले, ''पर कृष्ण! इस चिन्तन में मैं बहुत बड़ा जोखिम देख रहा हूं।''

पर कृष्ण के कुछ कहने से पहले ही उनकी दृष्टि तीव्र गति से अपनी ओर आती हुई एक नौका पर पड़ी। उन्हें लगा, क्षण-भर में वह नौका उनसे आ टकरायेगी।

''वह...!'' सुदामा के मुख से निकला।

कृष्ण ने भी दृष्टि उधर फेरी।

''प्रद्युम्न!'' वह सहज भाव से बोले।

आने वाली नौका में अकेला प्रद्युम्न था, जिसने बड़ी दक्षता से अपनी नौका को फेरकर, उनकी नौका के साथ लगा दिया।

नौका ठहर जाने पर दुर्घटना का भय टला तो सुदामा की दृष्टि प्रद्युम्न पर पड़ी। उनके समवयस्क कृष्ण का इतना बड़ा बेटा। उनका विवेक तो इसके सामने एकदम बच्चा है।...कृष्ण ने विवाह जल्दी कर लिया था। विवाह में विलम्ब का दुष्परिणाम सुदामा भुगत रहे थे। उनके दोनों बच्चे अभी छोटे थे।

प्रद्युम्न और कृष्ण में अद्भुत साम्य था। कल उन्हें उद्धव और कृष्ण में साम्य लगा था। पर प्रद्युम्न को देखने से तो लगता था कि कृष्ण फिर से तरुण होकर उनके सामने आ खड़ा हुआ है।

प्रद्युम्न के विषय में बहुत कुछ सुना था सुदामा ने। उसके कारण कृष्ण के घर में कुछ उथल-पुथल भी थी। कुछ विरोध और शिकायतें...पर कोई किसी को दोष नहीं देता था। जीवन में हुई एक आकस्मिक घटना ने प्रद्युम्न के जीवन की धारा को बदल दिया था।

कहते हैं, कुल छः महीनों का था प्रद्युम्न, जब कृष्ण का शत्रु शंबर अवसर पाकर उसे उठा ले गया था। निश्चित रूप से शंबर उसकी हत्या करने के लिए ही उसे उठा ले गया होगा; किन्तु उसकी मृत्यु नहीं हुई और वह शंबर के ही महल की एक दासी

मायावती की सन्तान के रूप में पलता रहा। सामान्य जन की मान्यता है कि शंबर ने उसे समुद्र में फेंक दिया था, वहां उसे एक मछली खा गयी थी। उस मछली को एक मछुए ने पकड़ा और शंबर के महल में बेच आया। वहां रसोइये ने उसका पेट चीरा तो उसमें से जीता-जागता बच्चा निकल आया, जो उसने मायावती को दे दिया।...पर कल से जिन कार्य-कारण सम्बन्धों और प्राकृतिक सत्यों की चर्चा कृष्ण कर रहे हैं, उन्हीं सत्यों के अन्तर्गत यह सम्भव नहीं है। छः महीने का बच्चा समुद्र में फेंका जाने पर जीवित नहीं रह सकता। फिर मृत मछली के पेट को चीरने पर उसमें से जीवित बच्चा नहीं निकल सकता।...पता नहीं वे कौन-सी घटनाएं थीं, जिनके अन्तर्गत प्रद्युम्न शंबर की रसोई की दासी के पास पहुंचा।

पर उससे भी विचित्र दूसरी बात थी। जिस मायावती ने प्रद्युम्न को अपनी सन्तान के समान पाला, वही उसके किशोर वय को प्राप्त करने पर, उसमें अनुरक्त हो गयी और उसकी पत्नी बन बैठी।...जनमानस मानता है कि मायावती स्वयं रति थी और प्रद्युम्न कामदेव का अवतार। इस दृष्टि से मायावती और प्रद्युम्न तो पहले से ही पति-पत्नी थे। उनमें तो यही एक सम्बन्ध ही सम्भव था।...सुदामा यह सिद्ध या असिद्ध नहीं कर सकते कि प्रद्युम्न स्वयं कामदेव हैं या नहीं, पर वे मानते हैं कि मायावती अवश्य ही साक्षात् रति हैं, जिसके मन में अपनी गोद में पली सन्तान के प्रति भी वात्सल्य नहीं रति-भाव ही उमड़ा।...मायावती का वय प्रद्युम्न से बड़ा है। हो सकता है वय में मायावती स्वयं रुक्मिणी भाभी के बराबर हों या दो-एक वर्ष छोटी हों। शैशव से बिछुड़े अपने पुत्र को उसकी किशोरावस्था में पाकर कृष्ण और रुक्मिणी भाभी को प्रसन्नता तो अवश्य हुई होगी—पर साथ ही अपनी समवयस्क बहू...रुक्मिणी भाभी को ठीक ही अटपटा लगता है...पर प्रद्युम्न भी क्या करे, जिस स्त्री से उसने मातृत्व और पत्नीत्व दोनों पाया है, उससे विमुख वह कैसे हो सकता है।...फिर वीर पुरुष है प्रद्युम्न! शंबर का उसने वध किया। शाल्व को उसने पराजित किया...और सुदामा का बेटा—विवेक—अभी छोटा, कोमल-सा बालक है...।

"प्रद्युम्न!" कृष्ण बोले, "हमें खोजते हुए आये हो या संयोग से ही मिल गये हो?"

सुदामा को कृष्ण के स्वर में अपने पुत्र के लिए अपार स्नेह झलकता दिखाई दिया।

"आप घर पर नहीं मिले तो समझ गया कि आप चाचाजी को सागरतट दिखा रहे होंगे।"

सुदामा ने दृष्टि उठाकर देखा। प्रद्युम्न उन्हें चाचाजी कह रहा था। सुदामा के शरीर में एक सिरहन-सी उठी...प्रद्युम्न जैसा तरुण, वीर, विचित्रताओं से भरा हुआ...सुदामा, कृष्ण को ही नहीं, उनके सारे परिवार को स्वीकार्य थे, आत्मीय जन के रूप में परिजन...।

प्रद्युम्न अपनी नौका छोड़, उनकी नौका में आ गया।

"सुदामा! यह प्रद्युम्न है।" कृष्ण ने औपचारिक परिचय कराया, "मेरा बड़ा बेटा। इसे देखकर लगता है न कि बच्चे जवान हो रहे हैं और हम बूढ़े होते जा रहे।" कृष्ण ज़ोर से हंसे, "पर उससे अपने सामर्थ्य का भी बोध होता है...जिसका ऐसा शूरवीर पुत्र

हो...।'' कृष्ण ने ममता से अपने पुत्र को निहारा।

''ठीक कह रहे हो मित्र!'' सुदामा इतना ही कह सके।

''चाचाजी! आपको द्वारका का सागरतट कैसा लगा?'' प्रद्युम्न ने बड़े सम्मानपूर्वक सुदामा से पूछा।

''सुन्दर है।'' सुदामा बोले, ''बहुत सुन्दर है।''

''तुमने देखा ही क्या है?'' कृष्ण लीलापूर्वक उन्हें चिढ़ाते हुए से बोले, ''एक तो इस बीच सागर अत्यन्त शान्त रहा है। ज़ोर की कोई लहर ही नहीं उठी। दूसरे, सागर को देखने के स्थान पर तुम दर्शन बघारते रहे। अरे, सौन्दर्य को देखने के लिए तो कृष्ण की आंखें चाहिए।'' वे सुदामा के निकट खिसक आये, ''तुम किसी दिन प्रद्युम्न की नौका में जाओ। सारा दर्शन भूल जाओगे। बीच ज्वार में ले जाकर नौका खड़ी कर देगा।''

''पिताजी!'' प्रद्युम्न शिकायत के-से स्वर में बोला।

कृष्ण खिलखिलाकर हंस पड़े, ''अरे, तो इसमें संकोच की कौन-सी बात है। जो बच्चा छह महीने के वय में ही सागर से लड़कर जीत गया, वह तो उससे ऐसे खिलवाड़ करेगा ही।'' सहसा कृष्ण की भंगिमा बदल गयी, ''अच्छा चलो, अब लौट चलें। बहुत देर हो गयी है। रुक्मिणी रुष्ट होंगी।''

''आपको और किसी का भय तो है ही नहीं।'' प्रद्युम्न ने आंखों की कोरों से अपने पिता को देखा।

''नहीं भाई! तुमसे भी भय लगता है।'' कृष्ण पुनः हंसे, ''तुमने बताया नहीं, तुम मुझे बुलाने आये थे क्या?''

''जी हां,'' प्रद्युम्न धीरे-से बोला, ''हस्तिनापुर से समाचार आया है।''

''क्या समाचार है?''

''बड़े फूफाजी द्यूत में अपना सर्वस्व हार गये हैं—अपने भाइयों तथा बुआ द्रौपदी समेत, सब कुछ। दुर्योधन ने उनके साथ बहुत दुर्व्यवहार किया है—विशेषकर द्रौपदी बुआ के साथ।''

''मुझे पहले ही आशंका थी।'' कृष्ण जैसे अपने-आपसे बोले और उन्होंने चप्पू उठा लिये।

उस क्षण से कृष्ण अपने भीतर कुछ ऐसे डूबे, जैसे वे वहां हों ही नहीं। किन्तु इस आत्मलीनता के कारण पहले उन्हें नौका चलाने और बाद में रथ हांकने में कोई परेशानी नहीं हुई। वे यन्त्रवत् ये सारे कार्य करते रहे।

सुदामा ने प्रद्युम्न को देखा : वह भी शान्त-मौन बैठा था। पिता के चिन्तन में उसने कोई बाधा खड़ी नहीं की थी। न कोई अतिरिक्त सूचना दी और न ही इस विषय में वार्तालाप या तर्क-वितर्क करना चाहा।...वैसे सुदामा को चिन्तित उन दोनों में से कोई भी नहीं लग रहा था। कृष्ण मानसिक रूप से जैसे कहीं और चले गये थे, किन्तु जहां कहीं गये थे, चिन्तित और परेशान वहां भी नहीं थे। वे अत्यन्त आत्मविश्वस्त दिखाई पड़ रहे

थे।...वैसे भी समाचार देने आये प्रद्युम्न ने समाचार देने में कोई घबराहट नहीं दिखाई थी और न कृष्ण ने इस समाचार को इतने साधारण रूप से प्रस्तुत करने के विषय में कुछ कहा था।

पिता और पुत्र—दोनों ही जीवन में बड़ी-बड़ी कठिनाइयों, जोखिमों और संघर्षों को झेले हुए थे।...सुदामा सोच रहे थे...'यह सब सुदामा जैसे दार्शनिक के बस का नहीं था। उन्हें तो एक छोटी-सी दुर्घटना भी इतना उद्विग्न कर जाती थी कि वे अपना सन्तुलन खो बैठते थे।'

सहसा सुदामा का ध्यान उस सूचना की ओर चला गया। क्या अर्थ है इसका? ...युधिष्ठिर अपना सर्वस्व हार गये थे। अर्थात् इन्द्रप्रस्थ का राज्य, धन-धान्य, सत्ता-सम्पत्ति सब कुछ! अपने भाइयों तथा अपनी पत्नी पांचाली द्रौपदी को भी हार गये हैं। तो क्या वे दुर्योधन के दास हो गये हैं? दास! कृष्ण की बुआ के बेटे हैं पाण्डव! बलराम जैसे भाई। बलराम से कम नहीं माना है कृष्ण ने उन्हें। और फिर अर्जुन! कृष्ण का भाइयों से भी बढ़कर मित्र। सुभद्रा का पति। सुभद्रा से कितना प्यार करता है कृष्ण। इतनी छोटी है उससे कि उसे बहिन नहीं, सदा बेटी माना है कृष्ण ने। और अब अर्जुन, दुर्योधन का दास हो गया है...इन्द्रप्रस्थ का राज्य भी तो एक प्रकार से कृष्ण का ही स्थापित किया हुआ था। नहीं तो शायद दुर्योधन कुछ भी न देता पाण्डवों को। और दे भी देता, तो इन्द्रप्रस्थ में था ही क्या? कुछ वन थे, कुछ खण्डहर। कृष्ण ने ही अपने सहयोग से उसे एक सम्पन्न राज्य बना दिया था, इतना सम्पन्न कि युधिष्ठिर ने राजसूय यज्ञ किया। कृष्ण ने उस यज्ञ में आगंतुकों के पैर धोए और युधिष्ठिर ने अग्रपुरुष के रूप में कृष्ण की पूजा की।...कृष्ण ने मध्य देश में धर्म-राज्य के रूप में स्थापित किया था इन्द्रप्रस्थ को...और युधिष्ठिर जुए में सब कुछ हार गया।

महल में पहुंचकर कृष्ण सीधे अपने कमरे में गये।

''बैठो सुदामा!'' उन्होंने कहा, ''विश्राम के लिए एकान्त चाहोगे या यहीं चर को बुला लूं।''

''बुला लो।''

कृष्ण ने अपना मुकुट उतार कर चौकी पर रखा और एक सिंहासन पर आराम से बैठ गये। चर आया तो बोले, ''विस्तार से बताओ, क्या समाचार लाये हो।''

''अनर्थ हो गया है यादव श्रेष्ठ!'' चर बोला, ''समाचार कहने को उसमें क्या है।''

''बोलो।''

''हस्तिनापुर में नव-निर्मित सभा-भवन में भीष्म पितामह, महाराज धृतराष्ट्र, गुरु द्रोणाचार्य, महामन्त्री विदुर तथा अन्य वृद्धजनों एवं राजस्य वर्ग की उपस्थिति में चौपड़ का खेल आरम्भ हुआ।'' चर बोला, ''पाण्डवों की ओर से युधिष्ठिर खेल रहे थे और कौरवों की ओर से शकुनि।''

''क्या युधिष्ठिर नहीं जानते थे कि शकुनि अत्यन्त धूर्त है और उससे जीतना सम्भव नहीं है?'' कृष्ण ने पूछा।

''जहां तक मैं जानता हूं, यह तथ्य सर्वविदित था वासुदेव!'' चर ने उत्तर दिया, ''किन्तु महाराज युधिष्ठिर ने इसका विरोध नहीं किया। वे कुछ इतने उत्साह से खेले कि कुछ ही दांवों में अपना सब कुछ हार गये। उन्होंने इतनी शीघ्रता में इतने बड़े-बड़े दांव बदे, जैसे वे सब कुछ स्वयं ही हार जाना चाहते हों। वे अपना धन-धान्य, राज-पाट, अपने भाई, स्वयं अपने आपको और अन्ततः महारानी द्रौपदी को भी हार गये।''

सुदामा ने कृष्ण की ओर देखा : कृष्ण के चेहरे पर अखण्ड शान्ति थी।

''दुर्योधन ने घोषणा की कि पांचाली द्रौपदी अब रानी नहीं, कौरवों की दासी है, इसलिए उसे एक दासी के रूप में सभा-भवन में उपस्थित किया जाये...।''

''पापी!'' कृष्ण अपने होंठों में बुदबुदाये।

''पहले एक सारथि 'प्रातिकामी' को इस कार्य के लिए भेजा गया। किन्तु देवी पांचाली उसके साथ नहीं आयीं। उन्होंने उसके माध्यम से एक प्रश्न पूछ भेजा कि यदि युधिष्ठिर पहले स्वयं अपने-आपको हार गये थे तो उन्हें अपनी पत्नी को दांव पर लगाने का अधिकार कैसे था?''

''ठीक पूछा द्रौपदी ने।'' कृष्ण बोले।

''पूछा तो ठीक ही,'' चर बोला, ''किन्तु किसी ने उसके प्रश्न का उत्तर नहीं दिया। इस बार दुर्योधन ने दुःशासन को आदेश दिया कि देवी पांचाली जहां भी हों, जिस भी अवस्था में हों, उन्हें तत्काल घसीटकर लाया जाये और सभा में उपस्थित किया जाये। दुःशासन ने जाकर देवी को दासी के समान सम्बोधित कर सभा में चलने के लिए कहा। देवी ने उससे बचने के लिए राजा धृतराष्ट्र के अन्तःपुर की ओर भागने का प्रयत्न किया। दुःशासन एकवस्त्रा, रजस्वला देवी पांचाली को उनके बालों से पकड़कर सभा में घसीट लाया। न तो उसने यह सोचा कि वे केश, राजसूय यज्ञ के अन्त में अवभृथ स्नान के समय मन्त्रों से अभिसिंचित जल से धोए गये थे और न उसने पाण्डवों की शक्ति के विषय में सोचा। दुर्योधन ने पांचाली से अशोभन प्रस्ताव किये और कर्ण ने हंसकर कहा कि दायित्व से मुक्त होना चाहे तो द्रौपदी किसी राजकुमार से विवाह कर ले।''

''कर्ण का सारा धर्म-विचार क्या हुआ? कृष्ण बोले, ''नीच को अपनी प्रतिहिंसा में धर्म-विचार याद नहीं रहता।''

''किन्तु देवी पांचाली अपना प्रश्न दुहराती रहीं।'' चर बोला, ''धृतराष्ट्र के पुत्र विकर्ण ने देवी का पक्ष लेकर कहा कि युधिष्ठिर को द्रौपदी को दांव पर बदने का कोई अधिकार नहीं था। अतः देवी दासी नहीं है। उनसे दुःशासन का इस प्रकार का व्यवहार अशोभनीय है। किन्तु कर्ण ने विकर्ण को डांट दिया और बड़े खुले शब्दों में पांच पतियों की पत्नी होने के कारण द्रौपदी को व्यभिचारिणी बताया। उसने कहा कि देवी को निर्वस्त्र कर देने में भी कुछ अन्यथा नहीं है।''

सुदामा ने देखा, कृष्ण के जबड़े पहली बार भिंचे थे।

''उस भरी सभा में देवी पांचाली दुःशासन के हाथों से बचने का प्रयत्न करती रहीं और बार-बार अपना प्रश्न दुहराती रहीं। उन्होंने अपने हारे हुए पतियों को पुकारा; पर

वे उनकी सहायता को नहीं आये। तब उन्होंने कुरु वंश के वृद्धजनों से सहायता मांगी; किन्तु धर्म-अधर्म के नाम पर वे भी चुप रहे। एक विदुर ने बोलने का प्रयत्न किया तो दुर्योधन ने बोलने नहीं दिया। दुःशासन उनके वस्त्र खींचता जा रहा था, और देवी का शरीर उघड़ता जा रहा था; तब देवी ने सब ओर से निराश होकर, आपका नाम ले-लेकर सहायता के लिए पुकारा।''

कृष्ण की सारी चेतना जैसे उनकी आंखों में केन्द्रित हो गयी थी। ''तब?'' उन्होंने पूछा।

''देवी पांचाली के मुख से आपका नाम निकलते ही, जाने दुःशासन को क्या हुआ। उसके हाथ कांपने लगे, उसकी आंखें भय से फैल गयीं और मुख का वर्ण पीला पड़ गया। भयभीत होकर उसने देवी का वस्त्र छोड़ दिया और माथा पकड़कर भूमि पर ऐसे बैठ गया, जैसे उसे चक्कर आ गया हो।''

''सौभाग्यशाली है कि उसका माथा घूम गया, नहीं तो माथा कटकर भूमि पर गिरता।'' कृष्ण जैसे अपने-आपसे बोले।

''इससे पाण्डवों को बहुत बल मिला।'' चर बोला, ''भीम अपना क्रोध नहीं रोक सके और उन्होंने दुःशासन का वक्ष चीरकर उसका रक्त पीने की प्रतिज्ञा की। देवी पांचाली ने भी प्रतिज्ञा की कि दुष्ट दुःशासन के हाथों खींचे गये इन बालों को तब तक खुला रखेंगी, जब तक दुःशासन के वक्ष के रक्त से उसे धो नहीं लेंगी। अर्जुन ने कर्ण के वध की प्रतिज्ञा की और सहदेव ने शकुनि के वध की। इन प्रतिज्ञाओं से धृतराष्ट्र एकदम डर गये। उन्होंने दुर्योधन को उसके अनुचित व्यवहार के लिए डांटा और देवी द्रौपदी को कहा कि वह दासी नहीं, कुरुवंश की जेठी बहू है। उन्होंने देवी पांचाली को वरदान मांगने के लिए कहा और देवी के वरदानों के अनुसार पाण्डवों को उनकी समस्त सम्पत्ति लौटा कर उन्हें दासत्व से मुक्त कर दिया।''

कृष्ण के चेहरे पर पूर्ण शान्ति थी। बीच में क्षण-भर के लिए उभर आयी उद्विग्नता उनकी गम्भीरता से विलीन हो गयी थी, ''जब तुम चले तो पाण्डव कहां थे?''

''वे लोग इन्द्रप्रस्थ लौटने की तैयारी में थे।''

''उद्धव से तुम्हारी भेंट हुई?''

''जी नहीं।'' चर बोला, ''मुझे उनके हस्तिनापुर में वर्तमान होने की कोई सूचना नहीं मिली।''

कृष्ण थोड़ी देर मौन बैठे कुछ सोचते रहे। फिर बोले, ''अच्छा तुम जाओ। विश्राम करो।''

चर चला गया तो कृष्ण सुदामा की ओर मुड़े, ''सुदामा! कुछ समय के लिए तुम्हें अकेले रहना होगा। भोजन कर विश्राम करना। सन्ध्या समय तक लौटूंगा।''

इससे पहले कि सुदामा कुछ कहते, कृष्ण उठ खड़े हुए, ''आओ प्रद्युम्न!''

और अगले ही क्षण, पिता-पुत्र कक्ष से बाहर चले गये।

ग्यारह

भोजन कर सुदामा विश्राम के लिए लेट गये। कृष्ण अभी तक नहीं लौटे थे, और कोई नहीं जानता था कि वे कब तक लौटेंगे। रुक्मिणी ने सुदामा को बताया था कि कृष्ण की सारी गतिविधियों का लेखा-जोखा रखना किसी के बस का नहीं है। इस समय वे कहां होंगे और क्या कर रहे होंगे, यह कोई नहीं जानता। बस अनुमान लगाया जा सकता है कि वे इन्द्रप्रस्थ और हस्तिनापुर की घटनाओं के सन्दर्भ में व्यस्त होंगे।

ऊंघते-ऊंघते सुदामा का मन भी उन्हीं घटनाओं में भटक गया। दुर्योधन और उसके साथियों का व्यवहार सुदामा सरलता से समझ जाते थे; किन्तु पाण्डवों का व्यवहार ... युधिष्ठिर का इस प्रकार स्वेच्छा से सब कुछ हार जाना और उनके महाबली भाइयों का बड़े भाई की रक्षा के धर्म का निर्वाह करने के लिए समर्थ होते हुए भी इतना अत्याचार चुपचाप सह जाना। अपनी आंखों के सामने अपनी पत्नी के साथ सार्वजनिक रूप से ऐसा अत्याचार होते देखना...पर शायद पाण्डव इतने समर्थ भी नहीं रहे होंगे। दुर्योधन बहुत व्यावहारिक व्यक्ति लगता है। उसने कुछ भी संयोग पर न छोड़ा होगा। उसके सारे साथी, मित्र, परिजन वहां उपस्थित थे और शस्त्र-सज्जित थे। उसकी सेनाएं भी सन्नद्ध रही होंगी। ऐसी स्थिति में बहुत सम्भव है कि पाण्डव उनसे भिड़ने का प्रयत्न करते तो घेरकर मार डाले जाते।...बहुत सम्भव है कि दुर्योधन की रक्तपात की इस तैयारी को देखकर ही भीष्म भी चुप लगा गये हों। हो सकता है कि उन्हें यह शंका हो कि उनके हस्तक्षेप से पाण्डवों को बल मिलेगा और दुर्योधन और भी कुपित होगा; और यदि उस सभा में एक बार भी, किसी की ओर से शस्त्र उठ गया होता, तो पाण्डवों का जीवित बच कर निकलना सम्भव न होता। यह भी सम्भव है कि दुर्योधन ने द्रौपदी के साथ इतना दुर्व्यवहार पाण्डवों को उकसाने के लिए ही किया हो!...ऐसी स्थिति में पाण्डवों द्वारा यह सारा अपमान पी जाना ही उनके जीवित रहने का एकमात्र उपाय हो। सारे कुरुवृद्धों का—यहां तक कि भीष्म और द्रोण जैसे लोगों का भी धर्म-अधर्म के नाम पर चुप रह जाना...शायद यही कारण हो...

पर ये लोग कैसे रहते होंगे ऐसे वातावरण में। दुर्योधन और उसके मित्र तो निपट शोहदे और अपराधी मनोवृत्ति के लोग हैं। उनके लिए न गुरुजनों का सम्मान कोई महत्त्व रखता है और न कुल की मर्यादा। जहां शासक वर्ग ऐसा हो, वहां प्रजा के सम्मान और सम्पत्ति की रक्षा कौन करेगा। उसमें तो भीष्म पितामह का भी दम घुटता होगा। लगता है कि संसार भर के दुष्ट, क्रूर और अन्यायी अपराधी दुर्योधन के चारों ओर घिर आये हैं और वे लोग राजनीतिक सत्ता से सम्पन्न होकर संसार में से धर्म के नाश के अभियान पर निकले हैं...कर्ण को कितना धर्मात्मा सिद्ध करने का प्रयत्न किया गया है। प्रतिदिन पूजा-पाठ, दान-पुण्य। अलौकिक रूप। और वीरता...पर है क्या? एक नारी को सार्वजनिक रूप से निर्वस्त्र करने को बढ़ावा दे रहा है और उस अपमानित नारी को व्यभिचारिणी बता रहा है...ऐसे होते हैं शूरवीर और धर्मात्मा लोग? वह तो अपनी स्थिति के कारण भयंकर

हीन भावना से पीड़ित व्यक्ति है, जो अपनी प्रतिहिंसा में संसार भर को नष्ट करने पर तुला हुआ है।...दुर्योधन ने एक बार अंग देश का राज्य देकर उसे अपमान से क्या बचाया, वह उसका क्रीत दास हो गया और उसके अधर्म, अन्याय और अत्याचार के लिए न केवल सहिष्णु हो गया, वरन् उसे बढ़ावा देने लगा। पाप का सबसे बड़ा समर्थक है यह कर्ण! महत्त्वाकांक्षा और प्रतिहिंसा मनुष्य को कितना नीच बना देती है...

किन्तु अद्‌भुत है यह पांचाली द्रौपदी! अपने स्वयंवर में भी इसने कर्ण को दुत्कार दिया था; और इस सभा में भी उसने अपने आत्मबल से ही अपनी और अपने पतियों की रक्षा की।...और कृष्ण के नाम पर कैसे दुःशासन कांपने लगा। कृष्ण की अनुपस्थिति में भी उसके नाम का इतना आतंक। उपस्थित पांचों पाण्डवों से दुःशासन नहीं डरा, किन्तु अनुपस्थित कृष्ण से डर गया। अद्‌भुत है कृष्ण भी! कंस की भरी सभा में घुसकर उसने कंस का वध कर दिया था। जरासंध के घर में घुसकर उसे ललकार कर मारा। राजसूय यज्ञ के उत्सव में शिशुपाल का वध कर दिया। कृष्ण अकेला भी कहीं घिर नहीं पाता। हस्तिनापुर के सभा-भवन में वह होता तो पाण्डवों के समान चुप नहीं रहता। अपने सुदर्शन चक्र से दुःशासन का सिर उतार लेता...यही सोचकर शायद दुःशासन का सिर चकरा गया होगा।

सहसा सुदामा का ध्यान दूसरी ओर चला गया...ये राजे-रजवाड़े, बड़े-बड़े लोग, समाज के शिरोमणि! क्या धर्म है इनका? द्यूत क्रीड़ा और मद्यपान। इन्हें कोई नहीं कहता कि ये व्यसन हैं...राजाओं की शोभा नहीं। युधिष्ठिर जुआ खेलने से मना नहीं कर सके, क्योंकि वह राजाओं का खेल है और उसका निमन्त्रण अस्वीकार करने पर वे राज-समाज में हास्यास्पद हो जायेंगे। व्यसन और दुर्गुण भी राजाओं की शोभा हैं क्या?...और फिर उनकी सभा में विवाद होता है कि यदि युधिष्ठिर द्यूत में स्वयं को पहले हार चुके थे तो उन्हें द्रौपदी को दांव पर लगाने का अधिकार था या नहीं? कोई यह नहीं कहता कि जुए में किसी मनुष्य को दांव पर लगाने का किसी को अधिकार हो ही कैसे सकता है? स्वयं अपने-आपको भी नहीं! छोटे भाई और पत्नी क्या क्रीत दास हैं कि उन्हें इस प्रकार हारा-जीता जाये और उसके नियमों के विषय में तर्क-वितर्क किये जायें। इस राज-समाज के धर्म का आधार ही अनुचित है...और कैसा है यह धृतराष्ट्र! दुर्योधन जैसे दुष्ट और अत्याचारी बेटे पर प्राण छिड़कता है...यही होता है मोह! जिससे विवेक मर जाता है। ...सुदामा को बाबा की याद हो आयी। एक वे हैं कि जिनके लिए अपने-पराये का कोई भेद नहीं है। और एक यह है...।

सुदामा के मन ने एक दूसरी करवट ली। क्या यहां कृष्ण का कर्म और फल का सिद्धान्त कार्य नहीं करता, क्रिया और प्रतिक्रिया का? द्रुपद और द्रोणाचार्य में कुछ वैमनस्य हुआ। पता नहीं दोष किसका था, पर द्रुपद ने शायद द्रोणाचार्य का तिरस्कार किया। प्रतिक्रियास्वरूप द्रोणाचार्य ने अर्जुन और भीम की सहायता से द्रुपद को पराजित-अपमानित कर उसका आधा राज्य छीन लिया। उसकी प्रतिक्रिया में द्रुपद ने कृष्ण की सहायता से स्वयंवर के माध्यम से अर्जुन को अपना जमाता बनाकर शिष्य को गुरु के

विरुद्ध खड़ा कर दिया। उसकी प्रतिक्रिया में द्रोण ने पाण्डवों पर से संरक्षण का हाथ उठाकर दुर्योधन को पूरी छूट दे दी। दुर्योधन ने राज्य के बंटवारे के नाम पर इन्द्रप्रस्थ के खण्डहर और खाण्डवप्रस्थ के वन देकर वस्तुतः देश निकाला दे दिया। उसकी प्रतिक्रिया में कृष्ण की सहायता से पाण्डवों ने इन्द्रप्रस्थ को जम्बूद्वीप का सबसे सम्पन्न राज्य बना दिया। उनकी सम्पन्नता से दुर्योधन की प्रतिहिंसा और अधिक भड़की। प्रतिक्रिया में हस्तिनापुर में द्यूत-क्रीड़ा हुई। पाण्डवों का राज्य चाहे वापस मिल गया, किन्तु द्रौपदी का अपमान हो चुका है और पाण्डव, कौरवों में से अनेक के वध का संकल्प कर चुके हैं..यह क्रिया-प्रतिक्रिया की शृंखला यहीं तो नहीं रुकेगी। यह तो अभी और आगे बढ़ेगी। सम्भवतः कृष्ण के मन में भी यही है। हो सकता है कि निकट भविष्य में कौरव और पाण्डव रण-सज्जित हों। युद्ध में अन्य राजा लोग भी एक या दूसरे के पक्ष में खड़े होंगे।...युद्ध हुआ तो बहुत भयंकर होगा। युद्ध के परिणामस्वरूप जो क्षय होगा, उससे यह सम्पूर्ण भूखण्ड धन और जन की क्षति से कंगाल हो जायेगा। देश की प्रतिभा नष्ट हो जायेगी। सैनिक दृष्टि से दुर्बल हो जायेगा। बाहरी जातियों के आक्रमण होंगे। परतन्त्रता आयेगी...

सुदामा को लगा वे घटनाओं के विषय में नहीं सोच रहे, गणित का कोई सरल-सा प्रश्न सुलझा रहे हैं। इस प्रकार व्यक्ति ठीक-ठाक विश्लेषण करता जाये तो वह भविष्यवक्ता हो सकता है। करने वाले को पता नहीं कि उसकी क्रिया कितनी दूर जायेगी ...तभी तो कृष्ण कहता है कि कर्म करो, फल को प्रकृति की व्यवस्था पर छोड़ दो।... जब द्रुपद ने द्रोणाचार्य का तिरस्कार किया था, तब क्या पता था कि वह तिरस्कार किसी दिन कौरवों-पाण्डवों के युद्ध का कारण बन सकता है। जब द्रोणाचार्य ने द्रुपद को अपमानित कर उनका राज्य छीना तो क्या वे जानते थे कि इस क्रिया की प्रतिक्रिया में उनका प्रिय शिष्य अर्जुन उनके विरोधी पक्ष में जा मिलेगा। जब उन्होंने हस्तिनापुर के राजाश्रय को एक उपलब्धि के रूप में ग्रहण किया तो क्या वे जानते थे कि इसके परिणामस्वरूप उनका पुत्र अश्वत्थामा, दुर्योधन जैसे क्रूर, अत्याचारी, अन्यायी, अविवेकी और व्यसनी की संगति में पड़ जायेगा?...एक कर्म कर व्यक्ति क्रिया-प्रतिक्रिया की शृंखला आरम्भ कर देता है। फिर वह स्वतन्त्र नहीं रह जाता। वह उस शृंखला में बंधता चला जाता है...

क्या इसी को नियति कहते हैं?

क्या नियत है—घटनाएं या नियम?

सुदामा कुछ देर सोचते रहे...संसार में प्रत्येक व्यक्ति या तो कुछ घटित करने के लिए प्रयत्नशील है या सम्भावित घटना को टालने के लिए। नियमों को बदलने का प्रयत्न कोई नहीं करता...नियम खोजे जाते हैं, उन्हें बदला नहीं जाता, कृष्ण भी कहता है कि प्रकृति के नियम ही सत्य हैं, उन्हें कोई नहीं बदल सकता...नदी की धारा मिट्टी को गला देती है, इसलिए घाट बनाने वाला पत्थर की सीढ़ियां बनाता है, यह प्रयत्न नहीं करता कि पानी मिट्टी को न गलाये...

नियम तो पूर्व-निर्धारित हैं ही।...मनुष्य के जन्म के, जीवन के, मृत्यु के। पृथ्वी, जल, अग्नि, पवन...सबके स्वभाव, सबकी प्रकृति नियत है। इन पूर्व-निर्धारित नियमों के बीच ही तो मनुष्य कर्म करने को स्वतन्त्र है।...तो मनुष्य को अपनी नियति को भी पहचानना चाहिए और स्वतन्त्रता को भी। जो अपनी नियति को जितना अधिक जानेगा, वह उतना समर्थ होगा...जैसे कृष्ण है...जो और नये नियमों को खोजेगा, वह अपनी नियति को और अधिक जानेगा और अपेक्षाकृत स्वतन्त्र होगा...क्या ज्ञान-मुक्ति इसी का नाम है?...

तभी कृष्ण ने कक्ष में प्रवेश किया।

"सो गये क्या सुदामा?"

सुदामा ने आंखें खोल दीं। क्षण-भर में उनके मस्तिष्क का आल-जाल विलीन हो गया। वे उठकर बैठ गये।

"कब आये?"

"बस आया ही हूं।" कृष्ण मुस्कराये, "तुम क्या करते रहे?"

"बस ऊंघता रहा।" सुदामा बोले, "तुम कहां-कहां हो आये?"

"मैं भी इधर-उधर भटकता ही रहा।" कृष्ण धीरे-से बोले, "द्वारका में रहते हुए, हस्तिनापुर की घटनाओं को अधिक प्रभावित नहीं किया जा सकता। पर, दो बातों का प्रयत्न तो मुझे करना ही है : एक तो यह कि वहां की घटनाओं की ठीक-ठीक सूचना, यथाशीघ्र हमें मिलती रहे। दूसरे, कौरवों को यह आभास होता रहे कि पाण्डवों के हित-अहित की हमें गम्भीर चिन्ता है। तीसरे, बलराम भैया का प्रभाव दुर्योधन को नियन्त्रित करता रहे।...बस ऐसे ही कुछ प्रबन्ध करता रहा।"

सुदामा कुछ बोले नहीं। उनके मन में दुःशासन का एक काल्पनिक चित्र उभरा.. .कैसे द्रौपदी के मुख से कृष्ण का नाम सुनते ही उसके हाथ कांप गये होंगे और उसका सिर चकरा गया होगा।...कृष्ण द्वारका में रहते हुए भी, हस्तिनापुर की घटनाओं को प्रभावित कर सकता है...।

कृष्ण ने अपना मुकुट उतारकर एक चौकी पर रखा और आकर सुदामा के पास पलंग पर बैठ गये।

"सुदामा! प्रातः प्रद्युम्न के आने से पहले, तुम मेरे चिन्तन के किसी जोखिम की चर्चा कर रहे थे?"

सुदामा ने बड़ी कठिनाई से अपने मुख से निकलती चीख रोकी।...अद्‌भुत है यह व्यक्ति! एक ओर यह जम्बूद्वीप की विभिन्न राजधानियों में हो रही राजनीतिक उठा-पटक, मानवीय हिंसा-प्रतिहिंसा के इतिहास की सूक्ष्मताओं में उलझा हुआ है और दूसरी ओर सुदामा से हुई बातचीत...।

सुदामा को अपनी बात याद करने के लिए थोड़ा प्रयत्न करना पड़ा।

"मैं यह कह रहा था कि यदि मनुष्य यह मान ले कि जो कुछ हो रहा है, वह प्रकृति की इच्छा से ही हो रहा है, इसलिए वह सब उचित है; तो संसार में होने वाला समस्त

अन्याय, दमन, शोषण, पाशविकता—सबको उचित ठहरा दिया जायेगा। कहीं कोई विरोध नहीं होगा, कहीं प्रतिकार नहीं होगा।" सुदामा चिन्तित हो गये।

"नहीं," कृष्ण पूर्णतः आश्वस्त थे, जैसे उन्होंने इस पक्ष पर भी पहले से ही मनन कर रखा हो, "प्रकृति बाहर की घटनाओं में ही तो नहीं है। मनुष्य का मन, उसकी भावनाएं, उसकी चेतना—यह भी तो प्रकृति ही है। सुख और प्रमाद के समय चाहे उसकी चेतना दब जाये, किन्तु दुःख, पीड़ा और यातना में चेतना का स्वर मुखर होकर उसके सम्मुख आता है। मैंने कहा न कि सन्तुलन स्थापित करने के लिए प्रकृति ही प्रकृति के विरुद्ध लड़ रही है। अन्याय, दमन, शोषण तथा अत्याचार को समाप्त करने का आह्वान भी तो प्रकृति का ही आह्वान है। इस धरती पर अपने लाखों वर्षों के जीवन में, मनुष्य के हृदय में से यह भावना कभी मिटी नहीं। केवल स्वार्थ के क्षणों में मनुष्य इस आह्वान को सुन नहीं पाता, अन्यथा यह ज्योति सदा उसके हृदय में जलती रहती है।"

सुदामा ने देखा, कृष्ण जैसे किसी स्वप्न में खो गया था। उसके सामने से सुदामा जैसे कहीं विलीन हो गये थे और कृष्ण के आसपास कुछ ऐसा घनीभूत हो आया था, जो उनकी चेतना पर छा गया था।

कृष्ण बोले तो उनका स्वर भी स्वप्निल था, जैसे वे किसी और लोक से बोल रहे हों, "संसार में न तो राक्षसत्व की कोई सीमा है सुदामा, और न देवत्व की। कल्पना करो एक समाज की, जहां यदु, भोज, अन्धक और वृष्णियों की कितनी ही जातियों ने मिलकर अपने लिए एक गणतान्त्रिक शासन-व्यवस्था की हो और उस व्यवस्था के प्रधान के रूप में राजा उग्रसेन को शासन के अधिकार दिये हों। पर व्यवस्था की स्थापना कर वे उसकी ओर से असावधान हो गये। वे भूल गये कि प्रकृति निरन्तर सचेत और गतिशील है। असावधानी भी तो अकर्म ही है। उसकी असावधानी का परिणाम यह हुआ कि राजा का पुत्र, अपने पिता के महत्त्व का अनुचित लाभ उठाता हुआ क्रमशः राजनीतिक सत्ता हस्तगत करता रहा। अपना संगठन बनाता रहा। और उस सम्पूर्ण समाज को, जो स्वयं को उग्रसेन की प्रजा मानता था, इन तथ्यों का पता उस दिन लगा, जब कंस उग्रसेन को कारागार में डाल, सम्पूर्ण राज्याधिकार अपनी मुट्ठी में समेट, उनकी गणतान्त्रिक व्यवस्था को नष्ट कर, स्वयं एकछत्र राजा बन चुका था। वह समाज, जिसने स्वयं एक व्यक्ति को राजनीतिक अधिकार देकर, अपना प्रधान बनाया था, तब इतना असमर्थ हो चुका था कि कंस के अत्याचार के विरुद्ध एक शब्द कहने में भी भय का अनुभव करता था। कंस ने समाज की अकर्मण्यता तथा असावधानी का लाभ उठाकर राजनीतिक संगठन को सर्वथा असामाजिक तत्त्वों से भर दिया था। समाज के हित के लिए नहीं, अपने स्वार्थ के लिए। निहित स्वार्थों से प्रेरित अन्यायी लोग विभिन्न अधिकार और शक्तियां संभाले बैठे थे। व्यवस्था ऐसी भ्रष्ट हो गयी थी कि उसमें चरित्रवान् व्यक्ति टिक ही नहीं सकता था। भ्रष्ट व्यवस्था का पहला लक्षण यह है कि उसमें भ्रष्ट व्यक्ति समाज के शीश पर स्थापित होने लगता है; अधिकार और शक्ति उन हाथों में संचित होती चली जाती है, जो उसका सन्तुलित, न्यायसंगत, बहुजन हिताय उपयोग करना जानता ही

नहीं। भौतिक सुख-सम्पत्ति पर उसी स्वार्थी का आधिपत्य हो जाता है और अपने इस शोषणजन्य संचय के कारण वह समाज में सम्मानित और अग्रगण्य हो जाता है। ऐसे समाज में आतंक का शासन होता है। भले लोग दुर्बल, भीरु और असंगठित हो जाते हैं। ऐसा ही समाज कंस ने बना डाला था। नहीं तो क्या यह सम्भव था कि एक निराधार प्रचार से आशंकित होकर वह वसुदेव और देवकी जैसे गणमान्य दम्पति को बन्दी बनाकर कारागार में डाल देता और सम्पूर्ण यादव समाज में से कोई उसका विरोध न कर पाता। और कौन जानता है कि शूरों को हतवीर्य करने के लिए ही उसने स्वयं ऐसा प्रचार किया हो। फिर एक-एक कर उसने देवकी के सात नवजात शिशुओं की हत्याएं कीं...'' कृष्ण का स्वर भर्रा आया था, ''यह तो सर्वविदित है, क्योंकि उसका सम्बन्ध समाज के महत्त्वपूर्ण लोगों से था। उस वर्ग से था, जो किसी-न-किसी रूप में शासन से सम्बद्ध था। किन्तु सामान्य प्रजा और गोप-गोपिकाओं की कितनी सन्तानों को मृत्युदण्ड दिया गया होगा—यह कौन जानता है। उस सम्पूर्ण जाति का कैसा-कैसा शोषण न किया गया होगा... ।''

कृष्ण कुछ रुके। पर सुदामा क्या कहते। वे तो अपना हृदय थामे चुपचाप कृष्ण के बचपन की करुण कथा सुन रहे थे। वे जानते थे जब-जब कृष्ण अपने परिवार पर होने वाले कंस के अत्याचार याद करते हैं, तो ऐसे ही विह्वल हो जाते हैं। उनके भीतर अत्याचार के विरुद्ध जो आक्रोश उठता है, वह उन्हें किसी भी पीड़ित का समर्थन करने के लिए प्रेरित करता है। उनके चिन्तन पर किया गया सुदामा का आक्षेप कदाचित् उन्हें उसी मनःस्थिति में ले आया था।

''मैंने जब सुध संभाली,'' कृष्ण बोले, ''तो यही पाया कि कंस के कृपापात्र जहां-तहां घूमते हैं और छीना-झपटी, चोरी-डकैती, हत्याएं-अत्याचार करते हैं। मैं जहां पल रहा था, वह बाबा नन्द के घुमक्कड़ गोपालों का क्षेत्र था। कंस की सेनाओं का वहां सीधा शासन नहीं था; किन्तु यमुना पार वह क्या नहीं करता था। फिर भी नन्द बाबा के क्षेत्र में भी कंस का आतंक कम नहीं था। लोग अपने बच्चों के मुख से छीन-छीनकर दूध मथुरा नगरी में भेज देते थे। अपने पशुओं को अपने घरों से दूर वन में चराने से डरते थे। अपने क्षेत्र में आये प्रत्येक नये व्यक्ति को कंस के किसी अत्याचारी दूत के रूप में देखकर भयभीत हो जाते थे। आर्थिक और राजनीतिक शोषण की पराकाष्ठा थी... ।'' कृष्ण जैसे पुरानी घटनाओं को वर्तमान में जी रहे थे, ''ऐसे में किसी की भी सहानुभूति यादवों के साथ होती; किसी की भी आत्मा कंस का नाश करने के लिए तड़प उठती। मैंने और मेरे साथियों ने पहले आर्थिक शोषण का विरोध करने के लिए ब्रज से दूध, दही, मक्खन और घी का यमुना पार जाना बन्द किया। ब्रज के वनों, यमुना तटों तथा पहाड़ियों पर सुरक्षा का संगठित प्रयत्न कर, उन्हें शत्रु शून्य कर, गोधन के चरने का सुरक्षित प्रबन्ध किया। कंस द्वारा भेजे गये दुष्टों का वध किया। हम अत्याचार का विरोध तो करते, किन्तु अपनी सुरक्षा के लिए, कंस के सैनिकों के सम्भावित आक्रमण से बचने के लिए, सैनिक तथा अर्द्धसैनिक संगठन न बनाते तो हम कंस का आतंक समाप्त करने में कभी भी सफल न हो पाते।''

"किन्तु कंस ने ब्रज पर सैनिक आक्रमण तो किया ही नहीं।" सुदामा बोले।

"हां, उसने सैनिक आक्रमण नहीं किया। क्यों नहीं किया--यह तो वह ही जाने। किन्तु, मेरा अनुमान है कि अपने ही गोत्र की एक जाति पर सैनिक आक्रमण उसे भी अनुचित लगा होगा। यादव सेनाओं की ओर से ही उसका विरोध होता। इस प्रकार का गृह-युद्ध वह नहीं चाहता होगा। कदाचित् उसने यह भी सोचा हो सकता है कि इस उत्पात के मूल में कृष्ण और बलराम ही हैं। यदि उन दोनों को समाप्त कर दिया जाये, तो कंस का विरोध समाप्त हो जायेगा। स्पष्टतः यह दुस्साहस भी वह मथुरा में ही कर सकता था, ब्रज में नहीं। किन्तु, उसकी यह इच्छा भी पूरी नहीं हुई। मथुरा में हमें जो समर्थन मिला, उससे ही स्पष्ट था कि कंस का आतंक कितना भी हो, उसे प्रजा का समर्थन प्राप्त नहीं था। कंस का वध हो जाने पर कोई भी उसके पक्ष से लड़ने के लिए नहीं आया। सेनाएं खड़ी-की-खड़ी रह गयीं; और सेनापति अपने स्थान पर पाषाण-मूर्तियों के समान जमे रहे।"

"इन घटनाओं का तुम्हारे सिद्धान्त से क्या सम्बन्ध?" सुदामा ने पूछा।

"उसी ओर आ रहा हूं।" कृष्ण गम्भीर थे, "कंस के अत्याचार के थपेड़ों से अकर्मण्य, शोषित, पीड़ित और अपमानित यादव जातियां उठ खड़ी हुईं। उनका शोषण समाप्त हो गया। अब उनका निर्माण आरम्भ हुआ। जरासंध से संघर्ष हुए। आत्मरक्षा में समर्थ, परिश्रमी, उत्पादन में समर्थ ये जातियां जब कर्म करने पर आयीं तो उत्पादन बड़ा। धन-धान्य आया। द्वारका का राज्य स्थापित हुआ। शक्ति बढ़ी। सेनाएं संगठित हुईं। प्रत्येक यादव गृहस्थ सुखी और सम्पन्न हुआ; और परिणाम जानते हो क्या हुआ?" कृष्ण ने सुदामा की ओर देखा।

"क्या?"

"वही जो प्रत्येक समर्थ और शक्तिशाली व्यक्ति और समाज के साथ होता है।" कृष्ण चिन्तित स्वर में बोले, "वे लोग अब स्वयं कंस बनने की ओर अग्रसर हैं।"

"क्या?"

"हां सुदामा!" कृष्ण का स्वर कुछ उदास हो गया, "मुझे सूचना मिली है कि यादव युवकों की एक टोली एक ऋषि के आश्रम में गयी। उनके साथ एक गर्भवती युवती थी। वे युवक जानना चाहते थे कि उस युवती को पुत्र होगा या पुत्री। ऋषि ने ध्यान से देखा तो उनकी समझ में आ गया कि यह गर्भवती युवती एक तरुण है और वह था मेरा पुत्र सांब।"

"इस उम्र में लड़कों को ऐसी बहुत-सी बातें सूझती हैं।" सुदामा बड़े संयमित ढंग से मुस्कराये, "यह उनकी क्रीड़ा है।"

"यह क्रीड़ा नहीं है।" कृष्ण बोले, "यह उन तरुणों का दम्भ है, प्रमाद है। अपने इस व्यवहार से वे यह प्रकट करना चाहते हैं कि ऋषि-मुनि-तपस्वी उनके उपहास के पात्र हैं। उनका ज्ञान, उन युवकों के लिए मनोरंजन का साधन है।...और यह सब कर रहा है सांब! कृष्ण का पुत्र। उस कृष्ण का, जिसने सदा ऋषि-मुनियों के चरण धोए हैं।"

"तुम सांब को प्यार से समझा दो," सुदामा बोले, "वह समझ जायेगा।"

"बात केवल सांब की नहीं है। बात सारी यादव जाति की है।" कृष्ण कहीं दूर देख रहे थे, "धन, सत्ता और शक्ति से प्रमाद हो जाता है और व्यक्ति हो अथवा समाज—प्रकृति के सन्तुलन को बिगाड़ने पर तत्पर हो जाता है। इस समय मुझे चिन्ता है, इस विश्वविजयिनी यादव सेना की कि इसे कहीं अभिशाप न लगे। मैं सच कहता हूं सुदामा!" कृष्ण का स्वर आवेशपूर्ण था, "यदि यादवगण शीघ्र ही न संभले तो इनका नाश हो जायेगा। प्रकृति का चक्र, जिसे नीचे से ऊपर ले जाता है, उसे ऊपर से नीचे भी ले आता है।...और यदि ऐसी स्थिति आ ही गयी तो मैं स्वयं ही यादवों की अपनी इस नारायणी सेना को नष्ट कर दूंगा।"

सुदामा ने चकित होकर कृष्ण की ओर देखा, "क्या कह रहे हो?"

"ठीक कह रहा हूं मित्र!"

"आप तो सदा ही ठीक कहते हैं प्रिय!"

कृष्ण ने दृष्टि उठाकर देखा; सामने रुक्मिणी खड़ी थीं। वे मुस्कराये, "क्या बहुत देर हो गयी?"

रुक्मिणी हंसी, "वैसे तो ऐसी कोई बहुत देर भी नहीं हुई, पर घर आये मित्र की अभ्यर्थना ऐसे ही की जाती है क्या?"

"क्यों? क्या हुआ?" कृष्ण ने पूछा।

"हुआ क्या, बातें! बातें!! बातें!!!" रुक्मिणी बोलीं, "मित्र को भोजन नहीं कराना, कहीं घूमने नहीं ले जाना, किसी से मिलाना भी नहीं। यहां तक कि हमें भी थोड़ी-सी बातचीत का अवसर नहीं दिया। आपका रथ द्वारका से चलता है तो इन्द्रप्रस्थ पहुंचकर ही रुकता है; और बात आरम्भ होती है तो भक्ति योग, ज्ञानयोग से होती हुई, कर्मयोग तक पहुंचकर ही रहती है।"

"सुदामा!" कृष्ण हंस पड़े, "मैं तुमसे बातें करता रहा तो तुम्हारी भाभी को काफी देर तक चुप रहना पड़ा है।"

रुक्मिणी भी हंसी, "भाभी की वाचालता का बखान न करें। आपको पता भी है, सारी द्वारका में बवण्डर-सी यह सूचना घूम रही है कि श्रीकृष्ण के कोई मित्र आये हैं और श्रीकृष्ण उनके साथ वार्तालाप में ऐसे मग्न हैं कि सारा राज-चक्र रुक गया है। ऐसे तो आप अपनी नव-विवाहिता पत्नी को लाकर भी मग्न नहीं हुए थे।"

"भाभी! सारा दोष कृष्ण का ही नहीं है।" सुदामा के लिए बीचबचाव आवश्यक हो गया, "मैं भी कुछ ऐसा ही बातूनी हूं। गुरुकुल में भी मैं और कृष्ण ऐसे ही घण्टों बातें किया करते थे।"

"वह तो ठीक है देवरजी!" रुक्मिणी का तेज तनिक भी कम नहीं हुआ था, "अब श्रीकृष्ण अकेले नहीं हैं। गुरुकुल के दिनों जैसे मुक्त भी नहीं हैं।" उन्होंने रुककर कृष्ण को देखा, "अब तनिक उठिये। ऋतु बड़ी सुहावनी है। बाहर खुली हवा में थोड़ी देर उद्यान में बैठिये। कुछ और लोग भी आपकी ज्ञान-चर्चा में सम्मिलित होना चाहते हैं।"

"चलो उठो मित्र!" कृष्ण ने दयनीय-सा चेहरा बनाया, "महारानी के सामने कभी किसी की चली है कि हमारी चलेगी। हम तो सदा उनके आदेशों का ही पालन करते आये हैं। एक ग्वाला, राजकुमारी के आदेशों का पालन करने के सिवा और कर ही क्या सकता है।"

"राजशिरोमणि! इस ग्वाले ने कब-कब मेरे आदेशों का पालन किया?" रुक्मिणी ने उन्हें वक्र दृष्टि से देखा।

"पहली बार तो तब किया था, जब महादेवी ने ब्राह्मण भेजकर आदेश दिया था कि विदर्भ की राजकुमारी का हरण कर लाऊं।"

"हां! हां!! आप तो पहले ही दिन से मेरे आज्ञाकारी हैं।" रुक्मिणी हंस पड़ीं, "और उसी आदेश का पालन करने के लिए नव-विवाहिता को सोई छोड़कर स्वयं सागर के तूफान में से यादवों के जलपोतों को बचाने चल दिये थे।"

"अब समझे सुदामा! नव-विवाहिता को लाकर मान न होने का प्रसंग?" कृष्ण मुस्कराये, "तब का उपालम्भ आज दिया जा रहा है।"

बारह

रात के भोजन के पश्चात् जब कृष्ण और सुदामा अकेले हुए तो सुदामा बोले, "कृष्ण! तुम्हारी बातें मेरे मन में उमड़ती-घुमड़ती हैं तो कुछ प्रश्न उठते हैं।"

"तो अच्छा ही है।" कृष्ण बोले, "बहुत नींद न आयी हो, तो उन्हीं प्रश्नों के विषय में बातचीत कर लें।"

"हां, मैं सोच रहा था," सुदामा बोले, "यदि एक उद्योगपति अपने श्रमिक से कहता है कि वह कर्म करे, फल की कामना न करे, फल उसे भगवान् देगा, तो क्या तुम्हारा सिद्धान्त वहां श्रमिकों के शोषण का कारण नहीं बन रहा। निष्काम कर्म का अर्थ क्या हुआ? क्या खेत-कम्मकर भू-स्वामी से अपने परिश्रम के लिए अधिक पारिश्रमिक न मांगे? ईंटें ढोने वाला श्रमिक भवन-निर्माता से उचित पारिश्रमिक न मांगे?

कृष्ण मुस्कराये, "मैं कहता हूं कि श्रमिक, खेत-कम्मकर, ईंटें ढोने वाला भारिक अपना पारिश्रमिक तय करके काम करे। पर जब पारिश्रमिक तय हो जाये तो श्रमिक कुदाल या हल चलाने में, ईंटें ढोने में निष्काम कर्म का सिद्धान्त स्वीकार करे। निष्काम कर्म का अर्थ और कुछ भी नहीं है, सिवा इसके कि व्यक्ति, जब जो कार्य कर रहा हो, उसे किसी अन्य वस्तु का साधन न मानकर, उस कार्य को भी अपना साध्य माने, उसमें मन लगाये। ऐसे में प्रकृति उसे उसके कर्म का उसकी अपेक्षा से अधिक फल देगी।" कृष्ण ने रुककर सुदामा को निहारा, "भू-स्वामी अथवा भवन-निर्माता यदि श्रमिक के शोषण के लिए निष्काम कर्म की बात करता है, तो वह एक प्राकृतिक सत्य को अपने स्वार्थ के अनुसार, विकृत आदर्श बनाने का प्रयत्न कर रहा है। अर्थात् प्रकृति मनुष्य के कर्म का फल देती है। उस फल से एक मनुष्य को वंचित करने के लिए दूसरा मनुष्य

षड्यन्त्र करता है। प्रकृति के दिये हुए फल के वितरण में वंचना न हो, इसके लिए मानव-समाज को उचित रूप में संगठित करना होगा। यदि समाज द्वारा यह कर्म नहीं होगा तो उस अकर्म का दण्ड प्रकृति अवश्य देगी।...तुमने कुछ थोड़ा-बहुत गणित तो पढ़ा ही होगा!"

"हां! क्यों नहीं।" सुदामा बोले, "थोड़ा-बहुत तो पढ़ाता भी हूं।"

"तो मित्र! उसमें क्या ऐसा नहीं होता कि गणितज्ञ को यह देखना पड़ता है कि किस समस्या को सुलझाने के लिए गणित की कौन-सी विधि लागू होगी?"

"हां, विधि की खोज तो पहला काम है।" सुदामा की उत्सुकता कुछ प्रखर हो आयी थी।

"यदि एक व्यक्ति बिना सोचे-समझे प्रत्येक समस्या को सुलझाने के लिए एक ही विधि का उपयोग करे, और समस्या सुलझा न पाने के कारण स्वयं अपने-आप पर और दूसरों पर झल्लाये तो उसे क्या कहोगे?"

"मूर्ख!" सुदामा ने उत्तर दिया।

"वैसे ही एक प्राकृतिक नियम को बिना सोचे-समझे प्रत्येक स्थान पर लागू करना मूर्खता है।" कृष्ण बोले, "बड़ी सीधी-सी बात है कि जब भू-स्वामी अथवा भवन-निर्माता अथवा कोई भी ऐसा व्यक्ति श्रमिक को उचित और न्यायसंगत पारिश्रमिक न देकर, उन्हें विकृत आदर्शों में उलझा कर न्याय का पाखण्ड करता है, तो वह पशु-वृत्ति से परिचालित, अपने स्वार्थ से निर्देशित, अपने लिए असन्तुलित परिग्रह का कार्य कर रहा है। अतः वह दूसरों को उनके न्यायसंगत अधिकार से वंचित कर रहा है। यह प्रकृति के सन्तुलन को बिगाड़ने का प्रयत्न है। अतः श्रमिकों के मन में उठने वाला आक्रोश सत्य है; और प्रकृति के नियमों के अनुकूल है ऐसे में उन्हें अन्याय के विरुद्ध संघर्ष कर प्रकृति का सन्तुलन स्थापित करना होगा।"

"तुम्हारा अभिप्राय है कि श्रमिक द्वारा उचित पारिश्रमिक की इच्छा, तुम्हारे कर्म सिद्धान्त के विरुद्ध नहीं जाती?" सुदामा ने प्रायः सहमत होते हुए कहा।

"एकदम नहीं।" कृष्ण जैसे अपने पिछले क्रम में ही बोलते जा रहे थे, "कर्म के समग्र रूप को समझना होगा। परिश्रम उस कर्म का एक खण्ड है, उचित सामाजिक और आर्थिक सम्बन्धों का निर्माण उसका दूसरा खण्ड है।" कृष्ण क्षण-भर रुककर सहसा बोले, "निष्काम कर्म के अनेक आयाम हैं। यह वस्तुतः व्यक्ति के स्वार्थ को संयत करने का प्राकृतिक सिद्धान्त है। मैं मानव-निर्मित आदर्शों की बात नहीं कर रहा हूं सुदामा! मैं प्रकृति के सत्य की बात कर रहा हूं...।"

"मैं समझ रहा हूं।" सुदामा बोले।

"तुरन्त फल पाने की अपनी आतुरता में मनुष्य सदा ही कम पाता है।" कृष्ण बोले, "तुम्हें कोई कहे कि एक पत्र लिख दो, उसके बदले में धन की एक निश्चित राशि दूंगा। और तुम उस राशि के लोभ में पत्र लिखने बैठ जाओ। दूसरा कहे कि मेरी प्रशस्ति लिख दो तो इतना धन दूंगा, तो तुम उसकी प्रशस्ति लिखने बैठ जाओ। यदि इसी प्रकार

तुरन्त फल की इच्छा लिये तुम जीवन-भर अपनी लेखनी चलाते रहो तो तुम्हें क्या मिलेगा?''

''धन की एक निश्चित राशि।''

''तब क्या तुम दर्शनशास्त्र का ग्रन्थ लिख पाओगे?''

''नहीं।''

''यश और ख्याति अर्जित करोगे?''

''नहीं।''

''तुम्हारी रचनाएं अमर होंगी?''

''नहीं।''

''और यदि ध्यान से देखा जाये तो मेरी मान्यता है कि तुम्हें धन की दृष्टि से भी निष्काम भाव से लिखा गया दर्शन ग्रन्थ हानि में नहीं रहने देगा।...और सुदामा!'' कृष्ण की दृष्टि शून्य में खो गयी, ''व्यक्ति की दृष्टि और उसके नाप की कसौटी बहुत संक्षिप्त है। बहुत छोटी है। वह सब कुछ तत्काल अपने लिए ही चाहेगा तो मानवता का कल्याण कभी नहीं होगा। हमें अपने 'स्व' का विस्तार करना होगा। हमें अपने समाज ही नहीं सम्पूर्ण मानवता की दृष्टि से सोचना होगा—अपनी ही पीढ़ी नहीं, अगली पीढ़ियों के विषय में भी सोचना होगा।'' वे जैसे किसी और लोक का भ्रमण कर लौट आये थे, ''स्वार्थी बहुत दूरदर्शी नहीं होता। वह स्वयं को चतुर समझता है, किन्तु होता वह मूर्ख ही है। जिन्होंने अन्यायपूर्वक, अधर्म से धन का परिग्रह कर लिया है—वे समझते हैं कि उन्होंने एक शक्ति अर्जित की है। पर वे यह नहीं समझते कि वस्तुतः उन्होंने जिन्हें वंचित किया है, उनकी शत्रुता ही अर्जित की है। उनकी अगली पीढ़ी उस संचित धन के कारण आलसी, विलासी और शोषक होगी। ऐसे लोग प्रकृति का सन्तुलन बिगाड़ते हैं, अतः प्रकृति उनका अस्तित्व नहीं चाहती। जब यह असन्तुलन बहुत बढ़ जाता है—प्रकृति के लचीलेपन से भी आगे तक—तो मानवता उनका नाश कर देती है। इसका प्रमाण विभिन्न जातियों, समाजों और परिवारों की पीढ़ियों का इतिहास है। आवश्यक नहीं कि यह सब कुछ एक व्यक्ति अपने ही जीवन-काल में देख सके। प्रकृति की इकाई, मनुष्य की इकाई से बहुत बड़ी है...।''

''अच्छा, इसे छोड़ो। मुझे एक बात बताओ।'' सुदामा ने सहसा बातों की दिशा मोड़ दी।

''पूछो।''

''तुम्हारे कर्म के सिद्धान्त से तो कर्म करने पर ही फल मिलना चाहिए। तुमने कर्म के फल के साथ-साथ प्रायः सदा ही अकर्म के दण्ड की बात की है।'' सुदामा बोले, ''पर कभी-कभी ऐसा भी तो होता है कि पण्डित, दार्शनिक विद्वान्, कवि-कोविद, कलाकार, ऋषि-मुनि लोग निर्धनता से लड़ते-लड़ते थक जाते हैं और एक दिन किसी राजाधिराज के दरबार में जा पहुंचते हैं। वह प्रसन्न होकर, उन्हें इतना धन दे देता है कि उनका जीवन भर का दारिद्र्य समाप्त हो—'' सहसा सुदामा चेते, कहीं कृष्ण यह तो नहीं

समझेगा कि सुदामा उससे धन मांग रहे हैं...अनेक बार सुदामा अपने शब्दों के चुनाव से खीझ उठते हैं। वे जो नहीं कहना चाहते, वही अर्थ ध्वनित होने लगे और दूसरा उसका कोई अर्थ लगा ले तो दोष दूसरे व्यक्ति का तो नहीं है, "मेरा अभिप्राय है कि बिना कर्म के ही उन्हें फल की प्राप्ति हो रही है।" सुदामा समझ नहीं पाये कि वे अब भी अपनी बात को वांछित दिशा में मोड़ पाये हैं या नहीं।

"तुम्हारा कहना यथार्थ है।" कृष्ण कुछ उदास स्वर में बोले, "मैं इस प्रवृत्ति के विषय में सोचकर, अनेक बार चिन्तित हो उठता हूं। जिस वर्ग के लोगों की तुमने बात की है, उनमें से अधिकांश ऐसे ही हैं, जो उत्पादन की बात नहीं सोचते; उसके भन में याचना की बात उठती है। सम्भव है कि कुछ शासक लोग भी, आजीविका का साधन न देकर पुरस्कार, दान, सहायता...किसी भी नाम से धन की एक निश्चित राशि दे दिया करते हैं। इससे लोलुपता और पक्षपात को तो बढ़ावा मिलेगा, किन्तु दारिद्र्य दूर होगा।"

"वह एक अलग प्रश्न है," सुदामा प्रसन्न थे कि कृष्ण बात को उस ओर नहीं ले गया, जिसकी उन्हें आशंका थी। कृष्ण तो उसका विरोध ही कर रहा है। सुदामा स्वयं नहीं चाहते कि कृष्ण उन्हें याचक समझ ले, "पर कर्म-सिद्धान्त वहां कैसे लागू होगा?"

"कर्म-सिद्धान्त!" कृष्ण मुस्कराये। उनकी उदासी ही दूर नहीं हो गयी थी, एक प्रकार का उल्लास उनके चेहरे पर प्रकट हो गया था। पहले वे अपने मन की एक चिन्ता व्यक्त कर रहे थे; और अब एक चुनौती का सामना कर रहे थे, "यदि स्थिति यह हो कि शासक न्याय-बुद्धि से, बिना पक्षपात के, बिना किसी अपेक्षा के किसी योग्य विद्वान् को बिना उसके प्रयत्न किये, धन देता है तो मैं यह मानता हूं कि वह उसके निष्काम कर्म का फल है। उसका कर्म अपने में इतना सिद्ध हो चुका है कि पारिश्रमिक के अनुपात का नियम बीच से हट गया है और उसे अपेक्षा से अधिक फल मिल रहा है।"

"और यदि राजा न्यायी नहीं है या विद्वान् और योग्य नहीं है तो?" सुदामा बोले, "जैसा कि सामान्यतः होता है। योग्य विद्वान् एकान्त में जीवन-भर श्रम करते रहते हैं। वे राजदरबारों की चौखट भी नहीं देखते और अयोग्य लोग, उन दरबारों में बार-बार सम्मानित होते हैं।"

"ऐसी स्थिति में उनके अनेक रूप हो सकते हैं।"

"जैसे।"

"एक रूप तो यह है कि वह धनराशि शासक द्वारा दिया गया, तथाकथित विद्वान् की चाटुकारिता का पारिश्रमिक है।" कृष्ण मुस्कराये, "चाटुकारिता भी तो कर्म है, अत्यन्त कठोर कर्म है। उसमें व्यक्ति अपनी बुद्धि के अपव्यय और स्वाभिमान के दमन का श्रम करता है। तुम यह श्रम नहीं कर सकते सुदामा!" कृष्ण खिलखिलाकर हंस पड़े।

"मैं तुम्हारे इस वाक्य को अपनी प्रशस्ति मानता हूं।" सुदामा भी हंसे।

"प्रशस्ति के रूप में ही कह रहा हूं भाई!" कृष्ण बोले, "दूसरी स्थिति यह है कि वह विद्वान् की दासता का अन्तिम मूल्य है। उस धन को ग्रहण कर वह विद्वान् अपने भविष्य की दासता पर हस्ताक्षर करता है। हम किसी जीव-जन्तु को पालते हैं तो उसका

पेट भरने का भी प्रबन्ध करते हैं।'' कृष्ण की मुस्कान सहसा लुप्त हो गयी, ''और तीसरी स्थिति... ।''

सुदामा ने उत्सुक दृष्टि से कृष्ण की ओर देखा।

''और तीसरी स्थिति, प्रजा के धन की लूट का सहभाग है।'' कृष्ण बोले, ''राजा के पास जो धन है, वह प्रजा की धरोहर है। उसे व्यय करने का अधिकार राजा को तब ही है, जब उस व्यय से प्रजा का लाभ होता है। उसे राजा उन्हीं लोगों में वितरित कर सकता है, जो प्रजा के कल्याण के लिए कार्य करते हैं। यदि ऐसा नहीं है तो यह प्रजा के धन का अपहरण है। उस अपराध के लिए राजा तथा उन तथाकथित विद्वानों—दोनों को ही दण्डित होना उचित है।'' कृष्ण ने रुककर सुदामा को देखा, ''और मैं तुमसे सत्य कहता हूं मित्र! प्रजा अपने धन के इस अपहरण को अधिक देर नहीं सहती। अपहरण का राजा के शासनकाल से आनुपातिक सम्बन्ध है। अपहरण जितना बढ़ेगा, शासनकाल उतना ही संक्षिप्त हो जायेगा। वस्तुतः यह राजकर्म नहीं, चोरी है, चौर्य कर्म। कंस ने यही चौर्य कर्म किया था, उसका शासन कितने कम समय में धराशायी हो गया। दुर्योधन यही कर रहा है—उसका शासन भी अधिक नहीं टिकेगा।''

सुदामा को लगा, उन्हें कंस और दुर्योधन में रुचि नहीं है। उसकी अपनी समस्या का समाधान प्रायः हो चुका था। कृष्ण का बल उत्पादन पर है, ग्रहण पर नहीं। ऐसी स्थिति में सुदामा क्या अपेक्षा कर सकते हैं?...यह तो वे सोचकर ही आये थे कि वे कृष्ण से कुछ मांगेंगे नहीं। कृष्ण अपनी ओर से कुछ प्रस्ताव करता तो सुदामा उसे अस्वीकार न करते। किन्तु कृष्ण ने अपनी मनोवृत्ति स्पष्ट कर दी है, उसमें कहीं कोई ऐसा अवकाश ही नहीं है कि कृष्ण सुदामा को कुछ दे सकें।

सहसा सुदामा का स्वाभिमान जागा। वे अपेक्षा ही क्यों कर रहे हैं? वे याचक के रूप में तो यहां आये ही नहीं थे।...पर भीतर ही भीतर सुदामा के मन में कोई मुस्करा रहा था, ''जब तक कुछ मिलने की आशा थी, तब तक स्वाभिमान का कोई प्रश्न ही नहीं उठा; और अब, जब मिलने की सम्भावना नहीं है, तो आपका स्वाभिमान जाग उठा है ...सचमुच बड़े स्वाभिमानी हो... ।'' सुदामा दांत पीसकर रह गये।

''अच्छा भाई! अब सोया जाये! कल प्रातः ही यात्रा भी करनी है।'' सुदामा बोले।

''पक्का है या कार्यक्रम में परिवर्तन हो सकता है?'' कृष्ण ने पूछा, ''मैं तो अब भी कह रहा हूं कि जल्दी मत मचाओ। अगले सप्ताह कुछ सैनिक गुल्म उधर जाने वाले हैं। उन्हीं के साथ चले जाना। आराम से पहुंच जाओगे।''

पर सुदामा का मन पूरी तरह उखड़ चुका था। उन्हें कृष्ण के प्रस्ताव में कोई आकर्षण दिखाई नहीं पड़ा। वरन् उनके मन में एक भय-सा उग आया था। वे एक सप्ताह यहां ठहरकर क्या करेंगे? कृष्ण से जो बातें होनी थीं, हो गयी हैं। अब नया कुछ नहीं होगा। राज-प्रासादों के-से इस वैभव में उनका अपना आत्मविश्वास कहीं खो गया था। सिवा कृष्ण के, जैसे प्रत्येक व्यक्ति उन्हें याद दिलाता था कि सुदामा इस परिवेश के अंग नहीं हैं। वे बाहरी तत्त्व हैं और बाहर ही रहेंगे।...पर कृष्ण की मित्रता और प्रेम

में तो उन्हें कहीं कमी नहीं लगी।...नहीं! कृष्ण ने तो उन्हें अपना सहज सौहार्द्र दिया है। पर कृष्ण के जो गुण हैं, वे ही तो उसके दोष भी हैं। उसके सिद्धान्त और उन सिद्धान्तों के अनुकूल उसके कर्म...ये ही तो कृष्ण के गुण हैं। पर उन सिद्धान्तों में तो कर्म-ही-कर्म हैं, उनमें याचना के लिए तो स्थान ही नहीं है। वहां तो कर्म-सिद्धान्तों और कार्य-कारण के नियमों का निर्मम यन्त्र चल रहा है...उसमें करुणा, दया अथवा ममता के लिए स्थान कहां है। सुदामा ने जो कर्म किये हैं, उनका फल उन्हें मिल ही रहा है; या जो नहीं मिला है, वह मिल ही जायेगा। इनके बीच कृष्ण की मैत्री क्या करेगी।...नहीं अब और रुकना व्यर्थ है।

उधर बेचारी सुशीला, अकेली, बच्चों को जाने कैसे संभालती होगी। सुविधा कोई है नहीं, असुविधाओं की कोई कमी नहीं है; और फिर विवेक और ज्ञान क्या कम उधमी हैं। वह भोजन की व्यवस्था करेगी, घर का काम देखेगी या बच्चों को संभालेगी। और फिर सुदामा जितने दिन यहां रहेंगे, सुविधाओं में रहेंगे; पर गांव के अपने उन छात्रों को पढ़ायेंगे नहीं...कृष्ण के अनुसार, कर्म नहीं करेंगे...तो उसका फल कैसे मिलेगा? उनके परिवार के लिए भोजन की व्यवस्था कैसे होगी? यहां से वे भोजन सामग्री, अपने परिवार को तो नहीं भेज सकते...।

"नहीं कृष्ण।" वे धीमे स्वर में बोले, "अब मुझे जाने दो।"

"अवश्य जाना है?" कृष्ण मुस्करा रहे थे।

"हां, जाना ही है।"

"अच्छा तो दारुक से कह दूंगा, "कृष्ण बोले, "रथ में छोड़ आयेगा।"

"नहीं।" सुदामा को लगा, उनके भीतर खीझ जन्म ले रही है।...अब कृष्ण का दिया उन्हें कुछ नहीं चाहिए। जब उन्हें अपना जीवन अपने ही उद्यम पर काटना है, अपने परिवार के साथ उसी अभावग्रस्त जीवन को जीना है तो कृष्ण की इतनी-सी कृपा को भी क्यों स्वीकार करें।...बल्कि अब यदि कृष्ण अपनी उदारता दिखाने का प्रयत्न करेगा तो उससे उन्हें तनिक भी प्रसन्नता नहीं होगी...उल्टे खीझ ही जन्म लेगी। और यदि कृष्ण ने अधिक प्यार जताया तो उसी अनुपात में उनकी खीझ भी बढ़ेगी। सम्भव है कि उनका आत्म-संयम ठहर न पाये और वे कुछ ऐसा कह दें, जो उन्हें कहना नहीं चाहिए, "नहीं कृष्ण! उसकी आवश्यकता नहीं है। मुझे पैदल चलने का पर्याप्त अभ्यास है।" वे रुके, "सच पूछो तो मुझे रथों की यात्रा का ही अभ्यास नहीं है। यह न हो कि रथ की यात्रा से लगने वाले झटकों से आराम के स्थान पर मुझे कोई रोग ही मिले।..." सुदामा ने बचाने का बहुत प्रयत्न किया, किन्तु उनकी मुस्कान में थोड़ी कटुता आ गयी।

"जैसी तुम्हारी इच्छा।" कृष्ण ने बात आगे नहीं बढ़ाई। वे चादर ओढ़कर लेट गये, और जैसा कि सुदामा पिछली रात भी देख चुके थे, कृष्ण लेटते ही सो भी गये।

किन्तु सुदामा को नींद नहीं आयी। कृष्ण बात को आगे बढ़ाते तो सुदामा के मन में आक्रोश जागता, पर कृष्ण के चुपचाप सो जाने से भी तो उनका मन शान्त नहीं हुआ था। उथल-पुथल तो उसमें अब भी थी।...आखिर किस बात से खीझ रहे थे सुदामा? वे

घर से तय करके चले थे कि वे कृष्ण से याचना नहीं करेंगे। उन्होंने याचना नहीं की। अब यदि उन्हें कुछ नहीं ही मिला तो उसमें रोष की क्या बात है? क्यों रुष्ट हैं वे कृष्ण से?

सुदामा अपने मन का साक्षात्कार कर रहे थे। उन्होंने याचना नहीं की थी, किन्तु वे कृष्ण से कुछ पाने के लिए ही आये थे...दार्शनिक ज्ञान नहीं, धन! धन...जिससे जीवन की सुविधाएं प्राप्त होती हैं। मुख से उन्होंने चाहे स्वीकार न किया हो; किन्तु द्वारका की यात्रा का कष्ट उन्होंने इसीलिए तो उठाया था।...द्वारका पहुंचने पर कृष्ण के सेवकों ने उन्हें प्रासाद में घुसने न दिया होता, कृष्ण ने उन्हें पहचाना न होता, पहचानने के पश्चात् भी केवल औपचारिक व्यवहार किया होता, यह आत्मीयता न दिखाई होती तो शायद सुदामा को इतना कष्ट न होता।...पर कृष्ण की उस आत्मीयता, उस मैत्री और सौहार्द्र ने सुदामा के मन में आशाओं-आकांक्षाओं का एक सुनहला संसार जगा दिया था। अपरिग्रही सुदामा को भी शायद वैभव का छुत्तहा रोग लग गया था। जब तक वे इससे दूर रहे थे, वैभव का यह संसार उनके लिए अनजाना था...तब तक की बात और थी। सुदामा के मन में वैभव की आकांक्षा ही नहीं थी। पर यहां आकर, इस वैभव को देखकर ...उनके मन में नयी संवेदनाएं और नयी भावनाएं जागी थीं। सुदामा भी कृष्ण से कम दार्शनिक नहीं थे, पर कृष्ण के विचारों का महत्त्व इसलिए अधिक था, क्योंकि उसके पास इतना वैभव था, क्योंकि वह यादवों की राज-परिषद् का सबसे अधिक प्रभावशाली सदस्य था।...कृष्ण के लिए क्या कठिन था कि वह अपने इस वैभव का एक छोटा-सा अंश सुदामा को दे देता। उसके गोठों में सैकड़ों गायें हैं। यदि सुदामा को दस-बीस गायें ही मिल जातीं, तो उनकी आजीविका का स्थायी सहारा हो जाता। गायें न सही, थोड़ा सुवर्ण, कुछ मुद्राएं या उनके ग्राम में गुरुकुल स्थापित करने की राजाज्ञा अथवा द्वारका के गुरुकुल में नियुक्ति...कुछ तो करता कृष्ण। सुदामा ने सुना था पाण्डवों की राजधानी, इन्द्रप्रस्थ के निर्माण के समय कृष्ण ने अपार सुवर्ण-कोश उन्हें दिया था।...गोधन और अश्वों की तो कोई संख्या ही नहीं थी।...पर पाण्डव तो कृष्ण के भाई हैं। उनके लिए तो आज भी तड़प रहा है...ऐसे ही तो लोग, कृष्ण को छलिया नहीं कहते। जहां अपना लाभ देखता है, वहां अपने प्राण लगा देता है। कोई कम राजनीतिज्ञ है वह...पर निर्धन और निरीह सुदामा से क्या मिलना है कृष्ण को। उन्हें कुछ देने का कष्ट क्यों करेगा कृष्ण! उन्हें तो दर्शनशास्त्र की थोथी चर्चाओं में भी भरमाया जा सकता है...वही कर दिखाया कृष्ण ने...'तुम दार्शनिक हो सुदामा! तो लो दर्शनशास्त्र की गांठ बांध कर ले जाओ...।'

रात, अपनी उधेड़बुन में जाने सुदामा को कब नींद आयी पर प्रातः उठने में उन्हें देर नहीं हुई। उन्होंने कुछ आश्चर्य से देखा, कृष्ण उनसे भी पहले उठ चुका था और इस समय कक्ष में नहीं था।

सुदामा के उठने का आभास पाकर, एक परिचारक कक्ष में आ गया।

"वासुदेव कह गये हैं कि आपके प्रस्थान से पहले आ जायेंगे।"

सुदामा के मन में रात की सारी कड़वाहट एक बार फिर से जाग उठी। आ जायेगा तो क्या, न आयेगा तो क्या, सुदामा को तो जाना ही है।

पर सुदामा ने स्वयं को संयत किया। इस कटुता का तो कोई कारण नहीं है। सुदामा याचक बनकर नहीं आये थे; वे याचक बनना नहीं चाहते थे। कृष्ण ने कुछ न देकर उन्हें याचक बनने से बचा लिया था। यदि कृष्ण की ओर से कुछ देने का प्रस्ताव होता, तो सुदामा अपने प्रलोभन को कैसे रोक पाते। उनकी दुर्बलता प्रकट न हो जाती? और फिर ग्रहण करते हुए उनकी स्थिति बिना याचक के भी वही होती...याचक की। कृष्ण को कृपण और स्वार्थी मानने के स्थान पर उन्हें उसका आभारी होना चाहिए कि कृष्ण ने उन्हें किसी धर्मसंकट में नहीं डाला। सुदामा स्वयं को इतना स्वाभिमानी मानते हैं...क्या कृष्ण ने अब तक उनके स्वाभिमान की रक्षा नहीं की है? क्या उसने मित्र के रूप में, समभाव से उनका स्वागत नहीं किया? ठहराने, खिलाने-पिलाने और घुमाने में उसने उन्हें अपने परिवार के एक सदस्य का-सा महत्त्व नहीं दिया? दार्शनिक विवादों में क्या उसने उन्हें अपने बराबर का विद्वान् और समझदार दार्शनिक नहीं माना? ऐसे में वह अन्त में उन्हें स्वयं से हीन मानकर, उन्हें कुछ धन देता हुआ, अच्छा लगेगा क्या? सुदामा को चाहिए ही कितना? उनके जीवन-भर के लिए जितना पर्याप्त हो, उतना धन देते हुए कृष्ण को पता भी नहीं लगेगा...पर सुदामा अवश्य छोटे हो जायेंगे। मनुष्य किसी भी भाव से दे, या किसी भी भाव से ले, लेने वाले को छोटा बनना ही पड़ता है। कृष्ण ने वस्तुतः उनके स्वाभिमान की रक्षा की है।

कृष्ण ने जो भी किया हो, सुदामा ने सोचा अच्छा या बुरा...अब इस विदा के समय अकारण ही रुष्ट होकर चले जाने का क्या लाभ? जीवन में वैसे ही क्या कम कटुताएं हैं कि जिन कुछ थोड़े लोगों के साथ कुछ मधुर सम्बन्ध हैं, उन्हें भी मन के किसी आवेश में आकर नष्ट कर दिया जाये। सुदामा का सारा चिन्तन, जीवन को समृद्ध बनाने का है, उसे वंचित करने का नहीं...।

सुदामा, कृष्ण को सर्वथा भूलकर यात्रा की तैयारी करने लगे, जैसे वे कृष्ण के महल में न होकर अपने ही घर में हों। ऐसे में उन्हें यह जानने की आवश्यकता नहीं थी कि कृष्ण कहां गया है? क्यों गया है? कब आयेगा? कृष्ण का सम्बन्ध उनके समान केवल अपने लेखन-पठन से ही नहीं है। उसे अपने परिवार को देखना होता है, अपने पशुओं को देखना होता है, शासन के कार्य संभालने होते हैं, सेनाओं का ध्यान रखना पड़ता है, सुदामा नहीं जानते कि यादवों के व्यापार से कृष्ण का कितना सम्बन्ध है। सुदामा का अपना संसार क्या है : सुशीला, ज्ञान, विवेक और उनकी पोथियां...।

सुदामा के मन में विचारों का प्रवाह चलता जा रहा था; किन्तु उनकी आंखों और कानों ने भी बाह्य वातावरण में कुछ नयापन अनुभव किया था। नेपथ्य में बजते हुए संगीत के समान कृष्ण के महल में कहीं-न-कहीं से लगातार आदेश देने के स्वर आ रहे थे। बड़ी संख्या में घोड़े और रथ आ और जा रहे थे। उनके आने-जाने की गति सहज नहीं थी। यह वातावरण तो गृहस्थी अथवा सहज सामाजिक गतिविधियों का नहीं था।

सम्भवतः किसी बड़े अभियान की तैयारी थी। तभी तो कृष्ण सुबह ही उठकर कहीं चला गया था। पता नहीं यह व्यक्ति अपनी पत्नियों और बच्चों के लिए कब समय निकाल पाता होगा...पर खैर! सुदामा को क्या...।

कृष्ण आये तो सुदामा जाने को प्रायः तैयार थे।

कृष्ण उनकी ओर देखते रहे, "सचमुच तैयार हो।"

"हां, क्यों?" सुदामा ने पूछा।

"कुछ दिन और नहीं रुक सकते?"

सुदामा डर गये। बड़ी कठिनाई से दबाई हुई उनकी खीझ कहीं फिर से उभर न आये। कृष्ण के इस आग्रह से उन्हें तनिक भी प्रसन्नता नहीं हुई थी। जाने मन कैसा उचाट हो गया था कि जैसे-जैसे समय बीतता जाता था, उनके भीतर व्यर्थता का बोध तीव्रतर होता जाता था। उनके भीतर उच्छृंखलता और संयम का युद्ध चल रहा था। वे अपने-आपसे ही लड़ रहे थे, ऐसे में किसी पर झल्लाकर कुछ कटु-कठोर कह देना, उनके लिए बहुत असहज न होता, पर अशोभनीय तो होता ही।

"रुककर क्या होगा कृष्ण?" वे बोले, "जितना समय तुम्हारे पास रहा, वह समय बहुत सुखद बीता। पर सहसा ही मेरा घर-द्वार मुझे पुकारने लगा है। मेरी आजीविका, मेरा अधूरा लिखा ग्रन्थ...मैं कितने दिनों तक उन्हें भूल सकता हूं? तुम्हारी संगति के सुख में तो उन्हें भूला बैठा रहा; पर अब एक बार उनका स्मरण हो आया है, तो अब और भुलाना कठिन है।"

कृष्ण कुछ चिन्तित से खड़े रहे और फिर बोले, "तुम ठीक कहते हो मित्र! तुम्हारा धर्म तुम्हें पुकार रहा है; और तुम अपने व्यक्तिगत सुख सन्तोष के सामने अपने धर्म की उपेक्षा नहीं कर सकते।" कृष्ण रुके। स्पष्ट लग रहा था कि उनके मस्तिष्क में, एक नहीं अनेक बातें थीं। शरीर से सुदामा के सामने खड़े हुए भी उनका मन और आत्मा जाने कहां-कहां पहुंचे हुए थे। सुदामा की न तो वैसी प्रकृति थी, न वे इतने विभिन्न स्थानों पर उलझे हुए थे। कृष्ण के जीवन को जितना सुदामा ने देखा था, उतना व्यस्त भाग-दौड़ का सार्वजनिक जीवन सुदामा ने अपने लिए कभी नहीं चाहा था। सुदामा वैसे जीवन के लिए बने ही नहीं थे। इस सुख-सम्पत्ति और वैभव के साथ भी यदि सुदामा को कृष्ण का यह जीवन मिलता तो वे पागल हो जाते। सुदामा को कृष्ण का यह जीवन नहीं चाहिए।

"तुम सोच रहे होंगे कि तुम्हें आज जाना था और मैं प्रातः उठकर कहीं और चला गया," कृष्ण बोले, "वस्तुतः मेरा मन और तन, दोनों ही इस समय बड़ी भाग-दौड़ में हैं। एक ओर तुम्हारे साथ अधिक-से-अधिक समय व्यतीत करने का मोह नहीं छोड़ पा रहा हूं। तुमसे अभी जी भरकर बातें भी नहीं हुई हैं। इच्छा होती है कि गुरुकुल में बिताये काल के ही समान, हम दोनों किसी एकान्त वृक्ष की शाखाओं में छिपकर जा बैठें और फिर वन के फलों को चबाते हुए घण्टों तक अपनी बातें करते रहें; पर लगता है कि अब कभी वैसा निश्चिन्त जीवन नहीं मिलेगा।"

पहली बार सुदामा का ध्यान अपने संसार से निकलकर कृष्ण तक पहुंचा, ''क्या बात है कृष्ण? इन्द्रप्रस्थ से...पर पाण्डवों का राज्य और उनका स्वातन्त्र्य तो उन्हें लौटा दिया गया था।''

''हां,'' कृष्ण मुस्कराये, ''पर फिर कुछ चिन्ताजनक समाचार आये हैं।''

यह व्यक्ति चिन्ताजनक समाचारों की बात भी मुस्कराकर करता है।...सुदामा ने सोचा फिर पूछा, ''क्या समाचार है?''

''पाण्डवों को इन्द्रप्रस्थ के मार्ग से ही लौटाकर धृतराष्ट्र ने उन्हें फिर से एक बार चौपड़ खेलने का आदेश दिया था।''

''फिर एक बार!'' सुदामा चकित थे, ''इतना कुछ हो जाने के बाद भी?''

''हां,'' कृष्ण बोले, ''इतना कुछ हो जाने के बाद भी...इस बार एक-एक वस्तु दांव पर नहीं बदी गयी। एक ही दांव खेला गया कि जो पक्ष हार जाये, वह बारह वर्षों तक अपना राज्य छोड़कर वनवास करे। बारहवां वर्ष अज्ञातवास का हो। अज्ञातवास की अवधि में यदि स्वयं को गुप्त न रख सके तो पुनः बारह वर्षों के लिए वन में चला जाये।''

''तो?'' सुदामा को लगा उनका स्वर कण्ठ में फंस रहा है, ''युधिष्ठिर फिर हार गये क्या?''

''शकुनि के विरुद्ध खेलकर तो वैसे ही हारना होता है; और युधिष्ठिर तो स्वयं ही हारने पर तुले हुए हैं।'' कृष्ण बोले, ''पाण्डव वनवास के लिए चल पड़े होंगे।'' कृष्ण रुके, ''मुझे जाकर उनसे मिलना है। सुभद्रा और अभिमन्यु...।''

सुदामा कृष्ण की मनःस्थिति समझ रहे थे। कृष्ण के सामने इस समय कोई दार्शनिक समस्या नहीं, व्यावहारिक समस्या थी। पाण्डव उसके भाई थे। अर्जुन उसका भाई, बहनोई और मित्र था। स्वयं सुभद्रा और अभिमन्यु...।

सुदामा जैसे कुछ स्वस्थ हो आये। उनका आत्मविश्वास भी जाग उठा था। कृष्ण के उस व्यापक संसार में, जो द्वारका से इन्द्रप्रस्थ, हस्तिनापुर कांपिल्य और मथुरा ही नहीं, वाराणसी, गिरिव्रज और प्राग्ज्योतिषपुर तक फैला हुआ था...सुदामा का अंश बहुत छोटा था। फिर भी कृष्ण ने बहुत दिया।

''अच्छा मित्र!'' सुदामा पहली बार कृष्ण से कुछ बड़े होकर बोले, ''तुम सुभद्रा की सुध लो।''

''सुध तो मुझे उन सबकी लेनी है।'' कृष्ण बोले, ''कृष्णा मेरे लिए सुभद्रा से कम नहीं है। पर वह न मेरे साथ द्वारका आयेगी, न धृष्टद्युम्न के साथ कांपिल्य जायेगी। वह अपने पतियों के साथ ही रहेगी। सोचता हूं, सुभद्रा और अभिमन्यु को अपने साथ ले आऊं। तेरह वर्षों के इस वनवास और अज्ञातवास में अभिमन्यु का शिक्षण नहीं हो पायेगा और बच्चों के साथ पाण्डवों को भी कठिनाई होगी।''

''ठीक है। तुम उन्हें देखो।'' सुदामा बोले, ''मैं चलता हूं।''

''इस समय परिस्थितियां कुछ ऐसी हैं कि मैं तुम्हें छोड़ने के लिए सुदामापुरी नहीं जा सकता।''

"सुदामापुरी?" सुदामा मन-ही-मन हंसे..."कौन पुकारेगा उसे सुदामापुरी?"

"पर मेरी बात मानो," कृष्ण बोले, "दारुक को ले जाओ। वह तुम्हें छोड़ आयेगा।"

"क्या आवश्यकता है।" सुदामा स्पष्ट आत्मबल से बोले, "मैं तो पैदल चलने का अभ्यस्त हूं। आज तक जितनी यात्राएं की हैं, पैदल ही की हैं। और फिर मुझे तो जाना भी," सुदामा हिचके, वे अपने गांव को सुदामापुरी नहीं पुकार सकते..."अपने गांव तक ही है। तुम्हें कहां तक जाना है...इन्द्रप्रस्थ या हस्तिनापुर? दारुक की तुम्हें आवश्यकता होगी।"

स्पष्ट लग रहा था कि कृष्ण अपनी समग्र सम्पूर्णता में सुदामा के सामने नहीं थे; या वे वहां भी थे और शायद इन्द्रप्रस्थ में भी थे।

सत्यभामा और जाम्बवती, सुदामा को कक्ष में ही प्रणाम कर गयी थीं। रुक्मिणी उन्हें विदा करने के लिए बाहरी द्वार तक आयीं, किन्तु कृष्ण नहीं माने। वे स्वयं रथ हांकते हुए सुदामा को द्वारका के द्वार तक लाये।

"अच्छा, अब तुम चलो।" सुदामा रथ से उतरते हुए बोले।

"अच्छा मित्र!" कृष्ण भी रथ से उतर आये, "तुम्हारे साथ बिताया गया यह समय मेरे जीवन में धूप में भाग-दौड़ करते हुए, मार्ग में किसी वृक्ष के नीचे छाया में सुखद विश्राम के समान था। पर शायद इस बार इतना ही सम्भव था।"

कृष्ण ने सुदामा को आलिंगन में बांध लिया। कुछ क्षणों तक वे दोनों वैसे ही खड़े रहे, जैसे संसार की सारी गतियां थम गयी हों।...और फिर वे अलग हुए। कृष्ण रथारूढ़ हुए। स्नेह और विषाद की एक मिश्रित दृष्टि सुदामा पर डाली और घोड़े मोड़ लिये।

तेरह

कृष्ण दृष्टि से ओझल हो गये तो सुदामा जैसे आपे में आये।

कृष्ण ने कहा था कि उनके जीवन में सुदामा के साथ बिताया गया यह समय शीतल विश्राम का समय था; पर सुदामा के लिए यह समय तो जैसे किसी और लोक में बिताया गया समय था। जैसे कोई सुहाना सपना देखा हो, जिसमें व्यक्ति की सारी मनोकामनाएं पूरी हो जायें।

पर अब वह स्वप्न भंग हो गया था। सुदामा अब सुदामा मात्र थे, पहले जैसे। एक निर्धन, दार्शनिक ब्राह्मण, जिसे अपने पगों से तीन दिनों का मार्ग नापना था और तब जाकर देखना था कि उनकी पत्नी और बच्चों पर इन पिछले सात-आठ दिनों में क्या बीता है। जिस प्रकार सुशीला ने उन्हें घर से विदा किया था, उससे यह तो नहीं लगता था कि वह उनकी अनुपस्थिति में अपने और बच्चों के लिए अन्न भी नहीं जुटा पायेगी। इसलिए यह आशंका तो व्यर्थ थी...पर फिर भी कुछ कठिनाइयां हुई ही होंगी...और उनका वह ग्रन्थ। उनका एक-एक पत्र उनकी बाट जोह रहा होगा।

वे कृष्ण की बात मान लेते और उसके रथ पर अपने गांव—सुदामापुरी, हां सुदामापुरी—जा पहुंचते...इस नाम से सुदामा को कैसी तो फुरफुरी होने लगती थी। बुद्धिजीवी यश का कितना भूखा होता है।...और इससे बड़ा यश और क्या हो सकता है कि उनके ग्राम का नाम, उन्हीं के नाम पर रखा जाये। अपने-आप ही सुदामा प्रसिद्ध हो जायेंगे।

उन्होंने अपने सिर को झटका—व्यर्थ की बातें सोचने का क्या लाभ! चुहल के लिए तो यह अच्छी बात है। उद्धव के कहने के अनुसार, प्रत्येक बुद्धिजीवी यह कल्पना कर ले कि उसके नगर या गांव का नाम, उसी के नाम पर रखा जायेगा।...पता नहीं उद्धव की बात से कुछ होगा या नहीं, पर कृष्ण की बात मान लेते तो उससे कुछ होता-न-होता, वे शीघ्र घर जा पहुंचते...शीघ्र घर पहुंचते, सुख और आराम से...पर तब चलने का कर्म नहीं होता...'तो तुम्हारा कर्म-सिद्धान्त क्या कहता कृष्ण?' उन्होंने अपनी कल्पना में कृष्ण से चुहल की।...और फिर वे सोचने लगे कि कृष्ण क्या कहता? हां, कृष्ण कहता, 'तुम्हें चलना पड़ा तो तुम्हें लगा कि तुम्हें चलने का कष्ट हुआ है, पर प्रकृति कर्म का फल देती है। तुम चले, तुम्हारे शरीर ने परिश्रम किया तो तुम्हारा स्वास्थ्य अच्छा रहा। तुम न चले होते, बिस्तर पर पड़े होते तो मोटे थुलथुल हो गये होते। रोगों का घर। श्रम शरीर का धर्म है। अतः श्रम प्राकृतिक सत्य है। श्रम करने पर शरीर स्वस्थ रहेगा। मस्तिष्क से कार्य करने पर मस्तिष्क विकसित होगा। जोखिम झेलने पर साहस का विकास होगा। सुरक्षित जीवन व्यक्ति को कोमल कर देगा।'

सुदामा आपे में आये। वे यह क्या कर रहे हैं। वे क्या कृष्ण की चिन्तन-पद्धति का विकास कर रहे हैं? उनका चिन्तन वैसा ही हो गया है। कृष्ण ने उन्हें सम्मोहित कर दिया है क्या? सम्मोहित किया हो या न किया हो; पर बात तो ठीक है। यह कर्म-सिद्धान्त तो चिन्तन-पद्धति ही नहीं, सीधा-सादा तर्कशास्त्र है। एक विज्ञान है। प्रकृति की इस व्यवस्था के बीच व्यक्ति जो कुछ भी करेगा, उसका एक स्पष्ट और निश्चित परिणाम होगा। वह परिणाम व्यक्ति को अच्छा लगे या बुरा—उसके दो पक्ष होंगे ही। कुछ लाभ, कुछ हानियां। लाभ ही लाभ दिखने वाले परिणाम में भी कुछ हानियां होंगी और केवल हानि दिखने वाले परिणाम में भी लाभ होंगे। यह तो व्यक्ति अथवा समाज के अपने चिन्तन पर निर्भर करता है कि उसमें कितना लाभ और कितनी हानि देखता है।...कृष्ण कह रहा था कि अधिक स्वतन्त्रता, समृद्धि और शक्ति पाकर यादवों में आलस्य और विलास बढ़ा है, तृष्णा बढ़ी है, वैर और द्वेष बढ़ा है। परिणामतः उनका तेज कम हुआ है—न्याय-अन्याय का विचार, धर्म-अधर्म का चिन्तन कम हुआ है...और इन्हीं कारणों से वे अन्ततः नष्ट हो जायेंगे...और इसके विपरीत कंस के दमन और अत्याचार, जरासन्ध के अधर्म और पाप को सह-सहकर यादव जातियों में एकता बढ़ी, उनकी शक्ति बढ़ी, उनमें ओज और तेज आया और उन लोगों को कृष्ण जैसा नेता मिला...विचित्र गति है यह तो और विचित्र चिन्तन।

सुदामा यदि इस चिन्तन को कौरवों और पाण्डवों पर घटाएं तो? कौरवों को भोग

के लिए हस्तिनापुर का वैभव मिलता रहा और वे अहंकारी, दुष्ट और मित्रविहीन हो गये। पाण्डवों को बार-बार पीड़ित होकर वंचित रहना पड़ा, इसलिए वे बली और सक्षम हुए। उनके मित्रों की संख्या बढ़ी। उन्हें कृष्ण जैसा मित्र मिला।...पर क्या यह तर्क- पद्धति सुदामा पर भी लागू हो सकती है?...वे रुके...अपने विषय में क्या सोचें...उन्हें धन-वैभव नहीं मिला, उन्हें निर्धनता में जीना पड़ा...तो उन्हें क्या मिला? यदि कृष्ण की तर्क-पद्धति ठीक है, तो उन्हें भी तो इस निर्धनता का कोई लाभ होना चाहिए...हानियां तो वे समझते हैं, लाभ क्या होगा?...बड़ी दूर तक सुदामा सोचते चले गये; किन्तु उन्हें उसका कोई लाभ दिखाई नहीं दिया। तो क्या यह तर्क-पद्धति सार्वभौमिक नहीं है या मेरा ही मस्तिष्क इस लाभ को खोज निकालने में असमर्थ है?... नहीं, लाभ तो इसमें भी हैं। मुझ में व्यसन नहीं हैं। मेरे बच्चे आलस्य और शोषण के मार्ग पर नहीं चलेंगे। हमारे पारिवारिक सम्बन्ध अधिक सुखद और सन्तोषजनक हैं!...कृष्ण के पास सब कुछ है, सब सुख-सुविधाएं, सामर्थ्य...पर कल कृष्ण के बच्चों को अपने पिता से शिकायतें हो सकती हैं—क्या सुदामा के बच्चों...।

किस तुलना में पड़ गये वे। इस भूल-भुलैयां में वे कहीं बहककर यह सिद्ध न कर दें कि निर्धन होना ही सुखी होना है। नहीं, वंचित होना कभी सुखी होना नहीं हो सकता। कृष्ण भी यह नहीं कहता, क्योंकि कृष्ण यदि यही कहता तो वह यादवों और पाण्डवों को संघर्ष के लिए न उकसाता। वंचित रहना अन्याय को स्वीकार करना है : कृष्ण न अन्याय करने का समर्थक है, न अन्याय सहने का। वह तो केवल एक प्राकृतिक सत्य की बात कहता है—प्रत्येक क्रिया की एक प्रतिक्रिया होती है। वह प्रतिक्रिया अपने-आप में एक क्रिया बन जाती है और फिर उसकी प्रतिक्रिया होती है। इस क्रिया-प्रतिक्रिया शृंखला का दिशा-नियन्त्रण और नाप-जोख, हमारे वश में नहीं है। जो प्रतिक्रियाएं अनुकूल होती हैं, उन्हें हम लाभ और जो प्रतिकूल होती हैं, उन्हें हम हानि कहते हैं। इस सत्य को देख-समझकर शायद कर्मों में आसक्ति नहीं रह जाती, जो कि कृष्ण के साथ हुआ है।

एक व्यक्ति ने आकर सुदामा का मार्ग रोक लिया, "कहां से आ रहे हैं भद्र?"

"द्वारका से।"

"द्वारका से?" उस व्यक्ति का चेहरा खिल उठा, "पिछले गांव में सुना था कि आजकल कोई विप्र सुदामा कृष्ण वासुदेव के पास आया हुआ है।"

सुदामा ने पहली बार ध्यान से उस व्यक्ति को देखा : वेशभूषा से वह ब्राह्मण लग रहा था। चेहरे शरीर की धूल कह रही थी कि दूर से यात्रा करता आ रहा है। अधेड़ वय का वह व्यक्ति कुछ विचित्र ढंग से मुंह खोले खड़ा, उनके उत्तर की प्रतीक्षा कर रहा था।

क्या कहते सुदामा? क्यों पूछ रहा है वह व्यक्ति?

"क्या बात है?" अन्ततः सुदामा ने पूछा।

"सुना है, श्रीकृष्ण ने उसका बड़ा सत्कार किया है? बहुत धन दिया है?"

सुदामा चुपचाप खड़े उसे देखते रहे।

"यदि वह मिल जाता तो उससे पूछता कि श्रीकृष्ण प्रत्येक विप्र को इसी प्रकार धन देते हैं या उसी ने कोई विशेष चमत्कार किया है?"

तो यह बात है...सुदामा ने सोचा...सुदामा की ख्याति, उनके आगे-आगे चल रही है। यदि इस समय सुदामा बता दें कि वह कौन हैं, तो वह व्यक्ति क्या कहेगा? क्या करेगा?

उसने सुदामा को देखा, पर सुदामा कुछ नहीं बोले, तो वह स्वयं ही बोला, "तुम नहीं जानते शायद, तुम्हारा राजकुल से कोई सम्बन्ध नहीं है।"

और सुदामा की प्रतिक्रिया देखे बिना वह आगे बढ़ गया।

सुदामा को लगा, जैसे कोई झंझावात उनके ऊपर से बह गया हो। वे समझ नहीं पा रहे थे कि उन पर क्या प्रतिक्रिया हुई है।...क्या उन्हें यह जानकर सुख मिला है कि उनकी ख्याति फैल रही है? इस यात्री ने सुना है तो अन्य लोगों ने भी सुना होगा।... पर क्या यह सुयश है कि उन्हें कृष्ण द्वारा बहुत सारा दान दिया गया है? याचक के रूप में प्रसिद्धि...क्या प्रसिद्धि है यह?

और सहसा उनका सिर कृष्ण के सम्मुख कृतज्ञता से झुक गया। यदि सचमुच ही चलते समय कृष्ण ने स्वर्ण मुद्राओं की एक थैली उन्हें थमा दी होती तो सुदामा शायद बहुत प्रसन्न हुए होते, पर यह ख्याति तब सच हो गयी होती और उनका याचक रूप...।

जैसे उस यात्री ने सोचा और समझा है, वैसे ही तो अन्य लोग भी समझते होंगे ...और सुदामा स्वयं को भूल, कृष्ण के विषय में सोचले लगे...कृष्ण के पास ऐसे ही कितने लोग जाते होंगे। मांगने के कैसे-कैसे हथकंडे अपनाते होंगे, कितनी-कितनी तरह से उसे घेरते होंगें, किस-किस ढंग से चाटुकारिता नहीं करते होंगे...कितना ठीक सोचना था कृष्ण का, जब उसने कहा था कि हमारे विद्वान् उत्पादन के स्थान पर याचना में विश्वास करते हैं...।

सुदामा की विचित्र दशा हो रही थी। जितनी देर तक वे सिद्धान्तों की बात सोचते, उन्हें अपने भीतर एक सम्पन्नता की-सी अनुभूति होती रहती। वे कृष्ण से कितनी सम्पदा लेकर लौटे हैं। वे एक प्रकार की आत्मतृप्ति में सांस लेते हैं। दूसरी ओर जैसे बीच-बीच में वे उस धरातल से नीचे आ गिरते हैं। तब उनके सामने, अपने जीवन की व्यावहारिक कठिनाइयां प्रकट होने लगती हैं और उन्हें लगता है कि कृष्ण ने उन्हें बातों में ही बहला दिया है...घर लौटकर अब वे किस मुख से कहेंगे कि कृष्ण उनके मित्र हैं...।

झुटपुटा घना हो रहा था। दोपहर के समय एक कुएं के निकट रुककर उन्होंने भोजन कर थोड़ा आराम किया था और तब से लगातार चलते ही जा रहे थे। सुदामा को लगा, अब कहीं टिक जाना चाहिए। द्वारका जाते समय मार्ग में ठहरने के अनुभव उन्हें याद थे। वे अब भी किसी पेड़ के नीचे सो सकते थे; पर दो रातें द्वारका में कृष्ण के महल में सोने के पश्चात्, अब वृक्ष के नीचे लेटना, सुदामा के लिए कठिन हो रहा था। अब तो उन्हें कोई ढंग का स्थान खोजना ही होगा—चाहे थोड़ा विरोध ही सहना पड़े। कर्म...उन्हें कृष्ण

याद आ गया।

आगे चलकर मार्ग के साथ लगता हुआ जो पहला गांव पड़ा, सुदामा उसी की ओर मुड़ गये। लगता था, गांव अभी सोया नहीं है। वैसे भी चहल-पहल कुछ अधिक लग रही थी।

गांव का छोटा-सा हाट पार कर, सुदामा कुछ आगे बढ़े तो सामने से आते हुए दो व्यक्ति उन्हें देखकर रुक गये, "किसके यहां जाना है भैया?"

"यात्री हूं।" सुदामा बोले, "रात को टिकने का ठिकाना चाहिए।"

"गांव में रुकना हो तो चौपाल में टिक जाओ।" उनमें से एक बोला, "पर आज बहुत-से व्यापारी टिके हुए हैं चौपाल में। असुविधा लगे तो गांव के बाहर मन्दिर में टिक जाओ।"

क्षण-भर सोचकर सुदामा ने चौपाल में ही टिकने का निर्णय किया। वे व्यक्ति उन्हें रास्ते का निर्देश कर आगे बढ़ गये।

चौपाल की ओर जाते हुए सुदामा स्वयं अपने आपसे प्रश्न कर बैठे : निर्जन मन्दिर में न जाकर वे चौपाल में क्यों जा रहे हैं? वे तो स्वयं को एकान्तप्रिय मानते हैं, फिर चौपाल की भीड़भाड़...पर वे स्वयं को कोई उत्तर नहीं दे पाये। जाने क्यों...उनकी गांठ में धन भी तो नहीं है कि एकान्त में लुटने का भय हो। चौपाल में लोग होंगे, शोर होगा, असुविधाएं होंगी...पर सुदामा कुछ बदल गये हैं क्या? वह कृष्ण का प्रभाव है क्या? उन्हें एकान्त से अधिक भीड़ पसन्द आने लगी है...।

वे चौपाल के निकट आये तो अनेक प्रकार के स्वर उनके कानों में पड़ने लगे। कई लोग एक साथ बोल रहे थे। स्वाभाविक ही था। यहां कोई आश्रम अथवा पाठशाला का अनुशासन तो था नहीं। सब लोग खुले मन से अपनी बात कह रहे थे।

पर सुदामा के प्रकाश-सीमा में आते ही वे सारे कण्ठ जैसे थम गये। एक पूरे समूह की दृष्टि उन्हें परख रही थी।

"कौन हो?" अन्ततः एक व्यक्ति ने पूछा। उसके स्वर का विरोध पर्याप्त स्पष्ट था।

"यात्री हूं। रात-भर टिकना है।"

"तो यहां क्या करने आये हो?" स्वर अपमानजनक हो चला था।

सुदामा का मन हुआ, पलटकर तत्काल वहां से चल दें। उनके लिए वही अधिक स्वाभाविक था। पर जाने क्या हुआ कि उनके पांव कुछ अधिक दृढ़ता से जम गये और स्वर कुछ ऊंचा उठ गया, "गांव में दस-पांच चौपालें तो होती नहीं।"

सुदामा को लगा, अपना यह रूप स्वयं उनके लिए कुछ नया था।

उस व्यक्ति ने कुछ अचकचाकर सुदामा को देखा। लगा कि कोई तीखी बात उसके मस्तिष्क में आई है। पर फिर जैसे उसे वह पी गया। कुछ धीमे स्वर में बोला, "उस किनारे पड़ रहो।"

सुदामा के मन में आया, कहें, "तुम्हारे बीच आ पड़ने से तो मैं वैसे ही रहा।" पर

उन्होंने कहा नहीं। सुदामा का स्वभाव इतना उग्र नहीं था। वैसे भी व्यर्थ किसी का दिल दुखाने से क्या लाभ!

"अच्छा।"

सुदामा ने अपनी पोटली एक किनारे रख दी और लोटा-डोरी लेकर कुएं की ओर चले गये।

वे लौटकर आये तो किसी ने उनकी ओर ध्यान नहीं दिया। व्यापारी लोग अपनी बातों में उलझे हुए थे। पर इस बार अधिक लोग नहीं बोल रहे थे। जाने ऐसी कौन-सी बात थी कि जिसमें सब की रुचि थी। एक बोल रहा था और अन्य सुन रहे थे।...सुदामा का ध्यान भी उसी ओर चला गया। उन्होंने अपनी आंखें विपरीत दिशा में ही टिकाए रखीं, पर उनके कान उनकी ओर लगे रहे। स्वर से लगता था कि वही व्यक्ति बोल रहा था, जिसने उनसे पूछताछ की थी।

"व्यापारी को क्या चाहिए? व्यापार करने की सुविधा!" वह कह रहा था, "और व्यापार किसलिए है? धन कमाने के लिए। अब इसमें नैतिकता-अनैतिकता या स्वाभिमान-अपमान की बात कहां से आ गयी। अन्न के व्यापार में लाभ होगा तो हम अन्न बेचेंगे, मदिरा बेचने में लाभ होगा, हम मदिरा बेचेंगे। सुन्दरियां बेचने में लाभ होगा, तो हम सुन्दरियां बेचेंगे।"

"पर सुन्दरियां उगाएगा कौन?" किसी ने हंसकर उसे टोक दिया।

अनुशासन टूट गया और प्रायः सब लोग अपने-अपने ढंग से हंसने लगे।

सहसा उसी व्यक्ति का क्रुद्ध स्वर सुनाई पड़ा, "भामाशाह! तुम सदा गम्भीर बात को भी हंसी में उड़ा देते हो। बहुत बुरी बात है। मेरी बात को समझने का प्रयत्न क्यों नहीं करते।"

"अच्छा! बोलो भाई बोलो।" टोकने वाले व्यक्ति ने लापरवाही से कहा।

"मैं यह कह रहा था," पहले व्यक्ति ने अपनी बात आगे बढ़ाई, "हमें तो प्रतिक्षण व्यापार के लिए नयी-से-नयी वस्तु और नया-से-नया क्षेत्र खोजना पड़ता है। ऐसे में सदा राज्य के विधि-निषेध आड़े आते हैं। तब हमें उनसे बचने का कोई मार्ग खोजना पड़ता है।" वह क्षण-भर रुका, "और इस समय इस राज्य में सबसे समर्थ और प्रभावशाली व्यक्ति है कृष्ण! यदि हमें कृष्ण तक पहुंचने का कोई साधन मिल जाये तो हमारे मार्ग से सारे राजकीय विघ्न दूर हो जायेंगे।"

"देखो! मैं बोलूंगा, तो फिर कहोगे कि मैं गम्भीरता से बात नहीं करता।" टोकने वाला व्यक्ति बोला।

"बोलो—बोलो।" अनेक स्वरों ने एक साथ कहा।

"देवीदयाल बोलता है तो बोलता ही जाता है।" भामाशाह बोला, "जो कुछ यह कह रहा है, वह तो सब ही जानते हैं। पर वह मार्ग है कौन सा? किसके माध्यम से पहुंचेंगे हम कृष्ण तक?"

"वही तो बताने जा रहा हूं।" देवीदयाल अधीरता से बोला, "वैसे तो द्वारका में

ऐसे सैकड़ों व्यक्ति हैं, जिनके द्वारा कृष्ण तक पहुंचा जा सकता है; पर हमें ऐसा व्यक्ति चाहिए, जो कृष्ण की बातों में बह न जाये और अपनी बात उससे मनवा सके।''

''फिर वही बात...।'' भामाशाह बोला।

देवीदयाल ने सीधे भामाशाह को कोई उत्तर नहीं दिया, पर जब वह बोला तो उसका स्वर पहले से कुछ अधिक कठोर था। शायद भामाशाह की टोका-टाकी की प्रतिक्रिया में, ''और वह व्यक्ति हो भी ऐसा, जो कम प्रयत्न से, कम मूल्य में हमारे नियन्त्रण में आ जाये।''

''पर वह हो कौन सकता है?'' इस बार अनेक स्वरों ने अधीरता से पूछा।

''मैं कृष्ण के उस कंगाल मित्र, विप्र सुदामा...''

सुदामा के कान खड़े हो गये। ये लोग उनके विषय में बातें कर रहे हैं...।

''मैंने सुना है कि वह बहुत निर्धन व्यक्ति है।'' देवीदयाल कह रहा था, ''थोड़ी-सी स्वर्ण मुद्राओं से प्रसन्न हो जायेगा। ब्राह्मण है, किसी छोटे ग्राम में रहता है। व्यापार के विषय में कुछ नहीं जानता। हम जो चाहेंगे, वह कृष्ण से मनवा देगा। कृष्ण उसकी बात टालेगा भी नहीं।''

सुदामा के जी में आया, तत्काल अपना लोटा-डोरी लेकर यहां से भाग जायें। ये लोग तो उनके चारों और भयंकर षड्यन्त्र की रचना करने की सोच रहे हैं। ये लोग उन्हें खरीद लेना चाह रहे हैं, उनके धर्माधर्म विचार को, न्यायान्याय के चिन्तन को, उनके कल्याणाकल्याण के भाव को, उनकी बुद्धि, दर्शन और इच्छा को...और उन सब में कृष्ण को बांध लेना चाहते हैं। फिर वे कृष्ण से भी अपनी इच्छा के अनुरूप कार्य करवायेंगे। सारे जम्बूद्वीप के कर्मनायक को, ये व्यापारी बांधकर परतन्त्र कर देना चाहते हैं और उसे बांधने के लिए रस्सी बनेंगे सुदामा...।

एक बार तो सुदामा का हाथ अपनी गठरी की ओर बढ़ भी गया, पर दूसरे ही क्षण उनके विवेक ने उन्हें रोका। इसमें भागने की क्या बात है? वे लोग सुदामा को क्रय कर लेना चाहते हैं, पर यह तो सुदामा की अपनी इच्छा पर है कि वे बिकना चाहते हैं या नहीं ...प्रलोभन उनके सामने आयेगा तो यह तो उनकी अपनी इच्छा-शक्ति की परीक्षा है कि उनके भीतर प्रलोभन के प्रति कितना प्रतिरोध है।...भाग जाने से क्या यह प्रक्रिया थम जायेगी?...कौन नहीं जानता कि यादवों का वास्तविक शासक कौन है? कौन उसकी शक्ति और सामर्थ्य से परिचित नहीं है। आज जब कृष्ण ने सुदामा के साथ अपने सम्बन्ध को इस खुले रूप में स्वीकार किया है तो प्रत्येक व्यक्ति के मन में सुदामा का महत्त्व, उनके कृष्ण के साथ अनुपात में ही बढ़ गया है। प्रत्येक व्यक्ति उनके माध्यम से कृष्ण तक पहुंचना चाहेगा...सुदामा कहां-कहां और कितना मानेंगे?...यह तो संयोग था कि इन व्यापारियों की बातें उन्होंने सुन ली थीं, किन्तु इसी के समान जाने कहां-कहां लोग, उनके माध्यम से काम निकालने की सोच रहे होंगे। यह तो एक चेतावनी है सुदामा के लिए। इससे भागने के स्थान पर उन्हें यह सब सुनना चाहिए।

व्यापारियों के दल की बातचीत अनवरत चल रही थी। अब अकेला देवीदयाल ही

नहीं बोल रहा था और न टोकने वाला अकेला भामाशाह ही था। बातचीत में बहुत सारे नये-नये स्वर सम्मिलित हो गये थे और उनकी ओर देखे बिना यह निश्चय करना कठिन था कि कौन क्या कह रहा है...सुदामा कुछ चकित भी हुए कि वे लोग अपने इतने गोपनीय रहस्य इस प्रकार प्रकट कर रहे थे। क्या उन्होंने सुदामा को नहीं देखा था...या सुदामा जैसा एक पथिक उनके लिए विशेष महत्त्व नहीं रखता था...या यह उनका कोई गोपनीय रहस्य नहीं था।

"जिस मनुष्य ने अपने जीवन में कभी धन देखा ही नहीं," एक व्यक्ति कह रहा था, "वह स्वर्ण मुद्राओं की एक थैली में ही अपने प्राण बेच देगा। मुद्राओं की थैली उसके मुंह पर मारो और वह पालतू कुत्ते के समान अपनी पूंछ हिलाने लगेगा।"

"बात इतनी सरल नहीं है, जितनी तुम समझ रहे हो।" कोई दूसरा बोला, "जैसे तुम उसका महत्त्व आंक रहे हो, वैसे ही वह भी कहीं बैठा अपना महत्त्व आंक रहा होगा। निर्धन और कंगाल सही, पर इतना गणित तो वह भी समझता होगा कि उसके माध्यम से तुम कितना धन कमाओगें और उसका कौन-सा अंश उसे मिल सकता है। तुम उसका जितना मूल्य आंक रहे हो, उससे अधिक वह आंक रहा होगा।"

"अरे तो क्या है? क्या चाहेगा वह? उसे भूमि का एक टुकड़ा दे दो। कोई छोटा-मोटा घर बनवा दो। उसकी पत्नी के लिए सोने के आभूषण बनवा दो।"

"तुम छोटे व्यापारी हो," कोई नया स्वर बोला, "तुम छोटी बात सोचते हो। पर तुम भी मानोगे, संसार में तुमसे बहुत बड़े व्यापारी भी हैं। तुम छोटे लाभ के लिए उसे एक घर बनवाकर देने की सोच रहे हो, तो कोई अपने बड़े लाभ के लिए उसे महल बनवाकर देने की सोचता होगा। तुम उसकी पत्नी के लिए सोने के आभूषण बनवाओगे, कोई उसे रत्नों के आभूषण बनवा देगा।"

सुदामा का मन फिर अपने भीतर अटक गया। वे तो सोच रहे थे कि कृष्ण ने उन्हें कुछ नहीं दिया; किन्तु वे सुन रहे हैं कि उनके रहने के लिए महल बन रहे हैं, उसकी पत्नी के लिए रत्नों के आभूषण बन रहे हैं। कहीं कोई बैठा उनके लिए रथ और उनके पुत्रों के लिए रेशमी वस्त्र बना रहा होगा...अब तक तो उन्होंने कृष्ण को अपना सहपाठी और मित्र ही माना था, पर यह तो आज जान पाये हैं कि कृष्ण तो पारस है, जिसको छू दे, वह सोना हो जाता है। राजसत्ता क्या इतनी बड़ी वस्तु है...यह तो उन्होंने कभी सोचा ही नहीं था। राजनेताओं से कोई सम्पर्क निकल आये, तो लोग बैठे-बैठाये इतने महत्त्वपूर्ण हो जाते हैं। बिना कोई कर्म किये?...यह उपलब्धि किस कर्म का फल है कृष्ण?... पर उसका मन जैसे स्वयं ही विश्लेषण करने लगा...कर्म क्यों नहीं है?...गुरु सांदीपनि के आश्रम में संयोग से कृष्ण से उनका सम्बन्ध हो गया था। वह सम्बन्ध तब भी वैसा ही था, जब सुदामा कृष्ण से मिले बिना अपने गांव में बैठे थे। आज भी वैसा ही है, जब वे कृष्ण से मिलकर आ रहे हैं। पर तब वह सम्बन्ध गुप्त था। सुदामा ने उसे सर्वविदित करने के लिए ही यह यात्रा-रूपी कर्म किया था। उस कर्म का फल क्या होगा, सुदामा नहीं जानते थे। उनके मन में यदि कोई आकांक्षा थी तो मात्र थोड़े-से धन की,

आजीविका के सामान्य-से साधन की। महलों, आभूषणों और रथों के स्वप्न तो उन्होंने देखे ही नहीं थे।...पर अब यह सब कुछ सुदामा के सामने है; सुशीला रेशमी वस्त्रों तथा रत्नाभूषणों में सजी खड़ी है। कितनी सुन्दर लग रही है वह, और इतनी दूर कि सुदामा से पहचानी भी नहीं जाती। सेवक-सेविकाओं से घिरे उनके विवेक और ज्ञान।...पर यह सब, अपना कहकर स्वीकार करना सुदामा के लिए कठिन था।...वे देख रहे थे : उनके महल बने खड़े हैं...कृष्ण ने दिये हैं, उन्हें ये महल! पर उन्हें स्वीकार करना, न करना सुदामा की अपनी इच्छा पर है।...फल ग्रहण करना भी तो एक कर्म है। उस क्रिया की प्रतिक्रिया क्या होगी, वह उनके सामने है। जब वे इन महलों, आभूषणों और धन-सम्पत्ति को ग्रहण करेंगे, तो उन सुविधाओं को पाने के लिए वे स्वयं अपनी इच्छा, चिन्तन, मूल्य-दर्शन, जीवन-लक्ष्य, सब कुछ उन सुविधाओं के मूल्य-रूप में दे देंगे...सुविधाओं का क्रय करेंगे तो अपना विक्रय भी करेंगे। अपना ही नहीं, अपनी मैत्री का भी। मैत्री से बंधे कृष्ण का भी...इन व्यापारियों के कहने पर वे कृष्ण पर दबाव डालेंगे कि उन्हें मनमाना व्यापार करने दिया जाये, इनके अपने सिद्धान्तों के अनुकूल, मदिरा का व्यापार, सुन्दरियों का व्यापार, मानवीय शरीर का व्यापार...धन का ऐसा संचय अधर्म है, पाप है। यह प्रकृति को स्वीकार नहीं। ऐसे संचय को प्रकृति के नियम दण्डित किये बिना नहीं मानेंगे।

अपने श्रम के अनुपात से अधिक ग्रहण करने के प्रलोभन में कितना पतन होगा सुदामा का...सुदामा का शरीर कांप गया...किस दुश्चक्र में फंस गये हैं सुदामा...इससे तो कहीं सुखद है कि वे अपने श्रम के अनुपात में ही पारिश्रमिक ग्रहण करें। जो पारिश्रमिक नहीं है, बिना परिश्रम के मिल रहा है, वह प्रलोभन है, पतन का मार्ग है, दुख का आगार है...नहीं! सुदामा को यह सब नहीं चाहिए...संचय के आधार में टिका पाप उन्हें स्पष्ट दिख रहा था।

व्यापारी अब भी अपनी बातों में लगे थे। पर सुदामा को लगा, अब और अधिक सुनने की उन्हें कोई आवश्यकता नहीं रह गयी है। उन्होंने पर्याप्त सुन और समझ लिया है। वैसे भी दिन-भर के थके थे, उन्हें नींद भी बहुत आ रही थी...

प्रातः सुदामा उन व्यापारियों से पहले उठकर तैयार हो चल पड़े। रात जाने व्यापारी लोग कब सोये थे। देर से ही सोये होंगे, इसलिए उठने में विलम्ब भी आवश्यक था। वैसे भी सुदामा नहीं चाहते थे कि उनसे उनका आमना-सामना हो। यदि कोई बातचीत हो ही गयी और उन लोगों ने सुदामा का परिचय पूछ ही लिया, तो सुदामा झूठ नहीं बोल पायेंगे। उनका परिचय पाकर व्यापारियों का व्यवहार कैसा होगा, इसका कुछ-कुछ अनुमान वे कर सकते थे। ऐसी किसी स्थिति से दो-चार होने की उनकी कोई इच्छा नहीं थी।

मार्ग पर चलते हुए सुदामा देख रहे थे : सब कुछ वैसा ही था, जैसा वे द्वारका की ओर जाते हुए देख गये थे। वही पथ थे, वही ग्राम, वही वृक्ष, वही खेत। वैसे ही पशु चर रहे थे, वैसे ही कृषक, स्त्री-पुरुष अपने खेतों में काम कर रहे थे; और छोटे-बड़े व्यापारी

अपने सामान के साथ यात्राएं कर रहे थे।...पर सुदामा के लिए संसार बदल गया था। उनके लिए चारों ओर सब कुछ सुनहला हो गया था। यह सुनहला-स्वर्णिम संसार उन्हें कृष्ण ने दिया था। पहले वे स्वयं बताना चाहते थे कि वे सुदामा हैं, तो कोई उन्हें पहचानता नहीं था; और अब लोग उन्हें खोजते-फिरते हैं। वे जिसे बता देंगे कि वे सुदामा हैं, उसी का व्यवहार कुछ और हो जायेगा।

सुदामा की एक क्षण की चिन्ता दूसरे ही क्षण चुहल में बदल जाती। एक क्षण उन्हें लगता कि अपने प्रति लोगों का कृत्रिम व्यवहार, उनके लिए असहनीय होगा; और दूसरे ही क्षण लोगों का यह परिवर्तित व्यवहार देखने का कौतुक उनके मन को चंचल कर देता। अब जब वे ग्राम-प्रमुख से मिलेंगे तो क्या ग्राम-प्रमुख उनसे उसी प्रकार कहेगा कि ग्राम में गुरुकुल की आवश्यकता नहीं है; सुदामा का ज्ञान ग्राम के लोगों के लिए आवश्यक नहीं है; और यदि गुरुकुल स्थापित होगा तो उसके लिए कुलपति, आचार्य तथा उपाध्याय राजधानी से आयेंगे?...क्या श्रेष्ठि धनदत्त पहले के ही समान चाहेंगे कि ग्राम के हाट में फेरी गयी डोंडी को सुनकर सुदामा उनके पुत्रों और पौत्रों को आशीर्वाद देने के लिए याचक बनकर उनके द्वार पर उपस्थित हों और उनसे दान-दक्षिणा पाकर कृतकृत्य हो जायें।...नहीं, जब अन्य लोगों का व्यवहार सुदामा के प्रति बदला है तो ग्राम-प्रमुख और श्रेष्ठि धनदत्त भी बदलेंगे...बदलेंगे! पर क्या परिवर्तन होगा?

सहसा सुदामा का ध्यान दूसरी ओर चला गया : व्यवहार मात्र बदलने से क्या होगा? इन पिछले कुछ दिनों में सुदामा कृष्ण से मिलने, कृष्ण की बातों और लोगों के व्यवहार की उत्तेजना में अपनी आजीविका की समस्या को भूल रहे हैं...पर घर लौटते ही इस कठोर और यथार्थ समस्या का सामना करना पड़ेगा। ग्राम-प्रमुख मधुर ढंग से हाथ जोड़कर सुदामा को प्रणाम करेंगे...श्रेष्ठि धनदत्त उन्हें आमन्त्रित करने के लिए स्वयं उनकी कुटिया में पधारेंगे।...पर सुदामा की आजीविका का क्या होगा? द्वारका की ओर चलने से पहले तो फिर उन्होंने एक प्रकार से स्वयं को मना लिया था कि वे अपनी आजीविका के लिए श्रेष्ठि के पास या कहीं और जायेंगे। पर अब! अब वे साधारण निर्धन ग्रामीण ब्राह्मण, सुदामा नहीं रहे। योगीराज यादवश्रेष्ठ श्रीकृष्ण से इतना सत्कार पाकर द्वारका से लौटा हुआ उनका मित्र, जिस-तिस से अपनी आजीविका के लिए कैसे प्रार्थना करेगा?...अब तो उनके लिए यह और भी कठिन हो जायेगा।...और यदि सुदामा इस समस्या का समाधान न कर सके, तो फिर सुशीला अपने लिए कोई काम खोजने के लिए पार्वती के साथ नगर जायेगी या काशीनाथ से सहायता चाहेगी।...सुदामा ने सुशीला से एक अवसर मांगा था। किन्तु उस अवसर से तो उनकी स्थिति और भी जटिल हो गयी है।

कैसी विषम स्थिति है इस समाज की! समाज तो अर्थ से चलता है। आर्थिक स्थिति सुदृढ़ न हो तो सारा यश और सम्मान हास्यास्पद हो जाता है। पहले तो सुदामा को अपनी विद्या और ज्ञान का ही अभिमान था, जो उन्हें कहीं झुकने नहीं देता, अब कृष्ण का यह सत्कार, यह आदर-मान।

कहीं उनके मन में अहंकार तो नहीं बढ़ रहा...ठीक कहा था कृष्ण ने। प्रकृति बड़ी द्वन्द्वात्मक है। जिस वस्तु का अभाव हमें वंचित करता है, हम उसकी प्राप्ति को अपने जीवन का लक्ष्य बना लेते हैं। और यदि वह वस्तु हमें प्राप्त हो जाये, तो वह भविष्य में हमारी वंचना का कारण बन जाती है।...कितना तड़पे थे सुदामा, कृष्ण के साथ अपनी घनिष्ठता को प्रकट करने के लिए। किसलिए चाहते थे कि यह हो...अपना महत्त्व जताने के लिए ही तो।...और आज जब वह सम्बन्ध प्रकट हो गया है, उन्हें महत्त्व प्राप्त हो गया है, तो वही महत्त्व उनके मार्ग में आड़े आ रहा है। इसी महत्त्व के कारण वे अपने लिए एक साधारण आजीविका प्राप्त नहीं कर सकेंगे। पहले वे साधारण थे, इसलिए कोई उन्हें कुछ देता नहीं था, अब वे असाधारण हैं तो किसी से कुछ ले नहीं सकेंगे...।

भीतरी ऊहापोह से घबराकर उन्होंने बाहर देखा : यह कदाचित् वही स्थान था, जहां से जाते हुए उन्होंने धर्मशाला में रात-भर टिकना चाहा था और उस प्रबन्धक ने उन्हें किसी कोने में पड़ रहने का परामर्श दिया था।...हां! यह वही स्थान था। वह सामने वाला वृक्ष ही शायद उनका आश्रय बना था। तो थोड़ी दूर चलकर वह धर्मशाला भी मिलेगी। उसमें शायद वह प्रबन्धक भी होगा...।

सुदामा अपनी चिन्ताएं भूल गये। उन्हें एक उन्माद-सा हो गया था। जाने कहां से ऊर्जा का एक स्रोत-सा उठा और उन्हें एक चंचल सक्रियता से भर गया। वे स्वयं नहीं जानते थे कि वे क्या करने जा रहे हैं।...पर उनके पग जल्दी-जल्दी उठने लगे थे और उनकी आंखें अनवरत उस धर्मशाला को खोज रही थीं...कुछ ही क्षणों में वे उस धर्मशाला के सामने खड़े थे।...हां! यह वही धर्मशाला थी...और आज तो प्रबन्धक भी चारपाई डाले बाहर ही बैठा था।

सुदामा का संकोची स्वभाव सहसा तिरोहित हो गया। वे निःसंकोच जाकर प्रबन्धक के सामने खड़े हो गये।

प्रबन्धक ने उनकी ओर देखा; किन्तु उसके चेहरे पर कोई पहचान नहीं उभरी।

"क्या बात है भाई! धर्मशाला में टिकना है क्या?" उसने पूछा।

सुदामा को आश्चर्य हुआ : यह वही व्यक्ति था, जिसने उनकी प्रार्थना पर भी कोई ध्यान न देकर उन्हें वहां से चले जाने पर बाध्य किया था; और आज स्वयं ही उनसे निमन्त्रण भरे स्वर में पूछ रहा है।

"दिन के समय धर्मशाला में टिकने का क्या अर्थ?" सुदामा बोले, "रात होगी, यात्रा स्थगित होगी तो कोई धर्मशाला में टिकेगा।"

"अरे भैया! कुछ लोग दिन में भी टिक जाते हैं।" वह बोला, "अपना सामान रख जाते हैं और स्वयं आसपास घूम-फिर आते हैं।"

सुदामा चुपचाप खड़े उसे देखते रहे।

"द्वार खोलूं क्या?" वह तालियों का गुच्छा लिये उठा।

सुदामा हंस पड़े, "तुम धर्मशाला में ठहराने के लिए इतने उत्सुक क्यों हो भाई? पहले तो तुम ऐसे न थे।"

लगा, उसे अपनी कोई पीड़ा याद आ गयी और उसका पका हुआ फोड़ा जैसे रिसने लगा, ''पहले ऐसा नहीं था, तभी तो भुगत रहा हूं। पहले मैं बाहर चारपाई डाल आने-जाने वालों को निहारता कब था। आने-जाने वालों से धर्मशाला में ठहर जाने के लिए अनुनय-विनय कहां करता था। भीतर कमरे में रहता था। कोई आता तो उसे दुत्कार देता। किसी को ठहरने ही नहीं देता था कि उसकी देखभाल करनी होगी।''

''तो क्या हो गया?'' सुदामा ने उसे टोका।

''क्या नहीं हो गया।'' उस व्यक्ति के चेहरे पर झल्लाहट छा गयी, ''पता ही देर से चला। यही तो बात है। पता ही तब चलता है, जब घटना घट जाती है और अपने हाथ से बाहर हो जाती है।...जब वह यहां से जा रहा था तो पता नहीं चला। पता तब चला, जब वह द्वारका पहुंच गया...।''

सुदामा चौंके, ''कौन?''

''अरे वही विप्र सुदामा! श्रीकृष्ण का सखा।'' सुदामा की प्रतिक्रिया से उदासीन प्रबन्धक अपनी रौ में बोलता चला गया, ''मैं क्या जानता था, वह कौन-सा है। उसके माथे पर तो लिखा नहीं था कि वह सुदामा है। जो मैं सब के साथ करता हूं, वही मैंने उसके साथ भी किया होगा। अब यदि उसने मेरे विरुद्ध कृष्ण के कान भर दिये हों, तो किसी भी दिन द्वारका से इधर जाने वाली सैनिक टुकड़ियां मुझे बांधकर ले जायेंगी।''

सुदामा को प्रबन्धक के प्रलाप में लिप्ति का सुख आने लगा था, ''पर वह इधर से गया था क्या? तुम्हारी धर्मशाला में आया था?''

''गया ही होगा। आया ही होगा।'' प्रबन्धक धाराप्रवाह बोलता चला गया, ''सुदामापुरी से द्वारका जाने का और मार्ग ही कौन-सा है?''

''सुदामापुरी!'' सुदामा चकित होकर बोले, ''यह कौन-सा ग्राम है भाई? इधर तो इस नाम का कोई ग्राम नहीं है।''

''नहीं था, पर अब है।'' वह बोला, ''द्वारका से आदेश आ गया है कि यही नाम होगा। ग्राम-प्रमुख ने डोंडी पिटवा दी है। यह मुझे बहुत सारे यात्री बता गये हैं।''

सुदामा को उद्धव का प्रस्ताव और कृष्ण की पुष्टि याद हो आयी। तो कृष्ण ने वह कार्य कर ही डाला। अब उनका ग्राम सचमुच ही सुदामापुरी हो गया है।

''जो होना था, वह तो हो गया।'' स्वयं को सन्तुलित कर सुदामा बोले, ''अब तुम क्या कर रहे हो। अब क्या हो सकता है?''

''अरे भैया! वह कभी द्वारका से लौटेगा भी तो।'' वह बोला, ''अब उसे धर्मशाला में ठहराऊंगा और उसकी सेवा करूंगा।''

''तुम उसे पहचानते हो क्या?''

''पहचानता तो नहीं। पर वह स्वयं अपना महत्त्व जताता आयेगा।'' प्रबन्धक बोला, ''सम्भव है वह श्रीकृष्ण के रथ पर आये। सेवकों और सैनिकों के साथ आये। अब वह छिप थोड़े सकता है।''

सुदामा का मन एक उज्ज्वल हास से भर गया। कैसा विचित्र है यह व्यक्ति। उन्हें

लगा, उन्हें जैसे अदृश्य हो जाने की सिद्धि प्राप्त हो गयी है। वे जहां जाना चाहते हैं, चले जाते हैं और कोई जान नहीं पाता कि वे वहां आये हैं। वे किसी के भी सम्मुख जा खड़े होते हैं और वह देख नहीं पाता कि वे उसके सामने खड़े हैं।

''उसने तुम्हारे विरुद्ध कृष्ण..श्रीकृष्ण,'' सुदामा ने स्वयं को सुधारा, ''के कान नहीं भरे होंगे। वह ऐसा आदमी नहीं है।''

''तुम उसे जानते हो क्या?'' प्रबन्धक ने पहली बार, पूरी आंखें खोलकर सुदामा की ओर देखा।

''वैसा होता तो अब तक श्रीकृष्ण के सैनिक तुम्हें बांधकर ले भी गये होते।'' सुदामा उसका प्रश्न टाल गये। पर उन्हें लगा कि अब यह क्रीड़ा अधिक देर नहीं चलनी चाहिए, नहीं तो वह अधिक-से-अधिक प्रश्न पूछेगा। सुदामा झूठ बोलेंगे नहीं और वे पहचाने जायेंगे।

''यदि उसने मेरे विरुद्ध कुछ नहीं भी कहा तो भी मुझे उसकी सेवा करनी है।'' प्रबन्धक फिर पहले के ही समान रौ में बह चला, ''वह मेरे प्रतिकूल नहीं है तो इसका अर्थ यह है कि वह मेरे अनुकूल भी हो सकता है। वह मेरे अनुकूल हो गया तो...।''

''तो वह क्या कर सकता है?'' सुदामा स्वयं को रोक नहीं पाये, ''वह तो एक दरिद्र ब्राह्मण है...ऐसा मैंने सुना है।'' वह सतर्क हो गये थे।

''सुना तो मैंने भी यही है।'' वह बोला, ''पर उसकी राजा तक पहुंच है और राजकृपा क्या नहीं कर सकती।''

सुदामा की चंचलता, आशंकाओं के नीचे दब गयी।...उन्हें अब चल ही देना चाहिए।

''अच्छा भैया! मैं चलूं। राम-राम!''

''राम-राम!'' प्रबन्धक निर्बाध गति से बोला, ''वह कहीं मिल जाये तो उसे मेरी धर्मशाला में भेज देना। वह एक बार मुझे मिल जाये...''

सुदामा उसकी बात सुनने के लिए रुके नहीं। वह जाने क्या-क्या और कब तक बोलता रहेगा। पर सुदामा का अधिक ठहरना उचित नहीं था। आगे की यात्रा के लिए तो उन्हें और भी सावधान रहना चाहिए। जो उन्हें पहचानते हैं, वे तो पहचानते ही हैं; पर अपरिचित लोगों के बीच उनका सार्वजनिक रूप से पहचाना जाना हितकर नहीं होगा। जाने वे किस फंदे में फंस जायें...

यह व्यक्ति एकदम बौड़म है...वे सोच रहे थे...पर मनुष्य की वृत्तियों का कितना ठीक-ठीक प्रतिनिधित्व करता है। जाते समय जब वे उसके पास पहुंचे थे तो उसमें अधिकार का अहंकार कूट-कूटकर भरा हुआ था। उस समय वह सबसे दुर्व्यवहार कर रहा था। आज उसकी भय और लोभ की पशु-वृत्तियां पुकार-पुकारकर सुदामा को निमन्त्रित कर रही थीं।

आज सुदामा उन व्यापारियों, इस प्रबन्धक या ऐसे ही सब लोगों के लिए महत्त्वपूर्ण हो गये हैं, क्योंकि वे कृष्ण के मित्र के रूप में विख्यात हो गये हैं। और कृष्ण का क्या

महत्त्व है? शासन उसके हाथ में है।...यदि आज किसी कारण से सत्ता यादवों के हाथ में न रहे तो?...हां! इसमें असम्भव ही क्या है? मथुरा में यादवों की सत्ता कंस ने छीन ली थी। कृष्ण ने सत्ता लौटा तो ली थी, किन्तु जरासन्ध के भय से मथुरा नगरी ही छोड़ देनी पड़ी।..यहां भी तो पहले कुकुद्मीन शासक था, फिर पंचजन आया, फिर यादव आये ...ये जो लोग आज सुदामा को पूजने लगे हैं, पहले इसी प्रकार कुकुद्मीन के प्रति अपना प्रेम जताते होंगे, फिर यही प्रेम उन्होंने पंचजन राक्षस को अंजुलियां भर-भर कर दिया होगा। आज इनकी पूजा-श्रद्धा, सब कुछ कृष्ण के लिए है; और कृष्ण के माध्यम से सुदामा के लिए है...यह प्रेम, यह पूजा, यह श्रद्धा...किसी गुण के लिए नहीं है, किसी व्यक्ति के लिए नहीं है, यह राज-सत्ता के लिए है। राज-सत्ता के लिए भी नहीं, अपनी पशु-वृत्तियों की तृप्ति के साधनों के लिए है।...कितना अविवेकी है यह मनुष्य...कितनी संकुचित दृष्टि है इसकी! राजसत्ताएं तो काल के थपेड़े से आये दिन उलटती-पलटती हैं, पर मानवता को तो लाखों-करोड़ों वर्षों तक जीना है। प्रेम, पूजा, श्रद्धा, आदर्श, सिद्धान्त, सत्य...ये सब भाव क्या इतने हल्के, सस्ते और मूल्यहीन हैं कि आये दिन सत्ता परिवर्तन के साथ ये भी बेपेंदे के लोटे के समान दिशाहीन डोलते फिरें...सुदामा को आचार्य ज्ञानेश्वर याद हो आये...यही हमारे बुद्धिजीवी करते हैं, यही चिन्तक, दार्शनिक और लेखक करते हैं...वे भूल जाते हैं कि राजसत्ता जिस मोह और त्रास का निर्माण करती है, वह अल्पकालीन होती है; और ऋषि जिन सिद्धान्तों, ग्रन्थों, आदर्शों और नियमों का निर्माण करते हैं, उन्हें मानवता के साथ बहुत दूर तक चलना होता है!

चौदह

अपने ग्राम के निकट पहुंचते-पहुंचते झुटपुटा-सा हो गया था। विचित्र स्थिति हो रही थी। मन में घर पहुंचने की उथल-पुथल मची हुई थी। बार-बार सुशीला और बच्चों का ध्यान आता था। अधिक देर हो गयी तो ज्ञान और विवेक सो जायेंगे। वे उनसे बातें नहीं कर पायेंगे। सुशीला को उन्हें एक-एक बात सुनानी थी। उसी ने तो भेजा था द्वारका। कितनी आतुरता से उनकी प्रतीक्षा कर रही होगी। उसे एक-एक बात में रुचि होगी : जाते हुए मार्ग कैसे कटा? कृष्ण कैसे मिले? कृष्ण की पत्नियां कैसे मिलीं? और कौन-कौन मिला? किससे क्या बात हुई? कृष्ण ने क्या दिया?

सुदामा को एक संकोच ने जकड़ लिया।...क्या बतायेंगे कि कृष्ण ने उन्हें क्या दिया? किस-किसको समझायेंगे...और अभी थोड़ी देर में ग्राम की सीमा आरम्भ हो जायेगी। उनके परिचित लोग मिलने लगेंगे।...अपरिचितों से तो सुदामा भाग आये हैं। अब परिचित...जाने कहां क्या-क्या समाचार पहुंचा है। मार्ग में धर्मशाला का प्रबन्धक कह रहा था कि ग्राम-प्रमुख ने डोंडी पिटवा दी है कि इस ग्राम का नाम सुदामापुरी है ...तो अन्य समाचार भी पहुंचे ही होंगे। उनकी अनुपस्थिति में जाने क्या-क्या कहा और सुना गया होगा। जाने लोग कैसे मिलेंगे उनसे?...उनकी निर्धनता के कारण उन्हें नगण्य

ही मानेंगे?...या कृष्ण के मित्र के रूप में उनका सत्कार होगा?...या कृष्ण के माध्यम से अपना कोई काम बनवाने के लिए चाटुकारों का मण्डल उनके आस-पास घिर आयेगा?

जब तक सुदामा सारी स्थिति को अच्छी प्रकार जान ही न जायें, वे किसी का सामना नहीं करना चाहते थे।...अच्छा है, थोड़ा विलम्ब और हो जाये। अन्धकार पूरी तरह छा जाये। तब सुदामा चुपके से अपने घर जा पहुंचेंगे।...यह कौन द्वारका नगरी है कि मार्ग पर प्रकाश होगा और रात में भी नागरिकों के रथ आते-जाते होंगे।...छोटा-सा गांव है। अंधेरा हुआ कि दिन-भर के काम-काज से थके-मांदे लोग खा-पीकर सो रहेंगे। किसको पता लगेगा कि सुदामा लौट आये हैं।

मार्ग से कुछ हटकर सुदामा पेड़ों की ओट में यथासम्भव छिपकर बैठ गये। दूर से किसी की दृष्टि पड़ भी गयी तो यही समझेगा कि कोई पथिक सुस्ता रहा है। सुदामा ने अपना गमछा सिर पर लपेट लिया...हां! ऐसे कोई उन्हें जल्दी पहचान भी नहीं पायेगा।

पर इन सावधानियों की कोई आवश्यकता नहीं पड़ी। कोई उनके निकट नहीं आया। दो-एक बार, थोड़ी दूर से कुछ मनुष्यों और कुछ पशुओं के जाने का आभास हुआ और बस उन्हें भी घर पहुंचने की जल्दी रही होगी। किसी ने ध्यान नहीं दिया कि इन पेड़ों में कोई छिपा बैठा है।

थोड़ी देर में अन्धकार घना हो गया। सुदामा ने उठकर देखा : कहीं कुछ नहीं दिख रहा था। कहीं कोई गतिविधि नहीं थी। सारा क्षेत्र जैसे सो गया था। अब किसी से भेंट हो जाने की सम्भावना नहीं थी। और कोई एक-आध व्यक्ति मिल भी गया तो उसका सामना करना कोई ऐसा कठिन भी नहीं होगा।

सुदामा को स्वयं अपने आप पर आश्चर्य हुआ : घर के इतने निकट आकर भी वे कैसे रुक गये? क्या सामान्यतः यह उनके लिए सम्भव था? नहीं, तो क्या कृष्ण से मिलकर सुदामा कुछ बदल गये हैं?

अपनी कुटिया से कुछ पहले ही सुदामा चौककर रुक गये। यह क्या? यहां तो किसी ने बाड़ लगाकर मार्ग रोक दिया था।

'यह क्या हुआ?' सुदामा का मस्तिष्क झनझनाने लगा था, 'क्या किसी ने इस भूमि को घेरकर इस पर अपना आधिपत्य जमा लिया है? क्या यह भूमि किसी की व्यक्तिगत सम्पत्ति हो गयी है...यदि यह किसी की सम्पत्ति हो गयी है तो फिर सुदामा की कुटिया का क्या हुआ? क्या उनकी कुटिया उजाड़कर फेंक दी गयी? पर सुशीला और बच्चे? धिक् मूर्ख सुदामा! तुम आकर कौतुक के मारे ग्राम के बाहर छिपा बैठा रहा और रंचमात्र भी चिन्ता नहीं की कि सुशीला और बच्चों का क्या हुआ होगा? उजाले में आया होता तो कुछ खोज-बीन करता। अब इस अंधेरे में उन्हें कहां खोजा जा सकता है, जब सारा गांव सो गया है।...

सुदामा के जी में आया कि अपना मुंह नोच लें। बहुत चतुर बन रहे थे और कैसे निकले मूर्ख!

पर दूसरे ही क्षण उनका आत्मबल जागा : इतने दुखी होने की क्या बात है। वे अब इतने दुर्बल नहीं हैं। उनकी भी सुनवाई होगी। वे लौट कर फिर कृष्ण के पास जायेंगे। जो उनके नाम पर गांव का नाम बदलने का आदेश दे सकता है, वह उन्हें उनकी कुटिया की भूमि भी लौटा सकता है।...वे नहीं जानते थे कि वह भूमि उनकी है या नहीं! पर वे पीढ़ियों से वहीं रह रहे हैं। उनके द्वारका जाने तक वह भूमि और किसी की नहीं थी, तो उनके जाते ही...।

उनका मन हुआ कि वे उल्टे पैरों द्वारका लौट जायें और इस बार कृष्ण की इच्छानुसार सैनिक गुल्म के साथ, दारुक द्वारा हांके गये रथ पर ही बैठकर, दिन के प्रकाश में अपने गांव लौटें। जिस व्यक्ति ने उनका घर उजाड़ा है, उसे बांधकर कोड़ों से पिटवाएं; और निर्बलों तथा असहायों की रक्षा न कर पाने के अपराध में ग्राम-प्रमुख को भालों से छिदवायें...।

सहसा सुदामा ने स्वयं को संयत किया : इतने आवेश का समय नहीं आया था। ...तीन दिन की यात्रा कर द्वारका से लौटे हैं। फिर से द्वारका पहुंचने के लिए पुनः तीन दिन लगेंगे।...सम्भव है कि कृष्ण हस्तिनापुर या इन्द्रप्रस्थ चला गया होगा। इससे तो अच्छा है कि वे स्वयं ही ग्राम-प्रमुख से मिलें। जिसने ग्राम का नाम उनके नाम पर रखने की डोंडी पिटवाई है, वह उनका कुछ तो महत्त्व आंकेगा ही।...सम्भव है कृष्ण के पास जाने की आवश्यकता ही न पड़े।

पर उससे भी पहले उन्हें अपनी कुटिया तक पहुंचने का प्रयत्न तो करना ही चाहिए...वह अपने स्थान पर है भी या नहीं। है तो किस अवस्था में है?

सुदामा उस बाड़ के साथ-साथ आगे बढ़े। बाड़ काफी विस्तृत थी और ऐसा लगता था कि सुदामा का ही नहीं, अनेक अन्य लोगों के कुटीर भी उसमें घेर लिये गये हैं।...'तो क्या यह सारा क्षेत्र ही किसी ने हथिया लिया है?... सुदामा सोचते जा रहे थे।

कुछ और आगे चलकर उन्हें इस बाढ़ में बना एक प्रवेश-द्वार मिल गया। अन्धकार में उसकी बनावट स्पष्ट नहीं थी; किन्तु उसका विस्तार आकर्षक था।

फाटक से प्रविष्ट होकर सुदामा अपनी कुटिया की ओर मुड़े। मार्ग में और कोई विशेष परिवर्तन उन्हें नहीं मिला। बस, कुछ स्थानों पर ऐसी सामग्री अवश्य रखी दिखाई पड़ी, जैसे वहां कुछ और भी निर्माण कार्य चल रहा हो।

सुदामा का कुटीर अपने स्थान पर ठीक अवस्था में खड़ा था। भीतर प्रकाश भी था। भीतर के लोग अभी सोये नहीं थे।...पर भीतर है कौन? सुशीला और बच्चे या...।

सुदामा ने हल्के से पुकारा, "सुशीला!"

कपाट तुरन्त खुल गया। हाथ में दीपक लिये सुशीला उनके सामने खड़ी थी। उसके चेहरे पर अद्‌भुत उल्लास था।

सुदामा का मन शान्त हुआ : सब कुशल-मंगल था। नहीं तो सुशीला इतनी प्रसन्न दिखाई न पड़ती।

सुदामा भीतर आये। ज्ञान और विवेक एक चारपाई पर शान्त पड़े सो रहे थे।

"कैसी हो?"

"ठीक हूं।" सुशीला मुस्कराई, "आप कैसे हैं?"

"थका हुआ हूं।" सुदामा चारपाई पर बैठ गये, "यहां चारों और बाड़ कैसी लग गयी है?"

सुशीला की प्रसन्नता छिपी नहीं रह सकी। वह खुलकर हंस पड़ी, "इस स्थान पर अब कुलपति सुदामा के गुरुकुल का निर्माण हो रहा है...।"

"ओह!" सुदामा के मुख से निकला, "कौन बनवा रहा है?"

"ग्राम-प्रमुख।"

"क्यों?"

"गुरु सांदीपनि के शिष्य और श्रीकृष्ण के मित्र के सम्मान में।"

"यहां सूचना पहुंच गयी क्या?" सुदामा मुस्करा रहे थे।

"सूचनाएं तो कई माध्यमों से आयी हैं।" सुशीला बोली, "पर डोंडी पीटने को तो अकेला भृगुदास ही पर्याप्त है। कल से ग्राम-भर में प्रचार करता फिर रहा है, 'श्रीकृष्ण ने सुदामाजी को अपनी बांहों में भर लिया।' श्रीकृष्ण ने यह कहा, वह कहा...।"

सुदामा मुस्कराते रहे।

"श्रेष्ठि धनदत्त भी आये थे। वे गुरुकुल के लिए गोशाला बनवा रहे हैं।" सुशीला ने बताया, "सारे ग्राम के ब्राह्मणों की पत्नियां मेरे पास कई-कई चक्कर लगा गयी हैं कि उनके पतियों की गुरुकुल में नियुक्ति के लिए मैं आपसे कहूं। काशीनाथ की पत्नी भी आयी थी, यदि उसे मैं कोई काम दे सकूं। पार्वती तो शाम तक मेरे पास ही बैठी थी, यदि गायों की देखभाल के लिए...।"

सुदामा कुछ कह नहीं सके। उन्हें लगा, उनकी कुटिया में कृष्ण का हास्य गूंज रहा है।

सोने के लिए चारपाई पर लेटे तो सुदामा को लगा, उनका मन अत्यन्त शान्त था। सारी हलचलें जाने कहां खो गयी थीं। बस चिन्तन की एक निर्मल धारा नीचे कहीं आत्मा की गहराई में बह रही थी। धारा इतनी निर्मल थी कि उसका तल देखने में उन्हें कोई कठिनाई नहीं हो रही थी। वे अपने मन को साफ-साफ देख पा रहे थे :

कर्म का फल मिलता है—निश्चित रूप से मिलता है। तभी तो कृष्ण जीवन-भर संघर्ष करता रहा है। व्यक्ति यदि कर्म करने को स्वतन्त्र न हो और उस कर्म का फल निश्चित न हो तो इस जीवन में फिर रह ही क्या जायेगा। कर्मफल पर यदि कृष्ण को इतना विश्वास न होता तो वह कंस, जरासंध, कालयवन और शिशुपाल जैसे शक्तिशाली नरपतियों के विरुद्ध जन-आन्दोलनों का नेतृत्व कैसे करता? कृष्ण ठीक कहता है कि मनुष्य के कर्म का फल तो उसे मिलता है पर उसे बीच में ही कोई और झपट लेता है, इसलिए उन झपटने वालों को पहचानना होगा, उनके विरुद्ध संघर्ष करना होगा, और उन्हें मार्ग से हटाना होगा...कहां यादव कृषक और पशु-पालन में दीन-हीन बने बैठे थे और कृष्ण ने उन्हें निरन्तर संघर्ष की सार्थकता समझाकर आर्यावर्त के शीर्ष पर बैठाया...

पर क्या प्रत्येक कर्म का फल मिलता है? मैं किसी प्रासाद की पक्की दीवार को धकेलूं तो क्या वह अपने स्थान से हट जायेगी?...नहीं। कदापि नहीं। तो कहां मिला कर्म का फल?...सुदामा का मन झनझनाने लगा...पर अगले ही क्षण उन्होंने स्वयं को संभाला ...मन को शान्त किया...इस गुत्थी को सुलझाना होगा...।

यदि मेरे धकेलने से दीवार अपने स्थान से नहीं खिसकती तो उसका यह अर्थ नहीं हुआ कि धकेलने से कुछ खिसकता ही नहीं, इसलिए धकेलना निरर्थक है। मैं चारपाई को धकेलता हूं तो वह खिसकती है, बाल्टी खिसकती है।...धकेलने का फल तो होता है, पर दीवार पर उसका कोई प्रभाव नहीं होता। तो इसका अर्थ यह हुआ कि दीवार को पर्याप्त शक्ति से नहीं धकेला गया। थोड़े काम से बड़े परिणाम की अपेक्षा की गयी। अपनी मनोकामना को प्रकृति के नियमों पर लादने का प्रयत्न किया गया...इस प्रयत्न में तो कामना अधिक हुई, काम कम हुआ।...कर्म को बढ़ाना होगा। दीवार को मार्ग से हटाने के विराट कार्य के लिए विराट् उपकरण इकट्ठे करने होंगे। लोगों को संगठित करना होगा।

कृष्ण ने लोगों के संगठन से बड़े-बड़े अत्याचारी साम्राज्य ढा दिये। आज भी वह निरन्तर प्रयत्नशील हैं। कर्म का फल कर्ता तक पहुंचे, मार्ग की बाधाएं हटाई जायें। ये बाधाएं अनेक हैं—अन्याय के रूप में, अत्याचार और शोषण के रूप में, दूसरे से छीनने और झपटने के रूप में, गलत सामाजिक, आर्थिक, राजनीतिक व्यवस्था के रूप में...कृष्ण ने कहा था न्यायपूर्ण सामाजिक और राजनीतिक संगठन से...।

सुदामा अपने नये मन को पहचान रहे थे...कृष्ण अकेला ही क्यों करे यह संघर्ष, सुदामा भी क्यों न करे?...कृष्ण के लिए कर्म का फल होता है तो सुदामा के कर्म का भी फल होगा...अब सुदामा का गुरुकुल बनेगा। इसी गांव से नहीं, अनेक ग्रामों के बालक, किशोर, तरुण उनके पास अध्ययन के लिए आयेंगे।...सुदामा क्या उनको दर्शन के सैद्धान्तिक प्रासादों में ही भटकाते रहेंगे, वे उन्हें कर्म के राजपथ पर चलना नहीं सिखायेंगे?...अवश्य सिखायेंगे। चिन्तन के साथ कर्म को जोड़ना होगा, सिद्धान्त और व्यवहार को निकट लाना होगा...हताश और थक-हारकर बैठे मनुष्य को यह विश्वास देना होगा कि उसके प्रयत्न से संसार बदलेगा, संघर्ष से लक्ष्य पास आयेगा।...कृष्ण ने यही विश्वास तो दिया है सुदामा को।

सुदामा को लगा, उनकी आंखों के सामने एक नया सकाज साकार हो रहा है... भयंकर और विराट अन्यायी शक्तियां ढह रही हैं...कंस मारा गया, जरासंध चीर दिया गया, कालयवन भस्म हो गया, शिशुपाल का सिर कटकर भूमि पर गिर गया...ऐसे ही दुर्योधन भी नहीं रहेगा, कोई भी अन्यायी शक्ति मनुष्य के प्रयत्न के सम्मुख खड़ी नहीं रह पायेगी। प्रयत्न कभी निष्फल नहीं जायेगा, कभी नहीं, कभी नहीं...।

❑❑❑